Tom Liehr

Sommerhit

rütten & loening

Tom Liehr

SOMMERHIT

Roman

rütten & loening

FSC
www.fsc.org
MIX
Papier aus verantwortungsvollen Quellen
FSC® C083411

ISBN 978-3-352-00814-6

Rütten & Loening ist eine Marke der
Aufbau Verlag GmbH & Co. KG

2. Auflage 2011

Einbandgestaltung capa, Anke Fesel
Typographie und Satz Robert Engelhardt, Berlin
Druck und Binden CPI – Clausen & Bosse, Leck
Printed in Germany

www.aufbau-verlag.de

»Du bist so lässig, dass es stinkt
Käpt'n Grundeis, dein Schiff sinkt
Kühl wird's um dein fahles Licht
Wenn DAS cool ist, schauert's mich

Du hast kein Selbst, bist nur ein Bild
Und Fremdgedanken sind dein Schild
Die Attitüde schützt den Wicht
Wenn DAS cool ist, weiß ich nicht«

(»Cool sein« auf »Gold für alle«)
Martin Gold

»Ein gutes Leben ist die beste Rache.«
Selim Özdogan

Für meine Familie

Prolog: Sie sind doch … (heute)

»Hier rechts«, sagte ich, aber der Taxifahrer hatte längst den Blinker gesetzt. Meine Anweisung quittierte er mit einem kurzen, fast arroganten Lächeln via Rückspiegel, das, wie schon einige Male zuvor, in eine Mimik gebettet war, die verriet, wie sehr es zugleich in ihm rumorte. Er dachte darüber nach, ob er fragen sollte. Er würde es tun, spätestens beim Bezahlen. In neunundneunzig Prozent der Fälle fragten sie.

Links vor ihm an der Frontscheibe klebte, mit Saugnäpfen befestigt, eine Phalanx von Navigationsgeräten und sogenannten Smartphones – kleinen Computern, mit denen man auch telefonieren konnte, wenn man sich viel Mühe gab und dabei nicht versehentlich mit der Schläfe den Tatsch-Bildschirm berührte. In seinem rechten Ohr hing eine Gerätschaft, die ihm das Freisprechen gestattete, aber wie ein missratenes, viel zu großes Hörgerät aussah und trotz des futuristischen Designs nicht davon ablenken konnte, dass es sich um Technik handelte, die aus denkenden, freien Menschen Vollobst machte – sogar Voll*fall*obst. Vermutlich glühte sein rechtes Ohr abends. Ich besaß kein Smartphone, ich besaß auch kein Unsmartphone, kein Eifon, kein Henndie, einfach keine von diesen Gerätschaften, die scheinanglizistisch benannt wurden, um darüber hinwegzutäuschen, dass es sich um vollständig überflüssigen Quatsch handelte, dessen deutsche Bezeichnung gelautet hätte: »Teures, schwer zu verstehendes Spielzeug mit vielen Funktionen, die Sie lebenslang niemals benötigen werden.« Mit meiner Ablehnung dieser Dinger trieb ich mein Umfeld in den Wahnsinn, vor allem György, meinen Manager. Regelmäßig tobte er, wenn ich erst Stunden später zurückrief, nachdem er mir eine Nachricht auf meinem Anrufbeantworter hinterlassen hatte. Auf einem *Anrufbeantworter*. Das war mein einziges Zugeständnis, eine Maschine, die für mich aufzeichnete, was Leute – die wenigen, die meine Nummer kannten – mir zu sagen hatten, die nicht darauf warten konnten, mich direkt zu sprechen. Ich hörte die Nachrichten gelegentlich ab, meistens von Hotelzimmern aus. Ich gehörte zu der aussterbenden Gruppe von Menschen, die überhaupt noch Telefone in Hotelzimmern benutzten. Und ich liebte es. György hatte mir schon ein, zwei Dutzend dieser Dinger geschenkt, und ich hatte sie alle weggeworfen oder weiterverschenkt.

Davon abgesehen hatte ich noch nie irgendwas Wichtiges verpasst, obwohl ich kein Mobiltelefon besaß.

Ich fragte mich kurz, ob es wohl gestattet war, das Sichtfeld eines Taxis in dieser Weise mit redundantem Klafutzki zu pflastern. Ich meinte auch, mich daran zu erinnern, dass Taxifahrer eigentlich Straßen, Strecken und markante Punkte auswendig kennen sollten. Natürlich war das Fahrzeug außerdem mit Funk ausgestattet. Vermutlich gab es in diesem ultraleisen Mercedes-Schiff sogar Bordelektronik, die den Weg ganz ohne Fahrer gefunden hätte.

Jetzt kam das Gebäude in Sicht. Wir befuhren einen langen Kiesweg, der zwischen hohen, dunkelgrün belaubten Bäumen zu einem kleinen Schloss führte, das irgendein Friedrich vor Jahrhunderten für irgendeine seiner Mätressen gebaut hatte. Es war kein sehr schönes Gebäude, sondern ein beigegelb angestrichenes, eher unförmiges Gemäuer, umgeben von einem kleinen Graben. Hier und da gab es Dekorzinnen, die Fenster waren klein und nach oben abgerundet, aber die Eingangspforte wirkte mächtig. Das Dach hatte man offenbar kürzlich restauriert; grauschwarze Schindeln glänzten im Sonnenlicht.

Ich fragte mich zum ungefähr hundertsten Mal, ob ich das hier wirklich tun sollte. Es sprach deutlich mehr dagegen als dafür.

Der Anruf hatte mich wirklich überrascht, zumal es nur wenige Menschen gab, die wussten, wie ich direkt telefonisch zu erreichen war. An einem der wenigen Abende, die ich zu Hause verbrachte, weil ich nicht gerade auf Tour, im Studio oder bei Promo-Terminen war, hatte das Telefon geklingelt, vor acht Wochen, während ich auf einem Nebenkanal des öffentlich-rechtlichen Fernsehens die »Hitparade« sah. Es war eine Folge, in der Nicole kurz nach ihrem Grand-Prix-Erfolg mit »Ein bisschen Frieden« auftrat, im weißen, knielangen Leinenkleid, auf einem Barhocker sitzend, mit weißer Akustikgitarre vor der Brust, obwohl die Musik vom Band kam, aber immerhin sangen sie damals tatsächlich. *Live*. Lebend. Bisher hatte mir niemand erklären können, warum es Wendungen wie »live gesungen« gab, wenn davon die Rede war, dass nicht alles aus der Konserve kam. Was war das Gegenteil von »live gesungen«? *Dead* gesungen? Zugegeben, es gab kein brauchbares deutsches Synonym für »live«. Und auch keines für »Playback«.

Sie strahlte jene überraschte, weltgierige Unschuld aus, die ich selbst schon bei vielen Künstlern miterlebt hatte, die sich nach Jahren der Herumkrebserei am Anfang einer auch als solche zu bezeichnenden Karriere befanden – nicht zuletzt an mir selbst. Sie war immer noch aktiv, wie ich wusste, sang allerdings inzwischen auf Mittelmeerkreuzfahrten vor saufenden Geronten oder sogar in Erlebnisgastronomieeinrichtungen wie dem wunderbaren »Oberbayern« auf Mallorca, nachts um drei, vor lallenden Sandalentouristen, die unterm Strich nicht sehr viel intelligenter waren als die Sangríaeimer, aus denen sie tagsüber soffen. Ich weiß, wovon ich rede. Ich bin vor diesen Leuten auch schon aufgetreten.

Ich sah abwechselnd zu Nicole und zum Telefon, das immerhin mit Kurzwahlspeicher, Wahlwiederholung und Rufnummernanzeige ausgestattet war. Mein Weinglas war sowieso leer. Ich stand auf, nahm das Glas, kurz danach den Hörer.

»Ja?«, sagte und fragte ich.

»Falk?«, fragte eine Frauenstimme zurück, die ich nicht kannte.

Falk. So hatte mich schon lange niemand mehr genannt, von meinen wenigen Verwandten abgesehen.

»Ja?«, wiederholte ich.

»Oh. Mensch. Toll. Wahnsinn, dass ich dich erreiche.«

»Wer ist da?«

»Oh. Ja. Äh. Hier ist Sabine.«

»Sabine?«

»Ja. Sabine. *Die Sabines drei*. Erinnerst du dich? Ich war die mit den roten Haaren.«

Ich erinnerte mich sofort und bekam eine fantastische Gänsehaut dabei. Ich sah sie vor meinem geistigen Auge, die rothaarige Sabine aus der Clique *die Sabines drei*, jene mit den X-Beinen, dem deshalb etwas schlurfigen Gang, die Sabine, die nicht dazu in der Lage gewesen war, das Tie-Äjtsch richtig auszusprechen, bis zum Abitur. Seit jener Zeit hatte ich nichts mehr von ihr oder den anderen gehört, was alles andere als einen Missstand darstellte, und nun hing sie, siebenundzwanzig Jahre später, plötzlich an meinem Telefon.

»Woher hast du diese Nummer?«, fragte ich und gab mir nicht die geringste Mühe, es freundlich klingen zu lassen. Währenddessen prasselten Erinnerungen auf mich ein, und die meisten davon waren unschön.

»Von deiner Mama. Das war nicht leicht.«

Das klang nicht danach, als hätte sie mitbekommen, was ich in meine Antwort zu legen versucht hatte. Widerwillig nahm ich zur Kenntnis, dass sie meine Mutter »Mama« nannte. Das stand ihr nicht zu.

»Das hat seine Gründe«, sagte ich leise, fast zornig.

»Du, wir machen ein Klassentreffen. Endlich. Und alle kommen. Nur du fehlst noch.« Etwas leiser ergänzte sie: »Und Arndt, natürlich.« Dann fragte sie, wieder lauter: »Ist das nicht irre?«

Ich starrte auf das Telefon, den schwarzglänzenden Apparat, und fand es tatsächlich im ersten Augenblick irre. Was für eine Chuzpe, nach all dem, was damals geschehen war, auf die Idee zu kommen, ein Treffen zu veranstalten. Meine Gänsehaut blieb, nahm weitere Körperoberfläche ein. Gleichzeitig spürte ich, dass ein Teil von mir diese Idee irgendwie für reizvoll hielt. So, wie man Fallschirmsprünge reizvoll findet, bis man im Flugzeug sitzt und der Welt unter sich beim Kleinerwerden zuschaut.

»Ist das dein Ernst?«

Sie schwieg, vielleicht nickte sie; sie gehörte sicher zu den Frauen, die am Telefon nicken. »Ja, total«, sagte sie dann. »Wir machen ein richtig großes Event. Das wird sicher total lustig.«

Total, dachte ich. So, wie damals alles total lustig gewesen war. Und, vor allem, *cool*. Ich sah zum Fernseher, wo Dieter Thomas Heck jemanden anmoderierte, während Nicole im Hintergrund, mit Blumen beladen, die ihr Zuschauer überreicht hatten, winkend im Gang verschwand. Sie wusste noch nicht, dass die Zeit des großen Ruhms bald wieder vorbei sein, dass man sie jahrzehntelang auf diesen einen Song reduzieren würde, den sie bis heute vermutlich mehrere tausend Male gesungen hatte.

»Ich bin ein bisschen in Eile«, log ich, weil ich es einfach gruselig fand, mit dieser Frau, diesem Monster aus einem abgeschlossenen Leben, darüber zu sprechen, all diese Leute wiederzusehen. »Schick mir eine Mail.« Elektropost mochte ich, und natürlich hatte ich einen Computer, sogar mehrere, denn immerhin machte ich Musik, und das ging schon seit Jahren nicht mehr ohne. Dann diktierte ich ihr eine Adresse – keine offizielle – und legte auf. Mit einem Ruck. Es knallte. Anschließend saß ich minutenlang auf dem Sofa, starrte auf die Vergangenheit im Fernsehen und auf die in meinem Gedächtnis, die sich urplötzlich aus Sümpfen erhob, obwohl ich eigentlich der Meinung gewesen war, sie wäre darin erstickt, ertrunken, jedenfalls irgendwie gestorben.

Wir hielten. Die Strecke war nicht gerade kurz gewesen, vom Flughafen Tegel bis hierher, in die Nähe von Potsdam. Der Taxifahrer nannte eine solide Summe, drehte sich zu mir.

Während ich nach passenden Geldscheinen suchte, sagte er: »Sie hören das wahrscheinlich oft. Aber ... sind Sie nicht ... Sie sind doch ...«

Ich nickte und reichte ihm den Schein.

EINS

Klassenfeind (1980)

»Es tut mir leid«, sagte Frau Perpel, wobei ihr Blick, nein, ihr gesamter Kopf mehrfach von mir zu Mama und wieder zurück huschte. Ihr Schädel ruckte wie bei einer Taube, die vom Picken aufsieht und nach Feinden Ausschau hält. Seltsamerweise schienen sich ihre Haare leicht verzögert zu bewegen. Die Stirn von Frau Perpel rutschte quasi unter den Haaren weg, und mit geringer Verspätung zog die graubraune, extrem gleichmäßige Perücke nach. Dass es sich tatsächlich um eine Perücke handelte, erfuhr ich später.

Frau Perpel, Rektorin des Walter-Gropius-Gymnasiums in Berlin-Schöneberg, mochte fünfundfünfzig oder auch sechzig Jahre alt gewesen sein, jedenfalls ziemlich alt aus meiner Sicht. Sie trug einen Anzug mit Weste, braun, mit feinen, orangefarbenen Längsstreifen – etwas, das ich noch niemals und erst recht nicht an einem weiblichen Menschen gesehen hatte, und sie vervollständigte dieses skurrile Bild durch ein violettes Hemd und eine grasgrüne, merkwürdig kurze Krawatte mit einem aufgestickten Motiv, das leider niemals vollständig unter dem Revers hervorlugte. Etwas an ihr erinnerte mich an Karl-Eduard von Schnitzler, den Mann, der die Sendung »Der schwarze Kanal« im »Fernsehen der DDR« moderierte. Auch sie trug eine dicke, schwarz gerahmte Brille, deren konkave Gläser so stark waren, dass sie ihre Augen um die Hälfte verkleinerten. Ihre Stimme war dumpf und kratzig, was zum starken, alles andere überdeckenden Rauchgeruch im Rektorenzimmer passte. Auf ihrem Schreibtisch stand ein voller Aschenbecher aus gelbem Glas, in dem eine »Marlboro« qualmte. Die Schachtel lag daneben – sie sah so viel perfekter, edler aus als die gleichsam holzigen *Cabinet*- und *f6*-Boxen, die ich kannte.

Ich sammelte diese Eindrücke – wie alles, was mir begegnete – seit drei Wochen. Drei Wochen befand ich mich jetzt schon im Westen, dem Land, von dem ich so viel gehört hatte, aber über das ich kaum etwas wusste.

»Aber Falk ist vierzehn. Er wird im Oktober fünfzehn. Sie können ihn doch nicht in die achte Klasse stecken«, protestierte Mama. »Er gehört in die neunte. Eigentlich sogar in die zehnte.«

Frau Perpel ließ den Kopf wieder hin und her rucken und fixierte mich dann.

»Sprichst du Englisch?«, fragte sie. Dabei erschien etwas wie ein Grinsen in ihrem Gesicht, und das sah so komisch aus, dass ich mir ein Lächeln nicht verkneifen konnte. Mama hatte mich instruiert, ernsthaft und intelligent sollte ich wirken, aber diese ältere Dame mit ihrem hinterherrutschenden Haar und dem merkwürdigen Kostüm stimmte mich irgendwie fröhlich. Dabei war mir durchaus bewusst, dass sie mein Gegner war – aus Gründen, die ich bestenfalls ahnte.

»Nein«, sagte ich. »Nur sehr wenig. Aber ich kann gut Russisch.« Tatsächlich konnte ich so gut Russisch, dass ich Kolja, meinen rumänischen Brieffreund, mit dem ich mir in dieser Sprache geschrieben hatte, am Ende völlig überfordert hatte. Aber das war vorbei, für immer.

Mama stöhnte kaum hörbar.

»Hier spricht niemand Russisch«, knarzte die Rektorin. Ihre Miniaugen funkelten hinter den Lupengläsern.

»Ich weiß«, sagte ich leise und blickte kurz zu Boden, weil mir das passend schien.

Frau Perpel beugte sich vor und faltete die Hände auf der Schreibtischplatte. Ihre Fingernägel waren violett lackiert, und auf ihren Handrücken konnte ich hellbraune Flecken erkennen.

»Sie sind nicht die ersten Menschen aus dem Osten, mit denen ich zu tun habe. Das WGG genießt einen guten Ruf, wir gehören zu den besten Gymnasien in Berlin.«

Westberlin, korrigierte ich im Geist. Und dann korrigierte ich mich gleich wieder. Hier hieß Westberlin schlicht Berlin, und Berlin, Hauptstadt der DDR, hieß Ostberlin. Wir waren im Westen, aber kaum jemand nannte es Westen, dafür nannten alle die DDR abfällig Osten, und das hatte bei uns kaum jemand getan. Inzwischen hatte ich begriffen, dass die beiden Himmelsrichtungen in diesem Zusammenhang als Synonyme für Gut und Schlecht standen.

Ich konzentrierte mich auf die schwarze Fassung von Frau Perpels Brille und dachte darüber nach, wie ich dazu beitragen konnte, meine Position zu verbessern. Ich wollte die achte Klasse nicht wiederholen. Ich war ein guter Schüler. Physik, Mathe, Deutsch, Staatsbürgerkunde, Chemie, Erdkunde, sogar Kunst und erst recht Musik – in all diesen Fächern hatte ich an der Polytechnischen Oberschule in Dresden zu den Besten gehört. Aber hier ging es um Englisch, das die meisten Schüler schon seit der dritten Klasse lernten, und als zweite Fremdsprache um Französisch. Und außerdem, das hatte sogar ich verstanden, ging es darum, dass diese Frau keine Ostler mochte – und wir waren welche.

»*Liebe* Frau Perpel«, sagte Mama, und die Rektorin verzog das Gesicht. »Falk ist ein hervorragender Schüler, er lernt schnell und ist sehr diszipliniert.«

Frau Perpel murmelte etwas, das in meinen Ohren nach »FDJ« klang.

»Er wird sicher bei den neuen Fremdsprachen Schwierigkeiten haben, aber …«

»Und was ist mit Geschichte?«, unterbrach die Dame im skurrilen Anzug.

Mama setzte sich auf und schob die Schultern nach hinten.

»Was soll mit Geschichte sein?«, fragte sie zurück, und erstmals seit unserer Ankunft schien die lähmende Traurigkeit, die sie umgab, vollständig einem anderen Gefühl zu weichen.

»Liebe Frau Lutter, wir beide wissen, dass in der sogenannten DDR eine Form von Geschichte unterrichtet wird, die mit der Wahrheit nichts zu tun hat.«

»Ja und?«, gab Mama zurück. Es war vielleicht nicht für jedermann zu erkennen, aber ich bemerkte, dass sie langsam sehr wütend wurde, was mich in gewisser Weise sogar freute. Vermutlich hätte sie jetzt lieber einen Streit angefangen, als nur so knapp zu widersprechen. Streite mit Mama endeten unschön. Sie gewann immer.

»Die Lernkurve ist zu steil für einen Vierzehnjährigen.« Frau Perpel öffnete die verschränkten Hände und platzierte die Handflächen auf der grünen Linoleummatte, die vor ihr auf dem Schreibtisch lag. »Ich bin Pädagogin. Ich weiß, wovon ich rede. Sie tun Ihrem Sohn wirklich keinen Gefallen, wenn Sie gegen meine Empfehlung handeln. Ich müsste Ihnen in diesem Fall dazu raten, eine andere Schule zu wählen. Vielleicht sogar eine andere Schulform.«

Mama japste. Sie sah mich kurz an, ziemlich fassungslos, und sank dann im Stuhl zusammen. Plötzlich waren die Wellen der Melancholie, die sie seit drei Wochen verströmte, wieder spürbar.

»Aber wenn er beweist, dass er es kann«, sagte sie leise. »Geben Sie ihm dann eine Chance?«

Frau Perpel grinste wieder, und dieses Mal war es nicht komisch. Dann nickte sie sehr langsam. »Wenn *Falk*« – sie sprach meinen Namen auf eine Art aus, die mich an meinen Staatsbürgerkundelehrer, Herrn Kosczyk, denken ließ, wenn er »Klassenfeind« sagte – »meine Erwartungen erfüllt, werde ich sehen, was ich für ihn tun kann.« Sie pausierte kurz und fixierte mich dabei. »Aber meine Erwartungen sind sehr, sehr hoch.«

Also kam ich in die achte Klasse.

Ich war vierzehn und drei Wochen zuvor über Ungarn aus der DDR geflohen, gegen meinen Willen – es hatte mich einfach niemand gefragt. Ich hatte kurze, weißblonde Haare, hellblaue Augen, war eins dreiundfünfzig groß und wog mit präadipösen siebzig Kilo gut und gern zehn bis zwölf zu viel. Ich hatte gerade den allerschönsten und zugleich tragischsten Urlaub meines Lebens hinter mir, und außerdem hatte ich meinen Vater und meine Schwester verloren. Ich lebte bei Tante Gisela, die eigentlich nicht wirklich meine Tante war, sondern die Cousine meiner Mutter, aber ich sollte sie Tante nennen. Und Gerhard, ihren Mann, Onkel. Ich befand mich in Westberlin, im kapitalistischen Westen, und schlief im Doppelbett neben Mama in einem fast fünf Meter hohen, stuckverzierten Raum, von dessen Fenstern aus man auf eine Straße hinunterschauen konnte, auf der selbst morgens um vier mehr Verkehr war als in Dresden um kurz nach sieben, wenn die Werktätigen in ihren Trabis und Wartburgs in die Kombinate fuhren, um Pläne zu erfüllen.

In diesen ersten Wochen lag ich nachts lange wach, meistens bis in den frühen Morgen, lauschte auf den Atem und das gelegentliche, tieftraurige Seufzen meiner Mutter und die Fahrzeuge draußen, die zwar einzeln viel leiser waren als »unsere«, aber in der Summe lauter, und außerdem war die Art der Geräusche fremd für mich. Ich fand es erstaunlich, mich jetzt in einer Welt zu befinden, die in wenigen Kilometern Entfernung an diejenige grenzte, in der ich zuvor gelebt hatte (allerdings hatte ich erst über tausend Kilometer hinter mich bringen müssen auf dem Weg von dort nach hier), sich aber auf unglaubliche Weise von ihr unterschied. Ich hatte das Gefühl, dass im

Prinzip *alles* anders war. Vor allem aber die Gerüche unterschieden sich. Schon beim Aufwachen erinnerte mich dieser Umstand immer wieder sofort daran, dass ich mich in einer unbekannten Welt befand, von der ich nicht ahnte oder gar wusste, was sie für mich bereithielt oder wenigstens bedeutete.

Meine sehr feine Nase war mir zunächst selbst nicht bewusst gewesen, weil man einen Unterschied nicht feststellen kann, wenn der Vergleich fehlt. Erst als ich in die Schule gekommen war und auf dem Heimweg manchmal meine Schwester Sonja begleitete, die zwei Jahre älter war als ich und bald auf die Erweiterte Oberschule gehen würde, stutzte sie irgendwann, weil ich schon lange vor dem Betreten unseres Hauses in der Lage war, punktgenau vorherzusagen, was es zum Essen geben würde. Eigentlich, aber das verriet ich ihr erst später, roch ich es schon am Gartentor, manchmal sogar bereits, obwohl das geduckte, graue Einfamilienhaus mit dem fleckigen Ziegeldach, in dem wir wohnten, noch nicht einmal in Sichtweite war. Ich konnte den säuerlich-senfigen Geruch von Königsberger Klopsen vom säuerlich-muffigen Geruch gebratener Nierchen schon von weitem unterscheiden und ihn aus dem olfaktorischen Angebot herausfiltern, das sich in unserer Straße darbot. Dazu gehörten die omnipräsenten, leicht asbestigen Ausdünstungen der Dachpappe, mit der alle Häuser gepflastert waren, das Aroma des Zements, der im Sommer etwas ausamtete, das mich an Plaste erinnerte, die Deodorants und vor allem Seifen von »nautik« über »Karibik« bis »riwal« und natürlich die ölig-petrochemischen Abgase der vielen Zweitakter. Von den Gerüchen, die Flieder, Forsythien, Narzissen, Glockenblumen, Obstbäume, Gemüsebeete, die Komposthaufen neben den Häusern und die Sickergruben hinter ihnen ausströmten, ganz zu schweigen.

Ich roch aber noch weit mehr als das. Ich konnte ausmachen, wer zu Hause war, nachdem ich die Tür hinter mir abgeschlossen hatte, und sogar, wer als Letzter am Morgen gegangen war. Im Flur schnuppernd fiel es mir leicht, Sonjas momentanen Aufenthaltsort im Haus zu bestimmen, wenn sie vor mir aus der Schule gekommen war. Sie benutzte ausschließlich das Schauma-Apfelshampoo, das sie für viel zu viel Geld von einer Klassenkameradin kaufte, die, im Gegensatz zu uns, gute Westkontakte hatte. Dieser Duft war nicht nur von anderer Intensität als diejenigen der DDR-Kosmetikprodukte, sondern auch in jeder anderen Hinsicht komplett unterschiedlich. Das BRD-Haarwaschmittel, das Sonja so vorsichtig dosierte, dass eine Flasche davon trotz täglicher Wäsche fast drei Monate lang ausreichte, stellte für mich eine echte Herausforderung dar. Ich rätselte lange daran herum, die Inhaltsstoffe auszumachen, was mir bei den heimischen Pendants meist sehr schnell gelang, fand die Lösung aber nie. Ganz sicher allerdings enthielt es keine Äpfel, denn es roch nicht einmal entfernt wie die grünbraunen Boskops, die am weit ausladenden und den gesamten hinteren Garten beherrschenden Baum wuchsen, der auf dem Grundstück unseres Nachbarn, Herrn Leder, stand. Herr Leder war weit über siebzig, ein glatzköpfiger, sehr kleiner Mann, der eine ganze Palette von Aromen verströmte, aber das intensivste war eines, das demjenigen einer langsam verschorfenden Wunde ähnelte, von denen ich mir im Sommer regelmäßig Dutzende zuzog, vor allem an den Knien. Herr Leder war wortkarg, und ich erfuhr nie, was er vor seinem Ruhestand getan hatte, aber manchmal ging Mama zum Wohnzimmerfenster, schob die Nase durch die Gardinen und flüsterte dann: »Der alte Leder beobachtet uns schon wieder.« Immerhin durften wir die Äpfel behalten, die von seinem breitkronigen Boskop-Baum auf unser Grundstück fielen, und dafür mochte ich den kleinen alten Mann, der nach Schorf, Nordhäuser Doppelkorn und kaltem Achselschweiß duftete.

Das Apfelshampoo war auch das Erste, was ich an Karen bemerkte, als ich sie traf. Karen war das Mädchen, mit dem ich meine Unschuld verlor. Karen kam aus dem Westen. Sie stellte für mich die Quelle für eine ganze Flut von Neuigkeiten dar, vor allem aber lernte ich durch sie, einen Geruch einzuordnen, den ich schon als kleiner Junge ein bis zwei Mal pro Woche an meinen Eltern, an ihnen später dann aber irgendwann immer seltener, wahrgenommen hatte und den ich jetzt vermisste, als ich neben meiner Mutter im Bett lag, ihrem gleichmäßigen Atem zuhörte und ihren Duft atmete, der neuerdings von »Lux«-Seife und einem viel zu intensiven Parfüm dominiert wurde, das Tante Gisela ihr lieh, das nicht zu Mama passte und »Tosca« hieß. Ich nahm an, dass ich ihn nie wieder an ihr bemerken würde, diesen eigenartigen Geruch, denn der Mann fehlte, mit dem sie ihn zusammen erzeugen konnte – mein Vater.

Es war der Geruch von Sex.

Reiseerlaubnis (1980)

Die Aufregung war groß, als Papa uns mitteilte, dass wir im Sommer an den Plattensee nach Ungarn fahren würden. Ich wusste damals noch nicht, warum, aber die Bemühungen meiner Eltern, für uns einen Urlaub außerhalb der Grenzen der DDR zu organisieren, waren bisher regelmäßig gescheitert. Umso überraschter waren alle, als es uns plötzlich gestattet wurde, und ich war so glücklich darüber, ins Ausland zu fahren und die geheimnisumwitterten Westler, von denen es dort viele geben sollte, endlich zu treffen, dass ich kaum bemerkte, wie sich die Stimmung zu Hause plötzlich grundlegend änderte.

Mein Vater war ein Mann, der immerfort gute Laune zu haben schien, auch wenn er sich anschickte, zum Konsum zu gehen und stundenlang für etwas anzustehen, das wir eigentlich nicht brauchten, das wir aber später vielleicht gegen etwas würden tauschen können, bei dem das galt. Mein Vater, der Klaus-Peter hieß und von Mama Klausi genannt wurde, hasste es, irgendwo anzustehen. Er versuchte, seine Ablehnung mit Humor zu kaschieren, sagte etwas wie: »Und wieder verschenkt ein Mann, der die Welt ändern könnte, Stunden damit, auf Stearinkerzen zu warten«, wobei er so ähnlich lächelte wie in Momenten, in denen aus dem Wohnzimmer die Melodie zum Sandmännchen erklang, aber wir alle wussten, wie schwer es ihm fiel. Doch Sonja und ich mussten zur Schule, Mamas Schichten begannen schon früh am Morgen, und deshalb traf es ihn immer wieder.

Er war sehr groß, vielleicht sogar der größte Mensch, den ich kannte, und hatte die gleichen hell-, fast weißblonden

Haare wie ich, nur seine blauen Augen waren etwas dunkler als meine. Und im Gegensatz zu mir war er recht schlank, eigentlich sogar sehr dünn. An seinen Unterarmen war der Verlauf der Adern gut zu erkennen, und auf seinem schmalen, auch im Spätsommer selten mehr als leicht geröteten Brustkorb wirkten die dunklen, von feinen Haarkränzen umgebenen Brustwarzen wie zwei vermatschte Pfützen auf einem schneebedeckten Waldweg. Meine Mama war zwanzig Zentimeter kleiner als er, aber wenn die beiden nebeneinanderstanden, sah sie, die auch meine Klassenkameraden als hübsch bezeichneten, auf seltsame Weise trotzdem größer aus. Mama, die Luise hieß, hatte schulterlange, tiefschwarze Haare und wunderschöne, sehr fröhliche blaue Augen, die so wasserhell leuchteten wie meine. Selbst im orangebraunen Dederon-Hauskleid sah sie eleganter aus als alle Menschen, die ich sonst kannte. »Aber meine Sonja«, sagte sie verschämt lächelnd, wenn sie auf ihr gutes Aussehen angesprochen wurde, was häufig geschah, »aber meine Sonja, die wird irgendwann noch viel, viel schöner sein.«

Die Nachricht über unser Sommerferienziel kam im Januar. Es dauerte bis zum Mai, meine Aufmerksamkeit darauf zu lenken, dass sich etwas geändert hatte. Es fühlte sich an, als würden wir nicht nur verreisen, endlich in ein fremdes Land, in dem man eine seltsame Sprache benutzte und viel längere, viel wärmere Sommer hatte, sondern umziehen. Papa stellte sich in diesen Monaten kaum noch irgendwo an, dafür bekamen wir sehr viel mehr Besuch als früher, besonders von Jürgen, einem alten Freund meines Vaters aus dessen NVA-Zeit, der im Spreewald einen kleinen, privaten Bauernhof betrieb. Jürgen brachte seinen PKW-Anhänger, ein sehr klapprig wirkendes Stahlgestell mit Holzboden, auf den eine Art Klappzelt montiert war, und schraubte mit meinem Vater, der alles andere als ein geschickter Handwerker war, stundenlang in der

Garage daran herum, wobei sie leise miteinander sprachen und sofort verstummten, wenn jemand in ihre Nähe kam. Außerdem versahen sie unseren Trabant 601 mit einer Anhängerkupplung, die Papa gegen sein geliebtes Tonbandgerät und eine Kiste Boskops aus dem vergangenen Herbst eintauschte.

Obwohl ich seit dem vergangenen Oktober das dafür nötige Alter erreicht hatte, war ich noch kein Mitglied der FDJ. Meine Eltern hatten auf meine Fragen in dieser Richtung stets zurückhaltend reagiert, und inzwischen hatte ich mir begeisterte Schilderungen meiner Mitschüler vom »Treffen der Freundschaft« in Karl-Marx-Stadt anhören müssen. Herr Kosczyk fragte mich regelmäßig, wann mit mir zu rechnen sei, und nun, Ende Mai, überschlugen sich Mama und Papa plötzlich damit, alles Nötige zu organisieren. Aber ich hatte kaum noch Zeit, die neue Kleidung – eigentlich behagte es mir nicht, mich uniformieren zu müssen, auch wenn es nur um ein Hemd ging – und das Angebot der FDJ auszukosten. Meine Erfahrungen bis zum Urlaubsantritt beschränkten sich auf zwei äußerst langweilige und politikschwangere Abende im Klubhaus und ein Wochenende, an dem wir in einer großen Gruppe aufs Land fuhren, in stinkenden, mausgrauen Zelten wohnten, grausigen Kartoffelbrei aßen und auf amüsant-absurde Weise mit Handgranatenattrappen Weitwurf übten.

Im Juni wurde es dann immer hektischer. Mama schien bereits dabei zu sein, die Koffer für den Urlaub, der noch Wochen entfernt war, vorzubereiten. Bei unseren bisherigen Reisen – in den Spreewald, zwei Mal an die Ostsee und ein Mal nach Berlin, wo wir fünf Stunden angestanden hatten, um vom Fernsehturm aus einen Blick auf die gewaltige Stadt werfen zu dürfen – hatte sie am Vorabend der Abreise ein paar Kleidungsstücke ausgewählt und unsere Kosmetikbeutel bestückt, aber in diesem Sommer sortierte sie unermüdlich Stapel mit Textilien, warf sie um und sortierte sie wieder neu. Außerdem lag die kleine Schatulle mit Schmuck, den sie von Oma geschenkt bekommen hatte, wiederholt neben den Stapeln auf der Bettwäsche und verschwand dann wieder, dabei trug Mama niemals Schmuck, nur ihren blassgoldenen, schmalen Ehering.

Gegen Ende Juni bekamen wir seltsamen Besuch. Ich saß im Vorgarten auf einer zerschlissenen Decke, die nach Gras und Tieren roch, und las in einem *Atze*-Comic, als zwei Männer in beigefarbenen Anzügen vor dem Tor stehen blieben und mit »Junge!« nach mir riefen. Ich legte das Heft vorsichtig auf den Rücken, erhob mich und ging zum Zaun. Die Herren waren trotz der Hitze akkurat gekleidet, aber ihre merkwürdig glänzenden Anzüge und die dunkelrosafarbenen Hemden darunter sahen in meinen Augen unpassend aus. Die beiden ähnelten einander, trugen ihre braunen Haare kurz geschoren und musterten mich genauso aufmerksam, wie ich in die Luft schnupperte, um ihre Düfte wahrzunehmen. Sie schwitzten sehr, wie ich sofort feststellte, und benutzten zwei Sorten Rasierwasser, die ich noch nicht kannte, aber außerdem rochen sie nach etwas, das mich an das gerade beiseitegelegte *Atze*-Heft erinnerte: Es war der Geruch von Papier, allerdings sehr viel intensiver als sogar in der Schulbücherei.

Einer von beiden legte die Handkante an die Stirn und sagte »Freundschaft«, wobei er grinste, ohne gleichzeitig ein fröhliches Gesicht zu machen – die Augen blieben seltsam starr. Ich entgegnete den FDJ-Gruß hastig.

»Sind deine Eltern zu Hause?«, fragte der andere, und wie alle Kinder beantwortete ich die Frage nicht, sondern drehte mich um und schrie: »Mama, Papa, hier sind Männer!«

Mein Vater kam aus der Garage, in den Händen ein weißrotes Handtuch, das mit Ölflecken übersät war. Als er die beiden sah, verlangsamte er sich und nahm einen ernsten Gesichtsausdruck an. Dann nickte er bedächtig, lächelte schmal und öffnete das Tor, mit einer Körperhaltung, die mich an ihm überraschte und ihn zu verkleinern schien. Ohne eine Begrüßung gingen die beiden an ihm vorbei zum Haus, in dessen Tür Mama soeben erschien und ihrerseits besorgt dreinschaute. Sie machte einen Schritt beiseite, um die Besucher einzulassen, und auch sie fragte nicht einmal nach ihren Namen. Es dauerte fast drei Stunden, bis der Besuch endete, und sie kamen noch zwei weitere Male, immer wieder ohne Ankündigung.

Am späten Nachmittag jenes dritten Juli, an dem wir in der Nacht zum vierten losfahren wollten, kam Papas Freund Jürgen mit seiner Frau vorbei. Sie brachten Reiseproviant in Form von Gurken, Kartoffeln, geräuchertem Fisch und viel Obst, außerdem verkratztes Plastegeschirr, einen sehr wackeligen Grill, zwei Säcke Holzkohle, einige Aluminiumtöpfe und, was mein Herz einen Hüpfer machen ließ, ein zusammengefaltetes, gelbes Schlauchboot. Sonja präsentierte stolz ihren schwarz-rot-gestreiften Badeanzug, und ich musste zwinkern, weil meine ältere Schwester wirklich wie eine sehr schöne junge Frau aussah. Dass der Badeanzug dasselbe, ein bisschen faulige Gummiaroma verströmte wie meine Turnschuhe, verschwieg ich lieber.

Jürgen und seine Frau blieben bis zu unserer Abfahrt kurz nach Mitternacht. Ich saß schon auf der Rückbank, müde, aufgeregt und voller Erwartung, aber die Abschiedszeremonie zog sich endlos hin. Sonja hatte ihren Kopf bereits gegen die Seitenscheibe gelehnt und hielt die Augen geschlossen. Sie verfügte über die wunderbare Fähigkeit, im Auto trotz der Rumpelei und des Lärms schlafen zu können, als wäre der 601 ein Himmelbett. Nicht nur dafür bewunderte ich sie – tatsächlich war meine Schwester der einzige Mensch, für den ich neben dem liebevollen Respekt, den ich auch für meine Eltern empfand, etwas wie ehrliche Hochachtung verspürte. Ich mochte sie nicht einfach nur, weil sie schlau, freundlich, zuvorkommend, ideenreich und niemals herablassend war. Ich liebte und bewunderte sie. Sonja behandelte mich wie einen guten Freund, beantwortete stoisch meine Fragen, zeigte und erklärte mir Dinge, und meistens war sie es, die fragte, ob ich sie begleiten wollte, wenn sie einen Ausflug machte, jemanden besuchte oder auch nur einkaufen ging. Sie neckte mich freundlich, nannte mich »mein kleiner Dicker«, streichelte mir aber gleichzeitig durch die hellblonden Haare und herzte mich dann.

Wieder und wieder umarmten sich die vier, und ich musste zwei Mal hinsehen, um meine überraschende Feststellung, dass sie weinten, bestätigt zu finden. Sie weinten? Warum nur? Wir wären nur zwei Wochen weg, und wir würden ihren Anhänger, den Grill und das Besteck sicher unbeschadet zurückbringen, denn mein Vater war ein gewissenhafter Mann, der sorgfältig mit Dingen umging. Ich verstand nicht, warum sie so viel Aufhebens um eine Reise machten, die uns zwar weit in den Süden führen, von der wir aber ganz sicher auch zurückkehren würden. Ich wandte mich ab, sah zur anderen Seite, zum Grundstück von Herrn Leder, und nahm eine Bewegung wahr. Da mein Kinderzimmerfenster auf diese Seite hinausging, wusste ich, dass er selten nach neun Uhr abends das Licht löschte und schlafen ging, und jetzt war es bereits eine halbe Stunde nach Mitternacht. Ich konzentrierte mich auf die niedrige Hecke zwischen den Grundstücken – ja, da stand ganz deutlich jemand im Mondschatten des längst verblühten Flieders.

Endlich stiegen meine Eltern ein, schniefend, ihre Gesichter glänzten im Schein der wenig leuchtstarken Lampe über unserer Haustür, deren gelbliches Licht ins Auto fiel.

»Papa«, sagte ich. »Ich glaube, mit Herrn Leder ist was. Der steht da noch in seinem Garten, sonst schläft er immer um diese Zeit.«

Meine Eltern sahen sich kurz an, dann drehte sich Mama zu mir, aber ihr Gesicht konnte ich nicht sehen, weil das Licht in ihrem Rücken war.

»Ist schon in Ordnung«, sagte sie leise, drehte sich dann zurück und beugte sich vor, um zur Hecke zu blicken. In diesem Moment startete mein Vater den Zweitakter, es gab einen ungewohnten Ruck, weil wir nicht nur überladen waren, sondern auch noch einen Anhänger zogen, und dann winkten die drei Lutters, die nicht schliefen, so lange, wie Jürgen und seine Frau im orangegelben Schein der matten Straßenlaterne zu sehen waren. Kurz darauf schlief auch ich ein, mit Gedanken daran, wie ich im gelben Schlauchboot auf dem riesigen Plattensee herumkreuzen würde.

Als ich wieder erwachte, weil der Wagen hielt, war es schon nicht mehr ganz so dunkel. Wenn ich nach links aus dem Fenster sah, konnte ich über den Hügeln, die uns offenbar umgaben und die dunkle Schattenrisse zeichneten, einen Anflug von Dämmerung ausmachen. Vor uns warteten mehrere Reihen Fahrzeuge, von denen die meisten unserem glichen und die allesamt bis über die Dächer mit Gepäck vollgestopft waren, am Grenzübergang ins Bruderland ČSSR, die Tschechoslowakische Sozialistische Republik. Selbst bei geschlossenen Fenstern verdrängte der Abgasgestank der vielen Autos alle anderen Gerüche, aber ich stellte mir vor, dass es hier nach Wiesen, spätblühenden Blumen, frischem Bachwasser und Schweinebraten mit Sauerkraut und Knödeln roch.

Es dauerte noch fast zwei Stunden, inzwischen war es hell geworden, bis wir an den Kopf der stinkenden Warteschlange vorgerückt waren, aber Papa sagte keinen Ton, beklagte sich nicht. Ein Grenzpolizist der Deutschen Demokratischen Republik nahm aus Papas Hand, der dabei einen ungewohnt eingeschüchterten Gesichtsausdruck an den Tag legte, die Papiere entgegen und verschwand dann in einem Kabuff, aus dem milchiges Licht schien. Zwanzig schweigsame Minuten vergingen, dann kehrte der Grepo in Begleitung zweier Genossen zurück. Er beugte sich herunter und sagte leise, aber deutlich: »Das Reisevisum für Sonja Lutter ist ungültig.« Mit einer herrischen Geste gab er Mama und Papa zu verstehen, unser Auto zu verlassen, was sie auch sofort taten. Aus diesem Grund sah ich nicht, wie sie auf die seltsame Mitteilung reagierten.

»Was bedeutet das?«, fragte ich in der Bewegung zu meiner Schwester, die längst wieder aufgewacht war. Als ich sie ansah, erschrak ich. Sie war blass geworden und zitterte. Ich bekam panische Angst.

Weitere zwei Stunden später setzten wir die Reise fort, verließen das Territorium der DDR und reihten uns abermals ein, um von Grenzsoldaten der ČSSR kontrolliert zu werden. Sonja war nicht mehr bei uns. Ich verdrehte den Kopf, um einen Blick auf sie zu erhaschen, hatte sie aber nicht mehr gesehen, seit sie von einem der DDR-Grenzpolizisten weggeführt worden war. Im Morgenlicht waren die wartenden Autos und die Grenzanlagen gut zu erkennen, aber meine geliebte Schwester sah ich nicht. Es sollte zehn Jahre dauern, bis das wieder möglich wurde.

Meine Eltern weinten, bemühten sich allerdings offensichtlich, ihre Traurigkeit unter Kontrolle zu bringen.

»Wir können doch Urlaub bei Jürgen und Marianne machen«, schlug ich hilflos vor. »Wir müssen nicht nach Ungarn fahren.«

Mama drehte sich nicht um. »Sonja wird die Ferien bei Tante Cordi verbringen«, sagte sie leise. Und dann, noch leiser: »Da ist auch ein See.«

»Aber warum …«, begann ich und spürte, dass sich auch bei mir jetzt Tränen ankündigten. Zum ersten Mal hatte ich eine

Ahnung davon, was hier passierte, was wir zu tun im Begriff waren. Ich konnte es nicht greifen, verstand es noch nicht in aller Konsequenz, aber ich war vierzehn. Marios Vater war im vergangenen Sommer verschwunden, kurz darauf waren Mario und seine Mutter umgezogen, seitdem hatte ich nichts mehr von ihm gehört. Die Schultes, die in unserer Straße in einem Haus wie dem unseren gewohnt hatten, waren keineswegs umgezogen – das hätte ich bemerkt –, sondern einfach von einem Tag auf den anderen wie vom Erdboden verschluckt, obwohl der Wartburg von Herrn Schulte und Christianes rotes Fahrrad noch vor der Tür standen, sogar einige Wäschestücke hingen wochenlang auf der Leine im Garten, aber die Schultes selbst waren weg. Das Haus stand immer noch leer.

Republikflucht? Waren wir wirklich dabei, Republikflucht zu begehen, unser Heimatland zu verlassen? Ich schluckte schwer, spürte einen Kloß im Hals und Angst, weit größere Angst als jene, von der man weinen muss. Meine Hände zitterten, mein Haaransatz spannte. Ich legte die Hände auf die Rücklehnen der beiden Vordersitze, zog mich nach vorne und sah die versteinerten Gesichter meiner Eltern.

»Flüchten wir?«, fragte ich so leise wie nur irgend möglich. Beide zuckten zusammen, aber es war Mama, die mir ihr Gesicht zuwandte, eine Maske der endlosen Fassungslosigkeit, und dann schaffte sie es doch tatsächlich, eine Art Lächeln zustande zu bringen.

»Nein, Falki. So ein Unsinn. Natürlich flüchten wir nicht. Warum denn auch.« Dabei legte sie ihre Hand auf meine, aber dass auch ihre zitterte, das konnte sie nicht verbergen. Trotzdem beruhigte ich mich. Mama hatte mich noch niemals, absolut niemals angelogen, dessen war ich mir sicher. Es musste eine andere Erklärung geben. Ich ließ mich wieder zurückfallen, auf die schmale Sitzbank, die ich jetzt für mich alleine hatte. Es war kurz nach acht am Morgen. Ich legte mich hin, zog die Beine an die Brust und schlang die Arme darum, aber bevor ich einschlief, noch zwischen Wegdämmern und Träumen, meinte ich, meine Mutter flüstern zu hören: »Großer Gott, was werden sie mit ihr tun?«

Balaton (1980)

Ich erwachte und spürte als Erstes, dass es wahnsinnig warm geworden war in unserem Auto. Die wenig erfrischende Luft, die durch die spaltbreit geöffneten Fenster auf beiden Seiten hereindrang, erinnerte mich an die Felder, die unweit der Plattenbausiedlung begannen, in der Tante Cordi wohnte. Der Gedanke daran versetzte mir einen Stich, denn er führte unweigerlich zu Sonja, die vermutlich gerade – von wem eigentlich? – genau dorthin gebracht wurde. Ich manövrierte mich umständlich in die Vertikale und erwartete, draußen spektakuläre Landschaft zu sehen, gleichzeitig gähnte ich herzhaft, was einen passenden Kommentar zur Aussicht darstellte. Wir waren offenbar längst in Ungarn, aber wenn das die Puszta war, mussten die Legenden über feurige Menschen und noch feurigeres Essen aus einer anderen Gegend stammen. Uns umgaben öde wirkende, bis zum Horizont reichende Wiesen, die irgendwie dürr, aber nicht ausgetrocknet wirkten. Hin und wieder gab es unscheinbare Gehöfte oder seltsame Brunnen, an denen komplizierte Holzaufbauten befestigt waren, ansonsten ließ mich die Eintönigkeit an die mit dem grauen Himmel verschwimmende, graue Ostsee im November denken, die ich vor zwei Jahren bei einem Kurzbesuch gesehen hatte. Hier war der Himmel zwar deutlich heller, aber ebenso grau, mit einer leichten bläulichen Tönung, und es hätte sich ebenso gut um sehr unscheinbare, dichte Bewölkung handeln können. Außerdem war es natürlich viel wärmer als im Spätherbst an der Ostsee, aber meine Erwartungen an das Reiseziel, auf dessen Erreichen wir so lange hingearbeitet hatten, sanken praktisch minütlich.

»Wird es noch schöner?«, fragte ich laut, womit ich Papa offenbar aus tiefen Gedanken weckte. Meine klobige, dafür aber sehr leichte Jungsuhr zeigte an, dass es auf den Nachmittag zuging, und ich nutzte die Gelegenheit, sie aufzuziehen. Mein Vater nickte mir kurz zu und dann in der gleichen Bewegung in Mamas Richtung. Sie schlief und machte dabei Geräusche, die dem Winseln von Tante Corbis Hund Kenny (eigentlich hieß er Kennedy, wurde aber nie so genannt) ähnelten, wenn der vor der Wohnungstür saß und auf sich aufmerksam zu machen versuchte. Ich nickte zurück, das Gesicht meines Vaters sah müde und traurig aus, aber er schenkte mir trotzdem ein freundlich gemeintes Augenzwinkern.

Auf der flimmernden Landstraße war wenig los, nur die wenigen Fahrzeuge, denen wir begegneten, machten es spannender. Vor uns befand sich einer der eiförmigen, einachsigen Wohnwagen, der vermutlich an einem Trabant oder Wartburg hing, aber hinter uns fuhr ein Fahrzeug, das ich noch niemals gesehen hatte. Es war so groß wie ein Laster, war aber keiner. Die Frontpartie des weiß lackierten Vehikels wurde von einer riesigen Scheibe beherrscht, hinter der ein dicker Mann saß, und neben ihm eine dicke Frau. Als er bemerkte, dass ich sie ansah, hob der Mann die Hand und winkte mir. Ich tat es ihm gleich.

»Was ist das?«, flüsterte ich meinem Vater in den Nacken. Er schob sich ein wenig zur Seite. »Ein Wohnmobil«, sagte er leise.

»Ein Wohnmobil«, wiederholte ich, während der Koloss zum Überholen ansetzte. Wenige Sekunden später fuhr das sicher über zehn Meter lange Ding an uns vorbei. Ein riesiger Wohnwagen ohne Zugfahrzeug, ein Haus auf Rädern. Ich staunte darüber, dass es Menschen geben konnte, die so oft unterwegs waren, dass sie ein ganzes Haus mitnehmen mussten. Oder konnten. Als das Wohnmobil vorbeigefahren war, sah ich sein Nummernschild. Die Buchstaben waren ausladender als die auf dem unsrigen, dessen Beschriftung mit einem »G« begann. Neben dem Nummernschild klebte das Nationalitätskennzeichen »D«.

»Wo kommt der her?«, frage ich leise.

»Berlin«, antwortete Papa.

Berlin – das konnte nicht sein. Berliner Kennzeichen begannen mit einem »I«, aber dieses hatte ein »B« als führenden Buchstaben. »B« stand für irgendwas nördlich von Berlin – Schwerin oder so, wenn ich mich richtig erinnerte.

Ich fragte nicht weiter nach und beobachtete. Mit der Zeit wuchs der Anteil der Autos aus dem Westen sichtlich an, bis es sich irgendwann die Waage hielt, wobei es natürlich auch PKW aus Ungarn gab, mit schwarzhaarigen Menschen hinter den Lenkrädern, meistens Männer.

Die Landschaft wechselte geringfügig, es würde hügliger, die Luft enthielt mehr Würze, eine Nuance Harz und dann noch etwas, das zugleich süßlich und herb war und sich mit der Zeit weiter verstärkte. Mama erwachte und schenkte mir ein müdes Lächeln, das nichts mit ihrer morgendlichen Begrüßung gemein hatte, wenn wir uns daheim zum Frühstück sahen.

»Wir sind gleich da«, sagte Papa. »Höchstens noch eine Stunde.«

Das Erste, was ich vom Campingplatz sah, waren zwei Karussells, gedeckt angestrichene Gestelle aus schmalen Stahlrohren, eines in hellem, blassem Gelb, bei dem am Ende der Rohrkonstruktionen kleine Flugzeuge hingen. Das Zweite war ein grauweißes Kettenkarussell. Beide ähnelten in gewisser Weise dem Anhänger, den wir hinter uns herzogen. Als wir neben ihnen hielten, um uns in die Warteschlange einzureihen, die aus zwei Wohnmobilen, einem Gespann wie dem unseren und zwei Westautos ohne Anhänger bestand, konnte ich die vielen Stellen sehen, an denen die Jahrmarktattraktionen auf manchmal originelle Weise geflickt waren. Trotzdem fand ich das toll – Karussells! Ich stellte mir vor, wie der kleine, asphaltierte Platz am Abend im Schein der Glühlampen aussehen würde, während kreischende Kinder in den kleinen Flugzeugen, die nicht mehr komplett mit kurzen Flügeln ausgestattet waren, ihre Runden drehten, die Hälse verbogen, um ihre Eltern in der Menge auszumachen, und nach ihnen winkten. Ich verdrehte den Hals, um das Kettenkarussell zu begutachten, bei dem an filigran wirkenden Ketten einfache Sitze aus dünnen Rohren hingen, von denen Lederschlaufen herabbaumelten, und spürte einen seltsamen Schauer.

Mama und Papa hatten die Fenster ganz heruntergekurbelt, die Frontscheibe des 601 war mit zermatschten Insekten übersät. Während wir warteten und die Temperatur im Auto weiter anstieg, beobachtete ich die Menschen, die in beide Richtungen an uns vorbeischlenderten, viele mit Luftmatratzen, aufblasbaren Tieren, die ich noch nie gesehen hatte, Körben, Tüten und Badetüchern beladen. Schon auf den ersten Blick konnte ich Westler von Ostlern unterscheiden, an den Haaren, der Badekleidung, den Gummi- und Turnschuhen, die sie trugen, vor allem aber an den Gerüchen.

»Falki, du kannst auch aussteigen, wenn du möchtest«, sagte Mama, öffnete die Tür, stieg selbst aus und ließ mich dann aus dem Auto. Ich war verspannt und seltsam träge, roch wahrscheinlich auch ziemlich unangenehm. Die Luft im Auto war vom Schweiß dreier Personen gesättigt, die fast anderthalb Tage darin verbracht hatten, ohne zwischendurch zu duschen. Draußen duftete es nach Sommer, Cremes mit Aromen, die mich verblüfften, und dann war da außerdem dieser süß-herbe Geruch, viel intensiver als bisher. Ich war mir sicher, dass es der See war, den ich da wahrnahm.

Ich trug ein kurzärmliges, hellbraunes Hemd, kurze, braune Hosen, weiße Socken und Sandalen. Die Jugendlichen, die an mir vorbeikamen, musterten mich kurz, die meisten lächelten, waren in Gespräche mit anderen vertieft, zwei Jungs trugen Kopfhörer und nestelten an Geräten herum, die metallisch-hellblau im Sonnenlicht schimmerten. Ich erstarrte ehrfürchtig. *Walkmen*. Batteriebetriebene Abspielgeräte für Tonbandkassetten, mit denen man jederzeit und überall Musik hören konnte, über kleine Kopfhörer und in toller Qualität. Ich hatte davon gehört, aber gesehen hatte ich noch keinen. Für einen Moment war ich versucht, die beiden, die vielleicht ein, zwei Jahre älter waren als ich, darauf anzusprechen, aber dann sah ich kurz an mir herunter, stellte mir außerdem vor, wie ich für andere roch, und vertagte es. Der 601 ruckte an, jetzt befand sich nur noch ein großes, grasgrünes Auto vor uns, an dessen Heck zwei Auspuffrohre zu sehen waren und das ein tiefes, bollerndes Geräusch machte, wenn der Fahrer Gas gab.

Der Platz, den uns der alte Mann auf dem albernen, viel zu kleinen Klapprad zuwies, lag dicht bei den Toilettenhäusern, einer geduckten, ehemals wahrscheinlich weißen Ansammlung gemauerter Verschläge, aus denen es bis ins Auto nach Urin und anderen Ausscheidungen stank. Obwohl der gesamte Platz flach und ebenmäßig war, wies die Stelle, an der wir den Anhänger parken sollten, eine deutliche Neigung auf. Papa stieg aus und zog die Stirn in Falten, während der Mann auf dem Fahrrad, der struppige Haare, einen fleckigen, grauweißen Bart und ein sehr löchriges Gebiss hatte, mit der linken Hand das Rad ausbalancierte und mit der rechten Notizen auf einem Klemmbrett machte, das er mit dem Ellenbogen gegen den Lenker drückte.

»Der Platz ist nicht gut«, sagte mein Vater zu dem Mann. Der grinste ihn aber nur an.

»Nicht gut. Platz«, wiederholte Papa laut und wies auf die Stelle.

Der Mann nickte und grinste weiter. Dann zeigte er mit dem Klemmbrett auf das Heck unseres 601, auf das Nationalitätskennzeichen, die drei Buchstaben im weißen Oval. Ich drehte mich um und sah zur Mitte des Platzes, zur ausladenden Wiese, die mit Zelten, Wohnwagen und Wohnmobilen vollgestellt war. Sie standen keineswegs dicht an dicht, und es gab sogar kleine Plätze, die von Zelten – *nicht* aus DDR-Fertigung – umrundet wurden und auf denen Leute Sitzgruppen und Grills aufgebaut hatten, praktisch private Höfe. Mit etwas gutem Willen hätte man noch sehr viele Leute – und uns natürlich auch – dort unterbringen können, aber der zahnlückige Fahrradmann wies stoisch auf das geneigte Stück Wiese. Als Vater einen Schritt auf ihn zu und dabei ein ernstes Gesicht machte, veränderte sich der Gesichtsausdruck des Alten schlagartig.

»Administration!«, zischte er und nahm eine seltsame Haltung ein, irgendwas zwischen bedrohlich und lächerlich. Der Mann dünstete starke Tabakaromen, natürlich Schweiß und den Geruch von gebratenem, fettem Speck aus.

Vater ließ die Schultern sinken, Mama legte ihm eine Hand auf den Oberarm.

»Administration«, wiederholte der Wärter, hob das Vorderteil des kindischen Klapprades zur Seite und strampelte zurück in Richtung Einfahrt.

»Tja, so werden hier die DDR-Bürger behandelt, von den Vertretern des sozialistischen Bruderlandes«, sagte jemand. Neben uns stand ein Paar, zwei Westler, die etwas älter als meine Eltern waren – Klaus-Peter zählte vierunddreißig Jahre, Luise ein Jahr mehr – und die genau gleiche T-Shirts, Turnhosen und weiß-blaue Badelatschen trugen. Der Mann war sehr breit, ein kompakter, etwa eins fünfundsechzig großer Kerl, und seine Frau, die buschige Augenbrauen hatte und stark gewellte, dunkelblonde Haare, überragte ihn um gut zehn Zentimeter. Beide lächelten freundlich, ihre Haut war kalkweiß, nur bei dem Mann zeigte sich eine erste Rötung am Halsansatz.

»Hallo, wir sind Manfred und Susanne aus Ingolstadt«, sagte er und reichte Papa die Hand.

»Klaus-Peter«, sagte Papa und griff zögerlich nach Manfreds Hand, dabei sah er sich nach beiden Seiten um, als gäbe es die Gefahr, dass Herr Leder irgendwo lauerte und uns beobachtete. »Aus Dresden. Das ist meine Frau Luise, und das ist Falk, unser Sohn.« Kurz war in seinem Gesicht ein schmerzhafter Ausdruck zu sehen, und ich wusste, an wen er dachte.

Die ersten Westler, mit denen ich sprach. Ich hatte das bisher noch nie getan. Natürlich hatte ich schon welche gesehen, auf der Straße und zwei Mal bei Freunden, die Westbesuch bekamen, was dazu führte, dass ich hinausexpediert wurde, bevor irgendwer etwas sagen konnte.

Ich deutete eine Verneigung an, Manfred und Susanne lächelten.

»Können wir euch helfen?«, fragte der Mann.

Euch? Ich starrte ihn an. Westler und DDR-Bürger duzten sich? War das erlaubt? Konnte man das einfach tun?

Meine Mutter lächelte ein bisschen müde, nickte kurz und sagte: »Danke.«

Gemeinsam bekamen wir es so hin, dass der Anhänger nicht schief stand, weil Manfred Holzklötze anbrachte, die wir auf einer Seite unter die Stützen stellen konnten. Im Vergleich zu dem, was uns umgab, sah der Zeltanhänger unglaublich lächerlich aus. Als Papa und Manfred das kastenförmige, hellgraue Zelt ausgeklappt hatten, schämte ich mich ein wenig für das Gestell, das nach Eigenbau und Flickschusterei aussah, und dann dachte ich an die beiden Karussells.

Danach wurde das kleine, dunkelgrüne, dreieckige Zwei-Personen-Zelt aufgebaut, in dem eigentlich Sonja und ich hätten wohnen sollen. Jetzt wäre es für mich allein.

Während wir aufklappten, aufbauten und auspackten, redete Manfred ununterbrochen. Er sprach vom warmen Wasser des Sees, den er »großer Tümpel« nannte, erzählte davon, wie schwierig es hier war, gutes Grillfleisch zu bekommen, wie labberig das Bier schmeckte – es hieß »Balatoni«, wie ich von ihm erfuhr –, welche Csárdás es in der Nähe gäbe, und was man tun musste, um dort zuvorkommend bedient zu werden. Er plapperte vom günstigen Tauschkurs des ungarischen Forint, vom Wetter, der langen Fahrt hierher und vielem anderen. Papa nickte und lächelte dazu, auch wenn Manfred einen Gegenstand in die Hand nahm – eine Zeltstange, einen Topf, einen Klappstuhl –, skeptisch musterte und dazu Kommentare wie »Lebensgefährlich« oder »Kein Wunder, dass ihr nicht vorankommt« absonderte.

Als fast alles fertig war, musste ich plötzlich schnuppern. Die vielen Gerüche hier überforderten mich fast, unsere neuen Freunde aus Ingolstadt, wo auch immer sich das befand, trugen eine ganze olfaktorische Welt mit sich herum, aber diesen Duft hätte ich jederzeit und überall ausmachen können, selbst in den stinkenden Waschhäusern in zehn Metern Entfernung von unserem Stellplatz. *Schauma-Apfelshampoo*. Ich spürte, wie ich eine Gänsehaut bekam und mir Tränen in die Augen traten. Sonja hatte es doch irgendwie geschafft, alles hatte sich als Irrtum herausgestellt, die Grenzpolizisten hatten sie in die Bahn oder sogar ein Flugzeug gesetzt, und nun war sie hier.

Aber es war nicht Sonja.

»Das ist unsere Karen«, sagte Manfred und nickte dabei stolz. Neben ihm stand ein Mädchen etwa in meinem Alter, das ein rotes Bikinioberteil und ein dunkelblaues Tuch um die Hüften trug, dazu weiße Badelatschen. Sie hatte krause, braune Haare und dunkelbraune, sehr große Augen, die mich musterten. Um ihren Hals hing ein schwarzer Plastikkopfhörer, und in der linken Hand hielt sie das hellblau schimmernde Wundergerät, das ich schon am Campingplatzeingang gesehen hatte – einen Walkman. Ich versuchte, nicht zu intensiv auf das Ding in ihrer Hand zu starren. Karen war in gewisser Hinsicht ähnlich kompakt wie ihr Vater, hatte ziemlich breite Schultern, aber sehr schmale Hüften. Sie lächelte mich an, als hätten wir beide ein Geheimnis, von dem die vier Erwachsenen um uns herum nichts wussten. Das verunsicherte mich, weshalb ich meine Mutter ansah, kurz in Richtung Waschhaus nickte und dann zu den Klos trabte. Der Geruch dort weckte in mir den obskuren Wunsch, meine Nase innen zu waschen.

Als ich zurückkam, saßen die vier Eltern auf unseren Klappstühlen, wobei Manfred immer wieder sein Gesäß anhob und an den rot-weiß-gestreiften Bezügen herumzerrte, als könne er die Sitzsicherheit dadurch erhöhen. Auf dem Klapptisch standen eine riesengroße, metallisch schimmernde Thermoskanne und Plastetassen, die trotzdem edel und teuer aussahen. Offenbar hatten die Ingolstädter eine Runde Kaffee ausgegeben, der ganz anders und sehr viel intensiver duftete als der, den es bei uns gab, und natürlich noch stärker als »im nu«, der irgendwie ölige Malzkaffee, den ich trinken durfte. Mama und Papa verhielten sich im Gespräch, das nach wie vor von Manfred bestimmt wurde, eher passiv, beide wirkten sehr müde und waren von einer seltsamen Traurigkeit umgeben, die mich schmerzte. Trotzdem bemühten sie sich, aufmerksam zu sein, quittierten Manfreds Äußerungen mit einem Lächeln, und manchmal sagte mein Vater auch etwas, meistens kurze Sätze wie »Halb so schlimm«. Karen saß im Gras neben der Sitzgruppe, trug den Kopfhörer und betrachtete den Walkman in ihrer linken Hand, hinter dessen Plastesichtfenster weiße

Zahnrädchen rotierten. Ihr Kopf bewegte sich langsam in einem Takt, den ich nicht hören konnte. Karens Beine waren im Gegensatz zur Haut ihrer Eltern schon leicht gebräunt, und die Sommersprossen, die ihre Stupsnase umgaben, wären wahrscheinlich in zwei, drei Tagen nicht mehr zu sehen. Sie duftete erstaunlicherweise nur nach Apfelshampoo und nichts anderem. Ich setzte mich einen Meter neben ihr ins Gras, was sie nicht bemerkte, und versuchte, nicht zu auffällig zu schnuppern. Da war wirklich kaum ein anderer Geruch, nur noch eine sehr leichte Note vom Waschmittel, mit der ihre Kleidung gereinigt worden war. Das gab es nicht oft, Menschen, die so gut wie keinen Eigengeruch verströmten, aber Karen gehörte offenbar dazu.

Erstaunt bemerkte ich, dass ich sie attraktiv fand. Meine Erfahrungen mit Mädchen beschränkten sich auf eine Knutscherei im Jugendklub, mit Dana, einer dreizehnjährigen Polin, die mit ihrer Jugenddelegation zu Gast in Dresden gewesen war. Ich hätte bei dieser Veranstaltung eigentlich nicht anwesend sein dürfen, weil ich noch kein FDJ-Mitglied war, aber Herr Kosczyk hatte es trotzdem möglich gemacht. Die meiste Zeit über saß ich am Rand, lauschte der Musik, die der Schallplattenalleinunterhalter in der Hauptsache von Bandkassetten abspielte, nippte an meiner Club-Cola und sah den anderen zu. Dann wurde ich plötzlich aufgefordert, in gebrochenem Deutsch, von einem schmächtigen, rotblonden Mädchen, das mich an der Hand auf die Tanzfläche zog. Als wir uns mit kurzen, vorsichtigen Schritten im Kreis zu drehen begannen, während eine englische Musikgruppe etwas sang, von dem ich kein einziges Wort verstand, legte sie ihren Kopf auf meine Schulter. Ich war der Einzige an diesem Abend, der kein blaues Hemd trug, wodurch ich mich wie ein Exot fühlte, aber als die Hände von Dana plötzlich sanft über meinen Rücken zu wandern begannen, verschwanden diese Gedanken und alle anderen auch. Nach zwei Liedern zog mich die schmale Hand vor die Tür, und hinter dem Klub, an die Zementwand gelehnt, küssten wir uns dann. Danas Zunge drängte in meinen Mund, als wäre mein Rachen Neuland, das ein Landvermessungskollektiv soeben erforschte, und in nur kurzer Zeit hatte ich sehr viel von ihrem Speichel in meinem Mund, aber ich fand es trotzdem aufregend. Noch tage-, wochenlang dachte ich an diesen Abend, an Danas Duft nach intensiver Seife, einem leicht holzigen Aroma, und ihrem irgendwie süßlichen Schweiß, an den Geschmack ihrer pfefferminzigen Spucke und das unerwartete Gefühl, das ihre Zunge in meinem Mund ausgelöst hatte. Ich war vielleicht nicht verliebt, es war mehr eine Ahnung davon, ein seltsamer Schwebezustand, der mich noch nicht recht einordnen ließ, worum es sich bei dem handelte, wovon ich gerade erstmals gekostet hatte.

Jetzt bemerkte ich, dass Karen mich ansah. Sie zog ihren Kopfhörer über die Haare und hielt ihn mir entgegen.

»Willst du auch mal?«, fragte sie in das laute Lachen ihres Vaters hinein, der sich wieder mal erhob, um die Gefährlichkeit der Sitzgelegenheit zu unterstreichen.

Ich nickte. Sie gab mir den Hörer und das Gerät, das ich behutsam in meinen Schoß legte. Das Plastegestell mit den beiden Schaumgummiaufsätzen gab Apfelshampooaroma von sich.

»Vorsicht. Ist sehr laut.«

Karen rollte das R und betonte das E auf eine Weise, die ich ungewöhnlich, aber zutiefst angenehm fand – ein bisschen erinnerte mich das rollende R an Russisch. Ich kannte den Dialekt nicht, den sie sprach, aber ich hatte ihn schon bei ihren Eltern gehört, allerdings redete Manfred – Susanne sagte kaum etwas – so schnell, dass es einen verwaschenen und nicht immer verständlichen Brei ergab, auf den man sich sehr konzentrieren musste. Ich sprach selbst keinen Dialekt; Klaus-Peter und Luise stammten aus einem Ort südlich von Berlin und hatten mir nie einen beigebracht.

Laut war es tatsächlich, als ich den Hörer aufsetzte. Ich hatte keine Ahnung, was da für Musik lief, es begann mit einem schnarrenden Schlagzeug, das einen simplen, treibenden Takt spielte, begleitet von einer Rhythmusgitarre, und dann setzte etwas ein, das wie eine Panflöte klang, aber auf artifizielle Art. Von Frauenstimmen beherrschter Chorgesang begann, aber ich meinte, mindestens eine Männerstimme herauszuhören; sie sangen etwas wie »Die Ei Ess Ssie Oh«, das sie ständig wiederholten, aber ich achtete nicht so sehr darauf oder das merkwürdig hohle »Oh«, sondern hauptsächlich auf den unglaublichen Klang. Noch niemals hatte ich Musik in so fantastischer Qualität gehört. Ich starrte auf die sich drehenden weißen Zahnräder, das dunkelbraune, schmale Band, das von einer Rolle zur anderen transportiert wurde, und hielt das Ganze für nichts weniger als ein legitimes Wunder. Natürlich gab es Cassettenabspielgeräte auch in der DDR, meine wenigen Freunde – zwei, um genau zu sein – besaßen jeweils eins, mono und ohne Kopfhörer. Aber zwischen diesen klobigen, knarzenden Elektromonstren und dem filigranen, wuchtigen Klang erzeugenden Ding auf meinem Schoß lagen mehr als Welten. Das Lied endete, dann setzte ein Klavier ein, spielte eine Melodie, die mir auf Anhieb gefiel, zu der sich eine Männerstimme gesellte, natürlich eine englische, die volltönend und jugendlich zugleich war. Ich verstand nichts, begriff kein einziges Wort des Textes, und dennoch empfand ich in diesem Augenblick ein tiefes, beglückendes Gefühl des Berührtwerdens, ahnte, wovon dieser Mann sang, nämlich von Einsamkeit, Melancholie, einer gewissen Wut – und von der Liebe zur Musik. Es war ein kathartischer Moment, in dem ich den unverrückbaren Wunsch verspürte, genau *das*, was der Sänger da tat, auch zu können.

Jemand tippte mir auf die Schulter; ich hätte noch tagelang lauschen können, zog jetzt aber die nach Sonja duftenden Kopfhörer ab.

»Wer ist das?«, fragte ich.

Karen hielt sich eine Kopfhörerhälfte ans Ohr; eine Geste, deren Intimität mich kurz erschaudern ließ.

»Billy Joel. ›Piano Man‹.«

»Billieh Dschoh Ell, ›Pjano Menn‹«, wiederholte ich. Karen kicherte.

»So ähnlich, ja.«

»Das ist schön.«

Sie nickte. »Das ist mein Lieblingssong. Und das davor war Ottawan, ›D.I.S.C.O.‹, das ist *der* Sommerhit in diesem Jahr.«

Ich öffnete den Mund (Ottahuan?), schloss ihn aber gleich wieder.

Karen lachte. »Ihr Ostdeutschen seid schon seltsam.«

Ostdeutsche. Wieder so ein Wort.

»Sind hier viele … DDR-Bürger?«

Sie ließ den Blick kurz über den Platz schweifen. »Einige, aber die meisten sind wohl aus dem Bundesgebiet.«

Ich stutzte. Bundesgebiet.

»Aber«, begann sie und lächelte mich auf eine Art an, die ich erst Jahre später einzuordnen lernte, »du bist mein erster Ostdeutscher.«

Manfred und Susanne erhoben sich. Der Nachmittag war weit fortgeschritten, ich verspürte Hunger. Mama verabschiedete sich von den beiden und holte den Gaskocher aus dem Auto, zwei Gläser mit Bohnensuppe und einen von Jürgens Alutöpfen.

»Es gibt bald Essen«, sagte sie, zu mir gewandt. »Halbe Stunde.«

»Warst du schon am See?«, fragte Karen.

Ich schüttelte den Kopf. Sie hielt mir mit großer Selbstverständlichkeit eine Hand entgegen, und dann zogen wir einander in die Höhe. Ihre Hand war weich, die Intensität ihres Drucks und die Art, wie mich Karen dabei ansah, verwirrten mich.

Auf der anderen Seite der Landstraße standen schmuddelige Einfamilienhäuser in schmalen Gärten, zwischen denen ein Fußweg hindurchführte, ein sandig-grasiger Streifen mit verblühenden Gänseblümchen, Pusteblumen und welkem Heidekraut. Zu allem anderen – und das war viel – mischte sich ein Geruch, der mich an Jürgens Hof erinnerte, und bald sah ich auch die Ursache – vereinzelt lagen breitgetretene Pferdeäpfel herum, und ich erwartete, dass mir diese riesigen Tiere entgegenkämen, vor denen ich enorme Hochachtung hatte, aber das geschah nicht.

Nach kurzer Zeit gelangten wir an den Strand, der mich auf den ersten Blick fast maßlos enttäuschte. Ich hatte zwar schon Fotos vom Balaton gesehen, aber irgendwie immer noch Sandstrände erwartet, karibische Verhältnisse wie auf Kuba, wo die Schultes mal gewesen waren, vor einigen Jahren und lange vor ihrem Verschwinden. Statt eines Sandstrands betraten wir eine großflächige, dicht bevölkerte Wiese, dessen braungrünes Gras mit Decken, Handtüchern, Luftmatratzen und einigem Müll übersät war. An mehreren Stellen hatte das Gras den Kampf gegen die vielen Badetouristen verloren. Die Wiese mündete in eine leicht geneigte Böschung, und dahinter lag er dann, der »große Tümpel«, wie ihn Manfred nannte – der Plattensee.

Der Geruch, den ich schon während der Fahrt wahrgenommen hatte, war hier von großer Intensität, aber am Strand, der ja nur eine Wiese war, lagen so viele Düfte in der Luft, dass er zu einer starken Komponente unter vielen wurde. Es war ungeheuer warm, und ich wusste, dass ich deutlich schwitzte, schließlich trug ich noch immer die Sachen, die ich kurz vor der Abfahrt angezogen hatte, und leider keine Badehose. Im Wasser standen viele Menschen, spielten Ball, einige lagen auf Luftmatratzen. Die Gruppe zog sich weit ins Wasser hinein, aber selbst in ein-, zweihundert Meter Entfernung vom Ufer reichte ihnen der See nicht einmal bis zur Hüfte.

»Man muss ganz schön weit raus, um zu schwimmen«, sagte Karen, und ich versuchte, das »raus« so, wie sie es aussprach, im Geist zu wiederholen. »Hast du eine Badehose unter?«

Ich schüttelte den Kopf.

»Na, für Nacktbaden ist es noch zu hell«, sagte sie, zwinkerte mir zu und ging dann zu einer Gruppe, die auf grellfarbenen Handtüchern saß und Karten spielte.

So lernte ich Tobi, Hans und Sabine kennen, aber nur kurz, denn mein Magen rumorte, und der Bohneneintopf war sicher fast schon heiß. Als mich Tobi, ein Schlaks mit einer Brust, die fast so schmal wie die meines Vaters war, für morgen dazu einlud, mit ihnen den Tag am Strand zu verbringen, spürte ich Stolz, Angst – und errötete. Die vier lachten freundlich.

»Du musst keine Angst vor uns haben«, sagte Hans, der selbst im Vergleich zu mir richtig dick war. »Und die Stasi kann dir hier auch nichts.« Dabei hielt er eine kleine Flasche hoch und prostete mir zu.

D.I.S.C.O. (1980)

Das Abendessen verlief still, wenn man die Geräuschkulisse ignorierte, die der Zeltplatz unvermindert produzierte. An unserem Standort defilierte schon seit einer Weile ein Strom von Menschen vorbei, die Badelatschen an den Füßen und Kulturbeutel unter den Armen trugen, dazu Handtücher über der Schulter. Ich hatte auch geduscht, fühlte mich aber nicht deutlich sauberer – das Wasser war lauwarm und blieb es auch, ganz egal, in welche Richtung man die beiden quietschenden Hähne verdrehte. Das ganze Waschhaus widersprach in jeder Hinsicht seinem Namen, und ich freute mich darauf, ab morgen im Plattensee baden zu können, dem großen Tümpel dreihundert Meter hinter mir. Hier, beschloss ich, würde ich mir bestenfalls noch die Zähne putzen.

Meine Eltern sagten nicht viel, aber sie beobachteten einander, als gäbe es da etwas, das sie nach siebzehn Jahren Ehe plötzlich entdeckt hatten, und sie berührten sich oft, sehr viel häufiger, als ich das ohnehin von ihnen gewohnt war. Sie waren sowieso Menschen, die die körperliche Nähe des anderen suchten, aber an diesem Abend hatte es eine besondere Qualität, etwas tatsächlich Suchendes, das fiel sogar mir auf. Ich beobachtete sie und erfreute mich daran, zugleich machte ich mir diffuse Sorgen. Aber sie schwiegen, und nachdem ich kurz meine ersten Eindrücke vom See berichtet hatte, blieb es am Klapptisch still, unterbrochen nur vom Klackern der Aluminiumlöffel auf dem Plastegeschirr.

Danach stieg Papa in den 601 und fuhr davon. Er wollte versuchen, irgendwo ein Telefon zu finden, um bei Tante Cordi anzurufen, seiner Schwester, bei der sich Sonja befinden sollte.

Ich gab Mama einen Gutenachtkuss und kroch in mein Zelt, in dem es noch hell genug zum Lesen war, weil eine der Lampen, die den Weg zu den Toiletten beleuchteten, direkt neben unseren Zelten stand, und schlug »Als die Götter starben« von Günther Krupkat auf, ein Buch, in dem es um Außerirdische ging, die Tonbänder und Filme auf dem Mond Phobos hinterlassen hatten und von denen man jetzt annahm, sie wären die Ursache für die menschliche Zivilisation. Der Roman war leidlich spannend, aber vieles daran gefiel mir nicht, vor allem der Ton, in dem Krupkat erzählte, der mich stark an den Staatsbürgerkundeunterricht bei Herrn Kosczyk erinnerte. Außerdem war ich sicher, dass es all die Technik, die in dem Buch genannt wurde, längst in sehr viel besserer Form gab. *Im Westen*, ergänzte ich und überraschte mich mit diesem Gedanken.

Ich schaffte nur zwei Seiten, dann war ich eingeschlafen, aber ich erwachte wieder, weil ich das vertraute Dänngderänng unseres 601 hörte, das kurz darauf direkt vor meinem Zelt erstarb.

»Dieser Mensch wollte mich nicht wieder auf den Platz lassen«, sagte Papa laut, als er die Tür hinter sich zugeworfen hatte, gleich darauf hörte ich Mama, die zischend etwas sagte, vermutlich wies sie ihn darauf hin, dass ich bereits schlief. Ich steckte meinen Kopf aus dem Zelt. Es roch nach verbranntem Grillfleisch und Letscho, überall vor den Zelten, Wohnwagen und -mobilen saßen Leute, aßen, tranken, rauchten, prosteten einander zu und schwatzten laut miteinander, dazu gab es Musik aus Dutzenden Quellen, und in Richtung Ausgang konnte ich das Flackern der Glühlampen an den Karussells sehen. Von dort duftete es nach Zuckerwatte, ein Geruch, der mir sofort Appetit machte.

Und dann sah ich Mama und Papa. Sie hatten mich noch nicht bemerkt, sie standen links vor mir, in zwei Meter Entfernung, engumschlungen, beide hielten die Augen geschlossen und weinten zugleich. Mamas Schultern zuckten, aus ihrer Nase lief der Schnodder, und Papas rechte Hand strich ihr immer und immer wieder über den Kopf, als wolle er etwas besonders Hartnäckiges wegwischen. Mit der anderen Hand hielt er ihre Hüfte fest umklammert, und ich fühlte sicher, dass Mama einfach umgefallen wäre, hätte er das nicht getan. Ihre Arme hingen zu den Seiten herunter, die Hände weit geöffnet, als hätte sie gerade etwas fallen lassen.

»Ich versuche es morgen noch mal«, sagte mein Vater leise. »Vielleicht ist sie morgen angekommen.«

Mama schluchzte nur laut, und ich zog meinen Kopf zurück. Ich wollte nicht, dass sie merkten, wie ich sie beobachtete. Während ich leise die Schnüre vor dem Eingang verknotete, hörte ich, dass Papa noch etwas sagte:

»Ich werde sie schon finden, spätestens, wenn ich zurückkehre.«

Am Morgen danach war ich nicht sicher, ob ich die Szene doch vielleicht nur geträumt hatte. Beim Frühstück wirkten Mama und Papa ziemlich entspannt, beide trugen leichte Kleidung, sie ein luftiges, gelbes Sommerkleid, das in der Mitte ihrer Oberschenkel endete, mein Vater kurze, blaue Hosen und ein kurzärmliges, weißes Baumwollhemd, dazu seine Sonnenbrille, die Fahrertür des 601 war geöffnet, und aus dem Autoradio war leise ungarische Volksmusik zu hören. Ich nahm wahr, dass ihnen heute wieder dieser Duft anhaftete, erstmals seit fast zwei Monaten. Meine Mutter lächelte, als sie mir den Malzkaffee anrührte, dann hielt sie in der Bewegung inne.

»Möchtest du vielleicht einen Röstkaffee, Falki?«

Ich stutzte, die Schwarzbrotscheibe mit Honig befand sich auf halbem Weg zu meinem Mund. Kurz blickte ich zu meinem Vater, der langsam nickte; seine Augen waren nicht zu sehen.

»Richtigen Kaffee?«, fragte ich zurück.

»Wenn du möchtest.«

»Oh.« Ich war verblüfft. Sonja hatte das erst mit sechzehn gedurft, und auch nur nach langem Gerangel. »Gerne«, antwortete ich hastig. Mama nickte, schob die Tasse »im nu« beiseite und goss mir ein. Richtigen Kaffee!

Papa räusperte sich. »Wir finden, dass du den Urlaub genießen sollst. Such dir Freunde, hab ein bisschen Spaß. Du bist alt genug.« Er erhob sich halb aus dem Klappstuhl und zog etwas aus der Gesäßtasche, das er vor mir auf dem Tisch ablegte. Ich musste zweimal hinsehen, um es zu erkennen – ein Fünfzigmarkschein. Nicht DDR-Mark, sondern *Westmark*. Ich zwinkerte, aber der große, braune Schein lag immer noch da.

Mama beobachtete mich lächelnd, aber ich wagte es einfach nicht, das Stück Papier anzufassen, das so viel mehr wert war als unser Geld, vor allem hier, wo DDR-Bürger, Menschen aus dem befreundeten sozialistischen Ausland, zu lachhaften Kursen umtauschen mussten, während man für Westmark so viele Forint bekam, dass man sie kaum ausgeben konnte, wie mir Karen gestern erzählt hatte.

Wo habt ihr das her?, wollte ich fragen, aber bevor ich das konnte, kam es noch dicker.

»Wir müssen nicht die ganze Zeit aufeinanderhocken«, fuhr Papa fort. »Sag uns einfach, wo du hingehst. Und es wäre schön, wenn du vor Mitternacht wieder hier wärst. Es gibt eine Disko am Strand in Richtung Siófok, da gehen die ganzen jungen Leute hin. Die Karussells sind ja wohl eher was für kleine Kinder.« Er nahm die Brille ab. »Das Bier hier ist nicht sehr stark, aber nach zweien sollte Schluss sein, junger Mann.«

Jetzt hatte ich das sichere Gefühl, immer noch zu träumen. Vielleicht, nahm ich an, war das Ganze nur eine nächtliche Illusion, die Reise hierher, vorher die Besuche dieser seltsamen Männer, die gruselige Szene am Grenzübergang, der Duft, der

Strand ohne Strand, Karen, Walkman und Billieh Dschoh Ell, Karussells, Zuckerwatte, Wohnmobile, fünfzig Westmark und all das.

»Seid ihr …«, begann ich langsam und sah beide nacheinander an, wagte es aber fast nicht, den Satz zu beenden. »Seid ihr verrückt geworden?«, fragte ich schließlich doch. Dabei legte ich endlich die Hand auf den Schein, in der Hoffnung, wenigstens dieses Wunder zu retten, wenn meine Eltern jetzt aus ihrer Trance aufwachten und alles wieder zurücknahmen, was sie mir soeben erlaubt hatten. Mitternacht. Bier. Disko. Unfassbar. Sonja würde durchdrehen, wenn sie das erfuhr.

Mama kam um den Tisch herum und küsste mich auf die Stirn.

»Wir vertrauen dir«, sagte sie. »Du wirst schon keinen Unsinn anstellen. Außerdem« – sie sah Klaus-Peter sehnsuchtsvoll an – »wollen wir auch mal in Ruhe etwas Zeit miteinander verbringen.«

»Nur eines«, schloss mein Vater. »Um Himmels willen keine Zigaretten. Das ist wirklich das Dümmste, was man tun kann.«

Ich schüttelte brav den Kopf und war seltsam froh, dass wenigstens noch ein Verbot übriggeblieben war.

Ich war noch immer vollkommen platt, als ich eine halbe Stunde später über den Platz wanderte, um Karen zu besuchen. Währenddessen tastete ich alle zehn Sekunden nach dem zusammengerollten Geldschein in meiner Hosentasche. Fast wäre ich überfahren worden, während ich gerade wieder meinen Schatz prüfte. Ich fuhr zusammen, als es direkt vor mir hupte, erst dann bemerkte ich die laute, von vollen Bässen unterstützte Musik.

Vor mir stand ein ulkiges und gleichzeitig wunderschönes Auto, ein roter Wagen ohne Dach, eckig und hochbeinig. Ein Jeep. Aber es war kein Jeep, sondern ein *Suzuki Elljott*, wie ich gleich darauf erklärt bekam. Zwei männliche junge Erwachsene saßen darin, einer erhob sich, schob seine Sonnenbrille in die Stirn und lachte mich an. Über die Frontscheibe hinweg brüllte er gegen die laute Musik: »Willst du 'ne Runde mitfahren?«

Ich nickte überrascht, durfte dann in das Auto klettern, nicht durch eine Tür, sondern mit einem Fuß auf den großen Reifen und dann einfach über die Seitenwand hinweg. Neben den Rücksitzen waren zwei große Lautsprecherboxen befestigt, aus denen ich jetzt dasselbe Lied hörte, das mir Karen gestern vorgespielt hatte, den Sommerhit, aber ich bemühte mich nicht, den obskuren Namen der Kapelle – Ottahuan – auszusprechen, weil ich immer noch überzeugt davon war, ihn komplett falsch verstanden zu haben. Es war so laut, dass ich nicht alles mitbekam, was der Beifahrer zu mir sagte, merkte mir aber den Namen des Autos und kapierte auch, dass die beiden sofort erraten hatten, dass ich aus dem Osten kam. Wir fuhren zwei Runden über den Platz, unter großem Hallo der vielen Jugendlichen, aber es gab auch einige ältere Leute, die uns die Fäuste hinterherschüttelten. Es war fantastisch. Als ich den großen Wohnwagen entdeckte, vor dem Manfred und Susanne am Kaffeetisch saßen, tippte ich dem Fahrer auf die Schulter.

»Jederzeit wieder«, sagte er, als ich herausgeklettert war. Ich nickte weltmännisch und griff abermals nach meinem Geldschein. Fast hätte ich ihn den beiden gezeigt, unterließ es dann aber doch.

Karen erwartete mich bereits. Als sie mich sah, erhob sie sich aus dem Gras, nahm einen Korb und eine aufgeblasene Luftmatratze, die einen intensiven Plastegeruch verströmte. Sie zog die Stirn in Falten und lächelte mich dabei an. »Ich dachte schon, du kommst überhaupt nicht mehr. Frauen sollte man nicht so lange warten lassen.«

»Ich bin gerade mit einem Elljott gefahren«, erklärte ich stolz.

Karen verzog das Gesicht. »Das sind doch Idioten«, sagte sie. Und dann, nach einer Pause. »Immer diese Berliner.«

Ich zuckte die Schultern. Wir holten meinen Kram, vor allem das Schlauchboot und die beiden stummeligen Holzpaddel, und gingen zum Strand. Auf dem Weg dorthin erzählte ich ihr von meinem Schatz – irgendwem musste ich es erzählen. Karen sah mich seltsam an, und für einen kurzen Augenblick war etwas zwischen uns, eine kaum spürbare Distanz, während sie offenbar überlegte, wie sie darauf reagieren sollte, dass ich so stolz von einer Summe sprach, die sie wahrscheinlich als Taschengeld bekam, vielleicht sogar ein Vielfaches davon.

»Ich schau mal, ob ich einen guten Kurs für dich bekommen kann«, sagte sie schließlich. »Aber mach dir einfach nicht so viele Gedanken über Geld. Hier ist alles so billig …« Sie hielt inne. Vermutlich wusste sie, dass das für uns nicht stimmte. Wir durften nur 40 Mark pro Tag umtauschen, und es hatte seine Gründe, dass der Kofferraum des 601 mehr Proviant als alles andere enthielt. Andererseits – irgendwoher hatten meine Eltern Westgeld bekommen, und zwar so viel, dass ich eine Summe erhalten hatte, die, in Mark der DDR umgerechnet, höher war als mein jährliches Taschengeld.

»Mach dir einfach nicht so viele Gedanken«, wiederholte sie, lächelte und sprintete dann über die Landstraße. Ich musste warten, bis ein Konvoi Wohnwagengespanne vorbeigefahren war, und außerdem rutschte mir das Schlauchboot ständig unter dem Arm hervor, weil ich zudem noch meine Tasche und die Paddel trug.

Meine Badedecke identifizierte mich eindeutig als *Ostdeutschen*, aber meine vier neuen Freunde machten kein Aufhebens darum, sondern taten so, als würden sie mich seit Ewigkeiten kennen und als würden wir nicht aus zwei Ländern kommen, die zwar aneinandergrenzten, von wo allerdings zumindest aus dem einen so gut wie kein Weg in das andere führte.

Ich lauschte ihren Gesprächen, auch wenn ich nicht alles verstand, vor allem, wenn es um Musik, Kleidung und Fernsehsendungen ging, und versuchte herauszubekommen, ob Tobi oder Hans an Karen oder Sabine interessiert waren. Offenbar stimmte keine der möglichen Optionen. Nach einer Weile widmeten sie sich mir und fragten mich über die Schule, Musik, das Leben in der DDR, die FDJ und vieles andere aus. Ich erzählte, was mir einfiel, und bemerkte dabei, dass Normalität ein seltsames Phänomen ist. Bei vielem, was ich sagte, zogen sie die Augenbrauen hoch oder lachten, etwa, als ich von den zwei Wochen PA – »Praktische Arbeit« – in der siebten Klasse erzählte, während derer ich in einer nach Öl stinkenden, kalten Werkshalle gesessen und Gussgrate von rätselhaften Plasteteilen abgefeilt hatte, manchmal staunten sie auch, oft lauschten sie ernsthaft, aber keine dieser Reaktionen hätte es bei mir gegeben, wenn mir jemand diese Dinge erzählt hätte. Ich überlegte, was ich von meinem Land hielt, und kam zu dem Schluss, dass es einfach mein Land war, die Gegend, in die ich nun mal hineingeboren war, wie das eben bei jedem Menschen so ist, und kaum einer konnte etwas dafür. Ich bewertete das nicht weiter, es war die Realität, in der ich mich befand, eine Realität ohne Alternativen, weshalb ich über Kategorien von Gut und Schlecht in Bezug auf mein Heimatland auch noch nie nachgedacht hatte – abgesehen vielleicht von jenem schauerlichen Moment, als die Grenzsoldaten Sonja weggeführt hatten. Natürlich gab es Umstände, die ich weniger mochte, aber ich nahm an, dass Tobi, Hans, Sabine und Karen auch nicht unbedingt gerne täglich in die Schule gingen oder Hausaufgaben machten oder zur Kirche liefen – oder eine von den anderen Tätigkeiten absolvierten, die zum Alltag der BRD-Bürger gehörten, aber nicht zu den angenehmeren Aspekten. In die Kirche zum Beispiel ging keiner von den Lutters, obwohl wir so hießen. Aber die Ähnlichkeit war ja auch nur phonetisch.

Am späten Vormittag kam ich endlich dazu, das Schlauchboot aufzublasen, was mich für eine gute Viertelstunde permanent einem energischen Brechreiz aussetzte. Die Restluft in dem Boot, das nach meinem Dafürhalten schon seit mindestens zwei, drei Jahren nicht mehr benutzt worden war, stank und schmeckte so unglaublich übel, dass es meinen Geruchssinn vollständig überforderte. Trotzdem war es nach einer Viertelstunde nicht einmal zur Hälfte voll.

»Warte mal«, sagte der schlaksige Tobi schließlich grinsend, erhob sich, lief davon und kehrte wenige Minuten später mit einem Blasebalg zurück, der fast exakt so roch wie Karens Luftmatratze.

Ich war kaum einen Tag am Plattensee, hatte bisher ausschließlich Westdeutsche getroffen, aber keine von den Eigenschaften, über die Herr Kosczyk im Staatsbürgerkundeunterricht schwadroniert hatte, schien zuzutreffen. Mir war bewusst, dass hier alle im Urlaub waren, in einer besonderen Situation, aber von dieser gierigen Feindseligkeit, die vom Profitstreben und dem Wunsch, die Arbeiterklasse zu unterdrücken, beherrscht wurde und die angeblich alles andere überdeckte, spürte ich wenig. Gut, dies hier waren Jugendliche, junge Menschen, die noch nicht bis zum Hals in der Aufgabe steckten, sich ihrer Konkurrenz zu erwehren, aber auf meine Frage, was sie später werden wollten, hatten sie auch keine Antworten gegeben, die in diese Richtung gingen. Tobi war von Computern, von Datenverarbeitungsanlagen fasziniert und wollte Informatik studieren, ein Wissensgebiet, von dem ich noch nie gehört hatte, für das es bei uns vielleicht aber auch nur einen anderen Namen gab, wie für so vieles. Hans träumte davon, Lehrer zu werden, Sabine Schauspielerin, was ich für hoffnungslos hielt, oder sie war bereits so gut darin, dass sie es schaffte, jemanden zu spielen, der keine Chancen hatte, jemals Schauspieler zu werden. Karen interessierte sich für Biologie, sie wusste nur noch nicht so recht, ob sie etwas daraus machen wollte. Als sie mich fragte, was meine Pläne wären, musste ich mir eingestehen, keine zu haben. Aber ich war ja auch erst vierzehn. Ich liebte Musik, schon seit meinem siebten Lebensjahr konnte ich exzellent Noten lesen, wobei mich immer noch verblüffte, dass es Menschen gab, denen das schwerfiel – für mich waren Noten so transparent und einfach zu verstehen wie der Zusammenhang zwischen Sonne, blauem Himmel und dem Gefühl von Wärme auf der Haut. Ich beherrschte ein paar Akkorde auf der Gitarre, besaß aber keine, doch Papa hatte angedeutet, dass sich in dieser Hinsicht möglicherweise kurzfristig – also im Oktober, zu meinem fünfzehnten Geburtstag – etwas tun würde. Ich verfügte, wie mir Frau Sindermann, meine Musiklehrerin, bestätigt hatte, über eine recht gute, wenn auch nicht besonders starke Gesangsstimme, die sich auch über den Stimmbruch hinweg gehalten hatte, aber außerhalb des Musikunterrichts und der heimischen Badewanne hatte ich mich noch nie gesanglich betätigt.

»Vielleicht Musiker«, sagte ich deshalb, eher scherzhaft, aber vielleicht nicht nur scherzhaft, denn ich dachte dabei an Billieh Dschoh Ell und das Gefühl, das mich beim Hören seines Liedes durchströmt hatte. Plötzlich verspürte ich den Wunsch, dieses Gefühl auch wecken zu können. Die anderen nickten, als wäre das ein völlig alltäglicher Beruf. In der DDR war es das jedenfalls nicht – die Hürden waren hoch, und früher oder später würde ich in die Partei eintreten müssen, um sie zu überwinden. Nicht, dass mich dieser Schritt beunruhigte, schließlich taten das viele, aber ich verstand damals nicht so recht, was das eine mit dem anderen zu tun hatte.

»Cooles Boot«, sagte Hans schließlich, als ich den Stöpsel verschraubte. Es war das erste Mal, dass ich dieses Wort hörte. An diesen Moment würde ich mich noch jahrzehntelang erinnern, aber das wusste ich jetzt natürlich nicht.

»Kuhl?«, fragte ich und hoffte, mich nicht lächerlich zu machen.

»Cool«, wiederholte Sabine und schaffte es nicht, den etwas geringschätzigen Gesichtsausdruck zu verbergen. »Das ist englisch, heißt übersetzt eigentlich kühl, aber es bedeutet so viel wie …« Sie stockte und sah hilfesuchend zu den anderen.

»Gut, besonders, irgendwie … entspannt«, sagte Tobi. »Aber eigentlich mehr als das. Schwer zu sagen.« Er zog die Stirn kraus.

Gut, dann war mein Boot eben *cool*.

»Fahren wir zusammen raus?«, fragte Karen und grinste dabei schelmisch, die anderen kicherten. Ich antwortete hastig »Gerne!« und klopfte mir im Geist dafür auf die Schulter, dem nicht ein »Urst« vorangestellt zu haben.

Meine unvorteilhaft geschnittene Badehose der Marke »Oluba« aus dem VEB Strickwaren Oberlungwitz war vielleicht beige, aber eigentlich hatte sie die Farbe von einem Pflaster, das einen Tag lang auf einer Wunde geklebt hatte. Als ich jetzt Karen gegenüber im Schlauchboot saß und mit den kurzen Paddeln kämpfte, war sie mir peinlich, denn obwohl ich mir im Frühsommer, meistens auf meiner Decke im Garten liegend, bereits eine gewisse Grundbräune zugelegt hatte, wirkte ich gegen das Mädchen im roten Bikini bleich, was meine Badekleidung noch ungut unterstrich. Ich war sowieso ein Typ, der niemals richtig braun wurde, meistens hielt sich eine Röte, die der Hautfärbung um eine Schürfwunde herum ähnelte, für mehrere Wochen, bis sich ein dezenter Bronzeton einstellte, der im falschen Licht gelb aussah und der bis zum Ende des Sommers selten deutlich intensiver wurde.

Als hätte sie meine Gedanken erraten, sagte Karen: »Vielleicht solltest du einen Teil des Geldes in eine neue Badehose investieren. In Siófok gibt es einen Laden, da bekommst du schicke Sachen ziemlich preisgünstig. Ehrlich, dieses Ding ist wirklich hässlich und passt außerdem nicht zu dir.«

Ich spürte, wie sich Glutröte in meinem Gesicht ausbreitete, und antwortete nicht, stattdessen sah ich nach links, wo die Landzungen zu erblicken waren, die sich von beiden Uferseiten in den See erstreckten. Die kleine Fähre befand sich gerade mitten zwischen den beiden Anlegestellen.

»Wenn du willst, komme ich mit und berate dich ein bisschen. Ich bin ganz gut in solchen Sachen.«

Ich sah sie an und forschte in ihrem Gesicht nach Anzeichen von Ironie oder dieser Distanz, die sich kurz gezeigt hatte, nachdem ich ihr von meinem Reichtum erzählt hatte. Aber sie lächelte nur, schloss dann die Augen und lehnte sich zurück.

Das Schlauchboot war nicht sehr groß, eine Person konnte zwar bequem darin sitzen, aber für zwei gab es dann keinen Komfort mehr. Ich hockte auf dem hinteren Ende und gab mir redlich Mühe, die Ruderbewegungen so zu koordinieren, dass wir uns auch mal in eine bestimmte Richtung bewegten. Karen lag vor mir auf dem Boden des Bootes, den Kopf auf dem gegenüberliegenden Ende, ihre Knie angewinkelt, aber ihre Füße und Unterschenkel befanden sich direkt zwischen den meinen. Ich musste mich sehr konzentrieren, ihre zarten, leicht gebräunten Beine nicht zu berühren, während ich tapfer ruderte, aber manchmal passierte es dennoch, und jedes Mal durchfuhr mich ein Schauer. Karen aber reagierte überhaupt nicht, zog die Beine auch nicht weg, sondern ruhte, ein leichtes Lächeln in den Mundwinkeln, in ihrer Position und tat so, als würden wir das schon seit Jahren täglich tun.

Ein Mann, etwas jünger als mein Vater, überholte uns auf der rechten Seite auf einem flachen, leicht konkaven Brett mit Segel. Er hing in einer beeindruckenden Position an einem Gestell, das das Segel umgab, zwinkerte mir kurz zu und absolvierte dann eine Reihe von Bewegungen, die unfassbar elegant, zielsicher und auf lässige Art kraftvoll wirkten. Kurz darauf befand er sich auf der anderen Seite des Brettes und kreuzte unseren Kurs. Ich wusste, dass ich den Namen für diese Sportart kannte, und war ganz sicher, dass es etwas Englischsprachiges war, aber ich kam nicht darauf.

Minuten später bemerkte ich, dass Karen eingeschlafen war. Wir hatten schon ein gutes Stück hinter uns gebracht, die mittägliche Sonne brannte stark, und ich schwitzte; das Aroma des Sees war hier deutlich, und es war endlich fast frei von störenden Düften. Karen aber roch weiterhin nur nach ihrem Shampoo – inzwischen weit weniger intensiv als gestern, sie hatte sich also die Haare heute noch nicht gewaschen. Und sie trug keinen Sonnenschutz.

Ich räusperte mich, aber sie reagierte nicht. Also legte ich die Ruder auf die Seitenwände, griff mit einer Hand ins pupplaue Wasser und ließ etwas davon auf ihren Bauch tropfen, was mich seltsamerweise irgendwie … schwer zu sagen. Es tat etwas mit mir, und kurz musste ich an Dana denken. Karen erwachte und richtete sich ruckartig auf.

»Spaßvogel«, sagte sie.

»Du bist nicht eingecremt«, sagte ich. »Und die Sonne ist stark. Du wirst dir einen Sonnenbrand holen.«

Sie sah kurz nach oben, obwohl das nicht nötig war, um die Intensität der Sonne zu prüfen, und dann fixierte sie mich.

»Woher weißt du das?«

»Das spürt man doch«, sagte ich verständnislos.

Sie zwinkerte kurz. »Nein, das andere. Dass ich nicht eingeschmiert bin.«

»Oh.« Ich war übrigens auch nicht eingecremt. »Das rieche ich. Ich habe eine gute Nase. Glaube ich.«

»Echt?« Sie ließ sich in den Innenraum rutschen und zog die Beine etwas an, aber nicht sehr, und jetzt war es nicht mehr zu vermeiden, dass wir uns berührten.

»Ja«, sagte ich und versuchte das elektrisierende Gefühl ihrer Berührung zu ignorieren. »Ich weiß, dass du Schauma-Apfelshampoo benutzt, aber keine Seife, oder eine, die geruchsfrei ist. Und du hast dich nicht eingecremt.«

Sie sagte nichts, sah mich aber auf eine Weise an, die vielleicht Faszination ausdrückte.

»Gibt es das?«, fragte ich.

»Gibt es was?«

»Geruchsfreie Seife.«

Sie nickte. »Ja, in der Apotheke. Ich habe sehr empfindliche Haut. Nicht auf Sonne, aber auf Chemikalien.« Sie pausierte kurz und beugte sich vor. »Und das kannst du wirklich riechen?«

Ich war versucht, »Du nicht?« zurückzufragen, aber ich wusste inzwischen recht sicher, dass ich mit meiner Fähigkeit eine Ausnahme darstellte. Also nickte ich nur.

»Ist ja irre«, sagte sie. Der Mann auf dem Brett fuhr in der Gegenrichtung an uns vorbei, und er nahm sogar die rechte Hand kurz vom Gestell, um mir zuzuwinken, als wären wir alte Bekannte. Ich hob meine Hand auch für eine lässige, vielleicht sogar *coole* Geste.

»Du bist ein seltsamer Typ«, sagte Karen, und mein Herz zuckte. »Aber irgendwie … irgendwie süß. Wenn du drei, vier Kilo weniger drauf hättest, würden dir die Mädchen auf dem Zeltplatz zu Füßen liegen. Und deine Augen. Bei uns gibt es nicht viele Jungs mit dieser Augenfarbe. Wie bei Huskys.«

Ich starrte sie an und verstand nicht, ob sie mir Komplimente machte oder ob sie mich veralberte, außerdem wusste ich nicht, was Huskys (Hass-Kies?) sind. Sie lächelte breit, ihr ganzes Gesicht strahlte, als sie mir dabei zusah, wie es in meinem Kopf tickerte.

»Keine Angst. Mich stören die paar Pfunde überhaupt nicht.«

Meine Eltern traf ich nur kurz, als ich am frühen Abend von einem aufregenden Tag am Strand zurückkam, der so schön gewesen war, dass alle Kuba-Aufenthalte meiner sämtlichen Landsleute dagegen langweilige Muffelveranstaltungen sein mussten. Wir hatten gebadet, im flachen Wasser Federball gespielt, hatten Pommes mit viel zu süßem, aber intensiv nach frischen Tomaten riechendem Ketchup (das hieß auch bei uns so) gegessen, echte Coca-Cola getrunken, über tausend Dinge und noch mehr geredet, und immer hatte Karen sich in meiner Nähe befunden, wobei wir uns mehr als einmal berührten, an den Armen, an den Oberschenkeln, und einmal griff sie sogar in Richtung meiner Hand, ließ es dann aber im letzten Augenblick doch nicht so weit kommen. Für den Abend waren wir verabredet, um acht würden wir uns treffen, um zu fünft in die Disco zu gehen – um acht! Die Disco im Jugendklub, bei der ich Dana getroffen hatte, hatte um vier Uhr am Nachmittag begonnen und Punkt acht *geendet.*

Ich wollte meinen Eltern all das erzählen, aber sie waren zu beschäftigt damit, sich feinzumachen, denn Manfred und Susanne hatten sie für den Abend in eine Csárdá eingeladen. Mama verschwand mit einem Wäschebündel unter dem Arm im Waschhaus, und als sie mehr als eine halbe Stunde später zurückkehrte, rissen Papa und ich die Münder auf. Sie war dezent geschminkt und trug ein dunkelrotes, kurzes Kleid, das sie selbst genäht hatte, dazu geschnürte, hochhackige rote Schuhe, deren Farbton zwar nicht ganz zum Kleid passte, wie sogar ich bemerkte, aber dennoch war sie unglaublich schön. Dieser erste Tag im Süden hatte ihrem Gesicht einen feinen, nicht ganz bräunlichen Glanz verliehen, und als sie jetzt vor uns stand und sich um ihre eigene Achse drehte, liebte ich sie mehr als alles auf der Welt. In den Augen meines Vaters glitzerten Tränen, und ich hoffte, vor Stolz und Rührung.

Nachdem die beiden in Manfreds dunkelblauen, nagelneuen Audi gestiegen waren, wärmte ich die Bohneneintopfreste vom Vorabend mit dem Gaskocher auf, las danach noch ein bisschen in meinem Buch, aber hauptsächlich war ich damit beschäftigt, auf die Uhr zu schauen. Ich würde in eine Disco gehen, in eine richtige Disco, und vielleicht würde ich ein Bier trinken, was für ein irrsinniger Gedanke. Zwei durfte ich ja, außerdem würde ich mit Karen tanzen und der Musik lauschen und Menschen beobachten, mir die Gerüche merken und darauf hoffen, dass all das niemals endete.

Um halb acht zwängte ich mich in meine dunkelblaue »Marmor«-Jeans und zog dazu das weiße Hemd an. Erst stopfte ich es in die Hose, aber als ich im stinkenden Waschhaus stand und meine Zähne bürstete, durchzuckte mich ein Impuls, und ich zog das Hemd wieder aus dem Hosenbund. Ich trat zwei Schritte zurück und betrachtete mich im milchigen, stark verschmutzten Spiegel. Ja. Das war vielleicht noch nicht *cool*, und es verdeckte auch nicht ganz die drei, vier Kilo, die ich nach Karens Meinung zu viel hatte, aber mit den drei geöffneten Knöpfen und den zweimal umgeschlagenen Manschetten sah ich, wie ich fand, erstens mindestens zwei Jahre älter und zweitens tatsächlich wie jemand aus, der gleich zur, nein, *in die* Disco gehen würde.

Als es erst fünf und dann zehn nach acht wurde, ohne dass auf dem asphaltierten Weg vor unseren Zelten jemand auftauchte, begann ich zu glauben, dass Karen mich vorgeführt hatte, dass all das nur ein Scherz war, den die Westdeutschen sich mit mir Ostdeutschem erlaubten, und ich war verwirrt und unsicher und fassungslos und kurz davor, in ein tiefes

Loch zu fallen. Aber bevor das geschah, hüpfte das Mädchen in mein Blickfeld, Karen in einem weißen Baumwollkleid, wozu sie ihre weißen Badelatschen trug, was aber keinesfalls unpassend wirkte, sondern absolut richtig, und während sie auf den Hacken tanzte, rief sie: »Na, mein kleiner Ostler, bereit für ein bisschen Party?« Es dauerte keine Zehntelsekunde, und ich war bereit wofür auch immer. So stand ich vor Karen, die ich um vielleicht fünf Zentimeter überragte. Sie machte einen Schritt zurück, sah mich von oben bis unten an, und danach wieder von unten bis oben, wobei ihr Kopf erst langsam nickte, und dann etwas schneller, bis sie sagte: »Du hast ja richtig Stil.«

Ich lächelte und schnupperte.

»Und du trägst ein Parfüm.«

Sie zwinkerte und vollführte abermals ein paar Tanzschritte.

»Nur für dich«, sagte sie dann.

In den Jahren, nachdem meine musikalische Laufbahn so richtig durchgestartet war, habe ich viele Discos gesehen, außerdem Tanzschuppen, Clubs, Erlebnisgastronomieeinrichtungen, Après-Ski-Läden, Open-Air-Areale, Theater, Kleinstbühnen, Arenen und Konzerthallen, aber das Gefühl, das mich übermannte, als wir die kleine, eigentlich lieblos ausgestattete, in unmittelbarer Strandnähe am Uferweg zwischen unserem Ort (Zamárdi, meine ich) und Siófok gelegene Discothek betraten, hat sich nie wieder eingestellt. In mir toste es. Die Luft war erfüllt von Rauch und dem Schweiß vieler Menschen, obwohl noch längst nicht wirklich etwas los war, aber die Beleuchtung der Tanzfläche – letztlich eine simple Lichtorgel, die ein Dutzend Spots steuerte –, die riesengroßen Boxen, die vielen Menschen und die herumhuschenden, durch die Bank überaus hübschen ungarischen Kellnerinnen schlugen mich sofort in den Bann. Die anderen saßen an einem Tisch, vor sich Cola, bis auf

Tobi, der aus einer der kleinen »Balatoni«-Flaschen trank. Bevor wir uns setzen konnten, stand Tobi auf, legte mir die Hände auf die Schultern und musterte mich dabei so ähnlich wie Karen zuvor.

»Cool«, sagte er dann.

Ich lächelte, obwohl etwas in mir widersprechen wollte, denn ich fühlte mich nicht kühl oder lässig. Es ging mir nicht darum, die anderen zu beeindrucken oder Anschluss zu suchen, sie nachzuäffen oder zu vertuschen, dass es Unterschiede zwischen uns gab. Es war das erste Mal in meinem Leben, dass ich dieses Gefühl spürte, und es war großartig. Ich legte meinerseits die Hände auf Tobis Schultern, betrachtete das schwarze T-Shirt, das er trug und auf das in weißer Schrift ein englischsprachiges Wort gedruckt war, danach seine hellblauen Jeans, deren Knie faserige Löcher aufwiesen, und anschließend seine hellbraunen Stoffsandalen, die er ohne Socken trug. Ich nickte und lächelte ihn an.

»Du auch«, sagte ich dann.

Weil Karen längst saß, befand sich nun Tobi zwischen uns, aber ich mühte mich, das leicht beißende Gefühl, das dadurch in mir aufkam, zu unterdrücken. Bei einer schwarzhaarigen, glanzäugigen Kellnerin, kaum älter als wir, bestellte ich ein Bier, bestellte ich ein Bier, bestellte ich ein Bier – Falk Lutter aus Dresden, vierzehn Jahre alt –, und die anderen am Tisch sahen mich an, als wäre ich Martin Luther aus Eisleben und kein kleiner Junge aus dem Osten. Sie beeilten sich, ebenfalls Bier zu bestellen, Hans zog eine Geldbörse aus der Tasche, gab der jungen Frau ein paar Scheine und flüsterte ihr etwas ins Ohr. »Der Abend geht auf mich«, sagte er anschließend und grinste in die Runde.

Dann, noch vor unseren Getränken, kam der Sommerhit, nicht zum letzten Mal an diesem Abend, und Karen sprang auf, griff nach meiner Hand und zog mich auf die Tanzfläche.

Letztlich war es vermutlich mein guter musikalischer Instinkt, der mich rettete. Beim Feder- und Volleyballspiel am Nachmittag hatten wir keine Punkte gezählt, aber wenn wir das getan hätten, wäre meine Bilanz ziemlich mies ausgefallen. Meine eigene Motorik war mir ein Rätsel. Ich hatte zwar eine gute Vorstellung davon, welche Bewegungen ich zu vollführen hätte, um bestimmte Dinge zu tun, aber mein Körper gehorchte nur sehr nachlässig. Ich stolperte gern über mich selbst und hatte nicht das geringste Gefühl für die Dosierung von Kraft, die mir, wie ich ehrlich zugeben muss, außerdem in relevanten Bereichen fehlte. Komplexe Abläufe überforderten mich, es sei denn, es hatte etwas mit Melodien zu tun, und genau das war hier und heute glücklicherweise der Fall. Außerdem war da der schlaksige Tobi.

Erst zappelte ich, im Bemühen, die anderen um uns nachzuahmen, vor Karen herum, die das mehr und mehr entweder zu belustigen oder abzustoßen schien, während ich spürte, wie meine Schweißdrüsen Pläne übererfüllten. Das ging für eine gute Minute so, und eine Minute kann eine sehr, sehr lange Zeit sein. Währenddessen befand ich mich am Rande nackter Panik, weil ich bemerkte, wie Karen sich langsam von mir wegbewegte. Nicht weit von uns tanzte ein junger Mann, der gut fünf Jahre älter als ich war und Karen interessiert beobachtete. Ich sah zu unserem Tisch, weil ich nicht wusste, was ich sonst tun sollte, und blickte Tobi in die Augen. Als er das mitbekam, hob er die Hände, die Handflächen geöffnet und nach unten zeigend, und dann bewegte er sie und seinen Kopf zaghaft im Rhythmus der Musik. Dabei lächelte er mich optimistisch an. Ich begriff.

Ich lauschte genauer auf die Musik und darauf, was sie mir zu sagen versuchte, und dann formulierte ich die Antwort. Ich reduzierte das Gezappel und nahm die unkoordinierte Kraft aus meinen Bewegungen, kurz darauf war es so, als würde ich die Noten vor mir sehen, denen ich nun einfach folgte.

Und so klappte es.

Es ging bei dieser Art von Tanz nicht darum, etwas zu tun, das dieser Tanz erforderte, sondern darum, sich einfach nur passend und halbwegs synchron zur Musik zu bewegen, wobei die Stärke der Bewegungen keine Rolle spielte. Als ich das begriffen hatte, war ich zwar noch nicht von einem Mutanten auf dem Mond Phobos zum Formationstänzer mutiert, aber für diese Veranstaltung genügte es. Karen sah mich verblüfft an und beobachtete ein paar Sekunden, was ich da tat – und dann tanzten wir.

Als wir zum Tisch zurückkehrten, klatschten die anderen in die Hände. Ich verstand, dass dabei eine gehörige Portion Ironie mitschwang, doch es machte mir weniger aus als gedacht. Ich griff nach der Flasche Bier, prostete ihnen grinsend zu und trank.

Wir tanzten noch oft in dieser Nacht, Karen und ich, ich tanzte außerdem zwei Mal mit Sabine, während Karen mit Tobi und danach mit Hans zappelte. Aber als Schmusemusik kam, wanderten alle Blicke am Tisch erst zu ihr und dann zu mir. Gegen die Berührungen im Schlauchboot war das, was anschließend geschah, der Geruch einer Straßenpfütze im Herbst verglichen mit dem Duft von Apfelshampoo.

Um halb eins lag ich auf meiner Matte. Ich hatte tatsächlich nur zwei Bier getrunken, aber in mir trieselte es, kombiniert mit einem Hochgefühl, für das es absolut keinen Vergleich gab. Ich war verliebt, das wusste ich, und zwar in Karen aus Ingolstadt.

»Psst«, kam plötzlich von draußen. »Schläfst du schon?«, flüsterte eine Mädchenstimme. Auf dem Zeltplatz waren immer noch sehr viele Geräusche zu hören, Männerlachen, das

Klirren von Flaschen, das Zirpen der Reißverschlüsse und der Insekten auf den Wiesen.

»Nein«, krächzte ich, räusperte mich und wiederholte dann, etwas lauter, aber immer noch sehr leise: »Nein.«

Dann geschah nichts für eine Minute.

»Willst du mich nicht reinlassen?«, fragte die Stimme.

Eine Gänsehaut flutete meine Körperoberfläche, ich schob mich zum Fußende meiner Matte und knüpperte an den Schnüren herum, bis sich nach einer Ewigkeit der Schlitz öffnete. Karen saß im Schneidersitz vor meinem Zelt und lächelte seltsam. Dann ging sie auf die Knie und schob sich an mir vorbei in meine kleine Höhle.

»Leise«, zischte sie in der Vorbeibewegung in mein Ohr. Die Gänsehaut verstärkte sich. Mit zitternden Fingern verschloss ich den Eingang. Karen lag ausgestreckt auf meiner Matte.

»Das war ein schöner Abend«, sagte sie und zog mich zu sich.

Republikflucht (1980)

Wir schliefen nicht miteinander in dieser Nacht, aber wir küssten uns stundenlang, bis das Licht der Dämmerung in meine Behausung drang und die Zeltplatzlaternen verloschen. In den Kusspausen redeten wir, aber dieser Teil der Veranstaltung ging beinahe komplett an mir vorbei, weil sich ein Mädchenkörper gegen meinen Jungenkörper drängte und auch nicht zurückwich, als ich ihn an Stellen streichelte, die ich bis dato noch nicht einmal unbekleidet gesehen hatte. Als Karen aus dem Zelt kroch, blieb ich wach, bis die ersten Geräusche von Leuten zu hören waren, die zu den Waschräumen gingen und Kaffeewasser holten. Da fiel ich in einen kurzen Schlaf, erwachte erstaunlich erfrischt und krabbelte aus meiner Stoffhöhle, um das Frühstück für uns vorzubereiten. Aus dem Zelt meiner Eltern drang Geflüster, dann kam mein Vater, der zerrupft und verschlafen aussah, legte mir kurz die Hand auf die Schulter und stieg ins Auto. Ich trabte dem knatternden PKW hinterher, um vom Kiosk am Platzeingang Brötchen zu holen. Dabei vollführte ich Tanzbewegungen, die ich in der Nacht gelernt hatte, und es war mir in meiner sommerjugendlichen Verliebtheit vollkommen egal, was die wenigen Leute, die im feuchten Morgendunst vor ihren Zelten und Wohnwagen saßen, von mir dachten.

Wir mussten über eine Stunde mit dem Frühstück warten, bis der 601 wieder vor unseren Zelten hielt. Papas Gesicht war versteinert, Mama und er sahen sich nur schweigend an, und selbst in meinem Zustand war für mich zu erkennen, dass etwas in ihnen vorging, das über Erschütterung weit hinausreichte. Anschließend, während wir unsere Brötchen aßen und ich wieder Kaffee trinken durfte, mühten sie sich damit ab, diesen Eindruck zu entkräften. Doch es misslang ihnen gründlich. Sonja war also immer noch nicht bei Tante Cordi eingetroffen. Als ich direkt nach ihr fragte, schüttelte mein Vater nur langsam den Kopf. Nach dem Frühstück stiegen meine Eltern ins Auto, wortlos, aber der Wagen hielt in zehn Meter Entfernung wieder an, und ich beobachtete minutenlang, wie sich die beiden unterhielten. Durch die Heckscheibe sah ich Mamas Kopf schließlich auf Papas Schulter sinken, und dort blieb er noch fast eine Viertelstunde. Dann fuhren sie davon.

Ich ging mit dem Frühstücksgeschirr zu den Waschräumen, wo viele Menschen anstanden, um sich die Zähne zu putzen oder, wie ich, den Abwasch zu machen. Es war laut und voller Gestank, ich fühlte mich endlos einsam, trotz des vorangegangenen Abends, und wünschte mir nichts sehnlicher, als sofort nach Hause zu fahren, um bei Sonja zu sein, im Garten *Atze*-Comics zu lesen, auf Russisch Briefe an Kolja zu schreiben und auf das Reifen der Boskops in Herrn Leders Garten zu warten.

In dieser Stimmung traf ich Karen, die an unserem Klapptisch saß und in einer bunten Zeitschrift blätterte, die BRAVO hieß. Sie sprang auf, umarmte und küsste mich mit einer Selbstverständlichkeit, die mich fassungslos machte, dann schob sie mich von sich und sah mich an.

»Ist irgendwas?«

Ich schüttelte den Kopf.

»Wirklich nicht? Habe ich was falsch gemacht?«

Da musste ich kurz grinsen, griff nach ihrer Hand.

»Nein. Es ist nur …«

Und dann brach ich in Tränen aus. Anschließend erzählte ich ihr, was passiert war. Karen schlug die Hand vor den Mund, als ich von den Geschehnissen am Grenzübergang berichtete. In diesem Moment kehrten meine Eltern zurück.

Sie wirkten ruhiger und entspannter als am Morgen, aber da war deutlich etwas, das sie zu unterdrücken versuchten. Karen kniff die Augen zusammen und schaute dabei immer noch so schockiert drein wie in dem Moment, als ich ihr von Sonjas widerrufener Reiseerlaubnis erzählt hatte, aber Mama lächelte.

»Es ist alles in Ordnung, Falki, wirklich«, sagte sie, wobei sie einen merkwürdigen Seitenblick auf Karen warf. Erstmals in meinem Leben hatte ich das Gefühl, ihr nicht glauben zu können.

»Wirklich?«, fragte ich skeptisch.

Beide nickten.

»Wirklich«, bestätigte Papa. »Mach dir keine Sorgen.«

Die Art, wie er gleichzeitig, vermutlich sogar unbewusst, nach der ziellos neben dem Körper herumflatternden Hand meiner Mutter griff, strafte ihn Lügen. Es war keineswegs alles in Ordnung. Irgendwas ging zu Hause vor sich, und die beiden hatten Pläne, von denen ich nichts wissen sollte. Aber die einzige Idee, die mir in dieser Hinsicht kam, war so abwegig, dass ich sie gleich wieder verwarf. Wir konnten doch nicht flüchten, während Sonja in der DDR blieb. Und: Warum auch?

»Geht an den Strand«, sagte Papa und schob sich die dunkelbraune Sonnenbrille ins Gesicht. »Es ist so ein schöner Tag. Wir werden uns ein bisschen die Gegend anschauen.«

Am Abend, nach einem traumhaften Tag und einem reichhaltigen Abendessen, bei dem würzige Grillwürste im Vordergrund standen, die Manfred ausgegeben hatte (»Wir sollten sowieso nicht so viel essen!«), holten die vier mich wieder ab. Wir gingen aber nicht gleich zur Disco, sondern zu den Karussells. Karen spendierte mir Zuckerwatte, die nicht nur nach karamellisiertem Zucker, sondern auch ganz leicht nach Nüssen und etwas Chemischem roch, aber prima schmeckte. Tobi redete währenddessen mit dem faltigen, etwa sechzigjährigen Ungarn im zugehörigen Bretterverschlag, von wo aus er das Fahrgeld kassierte. Ich schnupperte nach dem Aroma von sehr altem, müdem und ziemlich rostigem Eisen, dem Geruch der knarzenden Lederbänder, mit denen sich jene anzuschnallen hatten, die im quietschenden, wackligen Kettenkarussell fuhren, nach Karens Apfelshampoo und dem sehr männlichen, unfassbar intensiven Rasierwasser, das Hans aufgelegt hatte, obwohl keine Spuren von Bartwuchs zu sehen waren.

»Sie gehören uns«, verkündete Tobi, als er das Gespräch mit dem Kassierer beendet hatte. »Freie Fahrt für alle, so lange wir wollen.«

Die anderen lachten fröhlich, aber ich fragte nur: »*Was?*«

»Ganze zehn Mark, ich habe die Karussells gekauft.«

Ich stutzte und verspürte Befremdung. Das war sicherlich nett gemeint, eine freundliche Geste, oder einfach nur die Art von Spaß, die man sich erlauben konnte, wenn alles so günstig war, dass Geld keine Rolle spielte, aber es kränkte mich dennoch. Um uns herum standen Dutzende Menschen, die meisten aus meinem Land, betrachteten die kläglichen Metallungetüme vor uns, aber die Augen der kleinen Kinder leuchteten, während sich ihre Eltern Blicke zuwarfen, in denen deutlich »Können wir uns das leisten?« geschrieben stand. Der Wechselkurs von Mark in Forint war so miserabel, dass der Tagessatz kaum ausreichte, um Essen und Zeltplatz zu bezahlen, vom Zweitaktergemisch für die Autos ganz zu schweigen, und hier kam ein *cooler* Westdeutscher einfach daher, legte mal eben einen Schein auf den Tisch und kaufte mal eben den gesamten Laden auf. Ich verspürte Scham und einen Anflug von Traurigkeit, außerdem kündigten sich Tränen an. Ich war versucht, Karens Hand loszulassen – sie bekam nichts von dem mit, was in mir vorging – und zu meinen Eltern zurückzulaufen.

Aber Tobi sprang auf das Metallgitter, das das Flugzeugkarussell umgab, hob die Arme und brüllte: »Heute ist hier alles kostenlos, Leute! Steigt ein und fahrt so lange, wie ihr wollt. Die Karussells sind ab sofort gratis!«

Mit diesen Worten bestieg er eine blassblaue Kabine, die letztlich nur ein abgerundeter Kasten aus Gestänge und Pappmaché war und der ein Flügel fehlte, kreischte laut und wirbelte mit der rechten Hand über dem Kopf herum. »Los, steigt alle ein!«, schrie er.

Die Leute um uns herum sahen sich verunsichert an, aber dann liefen die ersten Kinder los und sprangen in die Flugzeugimitate. »Das gilt für beide Karussells!«, brüllte Tobi mit hochrotem Gesicht, das breit über beide Wangen grinste.

Die folgenden neun Tage vergingen wie in Trance. Ich verbrachte meine Zeit fast ausschließlich mit Karen, Tobi, Hans und Sabine. Wir badeten, ruderten, spielten, redeten, ritten sogar auf halbtoten Gäulen, die für dreißig Forint dreißig Minuten lang eine viereckige Grasnarbe umtrotteten. Wir tranken *Traubisoda*, aßen Pörkölt, wie hier das Gulasch genannt wurde, obwohl ich bis dato geglaubt hatte, dass es sich um eine ungarische Bezeichnung handelte, und scheußliche, mit dicken Fasern durchsetzte Salami, die nach ranzigem Salz und einer Feuchtigkeit roch, die mich an Nacktschnecken denken ließ, fuhren auf klapprigen Leihrädern kilometerweit die Landstraße entlang. Und nicht nur, wenn ich mit Karen alleine war, tanzten wir miteinander, küssten und streichelten uns, und ab dem sechsten Tag hatten wir auch Sex. Es geschah einfach so, plötzlich waren wir nackt, und dann war ich in ihr, und es geschah so überraschend, dass ich nicht dazu kam, alle Bedenken, die ich in dieser Hinsicht während der beiden Jahre, nachdem erstmals ein Mitschüler davon gesprochen hatte, angesammelt hatte, in den Vordergrund treten zu lassen: Werde ich das können? Was tut man eigentlich, wenn man eingedrungen ist? Geschieht es von selbst? Werde ich jetzt Vater? Bin ich dafür nicht noch viel zu jung?

Für Karen war es nicht das erste Mal; vorsichtig leitete sie mich an. Sie sorgte auch dafür, dass nichts passieren konnte, denn sie beobachtete mich aufmerksam mit ihren riesigen dunklen Augen, während wir es taten, und drängte mich, beide Hände auf meinen Schultern, sanft aus sich heraus, sobald sich mein Höhepunkt ankündigte.

Meine Gefühle waren rätselhaft. Ich fand es aufregend und gleichzeitig in gewisser Weise selbstverständlich. Es war einfach irgendwie richtig, das zu tun. Es war kein Wunder, keine Gnade, kein weltbewegendes Ereignis, sondern schlicht und einfach schön. Mit der Sexualaufklärung in der Schule hatte es allerdings weniger als nichts zu tun. Und das galt auch für alles, was mir in den vergangenen Tagen widerfahren war: Es entlarvte das Meiste von dem, was man mir in all den Jahren erzählt hatte, als Vereinfachung, als schematische Darstellung, zielgerichtet, eingefärbt, täuschend.

Am Abend des sechzehnten Juli flüchteten wir über die ungarisch-österreichische Grenze. Es passierte so Hals über Kopf, so unvorbereitet und unangekündigt, dass ich erst verstand, was geschah, als Mama und ich in einem Wohnmobil saßen, das einem jungen, sehr ernsthaften und schweigsamen westdeutschen Ehepaar gehörte, und vom Zeltplatz, wo wir das riesige Fahrzeug bestiegen hatten, auf der Landstraße entlang in Richtung Westen fuhr. Weiter hinter uns, aber außer Sichtweite, folgte das zweite Wohnmobil, in dem Papa saß, wie ich zu diesem Zeitpunkt noch glaubte. Ich zitterte und musste fortwährend nach Luft schnappen, hatte keinen Blick für das erstaunliche Inventar des Fahrzeugs, keine Fragen an meine Mutter, die mit einem gleichsam toten Gesichtsausdruck neben mir hockte, und dachte fieberhaft darüber nach, ob das wirklich real war, was wir hier gerade zu tun im Begriff waren. Mamas Hände flatterten, obwohl sie auf die Sitzbank gedrückt waren, und sie wich meinem Blick aus, schluchzte ab und zu, schloss für Minuten die Augen und riss sie wieder auf, als sei ihr etwas in den Sinn gekommen, das noch viel schrecklicher war als das hier. Ich weinte und weinte dann wieder nicht, bemühte mich, Regelmäßigkeit in meinen Atem zu bekommen, hatte maßlose Angst und verstand nichts. Warum taten wir das?

Der Wagen hielt irgendwann, aber draußen war nur Landschaft, und dann kam der junge Mann und klappte die Sitzbänke hoch, auf denen wir hockten. Er drehte Schrauben heraus und zog an Pressspanplatten, danach wies er stumm auf die beiden Hohlräume in den Sitzbänken. Mama warf mir einen Blick zu, den ich bis an mein Lebensende nicht vergessen werde, dann stieg sie in das Loch und kauerte sich zusammen, wie ein Embryo auf den Zeichnungen im Biologiebuch, und weil ich keine Ahnung hatte, was es für Alternativen gab, kletterte ich in die andere Kuhle und tat es ihr nach, obwohl ich viel lieber laut geschrien hätte: nach Sonja, nach Karen und nach Erklärungen für all das hier. Das Brett drückte in meine Seite, ich lauschte dem leisen Quietschgeräusch, das der Mann beim Verschrauben der Abdeckung verursachte, roch in die Dunkelheit, war aber nicht dazu in der Lage, etwas herauszufiltern.

»Keinen Mucks«, hörte ich durch die Platte, aber ich konnte nicht einmal nicken.

Stop Motion (1983)

»Bist du aufgeregt wegen morgen?«, fragte Arndt und sah von seinem Plaste-, nein, *Plastik*-Schneidetisch auf, einem seltsamen Gestell, das von einer durchscheinenden, von hinten beleuchteten Platte beherrscht wurde, auf die er die schmalen, dunklen Zelluloidstreifen geklemmt hatte. Noch während er auf meine Antwort wartete, beugte er sich wieder vor, um den Inhalt einer Szene zu prüfen, die sich auf einem der zwei Dutzend Super-8-Filmschnipsel befand. Dann nahm er das Stück Film und fädelte es sorgfältig in eine kleine Schneidemaschine ein, schnitt es mit einer Klappklinge diagonal an und befestigte dann einen hauchdünnen Klebestreifen darauf.

Bin ich aufgeregt?, fragte ich mich selbst und betrachtete dabei meinen einzigen Freund, der eigentlich kein Freund war, sondern nur ein seltsamer Junge aus meiner Klasse, mit dem ich einen Teil meiner Freizeit verbrachte. Genau genommen wusste Arndt fast nichts über mich, nur, dass ich aus dem Osten kam und mit meiner Mutter zusammenwohnte. Meistens half ich ihm dabei, seinem Hobby nachzugehen, der Produktion von drei Minuten langen Trickfilmen, die entweder aus kafkaesken Zeichnungen bestanden oder Stop-Motion-Sequenzen, für die wir Figuren aller Art arrangierten (Zinnsoldaten, kleine Puppen, Playmobil-Figuren, aus Lego zusammengesetzte, roboterartige Wesen, Plastik-Minimenschen, die zu seiner Märklin-Eisenbahn gehörten, und vieles mehr) und stundenlang um wenige Millimeter bewegten, damit Arndt wieder die grelle, stinkende Filmlampe einschalten und ein Einzelbild schießen konnte. Achtzehn Bilder waren für eine Filmsekunde nötig, über tausend für eine Minute, weshalb wir nicht selten mehrere Wochen für einen Film benötigten, und mir war bewusst, dass ich Arndts Gegenwart nur ertrug, weil die stoische, meistens schweigend verbrachte Langsamkeit, die diese Tätigkeit mit sich brachte, ein willkommenes Gegengewicht zur Hektik darstellte, die mich seit drei Jahren gefangen hielt. Eigentlich war Arndt kein besonders angenehmer Geselle. Er roch nach Kohl, süßlicher Zahnpasta (seltsam: Erdbeeraroma) und furchtbaren Schweißfüßen, selbst wenn er sich kurz zuvor gewaschen und frisch eingekleidet hatte. Er hatte ein schwammiges Gesicht, strohige Haare, die an Holzwolle erinnerten, und sehr fleischige, unsymmetrische Lippen, die ihm eine infantile und zugleich merkwürdig abgebrühte Note verliehen. Die anderen in der Klasse nannten ihn »Riesenbaby«, wenn sie sich überhaupt mit ihm abgaben, aber meist nahmen sie einfach keine Notiz von ihm, höchstens, weil er wieder mal als Letzter übriggeblieben war, wenn Mannschaften im Sportunterricht ausgewählt wurden, und man ihn wohl oder übel in die eigene mit aufzunehmen hatte. Dieses Schicksal ereilte mich ebenfalls recht oft, aber ich nahm es deutlich gelassener hin. Arndt hingegen trieb es regelmäßig die Tränen in die Augen. Während der vergangenen drei Jahre war ich zwar um zweiundzwanzig Zentimeter gewachsen, aber mein Gewicht war überproportional angestiegen – ich wog einundneunzig Kilo bei eins siebenundsiebzig Körpergröße, Tendenz weiter steigend. Ich war viel zu dick, aber das war mir egal. Nein, war es nicht, aber ich beruhigte mich damit, dass es einen fortwährenden Protest gegen die Situation darstellte. Einen Protest ohne Adressaten.

»Nein, ich glaube nicht«, antwortete ich. Morgen Vormittag würde ich in Tegel ein Flugzeug nehmen, zum zweiten Mal in meinem Leben, und dieses Mal, um nach Frankfurt zu fliegen, Frankfurt am Main und nicht Frankfurt an der Oder. Dort würde ich in den Bus steigen, in dem sich der Rest meiner Klasse befände, die bald nicht mehr existieren würde, weil wir von der sogenannten E-Phase in die Oberstufe wechselten, schon im kommenden Frühjahr. Dort würden sich die Klassenverbände endlich auflösen, obwohl ich nicht ernsthaft daran glaubte, dass sich dadurch etwas verbessern würde.

Arndt sah auf, zwinkerte und rieb sich mit dem Zeigefinger das rechte Augenlid. Es war anstrengend, diese fitzelkleinen Bilder zu betrachten, und ich vermutete schon länger, dass er eigentlich eine Brille brauchte, aber wahrscheinlich wäre das genau das Zeichen körperlicher Unzulänglichkeit gewesen, das das Fass zum Überlaufen gebracht hätte. Arndt, ein hagerer Typ namens Harald, einer von den drei Martins in unserer Klasse und ich gehörten zu jenen, die am Rand der Wahrnehmung existierten, weil wir noch nicht interessant genug für fortwährende Hänselei und üble Streiche waren, während es einem tumben Koloss namens Heiko, der seine Versetzungen auf rätselhafte Weise immer wieder schaffte, und der zwergenwüchsigen Tine da ganz anders erging. Wenn sich jemand wirklich Sorgen wegen unserer Klassenreise zu machen hatte, dann die beiden. Es gab kaum einen Tag, an dem sie nicht den Spötteleien einer der drei führenden Cliquen ausgesetzt waren, an dem nicht ihr Sportzeug in den Bäumen des Schulhofs hing, Götterspeise in ihren Schultaschen schwabbelte, Popel oder sonst welche Flecken auf ihren Stühlen klebten oder eines von den vielen anderen Dingen geschah, die sich jene, die sich unangreifbar wähnten, in ihrer kreativen Grausamkeit unermüdlich ausdachten.

»Ich überlege noch, ob ich nicht auf krank mache oder so«, sagte Arndt in der Geschwindigkeit, in der wir Playmobilfiguren anordneten. Er zog die Stirn kraus. »Ich glaube nicht, dass mir die Reise Spaß machen wird.«

Ich nickte langsam, ein wenig verblüfft ob der Tatsache, was für ein unarndtiger Redefluss hier auf mich einprasselte. Aber solche Gedanken hatte ich mir auch schon gemacht. Andererseits freute ich mich darauf, das Elsass zu sehen und, vor allem, zu riechen, erstmals Frankreich zu betreten, und wenn ich ehrlich zu mir war, fand ich es beruhigend, Mama für vierzehn Tage nicht um mich zu haben.

Jene vier Monate, die dem Juli 1980 folgten, gehörten zu den grauenhaftesten meines Lebens. Mama fiel erst in eine katatonische Starre, der bald eine quälend ruhige Traurigkeit folgte, die nur von langen Monologen unterbrochen wurde, die hauptsächlich aus Selbstvorwürfen bestanden. Mehr als einmal in diesen ersten Wochen packte sie unsere Sachen, weil sie mit mir zu einem der Grenzkontrollpunkte fahren wollte, um die Rückreise in die DDR anzutreten; Tante Gisela und Onkel Gerhard hatten alle Mühe, ihr diese wahnwitzige Idee immer wieder auszureden. Danach kam eine Phase der Wut, die fast bis zum Jahresende andauerte. In dieser Zeit kochte sie zwei, drei Mal am Tag über, bekam cholerische Anfälle, während derer sie in Sekundenschnelle ihre Blusen durchschwitzte. Sie schlug ziellos um sich, traf sich auch selbst, zerriss die Kleidungsstücke, an denen sie gerade nähte, sprang auf und rannte durch die Wohnung, schreiend und weinend zugleich. Am schlimmsten aber war, dass sie manchmal abends fortging und erst am frühen Morgen zurück in unser Doppelbett kroch, und die Gerüche, die ihr dann anhafteten, hätte wirklich jeder richtig zuordnen können: Rauch und sehr, sehr viel Alkohol. Einmal aber, zum Glück nur ein einziges Mal, kam es besonders hart, da hatte sie, als sie schwer atmend unter die Decke rutschte, diesen besonderen Duft an sich. Ich ertrug es nicht, stieg mit der Hand vor dem Mund aus dem Bett und schloss mich im Badezimmer ein, wo ich bis zum Morgen leise heulend in der Wanne saß.

Während dieser ganzen Zeit wagte ich es nicht, sie zu fragen, warum zur Hölle wir das überhaupt getan hatten. Ich versuchte, mir Antworten zurechtzulegen, fand aber keine, die auch nur halbwegs plausibel waren.

Von Papa oder Sonja erfuhren wir nichts. Mamas, vor allem aber Giselas Bemühungen, jemanden zu erreichen, der etwas wusste, versandeten. Tante Cordi hatte nach wie vor von beiden nichts gehört, erzählte dann, dass unser Haus geräumt sei, und bei einem der nächsten Anrufe – sie teilte den Anschluss mit einem Nachbarn – verbat sie sich energisch weitere, wollte auch nicht mehr mit ihrer Schwägerin sprechen. Nie wieder. Das rief sie so laut, dass sogar ich es hören konnte, der drei Meter entfernt von meiner Tante saß, die keine war. Gisela versuchte es weiter, drängte Freunde, die Verwandte in der DDR besuchten, sich umzuhören, sprach mit Vertretern von Parteien, Menschenrechtsorganisationen und Regierung, aber es brachte alles nichts. Mein Vater und meine Schwester blieben verschollen. Jürgen und seine Frau waren ebenfalls nicht zu erreichen, und als diese Nachricht bei uns ankam, griff Mama wortlos nach ihrem Mantel, verließ die Wohnung, schloss zaghaft die Tür und kehrte erst am nächsten Mittag sturzbetrunken zurück. Sie sah aus wie eine Puppe, die man überfahren hatte. Die Kleider hingen an ihr, die Reste der wenigen Kosmetik, die sie sich gönnte, waren verschmiert, und ihre Haare standen ab oder klebten schweißnass im Gesicht. Als sie Stunden später halbwegs nüchtern erwachte, entschuldigte sie sich bei mir, drückte fortwährend meine Hände und Unterarme, zog mich immer wieder an sich und bat flehend um Verzeihung. Ich wiederholte ständig, dass ich ihr verzeihen würde, doch ich log. Ich hielt meine Mutter, meine Eltern zwar nicht für alleine verantwortlich und ahnte durchaus, dass es zwingende Umstände gegeben hatte, hatte geben *müssen*, um sie diesen drastischen Weg gehen zu lassen. Doch da mir die Erklärung hierfür noch fehlte, gab ein Teil von mir ihr und Klaus-Peter die Hauptschuld für diese Katastrophe, zu der unsere Leben geworden waren.

Wir hielten einander lange fest.

»Ich vermisse sie ganz schrecklich«, sagte Mama und starrte mich an, ohne mich anzusehen. »Ganz, ganz schrecklich.«

»Ich auch.« Mehr konnte ich nicht sagen, weil es nur dazu geführt hätte, dass sich der ohnehin kaum zu ertragende Schmerz noch weiter verstärkte.

Trotz all dieser Tiefschläge und Stimmungsschwankungen war meine Mutter tagsüber diszipliniert. Schon kurz nach unserer Ankunft in Berlin (West) meldete sie sich für eine Fortbildung an, die es ihr ermöglichen sollte, auch hier in ihrem Beruf als Krankenschwester zu arbeiten, und sie kümmerte sich um meine schulischen Belange, sah sich sogar nach einer Wohnung um, was zu dieser Zeit in Berlin alles andere als einfach war, weshalb es auch erst ein Jahr später klappte. Aber gerade dieses Umschalten von zielgerichteter Pflichterfüllung auf emotionales Chaos überforderte mich. Außerdem hatte ich mit meinen eigenen Gefühlen zu kämpfen, die aus Sorge um meine Mutter, Angst um Sonja und Papa, einem generellen, fundamentalen Missfallen an der Situation, in der wir uns in vielerlei Hinsicht befanden, und großem, großem Liebeskummer bestanden. Ich vermisste Karen sehnsüchtig. Und ich wusste weder ihren Nachnamen noch ihre Adresse. Eines Abends, als ich alleine in der Wohnung war, rief ich bei der Auskunft an und sagte, ich wolle einen Herrn sprechen, dessen Vorname Manfred lautet und der in Ingolstadt wohne. Die Frau am anderen Ende der Leitung lachte nur.

Im Frühjahr 1981 beruhigte sich Mama etwas, lächelte sogar manchmal wieder und sprach mit mir auch über meine Probleme. Wir gingen zusammen ins Kino, in den Zoo oder in den Tiergarten, wo wir durch Schneematsch stapften und, wie ich deutlich spürte, keine Ahnung davon hatten, wo wir uns eigentlich befanden. Und endlich erzählte sie mir auch, wie es zu all dem hatte kommen können. Warum wir es trotzdem getan hatten. Warum Papa geblieben war.

Sie hatten schon zwei Jahre vorher über Jürgen Kontakt mit einer westdeutschen Fluchthilfeorganisation aufgenommen. Treibende Kraft bei dieser Angelegenheit war mein Vater, der offenbar das Leben in der DDR auf eine Weise hasste, die mich verblüffte, denn abseits seiner sarkastischen Scherze über das Schlangestehen hatte er es uns gegenüber niemals thematisiert. Es musste schon jahrelang in ihm gebrodelt haben, aber seit dem erzwungenen Umzug in den kleinen Ort bei Dresden, dem ein ebenso erzwungener Abbruch seines Ingenieurstudiums vorausgegangen war, war es immer heftiger geworden.

»Sie hätten es herausbekommen«, sagte Mama, während wir einen Mann passierten, der auf einer feuchten Parkbank saß und in einer von sechs zerfledderten Einkaufstüten nach irgendwas suchte. Der Mann roch nach Urin, Kot, Schnaps, Rauch, fauligem Eiter, jahrelang ungeputzten Zähnen und noch etwas anderem, das von seinen Füßen aufstieg, aber in keiner Weise dem Geruch von Arndts Käsemauken ähnelte. Es hatte eine stark animalische Komponente, aber viel stärker und bestialischer als in Jürgens Schweinestall.

»Es war schon zu spät«, fuhr sie fort. »Vielleicht hätte es noch ein paar Wochen oder Monate gedauert, aber sie wären uns auf die Schliche gekommen. Und dann wäre alles noch viel schlimmer geworden.«

Ich stutzte und setzte zu einem Widerspruch an, ließ es aber. Eine schlimmere Zeit als diese, genau jetzt, hatte ich jedenfalls noch nie erlebt. Aber ich wusste nichts, und ich war gerade mal fünfzehn, das war mir durchaus klar.

»Klaus-Peter fühlte sich verantwortlich.« Ich sah meine Mutter an und spürte den Schmerz, den sie empfand, als sie seinen Namen aussprach, was sie mir gegenüber höchst selten tat. »Wir haben lange Gespräche darüber geführt. Ich hätte zurückgehen können. Einer von uns musste zurückkehren. Wir konnten Sonja doch nicht alleine lassen.«

Ich wusste nicht, was ich zu all dem sagen sollte. Mein bequemes Kinderleben war keine Position, von der aus man diese Dinge beurteilen konnte. Ich hielt Freiheit nach wie vor für eine Idee und nicht für eine Kategorie, es gab nicht viel, das mich an meinem Heimatland gestört hatte, aber vielleicht hätte sich das bald geändert. Ein Teil von mir war wütend darauf, dass sie mir die Chance genommen hatten, das selbst herauszufinden, aber ein anderer Teil verstand auch, dass sie es getan hatten, um auch mir etwas zu ermöglichen, was insbesondere mein Vater für sich erträumt hatte. Ich fragte mich, wo sie wohl jetzt wären. Papa saß sicherlich im Gefängnis, etwas, das meine Fantasie nicht mit Inhalten zu füllen in der Lage war, Sonja lebte vielleicht in einem Heim oder bei irgendeiner Pflegefamilie. Richtig vorstellen konnte ich mir das nicht. Letztlich, musste ich mir eingestehen, wusste ich über die DDR genauso wenig wie über dieses Land hier, das eigentlich nur eine Stadt mit Mauer drum herum war, die wir nicht passieren durften, weder mit dem Auto noch per Bus oder mit der Bahn, weil dann von unserer Familie nichts mehr übrigbleiben würde.

Mama seufzte, ein zitterndes Seufzen, und griff nach meiner Hand.

»Ich bin so traurig«, sagte sie.

Da konnte ich nur nicken.

Comment ça va? (1983)

Auch nach drei Jahren hatte ich mich noch nicht an alle Veränderungen des Lebens gewöhnt, wobei es vor allem die kleinen Dinge waren, die mich nach wie vor herausforderten. Vieles fühlte sich anders an – Besteck, Geschirr, Münzen, Geldscheine, Türklinken, Wasserhähne, Kugelschreiber, Filzstifte, Schultaschen, Telefonapparate (ich liebte das Tastentelefon, das Onkel Gerhard gerade bekommen hatte, obwohl ich nur selten jemanden anrief), Möbel, Bedienungsknöpfe an Geräten, Tuben, Flaschen, Tiegel, Papier aller Art, von Klo- bis Schreibpapier, und vor allem: Lichtschalter. Noch nach Monaten wartete ich instinktiv auf das Zurückschnappen der flächigen Schalter, wenn ich irgendwo Licht angemacht hatte, aber sie verharrten einfach in der Stellung, in die ich sie geschnippt hatte. Minutenlang stand ich eines Abends vor der matten Metallfläche in Onkel Gerhards Arbeitszimmer, die schlicht überhaupt keinen erkennbaren Mechanismus aufwies, und als ich sie dann berührte, ging das Licht an, aber es wurde trotzdem nicht so hell, wie ich das erwartet hätte: ein Sensordimmer. Ich hatte Gerhard zwar schon häufiger in seinem Arbeitszimmer besucht, und die Lampe hatte immer nur mit voller Stärke geleuchtet, aber aus irgendeinem Grund fand er es richtig, diese Technik zu besitzen.

Das, begriff ich bald, war auch der größte Unterschied zwischen »ihnen« und »uns«: Während die einen alles taten, was *möglich* war, machten die anderen das, was *nötig* war. Hier bestimmte die Form den Wert, die Aufmachung, der Glanz, den etwas verströmte, und wenn man die Auswahl hatte – und die hatte man fortwährend, auch wenn das häufig mit Enttäuschungen verbunden war –, nahm man die Alternative, die vermeintlich einen höheren Wert darstellte, schicker aussah, das sattere Geräusch beim Umschalten machte. Bei uns früher hatte die Funktion im Vordergrund gestanden, aber vielleicht auch nur, weil die Ressourcen fehlten oder knapp gehalten wurden, sich um diesen Mehrwert zu scheren. Manchmal kam es mir vor, als wenn in der DDR versucht würde, die anderen, den Westen, in kläglicher, fast kindischer Weise nachzuahmen, und ich ärgerte mich sofort darüber, wenn ich meine Heimat in dieser Weise gedanklich diskreditierte.

Eines dieser Phänomene waren Autotüren. PKW waren hier sowieso völlig anders als bei uns, viel geräumiger, verzierter, kräftiger, automatischer, *aromatischer*, schneller. Onkel Gerhard erzählte mir, als ich erstmals in seinen wuchtigen BMW einstieg, dass ganze Kollektive (sie hießen hier anders, nämlich *Teams*) damit beschäftigt waren, das Zuklappen einer Autotür mit einem satten, volltönenden Geräusch auszustatten. Dieser Gedanke beschäftigte mich tagelang – Menschen, die der wahnwitzigen Beschäftigung nachgingen, Türen so oft zu verändern und zuzuschlagen, bis ein Geräusch ertönte, das nach Wert klang. Andererseits fand ich es schön, sich in dieser misstönenden Welt, die in gewisser Weise viel lauter war als meine frühere, mit dem Klang der Dinge auseinanderzusetzen. Und außerdem gab es in der DDR auch vieles, das nur getan wurde, um irgendeinen Eindruck zu erwecken, der mit der Realität nichts zu tun hatte, das wusste ich natürlich auch. Aber es hatte schon etwas Perverses, dass sich die Leute hier Autos nach dem Klang der Türen aussuchten, während meine Leute jahre-, manchmal jahrzehntelang auf PKW warteten, bei denen sie gerade mal die Außenfarbe aus einer schmalen Palette wählen konnten – Autos, die hier niemand würde fahren wollen, nicht einmal, wenn sie die Wagen geschenkt bekämen. Papa hatte kurz nach meiner Geburt einen für mich bestellt, auch einen 601, weil die Wartezeit für Wartburgs noch viel länger war.

So ein sattes Türschließen war auch jetzt zu hören, als ich das Taxi verlassen hatte. Ein Mercedes. Keine Frage, dieses Auto strahlte wirklich eine ganz andere Ästhetik aus als ein Trabant – seit drei Jahren hatte ich keinen mehr gesehen.

Wenig später stand ich in der Halle des Flughafens Tegel, über der Schulter mein praller Rucksack, in der einen Hand mein *Walkman*, den ich seit einem Jahr besaß und hegte wie seinerzeit den Fünfzigmarkschein, in der anderen mein behelfsmäßiger Personalausweis (alle Personalausweise in Westberlin waren »behelfsmäßig«, aber ich war jetzt tatsächlich BRD-Bürger) und der Flugschein. Meine Klassenkameraden, die keine Kameraden waren, aber auch kein Kollektiv und keine Brigade, sondern einfach nur junge, überwiegend unangenehme Leute, mit denen ich zufällig in dieselbe Klasse ging, waren bereits seit vier Stunden unterwegs, in einem Bus, der in etwa zweieinhalb Stunden die Gegend von Frankfurt am Main erreichen würde. Ich durfte nicht per Transit durch die DDR reisen, denn ich war ein Republikflüchtling, also flog ich dorthin, um mich der Klasse anzuschließen, in der es einiges an Neid wegen dieser Sonderbehandlung gegeben hatte. Frau Perpel, die kurz vor der Frühpensionierung stand und deren krachender Husten häufig durch die Schulflure schallte, hatte den dafür nötigen Zuschuss zähneknirschend und unter viel Tamtam bewilligt.

Kurz darauf saß ich zum zweiten Mal in meinem Leben in einem Flugzeug, damals waren wir von Nürnberg nach Berlin geflogen, und es war kein schönes Gefühl, wieder an diese Zeit erinnert zu werden. Ich schob mein Buch – »Tunnel zu den Sternen« von Robert A. Heinlein, eigentlich war ich dafür zu alt, aber ich hatte einiges nachzuholen – ins Netz der Rückenlehne vor mir und schnallte mich an. Ein sehr dicker Mann, der eine seltsame Geruchsmischung aus feuchtem Holz, Margarine (Rama), Deodorant (BAC) und sehr säuerlicher Transpiration verströmte, nahm neben mir Platz, aber sein Sitz reichte kaum für ihn aus. Er drückte und drängte mit jeder Bewegung gegen mich, hieb mir versehentlich mit dem Oberarm oder der Schulter in die Seite, wonach er sich jedes Mal entschuldigte, und währenddessen wurde sein Geruch immer stärker. Ich lehnte mich gegen die Bordwand und sah aus dem Fenster. Wir rollten an, hielten wieder, dann ging ein Dröhnen durch das Flugzeug (Warum arbeiteten sie nicht daran, dieses fiese, weltuntergangsartige Geräusch angenehmer zu machen?), der Schub drückte mich in den Sitz – und wir hoben ab. Ich presste meine Nase ans Fenster und sah auf die gewaltige Stadt, über die wir in einer langen Kurve hinwegflogen. Ich sah viel Grün inner- und außerhalb, die Seen im Westen von Berlin, und dann befanden wir uns über dem Staatsgebiet der DDR.

Irgendwo da unten waren Papa und Sonja. Irgendwo. Sonja war jetzt fast zwanzig, und ich würde im Oktober volljährig werden. Ich versuchte mir vorzustellen, was sie tat, ob sie vielleicht in einem Konsum arbeitete oder studierte, was sie immer gewollt hatte, aber natürlich war das unmöglich, denn sie war ja die Tochter von Staatsfeinden, und solche Menschen durften nicht studieren. Ob sie wusste, wo wir waren? Und wo Papa sich befand?

Ich schniefte und wischte mir die Tränen aus dem Gesicht.

Der dicke Mann fragte: »Alles in Ordnung? Hast du Angst?«, und er lächelte dabei sehr freundlich, weshalb ich mich höflich bedankte und die Frage verneinte. Dann starrte ich noch eine Weile auf meine frühere Heimat, bis sie unter faseriger, aber blickundurchlässiger Bewölkung verschwand. Ich setzte die Kopfhörer auf und startete meine Lieblingscassette, eine Zusammenstellung von amerikanischen Singer-Songwritern wie James Taylor und Jackson Browne, lauschte auf das virtuose Gitarrenspiel – einige Titel konnte ich schon nachspielen, auf *Karen*, der billigen, klavierlackschwarzen Akustikgitarre, die ich zum siebzehnten Geburtstag bekommen hatte – und die großartigen Stimmen, die mich davon ablenkten, dass ich über das Gefängnis hinwegflog, in das meine geliebte Schwester und mein Vater eingesperrt waren.

Schon als ich den Bus bestieg, spürte ich, dass hier etwas im Gange war, etwas Bösartiges, das alle Neckereien in den Schatten stellte, die sie sich bisher mit Heiko oder Tine erlaubt hatten. Die Musik war laut, der Fahrer, ein älterer Herr mit Brille und grauem Vollbart, der auf mich irgendwie gebrechlich wirkte, hatte einen dicken Schweißfilm auf der Stirn, der sicherlich nicht nur von der enormen Hitze kam, die draußen wie drinnen herrschte. Er sah mich an, als wäre ich jemand, der ihn zu retten in der Lage wäre – hilfesuchend, kurz vor der Verzweiflung. Er blinzelte hochfrequent.

Frau Erdt und Herr Bonker, gleich in der ersten Reihe auf der anderen Seite, sahen nicht sehr viel anders aus, wobei es einen Unterschied zwischen ihnen gab. Frau Erdt, die junge Referendarin, schien sich in einer Art Trance zu befinden – es machte den Eindruck, als hätte sie völlig abgeschaltet, einfach aufgegeben. Ihr blonder Topfschnitt war etwas verwuschelt, ihr Lippenstiftauftrag fleckig verwischt, und ihre Augen waren nur halb geöffnet, als sie mich jetzt ansah und dann leise begrüßte.

Herr Bonker, der praktisch in letzter Minute als Begleiter für unseren ehemaligen Klassenlehrer, Herrn Bährmann, eingesprungen war, war ein Phänomen, und es stellte nicht nur für mich ein absolutes Rätsel dar, warum dieser Mann Schulklassen an einem Gymnasium unterrichten durfte. Er hatte schüttere, dunkelbraune Haare, war sehr groß und breit, auf behäbige Weise mächtig, aber er war zugleich so verlangsamt wie die Figuren bei Arndts Filmaufnahmen. In seinem Gesicht war immer ein Lächeln, ganz gleich, was geschah, und in seinem Unterricht geschah vieles, wovon nur weniges mit Wissensvermittlung zu tun hatte. Der Mann, der vielleicht fünfzig Lebensjahre zählte, erweckte den Eindruck, sich ständig in einer ganz anderen Welt zu befinden als alle Menschen um ihn herum. Er ließ sich durch nichts unterbrechen oder davon abbringen, seine unglaublich ermüdenden, aber wissensreichen Vorträge zu halten, er kam sekundengenau pünktlich in die Klasse und unterbrach sich auch mitten in einem Satz, wenn die Pausenklingel ertönte. Er stellte Fragen und wartete die Antworten ab, ohne ihnen die allergeringste Aufmerksamkeit zu widmen, er beurteilte sämtliche Tests und Klassenarbeiten nach einem geheimnisvollen System mit den Noten Zwei oder Drei, aber es war leicht, ihn in einer anschließenden Diskussion, bei der es völlig egal war, was man sagte, zu einer besseren Note zu überreden. Herr Bonker trug graue Anzüge, schwarze Lackschuhe, blendend weiße Hemden und dazu immer eine dunkelblaue Fliege, und wenn er die Klasse betrat, mit auf dem Brustkorb abgelegtem Kinn, das er erst anhob, wenn er seine Position erreicht hatte, war die braune Aktentasche unter seinen mächtigen Arm geklemmt, als müsse er sie in starkem Sturm beschützen. Das stimmte in gewisser Weise, denn diese Aktentasche, die zwei Kugelschreiber, einen Füllfederhalter, ein leeres Notizbuch und eine graue Metallschachtel mit Herrn Bonkers Mittagessen (Käse- oder Salamibrote) enthielt, war eines der bevorzugten Angriffsziele meiner Mitschüler. Nachdem Herr Bonker die wenigen Gegenstände auf dem Lehrertisch – Klassenbuch, Schreibunterlage, Geschichtsbuch – so angeordnet hatte, dass alles seiner zwanghaften Vorstellung von Ordnung entsprach, stellte er die Aktentasche rechts neben dem Pult auf den Boden, und er tat das, obwohl er eigentlich wissen musste, was geschehen würde, und es geschah *immer*. Nicht nur in unserer Klasse.

Herr Bonker entsprach dem genauen Gegenteil des Lehrer-, gar des Menschentyps, den man auswählen würde, um eine dreißigköpfige Gruppe von Sechzehn- bis Siebzehnjährigen zu beaufsichtigen, die mehrere hundert Kilometer von ihren Eltern entfernt vierzehn Tage in einem zum Landschulheim umgebauten Kastell in Frankreich verbringen würde. Er war insofern das Äquivalent zu Arndt (oder mir), wenn dieser in eine Völker- oder Fußballmannschaft hineingewählt wurde. Man wusste, dass er in der Mannschaft keinen gewinnbringenden Zweck erfüllen würde, aber man benötigte schließlich elf Leute oder war vom Lehrer dazu genötigt worden, ihn schließlich doch noch ins Team aufzunehmen. Mit etwas Glück war er wenigstens kein Hindernis.

Ursprünglich hatte der Plan darin bestanden, eben mit Herrn Bährmann zu fahren. Das war vor drei Jahren der zweite Repräsentant des Walter-Gropius-Gymnasiums gewesen, den ich kennengelernt hatte, und Bährmann hatte mich damals echt überrascht. Er war der erste Mensch, der mir im Westen begegnete, der sich aufrichtig darüber zu freuen schien, dass ich aus der DDR kam. Es dauerte ein bisschen, bis ich begriff, warum das so war – der Mann war schlicht und ergreifend ein Verbalkommunist, der Archetyp des »links reden, rechts leben«, von denen ich später im Musikgeschäft noch so viele treffen würde. Und er versuchte, mich für seine Zwecke zu instrumentalisieren. Als er eine Woche nach meinem Schulantritt in die Sozialkundestunde geschritten kam, wobei er ein FDJ-Hemd trug, sah er mich dabei beifallheischend an, und in diesem Moment sank er in meiner Beurteilung noch unter die Geringschätzung, die ich für Herrn Leder empfand, der sehr wahrscheinlich ein Gutteil Schuld an unserer Situation trug, wie ich mit der Zeit verstanden hatte.

Was dachte sich dieser langhaarige, bemüht jugendlich wirkende Anfangdreißiger eigentlich, warum ich hier war? Hielt er mich für einen Spion oder einen offiziell beauftragten Sprecher, dessen Aufgabe darin bestand, den Marxismus-Leninismus in diesen Außenposten der BRD zu tragen?

»Wer von euch außer Falk weiß, was an meiner Kleidung besonders ist?«, fragte dieser Vollidiot, nachdem er sich betont lässig seitlich aufs Pult niedergelassen hatte. Dabei sah er mich an, als wären wir verwandt. Ich mühte mich, in meinen Gesichtsausdruck nicht zu viel Abscheu zu legen – immerhin wusste ich zu diesem Zeitpunkt noch nichts darüber, wie das Schulsystem hier funktionierte.

Erstaunlicherweise lagen meine Mitschüler diesem heuchlerischen Mann praktisch zu Füßen. Sein pädagogisches Konzept war simpel, aber wirkungsvoll: Er schleimte sich bei den Schülern ein, machte sie zu Freunden – Leistungsdruck gab es in seinem Unterricht nicht, und in seiner riesigen, geräumigen Altbauwohnung fanden mindestens einmal pro Woche Treffen statt, bei denen Tee getrunken, Musik gehört und geplaudert wurde (einmal nahm ich teil, das reichte mir), außerdem behandelte er uns, als wären wir seinesgleichen und nicht er der Lehrer und wir die Schüler. Gleichzeitig betrieb er intensive politische Indoktrination, vor allem, als er schließlich Mitglied der »Alternativen Liste« wurde, die Zahl der Plaketten an seinem Cordjackett beinahe täglich anwuchs und er sich große Mühe gab, uns alle zu Feinden des NATO-Doppelbeschlusses, der Atomkraft und vieler anderer Vorkommnisse zu machen. All das gelang ihm auch, jedenfalls bei den meisten, sogar denjenigen, die ich nach kurzer Zeit für Leute hielt, die sich im kapitalistischen System durchaus wohl fühlten. Was mich wirklich erstaunte, war die Tatsache, dass ich zu den wenigen zu gehören schien, die überhaupt bemerkten, was Herr Bährmann erfolgreich im Schilde führte. Ich war quasi per Geburt nicht Bestandteil einer Gruppe, die etwas von politischem Diskurs, Meinungsemanzipation und diesen Dingen verstand, aber vielleicht war es genau das: Weil ich Schüler von Herrn Kosczyk gewesen war, dessen Aufgabe in voller Klarheit darin bestanden hatte, uns zu sozialistischen Menschen zu erziehen, ohne dass es in dieser Hinsicht offene Fragen gab, erkannte ich in Herrn Bährmann eine Spielart dieses Vorgehens, und sehr viel subtiler war der Zopfträger mit den »Atomkraft? Nein danke!«-Ansteckern auch nicht. Aber meine Mitschüler liebten ihn, leisteten, von wenigen Ausnahmen abgesehen, geschlossen Gefolgschaft, und deshalb stand außer Frage, wer mit uns ins Elsass fahren würde, auf dieser letzten gemeinsamen Reise vor der Auflösung unserer Klasse.

Leider wurde Herr Bährmann kurz vorher in irgendeine leitende Position eines Gremiums gewählt und musste unsere Begleitung zugunsten einer Tagung absagen. Das Geschrei war groß, bis eine von *den Sabines drei* auf die Idee kam, statt seiner Herrn Bonker zu fragen. Es gab in der Runde, die in der großen Pause im Klassenzimmer saß, um das Problem zu besprechen, einen Moment des Erschreckens, ein kurzes Innehalten wie in Gruselfilmen, wenn die Hauptfigur in den Keller geht, um zu prüfen, was die grausigen Geräusche bedeuten, die von dort kommen, und dann bleibt das Licht aus, obwohl sie den Schalter drei, vier Mal betätigt. Ich saß nur zufällig in der letzten Reihe, denn ich hatte bei solchen Runden nichts zu suchen, aber man bemerkte mich auch nicht.

Der Moment verging, und dann brach Gelächter aus, das schnell zu Jubel wurde. Was für eine wahnsinnige Idee, ausgerechnet Herrn Bonker mitzunehmen, ein willfähriges Opfer, kein Widerstand zu erwarten, praktisch ein Freibrief für alles, was man sich nur vorstellen konnte. Vor allem in Kombination mit Frau Erdt, dieser verschusselten und verängstigten jungen Frau mit Topfschnitt, deren pädagogisches Konzept hauptsächlich darin bestand, mit gesenktem Kopf betreten zu schweigen, wenn zum Beispiel eine mit Spucke verklebte Papierkugel neben ihr an die Tafel klatschte, während sie unregelmäßige Verben auflistete.

Herr Bonker lächelte, natürlich lächelte Herr Bonker, er war zu keinem anderen Gesichtsausdruck fähig; er trug seinen grauen Anzug, die Lackschuhe und eine Fliege, die Aktentasche lag auf seinem Schoß, und er badete in Schweiß. Inzwischen war ich dazu in der Lage, verschiedene Sorten auseinanderzuhalten – Schweiß, der von sportlichen Betätigungen stammte, Angstschweiß, Schweiß als Ergebnis von Lust und vier andere Arten. Herr Bonker schwitzte einfach nur, weil es heiß war und sein Metabolismus anders funktionierte. »Herr Bonker schwitzt wie ein Schwein«, ertönte manchmal, wenn der Lehrer darauf wartete, dass eine Frage beantwortet wurde, und ich verkniff mir jedes Mal mitzuteilen, dass Schweine überhaupt nicht schwitzen. Das hatte mir Karen erzählt, damals in diesem Sommer, vor drei Jahren, als mein altes Leben endete und ein anderes begann.

Bei Frau Erdt war es nackte Angst, aber ihre Drüsen produzierten längst nicht so viel wie diejenigen ihres Nachbarn. Ich hob den Blick.

Direkt hinter den Lehrern saßen die Verlierer, gleich zuerst die mikrosome Tine, die einen Doppelsitz für sich hatte, was den Eindruck erweckte, eigentlich würden vier Leute in diese Reihe passen, und Heiko auf der anderen Gangseite, auch alleine. Dann folgten der dritte Martin und Harald, nebenan Arndt, der also doch noch beschlossen hatte mitzufahren oder der sich wieder mal nicht getraut hatte, seinen energischen Eltern gegenüber irgendwas zu sagen. Arndt sah zu mir auf, erwartungsvoll und zugleich bedrückt, umgeben vom Mief seiner Füße. Die Lautstärke im Bus war enorm, es lief Musik, die ich kannte, weil meine Klassenkameraden sie liebten, eine deutsche Sängerin, deren jugendlich-rauchige, aber unausgebildete Stimme gegen überhöhte Effekte und treibendes Schlagzeug ankämpfte. Nena. Im Gang rollten leere Dosen umher, nicht wenige davon Bierdosen. Ob Herr Bährmann das geduldet hätte?

Trotz der Lautstärke hörte ich, wie zwei, drei Stimmen im Chor wiederholt »Ostler« zischten, aus Richtung der Fraktionen, die die Klasse beherrschten und sich wohlüberlegt den hinteren Bereich des Busses ausgesucht hatte. Anfangs hatte mich diese Bezeichnung verunsichert, und ich hatte sie willig als die Beleidigung aufgefasst, die sie darstellen sollte, aber inzwischen interessierte es mich nicht mehr, davon abgesehen stimmte es – ich war der Ostler, immer noch.

Es roch nach Rauch, Alkohol, einem süßlichen, mir bisher unbekannten Aroma, das aber ebenfalls etwas Rauchiges hatte, und vielem anderen, aber alles wurde übertönt vom Schweiß, denn im Bus war es wirklich unglaublich warm.

Dies hier war meine erste und letzte Reise mit ihnen. Wir hatten nur noch vier Monate. Was sollte geschehen? Hatte ich irgendwas zu verlieren? Ich lächelte Arndt entschuldigend zu und verabschiedete mich dabei gedanklich von den quälend langweiligen Nachmittagen zwischen Schneidetisch, Kamera und Projektor, drückte meine Schultern durch und ging in Richtung Heck des Busses, der in diesem Augenblick wieder anfuhr.

Dadurch kam ich neben Christine zu sitzen, Chrissie, einem schmalen, flachbrüstigen Mädchen mit kurzen, schwarzen Haaren und hypnotischen grünen Augen. Sie war das erste und bisher einzige Mädchen, mit dem ich mich nach Karen geküsst hatte, auf einer Klassenfete im Herbst 1981, noch bevor ich damit begonnen hatte, reichlich Winterspeck anzusetzen –

und mich von allen außerschulischen Aktivitäten abzunabeln. Auf diese Fete war ich, wie mir damals bewusst war, auch nur als Attraktion eingeladen worden, als jemand, mit dem man sich befasste, weil er noch einen gewissen Unterhaltungswert hatte, aber mein fadenscheiniger Stern sank rasch, was mir sehr recht war. Trotzdem hatte ich die Party besucht, wie alle anderen Bier und Bowle und klare Schnäpse aus Plastikbechern getrunken, mich langsam zur psychedelischen Musik – von Pink Floyd, Mike Oldfield, Angelo Branduardi und so weiter – bewegt und irgendwann Chrissie in meinen Armen gehalten, deren Augenlider bereits flatterten und die mich während der kommenden zwanzig Minuten mit allen möglichen Vornamen anredete, nur nie mit meinem tatsächlichen.

Christine war tatsächlich hübsch, was vor allem an ihren Augen lag, aber auch an den tiefschwarzen Haaren und der zierlichen Figur. Christine saß in unserer Klasse in der ersten Reihe, und wenn es etwas gab, das Herrn Bonker aus seinem autistischen Verständnis von Pädagogik riss, dann war es Chrissie, die ihre schlanken Beine in den engen Jeans aus der Position linker Oberschenkel auf dem rechten Oberschenkel in die umgekehrte manövrierte.

»Falk Lutter«, sagte sie jetzt, sah mich irgendwie geringschätzig an und dann gleich wieder aus dem Busfenster. Ich wusste nicht, ob sie noch eine Erinnerung an unseren Abend vor zwei Jahren hatte, aber eigentlich war das auch egal. Der Bus fuhr wieder, hinter uns wurden Dosen und Chipstüten aufgerissen, Zigaretten angezündet, und wieder kam in mir das Gefühl auf, mit systematisch geplanter Bösartigkeit konfrontiert zu sein.

Und dann geschah es. Für einen Moment war es still, danach begann ein neues Musikstück, eigentlich überaus konventionell, fast ein Schlager, mit einem Akkordeon als führendem Instrument, zurückhaltendem Schlagzeug, und das Ganze auch noch auf Französisch, von Jungs gesungen, die nur über Kopfstimmen und keine ganze Oktave Umfang verfügten. Es war längst nicht der erfolgreichste Titel in diesem Sommer, er erreichte nur Platz 6 der Hitlisten, aber er war *der* Sommerhit – und das Stück, das zu unserer Reise passte wie kein anderes: »Comment ça va?« von der holländischen Jungsgruppe »The Shorts«, einer Art von Formation, die man Jahrzehnte später »Boygroup« nennen würde und die von einem Komponisten und Manager erdacht, »gecastet« wurde, wie es heute heißt, wo Hunderte solcher Gruppen auf den Markt drängen, die sich die Studiotürklinken im Halbjahrestakt in die Hände geben – wenn man sie dort überhaupt braucht. Als der Refrain ertönte, grölte der komplette Bus lauthals und ziemlich falsch mit:

Comment ça va
Comme ci, comme ci, comme ci, comme ça
Tu ne comprends rien à l'amour
Restez la nuit, restez toujours

Vor allem die zweite Textzeile brüllten sie nachgerade, »Kommssie, kommssie, komms*sah*!«, ein aggressives Geschrei, das die arme Frau Erdt vollends zusammenzucken ließ. Christine neben mir bewegte die Lippen mit, sah dann, dass ich sie beobachtete, hielt inne. In einer trotzigen Bewegung drehte sie das Gesicht zur Fensterscheibe. *Tu ne comprends rien à l'amour*, dachte ich sofort, und dann an Karen, die ich immer noch sehr vermisste.

Zu dieser Zeit waren meine Leistungen in Englisch und Französisch bereits ganz in Ordnung, aber Frau Perpels Entscheidung, mich in einer zu niedrigen Klassenstufe unterzubringen, wurde niemals revidiert. Mama versuchte es kurz vor den Sommerferien 1981 abermals, aber unsere Rektorin, die zwar immer noch wie ein Papagei aus einem lichtlosen Dschungel herumlief, sich jedoch, wenn sie meinte, unbeobachtet zu sein, auf einer Bank im Flur niederließ, an der Lehne festhielt und brachiale Hustenanfälle hinter sich brachte, winkte einfach ab.

Vor allem die Aussprache hielt mich anfangs ganz schön auf Trab, doch im Gegensatz zur rothaarigen Sabine, die es bis zum Abitur nicht schaffte, das Tie-Äjtsch vernünftig auszusprechen – was bei ihr immer aussah, als würde sie gleich flutwellenartig erbrechen –, bekam ich die Kurve im zweiten Jahr. Englisch war im Vergleich zu Russisch beispielsweise fast simpel, aber Französisch liebte ich. Bis heute habe ich nicht verstanden, warum Musik mit englischen Texten so viel erfolgreicher ist als solche mit französischen, die einfach melodiöser klingen, oder deutschsprachigen, die man schlicht und ergreifend leichter versteht.

Das Stück endete, »Flashdance« von Irene Cara begann, aber kurz darauf riss Gerald, den wir Gerry zu nennen hatten, an meiner Lehne, weil er von hinten zum Busfahrer stürmte, mit einem Grinsen im Gesicht, das Züge von Irrsinn hatte, während er sich beidarmig an den Sitzen entlanghangelte, als wäre er ein Armeerekrut beim Überwinden eines Hindernisparcours. Kurz darauf ertönte das Quietschen einer Musikcassette, die im Wiedergabemodus zurückgespult wird, und dann abermals und noch etwas lauter das Intro von »Comment ça va«. Als Gerry auf dem Rückweg ins Heck bei mir ankam, blieb er stehen, sah mich an, als wäre ich eine Alkoholrauschillusion, und brüllte mir die zweite Textzeile aus nächster Nähe ins Gesicht, wobei sein sprühender Speichel auf mich niederregnete. Gerald stank, wie alle hier, nach Schweiß, einer Variante, die eine leichte Moschusnote hatte, und außerdem nach dem Parfüm »Lagerfeld«, das überhaupt nicht zu ihm passte. Genau genommen passte dieser völlig maßlose Duft zu niemandem.

Gerry war praktisch der Chef unserer Klasse, der Meinungs- und Rädelsführer, aber ich verstand nach wie vor nicht, warum das so war – er hatte diese Position bereits inne, als ich dazustieß. Gut, sein Selbstbewusstsein, das an maßlose Selbstüberschätzung grenzte, war enorm ausgeprägt, aber seine schulischen Leistungen waren Mittelmaß, er war fast so eine Niete wie ich beim Sport – trotzdem wurde er immer relativ schnell in Mannschaften gewählt –, und er sah nicht einmal gut aus. Unter einer sehr hohen Stirn, die in braunschwarze, unordentliche Locken überging, hatte er zusammengewachsene Brauen über schmalen, leicht geschlitzten, hellbraunen Augen. Sein Gesicht war kantig, aber unspektakulär, seine Arme wirkten zu lang, und er war mit eins fünfundachtzig viel zu groß für seine Statur. Was Gerry auszeichnete, war die Lautstärke, in der er sich äußerte und die sämtliche Aufmerksamkeit sofort auf ihn fokussierte. Außerdem protestierte er ständig, gegen alles und jeden, widersprach den Lehrern, den Mitschülern, die als Schiedsrichter beim Schulsport fungierten – es gab immer etwas, zu dem er eine abweichende, persönliche Meinung hatte.

»Hallo, Gerry«, formte ich mit den Lippen und lächelte. Es war zu laut, um etwas sagen zu können.

Er beugte sich noch weiter zu mir herunter, sein Mund berührte mein Ohr, und er brüllte: »Das wird eine coole Klassenfahrt, dicker Ostler.«

Dann schob er seinen Oberköper an mir vorbei, legte Chrissie eine Hand in den Nacken und zog ihr Gesicht an seines heran, küsste sie lange und energisch; sie ließ es über sich ergehen. Er schaffte es, mich dabei anzusehen, herausfordernd, herablassend, siegessicher. Bösartig.

Keine Ahnung, warum genau, aber in diesem Augenblick musste ich an eine Unterhaltungssendung aus dem DDR-Fernsehen denken: »Außenseiter – Spitzenreiter.«

Ich lächelte Gerry an und nickte dabei. Er blinzelte, löste sich von Chrissie, schickte sich an, zu seinem Platz zurückzukehren, hielt dann aber inne. Das Stück endete. In das Intro von »Flashdance« sagte er: »Falk. Was ist das eigentlich für ein bescheuerter Name?« Er grinste, hielt das vermutlich für einen äußerst *coolen* Spruch, aber ich nickte nur weiter.

Flammkuchen (1983)

Bei Kehl am Rhein verließen wir die Autobahn, überquerten den mächtigen Fluss und näherten uns der Grenze zu Frankreich. Wenn ich richtig rechnete, stand mir mein fünfter Grenzübertritt bevor, aber es war der erste als Bürger der Bundesrepublik Deutschland. Ich nestelte nach meinem Ausweis, einem grünen Ding mit Kunstledereinband, dessen Geruch entfernt an die beiden Männer erinnerte, die uns vor der Abfahrt nach Ungarn mehrfach besucht hatten.

Der Fahrer schaltete die Musik ab, was Proteste aus dem im Zigarettenqualm versinkenden Heck des Busses provozierte. Frau Erdt, die jetzt wirklich derangiert aussah, stand auf, klammerte sich mühevoll an eine Kunstlederschlinge, die von der Decke herabhing, und rief mit gequälter Stimme: »Bitte holt eure Ausweise raus, und benehmt euch wenigstens für ein paar Minuten anständig«, was von hinten mit lautstarkem Gejohle quittiert wurde.

Erst betraten deutsche Grenzbeamte den Bus, kurz danach französische, jeweils zwei, alle trugen Uniformen, unter denen sie stark transpirierten, aber sie verströmten außerdem leicht ölige Gerüche, die ich nicht einzuordnen wusste. Die beiden Franzosen rochen außerdem nach Käse und Alkohol, aber ich fürchtete mich dennoch vor ihnen, immer mehr, je näher sie meiner Sitzreihe kamen. Vielleicht lag es daran, dass ihre Uniformen denjenigen der tschechoslowakischen Grenzer ähnelten, vielleicht aber auch wurde mir erst in diesem Augenblick bewusst, dass ich in den kommenden vierzehn Tagen dieser Horde von Irren ausgesetzt sein würde, fernab von zu Hause. Ich zwang mich zu einem Lächeln, als der

Grenzbeamte neben mir stand, war merkwürdigerweise kurz versucht, den Freundschaftsgruß der FDJ zu präsentieren, aber er sagte nur kurz »Bonjour« (eigentlich nuschelte er nur: »Jour«), warf einen ebenso kurzen Blick in unsere Papiere und widmete sich dann der nächsten Reihe. Christine grinste mich an, als wisse sie, was in mir vorging, aber ihr Lächeln hatte etwas sehr Kaltes.

Wir passierten Straßburg und kamen in die schönste Landschaft, die ich jemals gesehen hatte. Während es nach und nach hügeliger wurde, durchfuhren wir pittoreske Orte, die Namen trugen, die danach klangen, als hätten sich ein Deutscher und ein Franzose um sie gestritten und schließlich, einander weinselig in den Armen liegend, einfach beide Sprachen miteinander gemischt. Rechts von uns befand sich ein Bachlauf, dessen Wasser in der Augustsonne blinkte, und hinter kleinen, verschachtelten Feldern begannen Wälder, die sich über die Hügel zogen. Hin und wieder waren schlossartige Gebäude zu sehen, und ich hätte viel dafür gegeben, dieses stinkende Monster von Bus zu verlassen, um den Duft der Landschaft aufzunehmen.

Nach einer Weile bogen wir rechts von der Landstraße ab, überquerten den breiten Bach und fuhren auf eine zweispurige, von dichten Bäumen gesäumte Straße, die sich kurvenreich durch mehrere Täler zog.

Und dann endlich hielt das Fahrzeug, fast meinte ich, ein seufzendes Schnaufen zu hören. Wir befanden uns auf einer weitläufigen, grasbewachsenen Lichtung mitten im Nichts. Ich sah einen Teich, eine Art Fußballplatz und eine Anordnung von flachen, gelbbraun gestrichenen Gebäuden, die mehr einem größeren Gehöft als irgendeiner historischen Sache ähnelten. An drei Seiten flankierten sie einen kopfsteingepflasterten Hof, auf dem ein Brunnen zu sehen war.

Schon kurz vor dem Halt waren meine Klassenkameraden aufgesprungen und drängten sich jetzt im Gang, wie ich es später vielhundertfach in Flugzeugen miterleben sollte. Christine sah mich auffordernd an, aber ich zuckte nur die Schultern, außerdem war das Gedränge zu groß, um sich noch dazwischenzuschieben. Mir war bewusst, dass es um die Zimmerverteilung ging. Eigentlich gab es einen Plan, den Herr Bährmann mit Frau Perpel abgestimmt hatte, aber es war offensichtlich, dass sich niemand daran halten wollte. Frau Erdt und Herr Bonker würden es nicht einmal verhindern können, wenn jemand auf die Idee kam, die Geschlechter zu mischen.

Ich stieg als Vorvorletzter aus, nur Tine und Heiko saßen noch, weil sie wussten, wo sie hingehörten. Heiko starrte mit leerem Blick aus dem Fenster, aber Tine lächelte, als ich ihr kurz zuzwinkerte. Ich verspürte den Wunsch, ihre Hand zu nehmen und sie dazu zu überreden, im Bus zu bleiben und nach Berlin zurückzufahren. Diese außerordentlich kleine Person – sie war höchstens eins dreißig groß –, die regelmäßig Einsen in vielen Fächern schrieb, aber trotzdem nur eine Durchschnittsnote im mittleren Bereich hatte, weil sie sich absolut niemals zu Wort meldete, hatte in diesem Augenblick mein volles Mitgefühl, umso mehr, da sie sich tatsächlich zu freuen schien. Immerhin, der Blick nach draußen gab ihr vorläufig recht.

Ich war schon ausgestiegen, als ich den Fahrer sah. Er rieb sich mit einem Papiertaschentuch über die Stirn, danach nahm er seine Brille ab, die stark verschmiert war, und reinigte sie mit demselben Tuch. Sein Gesicht zeigte eine Erleichterung, wie ich sie noch nie zuvor gesehen hatte, also drehte ich mich um und flüsterte: »Entschuldigung. Sie wissen es einfach nicht besser.«

Beim Aussteigen begleiteten mich faserige Wölkchen des Qualms, den mehrere hundert hastig gerauchte Zigaretten produziert hatten. Trotzdem atmete ich tief durch. Hier roch es *richtig*. Frisch geschnittenes Gras, viele hundert Blumensorten und Baumarten, dazu etwas von verrottendem, aber auch von frisch geschnittenem Holz und der Geruch von Wasser, das über Steine fließt. Und ganz entfernt mischte sich das Aroma von gebratenen Zwiebeln und Kartoffeln darunter. Meine erschnüffelte Vermutung, dass es hier außerdem Tiere – Schweine – geben müsste, bestätigte sich, als ich von einem Holzgebäude schräg hinter dem Haupthaus aufgeregtes Quieken vernahm – wahrscheinlich war gerade Fütterungszeit.

Unsere Quartiere befanden sich in den beiden Gebäuden, die die Flanken des Haupthauses bildeten, wo die Ess- und Freizeiträume waren. Die kühlen, nicht sehr hellen Zimmer, in denen es nach mildem Reinigungsmittel, Dispersionsfarbe, häufig gewaschener Wäsche und Spuren von Schimmel roch, verfügten jeweils über zwei Doppelstockbetten, zwei schmale Kleiderschränke, einen Tisch und erstaunlicherweise drei Stühle. Quadratische, mit rostigen Stangen vergitterte Fenster lagen in den tiefen Höhlungen der dicken Wände, die auch hier im sandigen Gelbton gestrichen waren.

Am Ende des Ganges, von dem zehn Zimmer abgingen, befanden sich die beiden Quartiere unserer Lehrer, jeweils eines auf jeder Gangseite. Es wunderte mich nicht, in einem Zimmer direkt davor zu landen, und als ich es betrat, sahen mich Arndt und der dritte Martin mit einem Blick an, der nicht weniger als »Willkommen in der Verliererklause« bedeutete, was der omnipräsente Geruch von Arndts Füßen noch unterstrich. Direkt hinter mir stolperte der tumbe Heiko in den Raum, schnaufte kurz und wartete dann ab. Selbst in dieser kleinen Gruppe gab es eine Hierarchie. Arndt und Martin sahen mich herausfordernd an, ich lächelte und warf meinen Rucksack oben auf das Doppelstockbett neben dem Fenster. Beide nickten kurz und wählten dann ihre Betten, Heiko nahm das verbliebene, unten, direkt neben der Tür. Es knarrte fürchterlich, als er sich drauf warf, die Arme vor der Brust verschränkte und die Augen schloss, als würde er die nächsten vierzehn Tage in dieser Position verbringen wollen.

Während wir dabei waren, die spärlichen Unterbringungsmöglichkeiten für Gepäck unter uns aufzuteilen, öffnete sich die Tür. Frau Erdt steckte ihren Kopf herein, setzte zu etwas an, das mit den Worten »Wenigstens ihr« begann, dann erfüllte ein schmerzhafter Ausdruck ihr Gesicht, sie stockte, schüttelte leicht den Kopf, seufzte und zog die Tür wieder zu.

»Sie kapituliert, bevor der Kampf richtig angefangen hat«, kommentierte Martin, ein gedrungener Junge mit dichten, schwarzen Haaren und sehr großen Füßen, der ziemlich gut in Geschichte und Sozialkunde war, in Fächern, die mit dem Eintritt in die E-Phase etwas gewichen waren, das »Politische Weltkunde« hieß. Dabei lächelte er schmal. »Das ist wahrscheinlich das Beste, was sie tun kann.«

Ich nickte und sah zu Arndt, der auf seinem Bett saß, die schwere Super-8-Kamera in den Händen, und der Martin anstarrte, als sei er das Grauen in Person, als hätte er soeben den unmittelbar bevorstehenden Weltuntergang verkündet.

»Wenn wir ein bisschen Glück haben, lassen sie uns in Ruhe«, sagte ich.

Heiko stöhnte laut, öffnete die Augen aber nicht.

»Wenn wir ein bisschen sehr viel Glück haben«, korrigierte Martin.

Im Gang gab es Lärm, mehrere Leute rannten hin und her, dann polterte eine Faust mehrfach gegen die Tür, und jemand, den ich für Gerry hielt, brüllte »Abendbrot, ihr Pfeifen«.

Zu den wenigen Momenten des Glücks, die ich während der nächsten paar Tage erlebte, gehörte dieses erste Abendessen. Es gab Flammkuchen, die einfach himmlisch schmeckten.

Françoise und Bertrand, die beiden Herbergseltern, bäurische Typen um Mitte vierzig, die wie Herr Bonker ununterbrochen lächelten, buken so viele davon, wie wir essen wollten. Dazu reichten sie frische Milch und kalten Tee, aber es dauerte keine fünf Minuten, bis dort, wo die üblichen Verdächtigen jetzt eine schmutzige Schlemmerorgie feierten, Bier- und Weinflaschen auftauchten.

Die beiden Lehrer saßen an unserem Ende der langen, unbehandelten Holztafel, die wie der Berliner Grunewald im Frühherbst roch. Herr Bonker trug immer noch seinen durchgeschwitzten Anzug mit Fliege – ich fragte mich, was sein Gepäck sonst noch enthielt –, Frau Erdt ein weißes T-Shirt und Jeans, aber sie sah trotzdem alles andere als entspannt aus. Sie aßen schweigend, die junge Referendarin blickte gelegentlich auf und beobachtete das Geschehen am anderen Tischende. Vieles an ihrem Gesichtsausdruck erinnerte mich an meine Mutter kurz nach unserer Flucht.

Es war die Ruhe vor dem Sturm, und sie ahnte es.

Gewitter (1983)

Tatsächlich gab es so etwas wie ein Programm, wir sollten Wanderungen unternehmen, zwei Ausflüge per Bus und hatten sogar Unterricht am Vormittag – Französisch, Erdkunde, Politische Weltkunde –, aber genauso gut hätte man vorschlagen können, dass wir uns Senftransfusionen legen ließen oder uns gegenseitig ohne Betäubung irgendwelche Gliedmaßen amputierten. Nach einem vergleichsweise ruhigen ersten Abend – das Geschrei und die Musik aus den vorderen Zimmern verstummten bereits kurz nach Mitternacht – zeigte sich schon am Morgen des zweiten Tages, dass unsere Lehrer hier so überflüssig waren wie ein Konsum auf dem Mond. Beim Frühstück, zu dem die meisten Schüler verspätet bis überhaupt nicht eintrafen, versuchte Frau Erdt, die Planungen vorzustellen, schließlich hob sie sogar die Stimme und bat schreiend um Ruhe, doch ihre Lautmeldung ging in einem Hagel aus Apfelstückchen, Johannisbeeren und Cornflakes kläglich unter. Hilfesuchend rüttelte sie an Herrn Bonkers Schulter, doch der lächelte nur, nippte an seinem Kaffee und ordnete anschließend eine Scheibe Schnittkäse so auf seinem Brot an, dass sie zur Kruste auf allen Seiten exakt den gleichen Abstand hatte. Die Frühstücksflocken und Beeren, die in seinen Haaren hingen, nahm er überhaupt nicht zur Kenntnis.

Henning sprang auf den Tisch. Im Prinzip hätte *er* der Anführer sein müssen, denn Henning war muskulös, groß und sah wirklich gut aus. Und er war alles andere als dumm. Aber vielleicht war gerade das der Grund, weswegen er es lieber anderen überließ, die schmutzigen Entscheidungen zu treffen. Eine aber verkündete er jetzt doch höchstselbst.

»Hört mal alle. Ruhe bitte!«

Sofort trat Schweigen ein.

»Ein paar von euch werden nach dem Frühstück in den Ort gehen, um Nachschub zu organisieren. Die anderen erkunden die Gegend. Und heute Abend ist dann Party. Paaar-tieh!«

Unter Applaus kletterte er wieder vom Tisch und verschwand in Begleitung seiner Spezis, die uns fiese Blicke zuwarfen, als sie am Tischende vorbeikamen.

Ich roch es sofort, als wir das Zimmer betraten. Es war so intensiv, dass auch die anderen es rochen. Selbst Arndts Duftspur wurde davon überdeckt, und außerdem war es nicht zu übersehen. Martin sah mich entsetzt an.

»So schnell?«

Immerhin war noch ein bisschen was zu retten. Von meinen Shirts waren zwei sauber geblieben, und zum Glück trug ich meine Lieblingsjeans am Körper. Heiko und Arndt aber war es weniger gut ergangen, ihre sämtlichen Klamotten waren mit Schweinescheiße beschmiert. Überall auf dem Boden und auf unseren Betten klebte sie.

Arndt lief heulend aus dem Zimmer, leider direkt in die Arme einer größeren Gruppe, die schon in der Tür stand und sich ostentativ die Nasen zuhielt.

»Ihr Schweine!«, krähte Gerry. »Ihr Schweineficker!«

Die übrigen lachten. Da waren Henning, die beiden anderen Martins, Michael, Stefan, Thomas, sogar Harald, Christine, zwei von den Sabines und noch ein paar andere.

»Comment ça va?«, stimmte einer an, und der Rest reagierte sofort: »Kommssie, kommssie, komm*ssah*!«

Schallendes Gelächter, dann plötzlich wurde es ruhig, weil sich Herr Bonker durch die Gruppe schob. Er sah ins Zimmer, nur kurz, ohne erkennbare Reaktion, drehte sich auf den Hacken um und verschwand wieder, kommentarlos.

»Herr Bonker schwitzt wie ein Schwein«, brüllte jemand. »Und er hat das Verliererzimmer vollgeschissen! Herr Bonker *ist* ein Schwein!«

»Herr Bo-honker ist ein Schwa-hein«, skandierten sie, als sie davonzogen und uns in dem Saustall zurückließen.

Beinahe den ganzen Vormittag verbrachten wir damit, unsere Sachen im Hof zu waschen. Allein die erschütterten Blicke, die wir bei dieser stillen Tätigkeit wechselten, sprachen Bände.

»Wenn das so weitergeht, können wir uns den Strick nehmen«, sagte Martin nur. Die anderen nickten. Arndt schniefte noch immer. Nach dem Schweinescheißeangriff war er mit seiner geliebten Super-8-Kamera verschwunden und erst eine Dreiviertelstunde später ohne sie zurückgekehrt.

Françoise kam und sammelte wortlos unsere Wäsche ein, die jetzt zwar nicht mehr ganz so sehr stank, aber alles andere als sauber war.

»Morgen. Frisch«, sagte sie und sah einem nach dem anderen kurz ins Gesicht.

»Merci«, nuschelte Arndt.

Françoise nickte. Dann sagte sie leise: »Mauvais enfants«, und trug unsere Klamotten in einem großen Weidenkorb davon, deren unschöner Geruch allerdings noch eine Weile in der Luft hängen blieb.

Anfangs hatte ich die seltsame Dynamik in dieser Klasse für einen Ausdruck pubertärer Wichtigtuerei gehalten, aber damals hatte sich auch erst angedeutet, was sich später daraus entwickeln würde. Cliquen oder Kader oder wie auch immer man das nennen wollte, kannte ich natürlich auch aus meiner früheren Schulzeit. Meist waren es kleine Freundeskreise, die sich aber gegenseitig in Ruhe ließen. Sie speisten sich aus Leuten, die in der jeweiligen Nachbarschaft wohnten, der gleichen Pionierbrigade angehörten oder die sich einfach schon seit der frühen Kindheit kannten.

Aber diese Scherze, die vielmehr Anschläge waren und die sie mit steigender Intensität und immer wohlorganisiert verübten, wiesen darauf hin, dass es hier um Machtstrukturen ging, die weit mehr waren als Imponiergehabe. Neben Gerry und Henning, der sich wohlweislich im Hintergrund hielt, war es vor allem ein fieser, rattengesichtiger Typ namens Thomas, dem es leichtfiel, den Rest anzustacheln. Thomas war etwas zu kurz geraten, hatte einen kompakten Oberkörper und dunkle, engstehende Augen, was ihn eigentlich eher für unsere Tischseite prädestiniert hätte, aber er war ein Springquell böser Ideen und dazu noch ein enormes Redetalent. Solchen Typen begegnete ich später immer wieder, meist in mittleren Managementpositionen von Plattenfirmen, Konzertveranstaltern, Rundfunkstationen und Musikverlagen, aber nie in der Führungsetage. Keiner mochte sie wirklich, Gespräche verstummten, wenn sie sich näherten, und trotzdem wollten alle von ihrer Kreativität und Überzeugungsfähigkeit profitieren. Letztlich war es Thomas, der das Triumvirat zusammenschmiedete und in unserer Klasse neue Gräben für Kämpfe aushob und die bereits bestehenden noch weitaus tiefer ausschachtete. Er wohnte als einziger Schüler nicht in Wilmersdorf oder Schöneberg, sondern reiste jeden Morgen lange mit U-Bahn und Bus an, aus Neukölln, wo er mit seiner alleinerziehenden Mutter in der Nähe der Wilhelm-Reuss-Lebensmittelfabrik lebte, irgendwo zwischen Grenz- und Sonnenallee. Dort roch es intensiv nach den Kakao-Unmengen, die im Reuss-Werk verarbeitet wurden. Für mich hatte das den Vorteil, Thomas' Annäherung immer recht früh zu spüren, zu riechen, aber dieser Vorteil zahlte sich nur selten aus. Wenn ich dieses leichte, ölig-zuckrige Schokoladenaroma wahrnahm, war es immer schon zu spät, denn sein Ruf und seine fiesen Ideen eilten ihm meilenweit voraus.

Der Kreis um Gerry, Henning und Thomas wurde rasch größer, aus dem simplen Grund, dass es besser war, zu ihnen, als zu einer anderen Gruppe zu gehören. Die Mädchen, auch wenn sie sehr viel harmoniesüchtiger waren und sich nicht gerade untereinander beharkten, orientierten sich entsprechend. Nicht nur *die Sabines drei* badeten in ihrem Fahrwasser, auch einige der Hübscheren – darunter Christine –, die es eigentlich nicht nötig gehabt hätten, sich dieser Terrorzelle unterzuordnen, waren früher oder später immer dabei.

Obwohl es in den Nachbarklassen ähnliche Tendenzen zu geben schien, erreichten die dortigen Strukturen nie die Qualität, die unsere hatten. So genossen wir bald alle an der gesamten Schule einen wirklich üblen Ruf, ganz egal, ob man nun zu den Tätern oder Opfern gehörte. Erstaunlicherweise war es der sich stets einschleimende Herr Bährmann, der diese Struktur noch förderte und die Protagonisten während der Treffen in seiner Wohnung, die immer mehr zu verschwörerischen Partys wurden, stärker aufeinander einschwor. »Gruppen sind stärker als der Einzelne«, erklärte er und sah dabei jeden in der Runde an. »*Seid* eine Gruppe. Dann könnt ihr alles erreichen.«

Und über all dem schwang dieser Anglizismus, dieses Wort, das ich in Ungarn zuerst und hier, im Westen, immer wieder gehört hatte: *Cool*. Es bedeutete nämlich längst nicht nur: *gut, besonders, irgendwie entspannt*, wie mir Tobi seinerzeit erklärt hatte, sondern, viel mehr als das, auch: lässig, fast emotionslos, abgebrüht, nüchtern-berechnend und sogar grausam – und es entwickelte sich nach und nach zu einer Art Lebensgefühl. Meine neuen Klassenkameraden benutzten das Wort beinahe pausenlos, und dann immer nur in diesen Bedeutungen, es sei denn, es ging um Kleidung, besonders um *Sneakers*, wie sie Turnschuhe nannten. Insbesondere die Jungs legten großen Wert darauf, jederzeit *coole* Turnschuhe zu tragen.

Was cool war, wechselte allerdings häufig, denn die Coolness der Marken generierte sich über die Coolness ihrer prominenten Werbeträger, was einen ständigen Konkurrenzkampf der Hersteller zur Folge hatte, bei dem sie um die Gunst der coolen Stars und Sternchen buhlten. Mich amüsierte das. Davon abgesehen trug ich Turnschuhe nur beim Schulsport.

In der ersten Zeit nahm ich das Gruppenverhalten eher belustigt zur Kenntnis, weil ich zu viel damit zu tun hatte, meine Lerndefizite auszugleichen und mich in dieser bunten, lauten, komplizierten, aber auch nach und nach spannender werdenden Welt zurechtzufinden. Und irgendwann schätzte ich mich glücklich, einfach zu uninteressant für die ständigen, bösartigen Neckereien zu sein. Ich versuchte, möglichst gelassen zu reagieren, und bemühte mich mitzulachen, wenn sie mich verspotteten, weshalb sie das Interesse irgendwann verloren. Ich hatte einfach keine andere Chance. Dazugehören würde ich nie, denn ich war ein Ostler *und* dick *und* schlauer als einige von ihnen. Und es gab einfach keine Alternativen, zumal ich meine arme Mutter wenigstens von einer Front mit ausschließlich guten Nachrichten konfrontieren wollte. Und diese Nachrichten waren wirklich gut: Ich gehörte zu den drei Notenbesten meiner Klasse, damit zu den Top Ten des gesamten Jahrgangs, spielte Rhythmusgitarre im Schulorchester, und der einzige Makel auf meinen Zeugnissen war die regelmäßig wiederkehrende Fünf in Sport, dem Fach mit den Turnschuhen. *Sneakers*.

Statt am gemeinsamen Mittagessen teilzunehmen, das ohnehin nur von einigen wenigen wahrgenommen wurde, während andere versuchten, Alkohol in rauen Mengen heranzuschaffen, die nächstgelegenen Kneipen ausfindig zu machen oder einen neuen üblen Scherz zu planen, ließ ich mir von Bertrand ein Fresspaket machen. Ich griff mir eine der Wanderkarten, die völlig ungenutzt, aber für alle bereitlagen, und stapfte davon. Martin fragte, ob er sich mir anschließen könnte, doch ich wollte meine Ruhe. Als ich auf der fußballplatzartigen Wiese stand und mich zu orientieren versuchte, sah ich Herrn Bonker, der nicht weit von mir entfernt genau dasselbe tat. Er hielt eine Karte in den Händen und sah sich um. Sofort schaute ich mich in alle Richtungen um, denn wenn *sie* ihn so gesehen hätten, wäre er wohl gesteinigt worden.

Er trug eine Art Tracht, eine kurze Lederhose mit Latz nebst kleinem Hirschkopf, ein rot-weiß-kariertes Hemd, gelbschwarze Socken, die über die Knie reichten, Wanderschuhe, einen Filzhut mit Gamsbart und einen Wanderstock, der mit vielen kleinen, metallenen Wappen beschlagen war – Stocknägel nannte man derlei. Auf seinem Rücken hing ein kleiner Lederrucksack, und um seinen Hals baumelten ein Fernglas und ein Fotoapparat. Natürlich lächelte Herr Bonker, und als er zu meiner Überraschung bemerkte, dass ich ihn beobachtete, hob er die rechte Pranke und winkte mir bedächtig zu. Ich nickte und prüfte abermals die Lage. Es war niemand zu sehen. Herr Bonker faltete die Karte sorgfältig zusammen und verstaute sie hinter seinem Latz, dann marschierte er los.

Ich ging in die andere Richtung.

In etwa drei Kilometer Entfernung gab es einen kleinen See, und ich beschloss, in einer weiten Kurve in diese Richtung zu gehen, um mich dort vielleicht, sofern er einsam gelegen war, ein wenig abzukühlen und dann den Rückweg anzutreten.

Schon nach wenigen Metern, nachdem sich der Wald hinter mir geschlossen hatte und die Herberge außer Sicht geraten war, kam mir alles nur noch halb so schlimm vor. Gut, sie würden nicht aufhören, uns zu piesacken, aber mit etwas Glück würden sie ihre Hauptenergie darauf lenken, Feten zu feiern, zu saufen und sehr wahrscheinlich ziemlich viel Sex zu haben, vor allem Leute wie Henning und die beiden anderen Michaels, aber sicher auch Gerry und vielleicht sogar das Rattengesicht Thomas. Wenn sie das ausfüllte, bestand die Möglichkeit, dass dies hier wirklich eine Art Urlaub mit einigen unangenehmen, aber in der Summe vielleicht noch erträglichen Momenten werden könnte.

Der Weg stieg an, es roch intensiv nach Holz und Laub, leicht nach den Exkrementen der Wildtiere und der faulig-lebendigen Aromenmischung, die ein Waldboden verströmt. Ich summte erst und begann dann, ein Lied zu singen, und dann noch eines – Lieder aus meiner DDR-Schulzeit und sogar die »Internationale«, schließlich hörte mich hier niemand, und die Melodie war zum Wandern geeignet.

Allerdings hatte ich die Strecke ein wenig unterschätzt. Es dauerte fast anderthalb Stunden, während deren ich nicht selten sicher war, mich verlaufen zu haben, bis der Wald sich lichtete und das Wasser des kleinen Sees zwischen den Baumstämmen glitzerte. Gleich darauf hörte ich Stimmen. Mädchengekreisch.

Auf der anderen Seeseite – eigentlich war es nur ein großer Teich –, in vielleicht vierzig Meter Entfernung, alberten Chrissie und Martina herum, während sie sich, die Köpfe immer wieder in alle Richtungen verdrehend, nackt auszogen und dann vorsichtig ins Wasser gingen. Ich verkniff mir einen Seufzer und wollte mich schon umdrehen, obwohl ich, wie ich mir eingestand, durchaus daran interessiert war, die hübsche Chrissie nackt zu sehen, da entdeckte ich noch etwas. *Jemanden*.

Erst sah ich nur etwas ungewöhnlich Gelbes kurz am Fuß eines Baumstammes aufleuchten, der sich nicht weit entfernt von der Stelle befand, an der die beiden Mädchen ins Wasser gegangen waren. Dann lugte plötzlich ein Filzhut mit Gamsbart hinter der Borke hervor. Die Mädchen hatten dieser Uferseite den Rücken zugekehrt, also bestand für mich die Gefahr, dass sie mich sahen und für einen Spanner hielten. Ich ging hinter einem Busch in die Hocke.

Sie standen bis zu den Oberschenkeln im Wasser und bespritzten sich gegenseitig. Etwas blitzte auf. Herr Bonker hatte das Fernglas vors Gesicht genommen.

Und er tat noch etwas, mit der anderen Hand. Erst begriff ich es nicht, weil es aussah, als würde er versuchen, ein hartnäckiges Insekt abzustreifen, aber als ihm die Lederhose über die Knie glitt, verstand ich. Noch immer das Fernglas in der einen, der linken, Hand, griff er mit der anderen in seinen Schritt und vollführte eine unmissverständliche, rhythmische Bewegung, wobei er immer weiter aus dem Schatten des Baumes herauskam, um bessere Sicht zu haben.

Ich war so perplex, dass ich mich auf den Hosenboden setzte und beinahe hintenüberfiel. Was war zu tun? Sollte ich irgendwas rufen, um die beiden Mädchen zu warnen? Polternd aus dem Gebüsch kommen, damit alle merkten, dass sie hier nicht alleine waren?

Doch meine drängende Frage fand ihre Antwort auf ganz andere Art.

Chrissie hatte sich, um einer Wasserattacke der anderen auszuweichen, zum Ufer gedreht und dabei den onanierenden Lehrer entdeckt. Das Geschrei der Mädchen verstummte schnell, aber Chrissies Arm hing lange in der Luft und wies anklagend auf die Position von Herrn Bonker. Der machte sofort wieder einen Schritt hinter den Baumstamm, und kurz darauf sah ich ihn wegrennen.

Einige Sekunden blieb es still. Und dann brachen die beiden Mädchen in schallendes Gelächter aus. Sie kreischten und lachten eine ganze Weile, tauchten schließlich ins Wasser ein und schwammen los, in meine Richtung, weshalb auch ich den Rückzug antrat.

Auf dem Weg dachte ich darüber nach, wie ich mit diesem Erlebnis umgehen sollte. Irgendwie war ich mir sicher, dass Herr Bonker letztlich nichts tatsächlich Strafbares getan hatte, aber moralisch verwerflich war es allemal. Dass er versucht hatte, sich vor zwei nackten Schülerinnen einen herunterzuholen, würde ihn mindestens seine Karriere kosten, wenn das herauskäme. Ich fragte mich, wie die übliche Freizeit dieses Mannes wohl aussah. Ich war erschüttert, aber irgendwie auch nicht wirklich überrascht. Ich empfand Mitleid für diese armselige Kreatur, aber auch Scham und diffuse Angst. Dies hier würde, nein, *konnte* nicht folgenlos bleiben.

Ganz sicher würden Christine und Martina den anderen brühwarm davon erzählen, wenn sie zurück waren, vielleicht hatte diese Nachricht auch schon die Runde gemacht, bevor ich in der Herberge ankommen würde. Und wenn nicht? Sollte ich es für mich behalten? Mit jemandem darüber reden? Mit wem? Den Verlierern aus meinem Zimmer? Christine und Martina? Der verstörten Frau Erdt, von der ich inzwischen annahm, dass sie ihre Lehrerinnenlaufbahn nach dieser Reise beenden würde? Sollte ich Mama anrufen? Oder doch lieber schweigen?

Da ich unter dichten Baumkronen wanderte, hatte ich kaum wahrgenommen, dass es dunkler geworden war, und schlagartig wurde es so finster, dass ich den Weg vor mir gerade noch erkennen konnte. Ich sah auf die Uhr – nicht mehr der federleichte Aluminiumklotz, den ich vor drei Jahren getragen hatte, sondern eine flache LCD-Uhr von Casio mit Hintergrundbeleuchtung, für die man einen klitzekleinen Knopf drücken musste. Es war noch früh am Nachmittag. Doch dann ertönte ein dumpfes, lang anhaltendes Bollern. Die Luft kühlte ab, es roch nach Wasser und Elektrizität. Verdammt, ein Gewitter.

Nur drei Minuten später setzte der Regen ein, starker Regen, der sich anhörte, als würde jemand große Mengen

Erbsen auf einen riesigen Plastetisch ausgießen. Bei mir kam das zunächst als sprühende Feuchtigkeit an, aber ich ahnte, dass sich dieser Zustand sehr bald ändern würde. Ich erinnerte mich nicht daran, auf dem Weg hierher einen Unterstand gesehen zu haben. Es krachte, vier, fünf Mal dicht nacheinander, in infernalischer Lautstärke und nicht wirklich weit entfernt. Aus dem Erbsengeräusch wurde ein intensives Prasseln, ein peitschendes, rhythmisches, zischendes Geknalle. Ich beschleunigte meinen Schritt, verfiel in schnelleren Trab, aber nur für fünf Minuten, dann war ich völlig aus der Puste – und patschnass. Es donnerte jetzt im Zehn-Sekunden-Takt, der Weg begann sich in eine spinnennetzartige Struktur aus kleinen Bächen zu verwandeln, und es wurde sekündlich dunkler.

Buchen sollst du suchen, Eichen sollst du weichen, das kam mir in den Sinn. Waren das hier Buchen oder Eichen? Und stimmte das überhaupt?

Für Sekundenbruchteile wurde es taghell, und gleich darauf krachte es so laut wie noch nie in meinem Leben. Aus dem Krachen wurde ein Knirschen, ein ächzendes Geräusch von Holz, mit dem etwas geschah, dickem, schwerem Holz, das fürchterlichen Kräften ausgesetzt wurde. Ein gewaltiger Schatten neigte sich nur zehn Meter vor mir über den Weg.

Jemand packte mich an der Schulter, zog mich in die Hocke. Herr Bonker. Sein Gesicht war kaum zu erkennen. War das ein Lächeln? Vielleicht waren es auch nur Angst und Entsetzen. Er hatte eine nicht durchsichtige Plaste-, verdammt, *Plastik*folie dabei, zog sie über unsere Köpfe, und dann saß ich in einem winzigen Zelt, in dem es laut knatterte, geduckt auf dem matschigen Boden, neben dem Lehrer, der heftig atmete, nach schwerem Schweiß und Ekel und Sex roch, aber dessen Gesicht ich glücklicherweise nicht sehen konnte. Er sagte nichts, hatte seine Hand wieder von meiner Schulter genommen, eine Erinnerung, die mich erschauern ließ – es war die rechte gewesen, jene Hand, mit der er sich gerade selbst befriedigt hatte –, hielt mit der einen das Dach aus Folie über uns fest und mit der anderen, wie ich auch, die Seite am Boden.

Es dauerte zehn Minuten, die zu den längsten zehn meines Lebens gehörten, Platz zwei hinter der Zeit in der Sitzbank des Wohnmobils, das uns über die ungarisch-österreichische Grenze gebracht hatte. Aus dem Keuchen von Herrn Bonker wurde nach und nach ein ruhigeres Atmen, dann schnaufte er nur noch ab und zu, blieb aber still. Ich war ihm einerseits sehr dankbar, und andererseits war ich in einer Weise angewidert, die ich nicht hätte in Worte fassen können. Ich konnte einfach nicht aufhören, daran zu denken, wie dieser Mann sich vor weniger als einer Stunde vor meinen badenden Mitschülerinnen einen abgewichst hatte.

Als der Regen aufgehört hatte, zog er die Plane von uns und richtete sich auf.

»Vorbei«, sagte er und lächelte, aber etwas hatte sich geändert an seinem Lächeln.

Ich wusste, dass das nicht stimmte, aber ich nickte trotzdem.

»Danke«, sagte ich.

»Bitte«, sagte Herr Bonker.

Ich spürte, dass die Möglichkeit bestand, diesen merkwürdigen Mann in eine infantile Danke-Bitte-Danke-Endlosschleife zu manövrieren. Stattdessen legte ich, einem seltsamen Impuls folgend, meine Handkante an die Stirn, nickte ihm kurz zu und ging dann los in die Richtung, in der ich die Herberge vermutete. Herr Bonker blieb stehen und sah mir stumm nach, wartete offenbar ab, bis auch er sich auf den Weg machen konnte, um nicht gleichzeitig mit mir anzukommen.

Mord (1983)

Bis zum Frühstück hatte die Nachricht immer noch nicht die Runde gemacht. Ich gehörte zu den wenigen, die an dieser Mahlzeit teilnahmen, von Frau Erdt war zu hören, dass sie krank sei, aber Herr Bonker saß im Anzug und mit Fliege bei uns und belegte Brote nach Systemen, die kein anderer Mensch kapierte. Sein Gesicht blieb dabei ausdruckslos, bis auf diese Ahnung von einem Lächeln, das immer da war und dem nur ich ansah, dass es trotzdem anders war als sonst.

Es stank erbärmlich. Um zwei Uhr morgens hatte ich zuletzt auf die Uhr gesehen, da war die Party noch im vollen Gange, und bis zu diesem Zeitpunkt hatte ich vier Mal die »Kommssie, kommssie, komm*ssah*!«-Chöre gehört, jedes Mal lauter, ausgelassener, aggressiver. Vermutlich hatten Bertrand und Françoise in den frühen Morgenstunden damit begonnen, den Raum wieder instand zu setzen, aber auch Hektoliter Reinigungsmittel mit Aprilfrische konnten nicht übertünchen, dass hier ganze Seen von Bier, Wein und sonstigen Alkoholika vergossen worden waren. Hinzu kamen unzählige Zigarettenkippen, Erbrochenes und die Reste all dessen, was Gerry, Henning, Thomas und Konsorten hier sonst noch veranstaltet hatten – in den Holzboden einmassiert von Dutzenden Adidas-, Nike-, Puma- und White-Balance-Sneakers.

Dann kam Chrissie. Sie sah müde aus, aber als sie uns passierte, suchte sie Blickkontakt mit Herrn Bonker, und als dieser dann zustande kam, lächelte sie ihn auf eine Art an, die ich wirklich nicht erwartet hätte. Der Lehrer reagierte nur kurz, seine Mundwinkel wanderten millimeterweit nach oben, aber für Christine reichte das offenbar; sie deutete kurz ein Nicken an und orientierte sich zur anderen Raumseite.

Es war nur zu offensichtlich, dass sie etwas im Schilde führte.

Herr Bonker erhob sich und sagte, ohne auf unsere Aufmerksamkeit zu warten oder darum zu bitten: »Wir treffen uns in zehn Minuten für die Geschichte des Elsass im Studienzimmer«, dann drehte er sich auf dem Absatz um und verschwand. Niemand außer uns dreien in seiner Nähe hatte das gehört, und niemand würde im Studienzimmer erscheinen, nicht einmal wir drei. Ich legte mich noch für eine Stunde schlafen und traf meine Zimmergenossen anschließend draußen, wo wir, auf einer stark riechenden Pferdedecke sitzend, Skat spielten. Die anderen versuchten sich mit Fußball, einige spazierten umher, aber die meisten würden wahrscheinlich bis zum frühen Nachmittag in den Betten bleiben, um ihren Rausch auszuschlafen. Wir Verlierer hofften, ohne darüber gesprochen zu haben, stark darauf, dass sich dieser Ablauf jetzt täglich wiederholen würde.

Aber es kam anders. Beim Abendessen war die Klasse überraschenderweise komplett, bis auf Frau Erdt. Eine Losung machte die Runde: »Wir gehen in den Wald, Pilze sammeln.« Was das zu bedeuten hatte, wusste sogar ich – mit *Wald* war die Gaststätte »Trois arbres« gemeint, die sich etwa fünf Minuten die Straße hinunter befand, und *Pilze sammeln* besagte schlicht: Bier trinken – Pils-Biere. Ich ging zuerst nicht davon aus, dass uns diese Losung mit einschloss, aber dann folgte etwas später die Anweisung: »Alle sammeln mit. Wer nicht kommt, wird bestraft.«

Also machten wir uns auf den Weg, Martin und ich vorne, Arndt kurz hinter, sein Fußgeruch aber bei uns, und dann mit fünf Metern Abstand der tumbe Heiko, dessen schwere Spezialschuhe dumpfe Geräusche machten. Eines seiner Beine war fünf Zentimeter kürzer als das andere.

Das »Trois arbres« fasste uns alle gerade so, in der miefigen Kneipe saßen aber ansonsten nur ein paar Einheimische am Tresen, die uns belustigt musterten. Wir waren sicher nicht die ersten Klassenfahrtschüler, die hier scharenweise einfielen.

Ein paar Mädchen schleppten große Mengen »Kronenbourg«-Flaschen zum Tisch, und Gerry brachte eine Art Toast aus, auf die »beste Klasse von allen«. Dabei sah er in die Runde, aber es kam mir vor, als würde er insbesondere uns deutlich länger fixieren. Wir prosteten zu und tranken, und ich hoffte, dass dies hier möglichst schnell vorbei wäre.

Danach erzählte er, was am See geschehen war. Die Version, die er vortrug, stimmte nicht ganz mit der Realität überein, aber der Kern entsprach der Wahrheit. Als er geendet hatte, gab es ein tumultartiges Durcheinander, und nicht wenige schlugen vor, den Lehrer zu fesseln, zu foltern und noch weitere böse Dinge mit ihm anzustellen. Das Triumvirat saß inmitten der großen Gruppe und beobachtete das Geschehen.

Thomas erhob sich grinsend.

»Natürlich könnten wir das auf einfache Weise rächen«, sagte er. »Aber wir kennen auch Herrn Bonker. Er würde das wegstecken.«

Viele nickten, und ich musste der Versuchung widerstehen, es ihnen gleichzutun. Ja, Herr Bonker konnte offenbar eine Menge wegstecken.

Das Grinsen im Rattengesicht wurde breiter. In diesem Augenblick bemerkte ich erstmals, dass diese Rattenhaftigkeit weniger physiognomisch als vielmehr mimisch war. Thomas sah nicht wie eine Ratte *aus*, sondern wie eine *drein*.

»Das geht aber auch subtiler, mit sehr viel langfristigerer Wirkung.« Er pausierte und stützte sich dabei auf seine

Hände, die er auf die Tischplatte legte. »Und wenn wir alle mitmachen, wirklich alle, dann kann das auch funktionieren.« Anschließend erläuterte er den Plan. Danach ging Gerry zum Tresen, diskutierte kurz mit dem Wirt, und wenig später sang die Klasse wieder: »Kommssie, kommssie, komm*ssah*!« Gerry, Henning und Thomas überprüften, ob wirklich jeder mitmachte, und deshalb schlossen wir uns auch an, Arndt, Heiko, Martin und ich.

Zwei Stunden später saßen wir im Zimmer auf den unteren Betten, die Hände zwischen die Oberschenkel geklemmt, und lauschten darauf, ob wir das Getrippel von Chrissies Füßen im Gang hörten. Es war ungewöhnlich, beunruhigend leise, selbst von draußen war nur gelegentliches Plätschern zu hören, Reste des Regens, die irgendwohin flossen.

»Das ist nicht lustig. Wir sollten das nicht mitmachen«, flüsterte ich. Martin nickte langsam, Arndt und Heiko reagierten überhaupt nicht. Ich wusste, praktisch aus erster Hand, dass Arndt nicht dumm war, und auch Heiko war immerhin Gymnasiast, und hielt ihr Phlegma deshalb für einen Schutzmechanismus.

»Aber stell dir vor, was mit uns passiert, wenn wir uns weigern«, antwortete Martin ebenso leise. Arndt seufzte erbärmlich. Seine Super-8-Kamera lag neben ihm auf dem Bett, manchmal streichelte er sie leicht abwesend.

Dann kam das Geräusch. Sie hatte nackte Füße, und ich schnupperte, ob sonst etwas von ihr wahrzunehmen war, aber im schlecht gelüfteten Vier-Jungen-Zimmer, das nach Arndts fantastischem Fußaroma und immer noch nach Resten der Schweinescheiße-Attacke roch, war das unmöglich. Ein leises, leicht scharrendes Klopfen war zu hören, dann wurde es still. Fünf Minuten lang geschah nichts, bis plötzlich eine Art niederfrequentes, kaum hörbares Zischen ertönte, das von vielen Füßen in Socken verursacht wurde, deren Träger sich um

Geräuschlosigkeit bemühten. Es folgte ein sachtes Klopfen an unsere Tür. Wir erhoben uns, mit leeren Blicken, öffneten die Tür vorsichtig, vorne ich, hinter mir in der Hackordnung die anderen. Der Gang war gefüllt mit unseren Mitschülern, von denen einige grinsten, aber am Rand stand das Triumvirat und beobachtete uns aufmerksam, quittierte unsere Teilnahme mit Kopfnicken. Es war wie ein Zählappell, wie bei der FDJ. Ich schämte mich, nahm aber zur Kenntnis, dass Arndt seine Kamera in der Hand hielt, leicht versteckt hinter dem Rücken.

Dann folgte Stille, Schüler sahen einander an oder zu Boden, atmeten flach, machten sich vielleicht Gedanken darüber, ob das richtig war, was wir zu tun im Begriff waren, und plötzlich kam der Schrei, das Zeichen – viele erschraken, vielleicht, weil sie endlich begriffen, was hier passierte. Gerry machte zwei Schritte vor, riss die Tür zum Zimmer von Herrn Bonker auf, und gleich darauf drängten sich alle in die Öffnung, um besser zu sehen. Die, die in der zweiten, dritten Reihe standen, stiegen auf die Zehenspitzen und stützten sich auf die Schultern der anderen vor ihnen. Sie waren wie Gaffer, die bei einem Verkehrsunfall auf der Gegenfahrbahn Vollbremsungen hinlegen, um ihre Sensationsgier zu befriedigen.

Christine stand in der Nähe der Tür, in Slip und Hemdchen, und vor ihr saß Herr Bonker auf einem Stuhl, mit glänzendem Gesicht, und hielt seinen Penis in der Hand, halbsteif, unangenehm groß, grauviolett und faltig. Es war sogar noch eine leichte Bewegung in seinem Unterarm. Das Zimmer roch faulig, außerdem nach Käse und Salami.

Ein paar Mädchen schrien »Ihhh!«, und erst jetzt gab es eine Reaktion aufseiten des Lehrers. Während sich Chrissie umdrehte und zwischen uns hindurchdrängte, mit einem fiesen, belustigten Gesichtsausdruck, fiel sein festgetackertes Lächeln in sich zusammen. Innerhalb von Sekunden alterte Herr

Bonker, aus dem alten Kind wurde ein alter Mann mit gequältem, verletztem Gesicht, dessen Augen jeden Glanz verloren.

»Kinderficker«, schrie Gerry. »Mieser Kinderficker.«

Dabei machte er einen Schritt nach vorne und zog die Tür zu, zur Erleichterung aller.

Wir schlurften der Gruppe hinterher, einige lachten, die meisten aber starrten stumm vor sich hin, Thomas machte irgendeinen faden Witz, legte seinen Arm auf Chrissies Schulter, die ihren Oberkörper kurz hin und her drehte, um die Hand wieder abzuschütteln. Hinter uns ging eine Tür auf und wurde gleich wieder geschlossen, ein feminines Husten war zu hören und noch irgendein Geräusch, das mich zusammenzucken ließ, ein leises Wimmern aus dem Zimmer auf der anderen Gangseite.

»Solche Leute sind mies, sie müssen bestraft werden«, sagte Gerry nickend, eine Bierflasche an den Lippen, und dabei ließ er den Blick über uns wandern. Ich stimmte ihm zu, es war mies, solchen Trieben nachzugeben, aber es war fast noch mieser, Lynchjustiz zu verüben, öffentlich zu demütigen, daraus einen Klassenreisescherz zu machen. Ich fühlte mich elend, stand auf, ignorierte die »Ostler, bleib hier«-Rufe und überlegte, was zu tun war, um von hier abzuhauen, nach Hause zu fahren, zu meiner einsamen, kämpferischen Mutter. Ich wollte weg, weg von diesen Leuten, weg aus diesem Land, weg aus allen Ländern.

Aber die Entscheidung wurde mir abgenommen.

Herr Bonker erschien nicht zum Frühstück. Er blieb den ganzen Vormittag über verschwunden, war auch nicht in seinem Zimmer, wie irgendjemand sagte. Ironischerweise war es Chrissie, die auf ihn stieß, auf dem Weg zum See, zum Baden, gemeinsam mit zwei anderen Klassenkameradinnen. Es war nicht weit von der Stelle entfernt, an der ich am Nachmittag zuvor neben ihm unter der Plane gehockt hatte. Der vom Blitz getroffene Baum, der sich über den Weg neigte, ihn aber nicht versperrte, hatte ihm die Möglichkeit gegeben, die er benötigte, um aus grauem Material, wahrscheinlich den Hosenbeinen seiner Anzüge, eine Art Tau zu drehen, das Ganze um einen seitlichen, starken Ast zu knoten und sich daran aufzuhängen. Er trug seine Wanderkleidung, der Hut lag in einer Pfütze am Boden. Sein Kopf war leicht verdreht, hing in einem Dreißig-Grad-Winkel in der Schlaufe, seine Augen waren geöffnet, aber blicklos, die Zunge hing aus dem weit geöffneten Mund, bläulich-violett wie sein Penis, und sein linkes, halbnacktes Bein glänzte von frischer Feuchtigkeit. Es roch nach Wald und Schmutz und Angst und Urin, während wir stumm herumstanden, nur Chrissie stampfte fortwährend auf, schlug mit einer Hand nach Gerry, Henning und Thomas, hielt sich die andere vor den Mund, suchte mit irrem Blick nach irgendwas, das sie fixieren könnte, um sich hiervon abzulenken.

»Es ist nicht deine Schuld«, log Gerry und griff nach ihrer herumfuchtelnden Hand.

»Keinen Mucks über das, was hier passiert ist«, brüllte Thomas. »Keinen Mucks, oder ihr werdet das bereuen.«

Einschnitte (1984)

Die vorläufig bemerkenswerteste, offenkundigste Folge der Ereignisse in Frankreich war ein Artikel auf Seite 3 der BILD, der mit »Die Todesklasse aus dem Elsass« überschrieben war und von einem Klassenfoto beherrscht wurde, das von uns kurz vor Antritt der Reise aufgenommen worden war, mit mir in der ersten Reihe, zwar am linken Rand, aber gut erkennbar – vor allem aufgrund meiner Körperfülle. Im Text ging es kurz, aber reißerisch um jenes vermeintlich traumatische Erlebnis, das unschuldige Schüler während einer Klassenfahrt hatten durchmachen müssen, als sie ihren Lehrer tot im Wald (man bezeichnete ihn als den »elsässischen Todeswald«) vorfanden. Kein Wort über die Hintergründe, fast nichts über Herrn Bonker (»angesehener Gymnasial-Geschichtslehrer, Motiv unklar«) und natürlich auch nichts über Chrissie, Thomas, Gerry, Henning und die anderen Drahtzieher der Aktion, die Herrn Bonker in den Selbstmord getrieben hatten. Ich erfuhr von diesem Artikel erst ein paar Wochen nach unserer Rückkehr.

Die Klasse löste sich auf, verteilte sich auf Grund- und Leistungskurse, in denen wir neben anderen Schülern aus unserem Jahrgang saßen, die wir zuvor nur auf dem Schulhof und bei Zusammenkünften in der Aula gesehen hatten. Ich wählte »Politische Weltkunde« ab, um Herrn Bährmann, vor allem aber meine ehemaligen Mitschüler so selten wie möglich sehen zu müssen – ganz ließ sich das nicht vermeiden –, die fast geschlossen diesen Kurs wählten. Ich belegte einen Leistungskurs in Musik und einen in Deutsch, gemeinsam mit dem dritten Martin, und zählte die Tage, die ich noch am Walter-Gropius-Gymnasium würde verbringen müssen. Die Erlebnisse in Frankreich aber ließen mich nicht los. Es gab fast keinen einzigen Tag während der folgenden Monate, an dem ich nicht an Herrn Bonker dachte, an die Augenblicke am See, die Minuten unter der Plane – und seinen Anblick, wie er am Baum hing, die eigene Pusche auf der Hose, die blau-violette Zunge, die aus dem Mund heraushing, und Chrissies wütend-verstörtes Herumstampfen auf dem dampfenden Waldboden, weil sie sich zu Recht die Schuld daran gab, was sie anzuschauen gezwungen war. Es beschäftigte mich sogar mehr als die Gedanken an Sonja, meinen Vater, Ungarn, Karen und diese Dinge. Hin und wieder war ich der Verzweiflung nahe, weil ich überlegte, was ich hätte tun können, um zu verhindern, was geschehen war. Ich hätte Herrn Bonker warnen können. Ich hätte Françoise und Bertrand informieren müssen. Vielleicht sogar mit der verhuschten Frau Erdt reden, möglich durchaus, aber nicht eben wahrscheinlich, dass sie sich unter diesem Druck zur energischen Kämpferin entwickelt hätte. Die Polizei rufen, mit Frau Perpel telefonieren, irgendwas. Stattdessen hatte ich meine Angst regieren lassen, war zum Mitläufer und Mittäter geworden. Auch ich hatte im Gang gestanden, vor Herrn Bonkers Tür, inmitten dieser Horde bösartiger Menschen.

Es wurde nicht thematisiert, jedenfalls nicht in meiner Gegenwart. Die Cliquen schienen zu halten, nach wie vor, und ich wich ihnen aus, wenn sich die Gelegenheit oder Notwendigkeit ergab. Arndt sah ich nur noch im Englisch-Grundkurs, aber er saß weit entfernt von mir und gab sich noch scheuer als zuvor, wenn das möglich war. Tine, Heiko und den anderen Verlierern begegnete ich hin und wieder, aber wir beschränkten uns auf genickte Grüße, teilten offenbar die Meinung, dies hier und damit alles andere möglichst schnell und konfliktfrei hinter uns bringen zu wollen.

Aber das fiel mir nicht leicht. Ich schämte mich unendlich, trauerte eigenartigerweise um Herrn Bonker (Frau Erdt war gleich nach der Reise auf eine Grundschule gewechselt) und wurde das Gefühl nicht los, noch etwas tun zu müssen, um diese Schuld ein wenig zu verringern. Natürlich würde, was auch immer ich täte, nicht etwas daran ändern, dass der stoische, ewig lächelnde Geschichtslehrer in den Selbstmord getrieben worden war, und all das wäre vielleicht auch nicht geschehen, hätte er am See und später in seinem Kabuff nicht getan, was er eben getan hatte, aber etwas in mir wollte nicht zulassen, dass Gerry, Henning, Thomas, Chrissie, all die anderen und auch ich selbst einfach so davonkamen, mit einem Menschenleben auf dem Gewissen, das vielleicht kein großartiges und sicher kein fehlerfreies gewesen war, aber ebenso sicher auch keines, das man einfach einem feigen, fiesen Scherz opfern durfte. Ich haderte mit der Situation, lenkte mich dadurch ab, dass ich wie ein Irrer lernte oder ganze Jackson-Browne-Alben auf *Karen* nachspielte.

Das Triumvirat beobachtete uns, wie ich durchaus zur Kenntnis nahm. Diese Observierung galt nicht nur mir, sondern fast allen anderen ehemaligen Mitschülern. In den großen Pausen huschten die drei über den Hof, suchten nach uns, fixierten uns, wenn wir ihre Blicke erwiderten, und vermittelten eine deutliche Botschaft: Das, was Herrn Bonker zugestoßen ist, ist nichts gegen das, was dir passieren wird, wenn du die Fresse aufreißt. Einerseits befriedigte mich diese offenkundige Unsicherheit, diese Angst vor uns Schwächlingen und Verlierern, die etwas wussten, das die selbstherrlichen, selbsternannten Anführer zu Fall bringen könnte, aber andererseits war die Drohung auch eine ernste. Ich traute ihnen alles zu. Gut, sie waren keine Mafiabosse, die noch aus der Todeszelle die Hinrichtung anderer würden befehlen können, aber sie verfügten über Macht und die Fähigkeit, andere zu manipulieren – mit ungewissen, aber bedrohlichen Konsequenzen für jeden, den es treffen würde. Das war die Botschaft, die die Ereignisse im »elsässischen Todeswald« zusammenfasste. Und: Sie hatten starke Verbündete, wie ich später zu meinem großen Entsetzen erfuhr.

Ich erwog, mit meiner Mutter über die Situation zu reden. Sie arbeitete inzwischen im Neuköllner Krankenhaus, sammelte Überstunden wie andere Briefmarken, putzte unsere Wohnung zwei Mal am Tag und befand sich ansonsten in einer sehr schweigsamen Phase. Immerhin sah sie sehr viel besser aus als noch vor zwei, drei Jahren, sie ging nicht mehr trinken oder zu Schlimmerem, aber sie hatte sich abgekapselt, ohne mich tatsächlich auszugrenzen. Mama fragte mich ständig, wie es mir ging, bot mir Hilfe an, steckte mir kleine Geldscheine zu und räumte mein überschaubares Zimmer auf, obwohl ich selbst regelmäßig für Ordnung sorgte, weil ich mich offenbar zu jemandem entwickelte, der Ordnung mochte. Aber ich wusste, dass sie sich auf diese Art ablenkte, dass sie Konflikte mied, um nicht auf jenen gestoßen zu werden, der ihr Wesen und ihr Dasein beherrschte – die Tatsache, dass von Papa und Sonja nach wie vor nichts zu erfahren war.

Was täte sie, wenn ich ihr von dieser Sache erzählte? Sie würde vielleicht mit mir zur Polizei gehen, oder zu Frau Perpel, deren Tage am Walter-Gropius-Gymnasium höchstens noch zweistellig waren. All das würde nichts nutzen. Die Polizei würde nur wenig tun, weil es vermutlich keinen Straftatbestand gab, den zu verfolgen sich lohnte, und Frau Perpel würde sich eher ihre verrottenden Lungenflügel herausreißen oder gar mit dem Rauchen aufhören, als den Ruf ihres Gymnasiums zu riskieren.

Ausschlaggebend dafür, dass ich dem Gedanken schließlich nachgab, auf irgendeine Art aktiv zu werden, war das, was mit Chrissie geschah. Während die anderen ganz offenkundig ihre Schuld, ihre Täterschaft vor sich selbst leugneten und sich, so wie das viele DDR-Funktionäre und sogar »einfache« Bürger nach der Wiedervereinigung taten, die Vergangenheit schönredeten, gelang das der zarten, grünäugigen Christine nicht. Nach der desaströsen Klassenfahrt fehlte sie für zwei Monate, und es gingen bereits Gerüchte, sie wäre mit ihrer Familie umgezogen, irgendwohin aufs Land, oder gar in eine psychiatrische Klinik eingewiesen worden. Ich glaubte nichts davon, denn es hätte eine starke Verunsicherung der Akteure zur Folge gehabt, die, wie ich annahm, aus erster Hand wussten, wie es um das Mädchen stand, dessen Rolle an jenem Abend eine Hauptrolle in der Tragödie gewesen war. Wenn sich Chrissie auf die eine oder andere Art tatsächlich der Umklammerung durch die Cliquenchefs entledigt hätte, durch einen Umzug oder einen langen Klinikaufenthalt, hätte sie auch den Mund aufgemacht, dessen war ich mir sicher. Aber abseits der intensiven Beobachtung, die sie uns zukommen ließen, zeigten Gerry, Henning, Thomas und die anderen keine Anzeichen aufkommender Panik. Ihr enormes Selbstbewusstsein war zwar beschädigt worden, aber sie gaben sich weiterhin lässig, also *cool*, und demonstrierten ihren unveränderten Machtanspruch, wo sie nur konnten.

Im September kehrte sie ins Walter-Gropius-Gymnasium zurück. Ich begegnete ihr morgens um kurz vor acht vor dem Schultor, wo ich auf den dritten Martin wartete, mit dem ich im ersten Block ein Referat über Hesses »Steppenwolf« zu halten hatte – ein Buch, über das ich mich während der vergangenen Tage unglaublich geärgert hatte. Bevor Martin kam, hielt neben mir eine Ente, ein Citroën 2CV, das vielleicht einzige westliche Auto, das in Bezug auf Spartanität, Fahrleistung und -sicherheit mit DDR-Fahrzeugen konkurrierte: ein ausladend blechernes, zerdrücktes, in diesem Fall orangefarbenes Ei auf stelzenähnlich angebrachten, viel zu schmalen Reifen, dessen Fahrgeräusch zwar keine Ähnlichkeit mit dem Dängderäng des 601 meiner Eltern hatte, das aber ansonsten keines der Merkmale aufwies, für die *Teams* in den Fabriken rund um die Uhr schufteten, etwa sanfte, wohltönende Türgeräusche. Ich fand dieses Auto sympathisch.

Chrissie stieg auf der Beifahrerseite aus, das Fenster der Tür klapperte, als sie von ihr zugeschlagen wurde, und dann stand sie neben mir.

Christine hatte bisher wie alle anderen Mädchen gerochen, nach dezentem Schweiß, Waschmittel, Shampoo, gelegentlich einem billigen Parfüm, aber heute verströmte sie ein Aroma, das mich stutzen ließ, mehr noch als ihr verändertes Aussehen, denn sie war unglaublicherweise schmaler als zuvor, ihre Augen lagen tief in den Höhlen, und ihr Haar war zwar geordnet, wirkte aber trotzdem irgendwie struppig, filzig und stumpf.

An diesem Morgen haftete ihr ein neuer Geruch an, ein chemischer, der mich an die Zeit bei der »Praktischen Arbeit« denken ließ, den intensiven, trotz des Ölgestanks in der Halle wahrnehmbaren Duft der Plastestücke, deren Gussgrate ich abgefeilt hatte, ohne zu wissen, welchem Zweck die weißgrauen, länglichen Bauteile dienten. Christine roch nach Medikamenten. Als sie mich jetzt ansah und ihren Kopf dann wie in Zeitlupe von mir wegdrehte, genau wie eines der Playmobil-Männchen, die wir für Arndts Filme millimeterweise umgesetzt hatten, war ich sicher, dass sie Psychopharmaka nahm, vermutlich nicht wenige. Ähnlich verlangsamt setzte sie sich jetzt in Bewegung, schlich durch das Schultor, die gebatikte Umhängetasche nachlässig über der Schulter. Ich sah zum Citroën, in dem Chrissies Mutter saß, die der Tochter sorgenvoll hinterherstarrte.

Weil es der einzige Leistungskurs war, der nicht wegen gnadenloser Überbelegung aus allen Nähten platzte, landete die Rückkehrerin zwei Reihen hinter mir im Musik-LK. Während Herr Lewandowski, ein greiser Zwerg jenseits der sechzig, mit rotweißem, sehr schütterem Haar, Vorträge über Geigenbau und die Geschichte der Violine hielt – seine Begeisterung für Streichinstrumente sprang allerdings nicht so recht auf die Schüler über –, hockte Chrissie zusammengesunken an ihrem Platz, die schmalen Hände vor sich gefaltet wie eine Betende, und sah geradeaus ins Nichts. Sie nahm am Unterricht praktisch nicht teil, stand bei Gesangsübungen zwar auf, bewegte ihren Mund jedoch nicht. Auf konkrete Bitten von Herrn Lewandowski, etwas zu sagen, reagierte sie mit Schweigen. Immerhin schien sie schriftlich mitzuarbeiten, und wahrscheinlich gab es Absprachen zwischen ihren Eltern und Frau Perpel, denn es war offensichtlich, dass sie nicht dazu in der Lage war, ernsthaft ihr Abitur vorzubereiten. Wenn man darauf hoffte, dass sich der Zustand irgendwann von selbst ändern würde, hoffte man vergeblich. Hin und wieder weinte sie plötzlich, stumm, mit weit aufgerissenen Augen, oder sprang auf, rannte aus dem Schulzimmer und kehrte nicht zurück. Martin, der zwei andere Kurse mit ihr hatte, erzählte mir, dass es dort nicht anders war. Und es wurde beinahe täglich schlimmer. Im Dezember fehlte sie für zwei Wochen, im Februar fast drei, und wenn sie zurückkehrte, roch sie umso intensiver nach Medikamenten, war noch weiter abgemagert, steigerte ihre Verschlossenheit und ihre stummen Traurigkeitsausbrüche ins Unermessliche. Es war nur eine Frage der Zeit, bis man sie von der Schule nehmen und tatsächlich in eine psychiatrische Klinik einweisen würde.

An einem Mittwoch im März 1984 fand ich mich plötzlich vor dem kleinen Büro neben dem der Rektorin, an dessen Tür ein Schild mit der Aufschrift »Vertrauenslehrer« hing. Ich hatte mich zuvor hin und wieder gefragt, was dieser Titel bedeutete und was seinen Träger von anderen Lehrern unterschied – und ob man zu diesen möglicherweise *kein* Vertrauen haben sollte. Vertrauenslehrer, das war offenbar jemand, den man anzusprechen hatte, wenn es um schulische Belange ging, die nicht direkt mit dem Unterricht zu tun hatten oder in diskreditierender Weise andere Lehrer betrafen, wenn man persönliche Nöte, Sorgen, Ängste hatte, wenn man einfach als Oberschüler mit jemandem sprechen wollte, der das vertraulich behandeln würde – etwa in Fragen, bei denen es um Sex, Drogen und ähnliche Dinge ging. Als ich jetzt auf dieses Schild starrte, schien es mir eine gute Idee zu sein, in das Büro zu marschieren und wem auch immer davon zu erzählen, was im Elsass geschehen war.

Der Vertrauenslehrer hatte montags und mittwochs in den großen Pausen und am Freitagvormittag bis zwölf Uhr Sprechstunde. Ich wusste nicht, wer der Vertrauenslehrer war, und ich wusste genauso wenig, wie er gewählt oder in sein Amt berufen wurde. Trotzdem war ich überrascht, als jetzt die Tür aufging und ich zwei bekannte Gesichter sah – das von meinem Mitschüler Thomas und das – es kam mir sofort irgendwie logisch vor – von Herrn Bährmann. Thomas hatte die Klinke in der Hand und verabschiedete sich, Herr Bährmann saß hinter einem kunststoffbeschichteten Schreibtisch und drehte sich eine Zigarette.

Beide sahen mich an. Herr Bährmann lächelte unverbindlich, konzentrierte sich aber sofort wieder auf das Blättchen und den faserigen Tabak, wohingegen Thomas stehen blieb und die Rattenhaftigkeit seines Gesichtsausdrucks auf unerwartete Weise steigerte.

»Falk«, stellte er fest, langsam, als hätte er erst überlegen müssen, wie ich hieß.

Ich nickte. Ich hatte Angst. Noch mehr als ohnehin.

»Thomas«, erwiderte ich leise.

»Probleme?«, fragte er. Sein Lächeln war so fies, dass man es für transsylvanische Briefmarkenmotive hätte benutzen können.

»Wie man's nimmt«, murmelte ich halbwegs schlagfertig. Herr Bährmann blickte auf, hielt sich die unförmige Selbstgedrehte vors Gesicht.

»Nur herein!«, rief er.

Ich atmete tief ein, durch die Nase, um mich mit den Gerüchen abzulenken, aber das misslang. Ich roch nur Angst, Misstrauen, Feindseligkeit und die Chance auf noch größeres Unglück.

»Ich wollte nur mal schauen«, sagte ich schwach.

»Mal schauen, so, so.« Thomas fixierte mich, wie es ein Nagel mit einem dünnen Brett tut, und ich kam nicht einmal auf die Idee, die Gegenfrage zu stellen, was er eigentlich beim Vertrauenslehrer suchte. Außerdem war diese Frage obsolet – Herr Bährmann traf sich mit den Cliquen aus meiner ehemaligen Klasse immer noch regelmäßig, duzte sich mit ihnen. Wahrscheinlich trafen sie sich immer hier, montags, mittwochs, und am Freitag vor zwölf Uhr. Vielleicht war er nur für sie da.

Die Pausenklingel rettete mich. Ich drehte mich auf dem Absatz um und rannte einfach davon.

Wochenlang geschah nichts. Ich hatte zwar das starke Gefühl, noch intensiver beobachtet zu werden als zuvor, redete mir aber ein, dass es Einbildung sein musste. Bis Thomas, Gerry und Henning damit anfingen, mir Zeichen zu geben.

Sie waren wenig subtil und wirkungsvoll. Gerry kam mir im breiten Flur entgegen und rempelte mich an, obwohl genug Platz war, und er entschuldigte sich anschließend auf fast schon unterwürfige Weise. Das geschah vier, fünf Mal kurz nacheinander. Henning drehte sich mehrfach im Chemie-Grundkurs zu mir um und nieste mir ins Gesicht, reichte mir aber sofort ein Taschentuch und schüttelte anschließend minutenlang meine Hand, wobei er mich anlächelte – wie ein Fuchs das täte, der ein Karnickel gestellt hat, wenn er lächeln könnte. Der nach Kakao riechende Thomas jedoch bezog im Deutsch-LK den Platz neben mir und tat etwas, das mir die größte Angst einjagte: Er berührte mich andauernd. Plötzlich spürte ich sein linkes Knie an meinem rechten oder seine Schulter an meiner. Wie unbeabsichtigt legte er eine Hand auf meine, nahm mich kurz, aber theatralisch in den Arm, wenn ich mich zu Wort gemeldet hatte, hauchte mir einmal sogar einen Kuss auf die Schläfe, weil meine Antwort richtig gewesen war. Ich ekelte und fürchtete mich und hatte unfassbare Angst vor dem, was die drei abseits dieser offenkundigen Nickligkeiten für mich sonst in petto hätten.

Letztlich war es eine simple, aber folgenreiche Sache. Wir befanden uns im dritten Semester, ein knappes halbes Jahr vom Abitur entfernt, jenem Meilenstein, der uns Wege in die Freiheit und weg von all dem eröffnen würde. Und, wie die drei wahrscheinlich – zu Recht, muss man sagen – dachten, einen Weg zur Rache. Chrissie war vor einem Dreivierteljahr schließlich wie erwartet abgegangen, nach einem Zusammenbruch in der Mädchentoilette. Ein Notarztwagen war vorgefahren, Sanitäter trugen sie aus dem Schulgebäude, in das sie nie wieder zurückkehrte.

Sie stellten mich auf dem Heimweg an einem späten Januarnachmittag. Ich kam vom Gitarrenunterricht bei Mike Carey, einem Amerikaner, der »wegen *dis* Liebe«, wie er sagte, vor ein paar Jahren in Berlin gestrandet war. Mike gehörte zu den freundlichsten, höflichsten und liebenswertesten Menschen, die mir bis dato begegnet waren. Er stammte aus Boston, war Anfang dreißig, hatte aber bereits als Studiomusiker bei den Aufnahmen zu einigen Alben mitgewirkt, die es in die *Billboard Hot 100* geschafft hatten. Wenn es in meinem Dunstkreis jemanden gab, der das Adjektiv »cool« in der Version von Tobi und Hans wirklich verdiente, war es der kahlköpfige Eins-Neunzig-Mann mit den schlanken, unglaublich flinken Fingern. Manchmal ließ er mich auf seiner 61er Les Paul spielen, und nicht nur dafür liebte ich ihn. Die Frau, die ihn nach Berlin gezogen hatte, lebte allerdings inzwischen mit einem Bassisten zusammen (Bassisten hielt Mike für grundsätzlich überflüssig), und von sehr gelegentlichen Studiojobs und spärlich besuchten Soloauftritten abgesehen, wurschtelte sich mein Gitarrenlehrer eher schlecht als recht durchs Leben, was seinem Optimismus und seiner guten Laune aber keinen Abbruch tat.

Ich war in Eile, denn ich hatte am Morgen einen Brief bekommen – von Karen. Er war nur kurz und bestand hauptsächlich aus der Erzählung, wie sie es geschafft hatte, über den Text in der BILD, wo sie mich auf dem Foto erkannt hatte, meine Schule, meinen Namen und schließlich – nach anderthalb Jahren – mich selbst ausfindig zu machen. Er endete mit ihrer Telefonnummer, und ich wollte schnell nach Hause, um sie anzurufen und vier Jahre nach den Erlebnissen in Ungarn endlich mit ihr zu sprechen. Aber dazu kam es nicht.

Meine inzwischen fast hundert Kilo trabten laut schnaufend durch den Volkspark Schöneberg – Mike wohnte in der Durlacher Straße, unweit der Gebäude, in denen sich damals noch der RIAS befand, der einzige Rundfunksender, der hin und wieder halbwegs hörbare Musik spielte. In diesem Gebäude war ich Jahrzehnte später gelegentlicher Gast, als Interviewpartner – beim Deutschlandradio, das die Räume bezog, nachdem der »Rundfunk im amerikanischen Sektor« aufgelöst worden war.

Wir wohnten in einer hohen, aber kleinen Altbauwohnung in der Apostel-Paulus-Straße. Mein Weg führte in den Volkspark, durch ihn hindurch, am Rathaus Schöneberg vorbei und dann noch ein paar Querstraßen weiter. Doch an diesem Nachmittag erreichte ich mein Ziel nicht.

Es war fast dunkel, der Park war menschenleer, abgesehen von ein paar älteren Frauen, die ihre kleinen Hunde auf die grauen Wiesen kacken ließen. Mein Atem dampfte, *Karen* schlug gegen meinen Rücken (ich hatte darüber nachgedacht, der echten Karen am Abend davon zu erzählen, dass ich meine Gitarre nach ihr benannt hatte, mich aber dagegen entschieden – vorläufig), und ich war aufgeregt. Die Erinnerungen an den Sommer 1980 waren mir sehr präsent, und ich wusste auf einmal wieder ganz genau, wie Karen ausgesehen hatte. Ich war längst nicht mehr verliebt, so glaubte ich jedenfalls, aber ich freute mich sehr auf sie.

Dann roch ich etwas, nahm einen Duft wahr, der mich sofort in Panik versetzte, denn er passte nicht zu jenen, die mich hier sonst umgaben – Müll, Hundekot, das faulig-holzige Aroma von Bäumen im Winter, der Geruch von feuchtkalter Erde, Haarfärbemittel, süßlicher Gestank aus Inkontinenzbinden –, und er war unheilverkündend: Es roch nach Kakao. Und dafür gab es nur eine vernünftige Erklärung. Thomas war in der Nähe. Vermutlich nicht nur er.

In meinem Nacken kribbelte es, schlagartig wurde mir noch kälter. Ich überlegte, ob ich anhalten oder Fersengeld geben sollte, aber diese Entscheidung wurde mir abgenommen – abhauen wäre ohnehin keine Option gewesen, weil mich schon der leichte Trab an den Rand des Zusammenbruchs brachte.

Plötzlich waren sie über mir, zwei heftig knallende Faustschläge gegen den Kopf hatten mich zu Boden gestreckt. Jemand zog mir eine Wollpudelmütze übers Gesicht, einer setzte sich auf meinen Brustkorb und presste mit seinen Knien meine Arme gegen den Boden. Die Gitarre unter mir zerbrach krachend und trieb mir Holzsplitter in den Rücken, die ich deutlicher spürte als die Folgen der Faustschläge oder den Druck der Knie auf meinen Armen.

Dann geschah einen Moment lang nichts.

»Na, Falk, du fetter Ostler.« Das war Gerry.

»Gerald«, stellte ich ächzend fest.

Er lachte. »Hier ist kein Gerald. Hier ist niemand, den du kennst, du blöde Verrätersau.«

Darauf gab es keine Antwort. Außerdem hatte ich – noch – niemanden verraten. Trotzdem schwieg ich, denn jedes Argument hätte die drei nur noch mehr gereizt.

»Du wirst uns nie beweisen können, dass wir das waren.« Das war Thomas' Stimme. »Lutz wird jeden Eid schwören, dass wir den ganzen Nachmittag bei ihm verbracht haben. Der gute Lutz kann es sich nämlich nicht leisten, es sich mit uns zu verscherzen.«

Lutz war der Vorname von Herrn Bährmann. Er hatte mich irgendwann vor der Klassenreise gefragt, warum ich nicht mehr mit den anderen zu ihm käme, mit einem leicht weinerlichen Unterton, und mir im Rahmen dieses sehr kurzen Gesprächs das Du angeboten. »Falk, du kannst mich Lutz nennen.« Ich hatte nur den Kopf geschüttelt und war davongegangen.

Der Steg meiner Gitarre bohrte sich in meinen Nacken, ich hatte Erstickungsängste und fror. Etwas in mir wünschte sich, dass sie schnell täten, was auch immer sie vorhatten. Ich nahm an, dass sie mich kräftig verprügeln wollten. Vielleicht würde Hundescheiße, wovon es hier mehr als genug gab, eine Rolle spielen – ihren Hang zu Defäkationsprodukten kannte ich ja bereits aus Frankreich.

Dann griff mir eine Hand unter der Mütze ins Gesicht und presste meine Wangen zusammen. Es war nicht die von Thomas.

»Wir haben dich beobachtet«, sagte Gerry und quetschte dabei meine Nase, von deren Scheidewand ein fieser, stechender Schmerz kam. »Du willst die Fresse aufreißen, du Arschloch. Das können wir nicht zulassen.«

Henning murmelte im Hintergrund etwas, das ich nicht verstand. Ich hörte Reißverschlüsse und das Gekicher von Thomas, was mich ein ganz klein wenig entspannte. Ein Scherz, hoffte ich. Sie hatten etwas Amüsant-Demütigendes mit mir vor, vielleicht würden sie mich ausziehen und nackt durch den Park jagen oder mich eben mit Fäkalien beschmieren.

Die Hand ließ mich los, eine andere zog mir die Mütze vom Kopf, und ich lauschte auf das statische Knistern meiner Haare. Die einzige Beleuchtung kam von einer Straßenlaterne etwa dreißig Meter von uns entfernt, die Gesichter vor mir lagen im Dunkeln, außerdem trugen sie schwarze Pudelmützen. Jetzt roch ich wieder Thomas' Kakaoaroma, zugleich wehte Gerrys Atem zu mir herunter. Er stank nach Alkohol. Sie hatten sich Mut angetrunken, das hätte sogar jemand mit normalem Geruchssinn bemerkt.

»Autsch!«, rief Henning im Hintergrund. »Scheiße, sind die scharf.«

In diesem Augenblick bekam ich Todesangst.

»Von den anderen Idioten haben wir nichts zu befürchten«, erklärte Gerry jetzt. »Sie sind selbst völlig verängstigt. Schon erstaunlich, dass ausgerechnet ein dummer Ostler, einer aus dem Land der Spitzel und Duckmäuser, plötzlich zum Helden werden will. Du willst doch ein Held sein, oder, du dummer, fetter Ostler?«

Nein, das wollte ich nicht. Ich wollte die Zeit zurückdrehen, wieder in meinem muffigen Zelt am Plattensee hocken und energisch mit dem Kopf schütteln, wenn meine Eltern kommen und mir erklären, dass ich sie zu den beiden Wohnmobilen begleiten soll, die vor dem Zeltplatz warten.

Ich schwieg und schloss die Augen.

Trotzdem spürte ich, wie Gerrys Gesicht dem meinen ganz nahe kam.

»Das hier wirst du für lange Zeit nicht vergessen. Es wird dich daran erinnern, dass wir stärker sind als du. Und das werden wir immer bleiben.« Er lachte fies, zog sein Gesicht zurück. Ich atmete durch und öffnete die Augen. Henning hatte sich neben mich gekniet, und er hielt etwas sehr vorsichtig in der rechten Hand.

»Nun mach schon!«, befahl Thomas. Henning sah kurz zu ihm auf und dann wieder zu mir. Gerald streckte theatralisch die Arme und gab mir dann wieselflink zwei kräftige Backpfeifen. Mein Gesicht wurde heiß, aber noch waren es die Nase und mein Rücken, die am stärksten schmerzten.

»Betäubung«, sagte er, leicht krächzend. Es bereitete ihm Lust, bemerkte ich.

Henning beugte sich vor.

»Halt ihn gut fest«, flüsterte er in Gerrys Richtung.

Und dann schnitt er mir mit einer Rasierklinge ins Gesicht. In die Wangen, in die Nase, in die Haut unter den Augen. Die Ohrfeigen hatten tatsächlich leicht betäubende Wirkung, aber als Henning kurz das Gleichgewicht verlor und mir die rechte Wange bis zum Zahnfleisch aufschlitzte, schrie ich endlich. Ich brüllte, rief um Hilfe, während Blut in meine Augen floss, in meinen Mund, mir sogar die Kehle hinunterrann. Ich presste meinen Brustkorb nach oben, um Gerry abzuschütteln, strampelte mit den Beinen und brüllte wie ein Wahnsinniger. Gerald sprang auf, Henning fiel auf den Rücken.

»Das reicht, lasst uns abhauen!«, befahl Thomas. Dann ging er in die Knie, zog an meinem rechten Ohr und flüsterte in mein Geschrei: »Keinen Mucks.« Das hörte ich zum dritten Mal in meinem Leben, und zum zweiten Mal von ihm. »Die nächste Runde überlebst du nicht.«

Ich brüllte einfach nur weiter, minutenlang, bis mich jemand in die Höhe zog – ein Pförtner aus dem RIAS-Gebäude, wie ich später erfuhr – und zur Straße schleifte, wo schon ein Funk- und ein Notarztwagen warteten.

Erlösung (1984)

Der erste Aufenthalt im Klinikum Steglitz, derjenige unmittelbar nach dem Attentat, dauerte nicht sehr lange. Schon nach vier Tagen wurde ich entlassen, mit zig Nähten im Gesicht, von dem ich so gut wie nichts mehr fühlte, bis auf einen tauben Schmerz, der aber seltsamerweise von den Rändern zu kommen schien. Wenn ich, in meinem Bett im Vier-Personen-Zimmer liegend, nach meiner Nase oder Stirn tastete, geschah nichts. Es war, als wäre mein Gesicht nicht mehr vorhanden – ich fühlte lediglich, dass mein Finger etwas berührte, aber das hätte genauso gut ein zu bearbeitendes Stück Plaste sein können. Nur der Bereich um meinen Mund herum reagierte auf die Tastversuche. Meine Mutter saß in dieser Zeit fast ununterbrochen neben meinem Bett auf einem Metallstuhl, stumm, und drückte meine Hand wie eine Orange, die sie auszupressen versuchte, während sie in einer Mischung aus Angst und Verzweiflung mich oder die Wände anstarrte.

Am Tag nach der Einlieferung wurde ich von zwei Polizisten besucht, die stark nach Muff und Zigarettenqualm stanken – meine Nase funktionierte offenbar noch, auch unter den Binden und Pflastern – und mich eher nachlässig zu dem Vorfall befragten. Ich erklärte, leise nuschelnd, im Park von zwei Unbekannten überfallen worden zu sein, die dunkle Masken getragen hatten und rabiat geworden waren, als sie merkten, dass bei mir nichts zu holen war. Das stimmte tatsächlich; ich hatte wie üblich den Zwanzigmarkschein eingesteckt, der für die Stunde bei Mike gedacht war, bevor ich mich auf den Weg zu ihm gemacht hatte, und war danach praktisch bargeldlos zurückgelaufen.

»Sie können in meine Geldbörse schauen, die muss hier irgendwo sein.« Die beiden Polizisten nickten nur und schauten mich recht teilnahmslos an.

»Sie sollten im Dunkeln nicht allein durch Parks wandern«, sagte einer von beiden zum Abschied. Der andere zog eine Augenbraue hoch und zeigte ihm kurz den Vogel, und beinahe hätte ich gelacht. Sie gingen, ich blieb zurück mit meinem tauben Gesicht und dem alten Mann im Nachbarbett, der ununterbrochen schlief und dabei laut schnarchte.

Dem ersten Krankenhausaufenthalt folgten einige weitere, außerdem Besuche bei einem Neurologen. Vier Wochen später waren die weniger tiefen Narben verheilt, und tatsächlich kehrte stellenweise so etwas wie Gefühl in mein Gesicht zurück, aber es war anders als zuvor, in etwa so, wie eine Hand zu streicheln, die einen Handschuh trägt. Einige Nerven waren irreparabel beschädigt. Der Neurologe erklärte, dass es möglicherweise weitere Fortschritte geben würde, aber keine Chance darauf bestand, die zerschnittenen Nervenstränge operativ wieder instand zu setzen.

Ich blieb noch einige Wochen zu Hause, indem ich vortäuschte, große Angst vor dem Rausgehen zu haben, was mir meine Mutter ohne Nachfrage abnahm, aber ich schämte mich für die Notlüge, mit der ich verhindern wollte, kurzfristig ins Walter-Gropius-Gymnasium zurückkehren zu müssen. Sie war erschüttert wegen der Vorfälle. Wenn wir zusammen waren, suchte sie meine Nähe, griff nach meiner Hand, um mich minutenlang wortlos anzuschauen, streichelte mir über die Haare und küsste mir behutsam auf die Ohren. »Mein armer Falki«, sagte sie dann und ließ meine Hände los. »Halb so wild«, antwortete ich tapfer und versuchte mich an einem Lächeln.

Aber das konnte ich nicht mehr.

»Diese Stadt ist schlimm«, sagte Mama. »Ich hätte dich nicht hierherbringen sollen.«

»Das ist doch Unsinn«, widersprach ich, obwohl es stimmte, aber ich durfte nicht zulassen, dass sie sich noch schuldiger fühlte. »Gewalt und Kriminalität gibt es auch in der DDR, wir haben nur weniger davon erfahren.«

Sie nickte langsam und betrachtete mein Gesicht.

»Was haben sie nur mit dir gemacht?«

Die richtige Frage wäre gewesen: Was haben sie nur *aus* dir gemacht? Die beschädigten Gesichtsäste des *Nervus facialis* waren jene, die für die mimischen Fähigkeiten zuständig waren, weshalb ich – wenigstens vorläufig – nur noch zu eingeschränkter Mimik in der Lage war. Meine Gesichtsmuskulatur reagierte kaum, vor allem aber hatte sich mein Gesicht verändert, weil einige Muskeln andere Ruhepositionen eingenommen hatten oder nicht mehr anspannen konnten. Die Narben verschwanden nach und nach, bis auf jene, die von der Verletzung meiner rechten Wange stammte, die Henning bis in den Mundraum durchschnitten hatte. Dort blieb ein leicht erhabener weißer Streifen, der sich vom Jochbein bis fast zum Kinn zog. Wenn ich später in den Urlaub fuhr und die unangenehmen Phasen der Rötung überwunden hatte, um gegen Ende der zweiten Woche in der Sonne den leichten Bronzeton anzunehmen, bei dem es bleiben würde, trat die Narbe hervor wie der Schmiss eines Burschenschaftlers nach der Mensur.

In den Monaten nach der Tat betrachtete ich mich so oft im Spiegel, bis mich der Anblick irgendwann nicht mehr überraschte. Der Falk Lutter, den alle kannten, existierte nicht mehr. Meine Gesichtszüge wirkten entspannter, aber auch – trotz des vielen Fetts, das ich loszuwerden beschlossen hatte – irgendwie strenger, kantiger, kühner, wie ich fand, und sympathischer als zuvor. Meine Mutter stimmte zu, sagte sogar irgendwann zu mir: »Erstaunlich, aber diese Sache hatte etwas Gutes. Du bist hübscher geworden.«

Hübscher, aber verändert. Das drei Jahre alte Bild in meinem behelfsmäßigen Personalausweis zeigte eine andere Person, und die, die es hätte zeigen sollen, konnte nur noch mit den Augen lächeln und die Mundwinkel minimal hochziehen, was anfangs häufig sehr ironisch, fast arrogant wirkte, doch ich trainierte intensiv. Außerdem hatte ich einen Falk-Lutter-Diätplan ausgearbeitet, dessen Ziel es war, den eins fünfundachtzig großen Achtzehnjährigen aus dem präadipösen Gewichtsbereich in die Norm zu bringen, nicht zuletzt, weil ich nie wieder auf die Option verzichten wollte, davonlaufen zu können.

Weil ich bereits genug Punkte gesammelt hatte, um das Abitur mit einem passablen Schnitt hinter mich zu bringen, stimmte die Schulbehörde zu, mich die Prüfungen während der Sommerferien nachholen zu lassen, so dass ich das Walter-Gropius-Gymnasium nur noch einmal aufsuchen musste, und zwar in einer Zeit, in der alle Schüler im Urlaub waren oder sich auf die Uni vorbereiteten. Für das angefangene Abschlusssemester bekam ich die um jeweils zwei Punkte herabgesetzten Noten des vorigen Semesters, was ich durch Eins-Plus-Prüfungsklausuren in Musik und Deutsch sowie zwei gute Zweien in den anderen Prüfungsfächern ausglich. Ich ging mit einer Zweikommaeins ab, und es blieb mir erspart, die Arschlöcher wiederzusehen, die Falk Lutter verstümmelt hatten, oder die feigen Nieten, die auch nach dem Anschlag, der sich einfach herumgesprochen haben musste, immer noch die Schnauze hielten. Ich würde sie nicht vermissen, aber ich würde noch sehr lange an sie denken, dessen war ich mir sicher.

Ende August 1984 war ich bei sechsundsiebzig Kilo angelangt, saß in meinem Zimmer, klimperte auf der Gitarre und sah dabei in den großen Spiegel, den ich kurz nach meiner gewalttätigen Katharsis an der Wandseite hinter dem Fußende des Bettes aufgehängt hatte. Neben mir, auf dem Bett, lagen die Bewerbungsunterlagen für die Hochschule der Künste. Das Telefon klingelte im Flur, eine kurze Vier-Takte-Melodie, die ich sofort nachspielte, wie alle Tonfolgen um mich herum. So zum Beispiel auch die aus Mamas Nostalgiephasen, wenn sie plötzlich, wenn auch nicht immer unerwartet, den Fernseher aufdrehte. So schaute sie täglich das Ost-Sandmännchen, weil Klaus-Peter das geliebt hatte. Ich saß währenddessen meist auf meinem Bett, die namenlose Nachfolgerin von *Karen* auf dem Schoß, und begleitete ihren wehmütigen Ausflug. Ich wusste, sie hockte dann im Schneidersitz auf dem IKEA-Sofa im Wohnzimmer, die Hände unter den Oberschenkeln, und wenn die Melodie verklang, hatte sie Rührungstränen in den Augenwinkeln. Manchmal setzte ich mich auch zu ihr, dann blickten wir uns an, wenn Puppendoktor Pille, Pittiplatsch, Schnatterinchen, Herr Fuchs oder Frau Elster ihr sozialistisch-erzieherisches Stop-Motion-Spektakel beendet hatten. Wir dachten vermutlich dasselbe, aber ich wusste nicht, ob es sie auch so verängstigte, dass dieses starke Gefühl des Vermissens mit der Zeit nachließ und einem anderen wich. Ich dachte immer noch häufig an Sonja und Papa, nicht nur bei diesen Gelegenheiten, aber es fühlte sich irgendwann einfach weniger schmerzhaft an.

»Es ist für dich!«, rief Mama. Ich legte die Gitarre ohne Namen beiseite, warf im Hinausgehen noch einen kurzen Blick in den Spiegel – und es gefiel mir, was ich sah. *Das* würde ich mir irgendwann wieder abgewöhnen müssen.

Karen war am Apparat. Sie würde Anfang September nach Berlin kommen, wie sie mir aufgeregt mitteilte, in ihrem lustigen Dialekt mit dem gerollten R, den ich nie vergessen hatte.

Wir telefonierten regelmäßig seit dem Frühjahr, und beinahe hätte sie es geschafft, mich im Krankenhaus zu besuchen, doch dann wurde Manfred krank, und Karen musste im Laden der Eltern aushelfen. Außerdem schrieben wir uns, lange und sehr ausführliche Briefe. Karen war der erste Mensch außerhalb meiner ehemaligen Schulklasse – möglicherweise von Lutz Bährmann abgesehen –, der erfuhr, was in Frankreich geschehen war und wer tatsächlich hinter dem Überfall steckte. Ich nahm ihr vor dieser Eröffnung das Versprechen ab, in keinem Fall, um keinen Preis jemals darüber zu reden, was ihr außerordentlich schwer fiel. Sie rief mich aufgebracht und wütend an, als der Brief mit der ganzen Erzählung bei ihr eintraf, und versuchte fast eine Stunde lang, mich davon zu überzeugen, irgendwas zu unternehmen.

Karen hatte einen Freund und war verlobt, was mich kaum störte. Neben Mike Carey, der mich inzwischen kostenlos unterrichtete und im Herbst zu einem Auftritt mitnehmen wollte, bei dem ich ihn bei zwei Stücken begleiten sollte, war sie mein einziger Freund. Ich fühlte mich noch immer irgendwie zu ihr hingezogen, zu der Erinnerung an diesen Sommer am Balaton, aber es war jetzt noch viel schöner, ihr Briefe zu schreiben, in denen ich endlich alles erzählen konnte, oder nachmittagelang sündhaft teure Ferngespräche mit ihr zu führen. Sie war tatsächlich der erste Mensch, mit dem ich über meine Gefühle, Ängste und Sorgen sprach, und ich versuchte nie, das Rätsel zu lösen, warum ich ihr so sehr vertraute. Karen würde noch im Herbst aus Ingolstadt nach Marburg umziehen, um dort tatsächlich Biologie zu studieren, so wie sie es vier Jahre zuvor gesagt hatte, und ich erzählte ihr jetzt von der Möglichkeit, mein Versprechen ebenso einzulösen – und Musiker zu werden. Im Gegensatz zu ihr konnte ich mir kaum etwas darunter vorstellen.

»Dafür musst du nicht an die Kunsthochschule«, sagte sie.

»Sondern?«

»Das kommt drauf an. Was genau willst du tun? Studiomusiker werden? Komponist? Solo-Künstler? Bandleader? Was stellst du dir vor? Was will heraus, was ist deine Motivation?«

Ich zuckte die Schultern und versagte mir dabei, den Spiegel im Flur anzulächeln.

»Ich will einfach Musik machen«, sagte ich.

»Für wen?«

Das war eine gute Frage.

»Geh mit Mike in die Künstlerkneipen«, schlug sie in mein Schweigen vor. »Lern Leute kennen. Besuch die Studios. Schau dir meinetwegen die Hochschule an, setz dich in ein paar Kurse. Geh in Konzerte.«

Das tat ich sowieso schon, zusammen mit Mike – seit dem Frühsommer war ich gut und gerne zwanzig Mal im »Quasimodo« gewesen und in einigen anderen Läden. Was ich dort erlebt hatte, hatte mich beeindruckt. Ich stellte mir vor, selbst auf einer Bühne zu sitzen, auf einem Barhocker, hinter einem Mikrophonständer und mit der Gitarre ohne Namen vor dem Bauch, um Songs zu singen, die ein bisschen wie die von Jackson Browne waren, vielleicht einen Tick poppiger als die alten Sachen und, natürlich, mit deutschen Texten. Tatsächlich versuchte ich mich an eigenen Songs, aber das wusste nicht einmal Karen.

»Ich habe das Foto bekommen«, sagte sie jetzt, das Thema wechselnd.

Ich schwieg und wartete auf das, was noch kommen würde. Das Foto, das ich ihr nach langem Drängen geschickt hatte, stammte aus einem Kurzurlaub, den ich mit Mama vor drei Wochen am Timmendorfer Strand verbracht hatte, zwischen zwei Flügen von Berlin nach Hamburg und zurück, fast in Sichtweite des Teils der Ostseeküste, der zur DDR gehörte.

Das Bild zeigte mich in einem Strandkorb sitzend, in Badehose und T-Shirt, die leicht bronzefarbenen, tendenziell aber eher geröteten Beine lässig übereinandergeschlagen und mit dieser Idee von einem Lächeln im Gesicht, zu der ich mit Mühe fähig war. Der Wind hatte meine kurzen Haare, die ich inzwischen bräunlich tönte, ganz leicht gezaust, und Mama war es gelungen, genau in dem Moment abzudrücken, als meine Augen im Sonnenlicht noch blauer leuchteten als ohnehin schon.

»Und?«, fragte ich schließlich.

Sie räusperte sich. »Ich habe mich erschreckt. Klar, du hast mir gesagt, dass sich etwas geändert hat, aber ich hätte dich echt nicht wiedererkannt. Erst habe ich gedacht, du willst mich veralbern, aber dann …«

»Die Augen.«

»Genau.«

Sie kicherte. »Siehst gut aus! Es ist nicht zu fassen.«

Ich lachte.

»Wäre ich nicht mit Jochen verlobt …«

»Erzähl keinen Quatsch.«

Sie kicherte wieder. »Wir sehen uns in drei Wochen.« Dann legte sie auf. Ich ging in mein Zimmer und nahm das Foto aus der Nachttischschublade, das sie mir bereits im Mai geschickt hatte. *Ich* hätte sie wiedererkannt. Ihre großen, braunen Augen wirkten auf diesem Porträt noch größer, aber auch ein wenig abgeklärter, vielleicht etwas belustigt, und ich überlegte wie so oft, wen sie wohl angesehen hatte, während dieses Bild aufgenommen worden war. Karens brünette Haare waren deutlich länger als im Sommer 1980, dafür weniger kraus, aber zeitgemäß hochtoupiert, wenn auch erfreulich dezent. Sie war hübsch, so viel stand fest.

Noch während ich das Bild ansah, klingelte das Telefon abermals. Es war Mike, der mich einlud, mit ihm abends in eine

Kneipe in Kreuzberg zu gehen, weil dort eine junge Sängerin auftreten würde, die ich mir, wie er meinte, unbedingt anschauen sollte.

In dieser Nacht lernte ich Minka kennen.

ZWEI

Freiheit (1989)

Der Glanz, der vermeintlich damit verbunden ist, auf großen Bühnen vor Publikum zu stehen, relativiert sich deutlich, wenn man die Bereiche *hinter* den Bühnen betritt, die Hinterbühnen-, neudeutsch Backstage-Räume, in denen die Künstler manchmal stundenlang auf ihre Auftritte warten, sich vorbereiten, schlaffe Häppchen von billigen Buffets essen und mit ihrem Lampenfieber kämpfen.

Ich saß in so einem Raum, ganze zwölf Quadratmeter groß, auf einem verschlissenen Sofa, nippte an Mineralwasser ohne Kohlensäure und beobachtete die Bilder im kleinen, stumm geschalteten Fernseher, der in einer Ecke über dem vibrierenden Siebziger-Jahre-Kühlschrank an der Wand hing.

Es roch, wie es in allen Räumen riecht, die unregelmäßig benutzt werden und die meiste Zeit über leerstehen, aber dann plötzlich für ein paar Stunden viele Menschen aufnehmen müssen. Ich versuchte, die Wahrnehmung auszublenden.

Der Aushilfsschlagzeuger, dessen englischen Künstlernamen ich vergessen hatte, schob seine schmutzigen Sockenfüße auf den Tisch und damit ein paar leere Flaschen von sich weg, gleichzeitig lehnte er den Oberkörper zurück und schloss die Augen. Minka stand vor dem verkratzten Spiegel und schminkte sich nach. Außer uns dreien waren noch vier Helfer im Raum, die rauchten, sich bei den Häppchen bedienten und keine besondere Aufgabe zu haben schienen, außerdem der Partner des örtlichen Veranstalters, ein schmächtiger Fünfzigjähriger, der Minka umschwärmte, als könne er dadurch etwas bei ihr erreichen, dann noch zwei Presseleute, die sich miteinander unterhielten und uns nicht die geringste Aufmerksamkeit schenkten – wozu auch? Alles, was es über diese Veranstaltung zu sagen gäbe, war längst über die vorigen gesagt und würde bei den nächsten wiederholt werden, es gab keine möglichen Offenbarungen, die irgendwer von uns – vor allem natürlich die hübsche Sängerin – im Rahmen eines Interviews von sich geben würde. Für mich hingegen war jeder Auftritt einmalig, und ich fieberte jedem weiteren entgegen, auch wenn ich nur einer der Musiker und nie der Star des Abends war. Ich sah zu meiner Gitarre, die neben der Tür stand, erwog kurz, doch noch jemanden ins Hotel zu schicken, um die andere zu holen, aber genau *dann* würde mir wahrscheinlich wieder eine Saite reißen. Ich lächelte gedanklich – dieser idiotische Aberglauben, der die Bereiche hinter den Bühnen beherrschte, ließ sich empirisch in keiner Weise belegen.

Im Fernsehen, das Archivbilder vom vergangenen Montag zeigte, zogen Menschenmassen mit Fahnen, Transparenten und Fackeln durch die dunkelgelb beleuchteten Straßen von Ostberlin, und durch den fehlenden Ton hatte diese Prozession etwas Gespenstisches, etwas von Anschleichen. Ich war in Sorge deswegen, aber auch aufgeregt, schon seit Wochen.

Vor drei Jahren, im Frühjahr 1986, hatten wir endlich ein Lebenszeichen von Sonja erhalten, einen auf muffigem, hellgrauem Papier geschriebenen Brief, dem ein Foto beigelegt war und der uns vier Wochen nach dem Verfassen über große Umwege erreichte.

Es ging ihr gut, und sie sah wunderschön aus. Meine Schwester nannte in diesem Brief keine Namen, nicht mal von Orten, aber sie erzählte in einem knappen, merkwürdig emotionslosen Ton davon, dass sie in einem FDGB-Heim an der Ostseeküste arbeitete, dass sie alleine lebte, aber ein Kind hätte – ich war Onkel! –, dass es ihr gutginge, ihr gutginge und abermals gutginge, und kein Wort davon, dass sie uns vermisste oder ob sie von Papa gehört hatte oder Ähnliches.

Während Mama, die jetzt Oma war, vor allem weinte, wobei nicht zu erkennen war, welche Anteile Glück wegen der Nachrichten und welche Trauer ausmachten, schnupperte ich an dem Papier und am Umschlag und fühlte mich um Jahre zurückversetzt. Ich hoffte, etwas wahrzunehmen, das mich an meine Schwester erinnerte, aber abseits des typischen Eigengeruchs waren Umschlag und Briefpapier neutral. Ich versuchte, mich an Sonjas Gerüche zu erinnern, aber das gelang mir nicht, vom Apfelshampoo, das sie vermutlich seit Jahren nicht mehr benutzte, abgesehen. Ich war froh darüber, dass sie lebte und sich offenbar zurechtfand. Aber ich hätte gerne ein paar persönliche Worte gelesen, oder etwas über meinen Vater.

»Fünf Minuten«, sagte der schmächtige Partner des Veranstalters. Der Schlagzeuger zog seine Schuhe an, Minka prüfte abermals ihr Make-up, die Helfer verschwanden, die Presseleute gingen ihnen hinterher, einer schnappte sich noch seinen Koffer mit der Fotoausrüstung. Marko, der Bassist, kam herein, eine Flasche Bier in der Hand, grinste breit – er roch nach Sex und noch etwas anderem, einer feinen Note, die sich bei allen Gelegenheitskoksern in den Schweiß mischte. Ich holte meine Gitarre aus dem Koffer, legte sie mir auf den Schoß und stimmte nach. Das war unüblich, dass die Musiker ihre Instrumente mit auf die Bühne brachten, aber hier war alles eng und schlecht geplant, und die Aufbauhelfer, die wir Roadies nennen mussten, waren versoffene, desinteressierte Typen, die sich für Rocker hielten und unsere Art von Musik verachteten. Wahrscheinlich hatten sie die Monitore auf der Bühne noch nach dem Soundcheck am Nachmittag so eingestellt, wie sie das für Konzerte von Punkbands taten, und ich würde wieder bis zum zweiten oder dritten Stück brauchen, um sie so nachzujustieren, dass ich auch Minkas Gesang und nicht nur das drückende Gepolter vom Schlagzeug hörte. Wir stellten uns in die Tür, die zum vollgestopften Technikraum führte, von dem aus seitlich eine weitere Tür den Weg zur Bühne freigab. Vorne der Schlagzeuger, dann der Bassist, danach ich und hinter mir Minka. Wir umarmten uns, küssten uns auf die Wangen oder deuteten es wenigstens an, das tat man vor Auftritten, Minka machte ein paar Schritte zurück und prüfte sich abermals im Spiegel, dann war eine kurze Ansage zu hören und die Form von Applaus, die ältere Leute fabrizieren, eher zurückhaltend, vom Wunsch beherrscht, alsbald einen gemeinsamen Rhythmus zu finden. Der Schlagzeuger ging los, wir hielten zwei, drei Meter Abstand voneinander, Minka wartete noch.

Ich setzte mich auf den niedrigen Barhocker links auf der Bühne, blinzelte ins Licht, vom Publikum war wie immer nichts zu sehen, aber es war zu spüren, zu riechen. Ich bekam eine Gänsehaut und musste, wie jedes Mal, den zum Scheitern verurteilten Versuch eines irren Grinsens unterdrücken, denn es gab fast nichts Großartigeres als genau *das* hier. Sie klatschten wieder, dann stärker, als Minka strahlend auf die Bühne geschlendert kam, sich kurz verbeugte und einen Handkuss in den Saal hauchte. Wir waren in Wiesbaden, wenn ich mich recht erinnerte, der Saal fasste siebenhundert Leute und war ausverkauft. Ich schob meinen Unterkörper vor, um das Schallloch der Gitarre in die richtige Position vor dem Mikrophon zu bekommen, drehte mit der linken Hand ein wenig am Gesangsmikro, das ich für die Chöre brauchte – eine dieser Gesten, dieser Rituale, die wir uns alle angewöhnt hatten, aber wehe, man vergaß, sich zu küssen oder das Mikro vor dem ersten Ton zu berühren! –, und der Schlagzeuger zählte hinter mir den Takt an.

Wir begannen mit »Solo für ein Solo«, eine mittelschnelle Nummer, die ich gemeinsam mit Minka geschrieben hatte, ein

Lied über das Alleinsein, fast schon ein Chanson, aber nicht zu balladesk und auch nicht zu tragisch, sondern mit einer optimistischen, eher simplen Melodie ausgestattet, die überhaupt kein Solo enthielt – wir machten halt Schlagermusik, *Minka* machte Schlagermusik. Wie nicht anders zu erwarten war, hörte ich über die Monitore vor allem Bass und Schlagzeug. Minkas ohnehin nicht sehr starke Stimme hallte im Hintergrund, und meine Gitarre klang merkwürdig verzerrt. Unsere Besetzung war ungewöhnlich für die Art von Musik, die wir machten, und bei den Aufnahmen waren Blechbläser, ein Pianist – diesen Part hatte ich hier abwechselnd zu übernehmen –, zwei Flötisten und sogar Geiger zugegen gewesen, aber so viele Leute brachte man unmöglich auf den eher kleinen Bühnen unter, die wir bespielten – außerdem hätte es sich nicht gerechnet, all diese Musiker zu bezahlen. Deshalb war mein Instrument dasjenige, das viele andere zu ersetzen hatte.

Ich versuchte, mich nicht allzu sehr auf die verdrehten Monitorboxen, sondern auf mein eigenes Spiel zu konzentrieren; es ist ohnehin sehr schwer, in einer Gruppe zu musizieren, vor allem in einer Gruppe, die man währenddessen nicht sieht, mit der man sich nicht mimisch abstimmen kann, wozu ich allerdings sowieso nur begrenzt in der Lage war. Aber wir waren Profis und spielten seit fast einem Jahr zusammen (abgesehen vom Schlagzeuger, der diesen Posten erst vor vier Wochen übernommen hatte, weil sich Hannes, unser Stammschießbuder, besoffen die Hand in einer Hoteltür eingeklemmt hatte), Minkas Platten verkauften sich recht gut in diesem Marktsegment, das von den Feuilletons und Bestenlisten ignoriert wurde, jedenfalls den Bestenlisten, die später in Zeitungen und Zeitschriften veröffentlicht wurden. Dies war der zwanzigste oder dreißigste Auftritt innerhalb von zweieinhalb Monaten, knapp zwanzig weitere lägen noch vor uns, in so großartigen Städten wie Reutlingen, Göttingen,

Bielefeld, Flensburg und so weiter. Und, natürlich, Marburg, wo wir übermorgen, am 11. November, auftreten würden, zu meiner großen Freude, denn dort würde ich Karen treffen, die an der Uni als Dozentin tätig war. Als *unverheiratete* Dozentin, denn der dusslige Jochen hatte nach zwei Jahren Fernbeziehung einen Rückzieher gemacht und eine Fleischereifachverkäuferin aus Ingolstadt geehelicht.

Am Ende des Sets, nach siebzig Minuten und vor den beiden geplanten Zugaben, hörten wir zwar den zu erwartenden, begeisterten Applaus, aber da war noch eine seltsame Unruhe, ein Getuschel. Ich blinzelte und versuchte, im Publikum etwas zu erkennen, doch im Gegenlicht konnte ich gerade einmal schemenhaft die erste Reihe ausmachen. Ich wartete ab, bis Minka von der Bühne verschwunden war, dann lehnte ich die Gitarre in die Halterung und folgte ihr.

Im Raum hinter der Bühne war es proppenvoll, der kleine Fernseher war lautgedreht. Etwa zwanzig Menschen saßen auf dem Fußboden, dem Tisch und dem Sofa, Minka protestierte, aber irgendwer zischte etwas, den Befehl, Ruhe zu geben. Ihr Mund und ihre dunklen Augen wurden schmal, aber sie fügte sich.

Es dauerte einen Moment, bis ich begriff, was im Fernsehen gezeigt wurde. Menschenmassen vor dem Brandenburger Tor, auf der Absperrung, die den Pariser Platz umgab, und dann Kolonnen von 601ern, die in einer langen Schlange warteten, wehende schwarz-rot-goldene Fahnen mit und ohne Hammer und Zirkel, und über all dem dieses gelbliche, fade Licht, mit dem im Osten, wie ich meine ehemalige Heimat inzwischen manchmal auch nannte, Straßen und Plätze beleuchtet wurden. Leute mit Sektflaschen in den Händen, Menschen, die etwas in Mikrophone brüllten – Menschen aus dem Osten, die etwas in Mikrophone aus dem Westen brüllten. Man lag sich in den Armen, tanzte, vor allem aber gab es viel Gedränge, und mein erster Gedanke war: So viele auf einem Haufen sind ein gutes Angriffsziel. Und erst mit dem nächsten Gedanken wurde mir vollständig klar, was dort, Hunderte Kilometer von mir entfernt, geschah.

Ich zerrte am Kragen des stellvertretenden Veranstalters, der vor mir auf dem Boden hockte. »Gibt es hier ein Telefon?«, zischte ich in sein Ohr. Er sah mich nur verständnislos an, wies mit einem Finger auf die Glotze und zuckte die Schultern. Hier wusste niemand, dass ich aus der DDR kam. Möglich, dass ich es Minka mal erzählt hatte, beim Glas Wein nach einer Studiosession oder während der kurzen Zeit, in der wir gelegentlich das Bett geteilt hatten, aber Minka interessierte sich so sehr für andere wie die Schwarze Witwe für ihren Begattungspartner. Sie hörte nur zu, um den Zeitpunkt abzuwarten, ab dem sie wieder von sich erzählen konnte. Sie war der egozentrischste Mensch, den ich kannte, aber sie hatte mir auch das Tor zur Profimusik geöffnet, wofür ich ihr endlos dankbar war, verbunden allerdings mit dem sicheren Gefühl, dass die aktive Dankbarkeit – als Teil ihrer Band, als Mitkomponist und -texter – bald enden würde. Meine Tage mit ihr waren gezählt, vor allem, weil ich längst an eigenen Projekten arbeitete, und nicht nur wegen ihrer Egozentrik, die sie allerdings mit vielen Leuten aus unserem Fach gemein hatte. Es war von Vorteil, in dieser Branche sehr ichbezogen zu sein, und das damit verbundene Sendungsbewusstsein gehörte dazu, wenn man auf einer Bühne stehen und für Tausende Menschen singen wollte.

An jenem Abend vor über fünf Jahren hatte mich Mike in einen winzigen Laden in der Wiener Straße geschleppt, in eine Gegend, die damals schon für alle anderen nach Kebab und für mich nach dem feinen, leicht öligen Metallstaub roch, der von der U-Bahn herüberwehte, die hier überirdisch fuhr. Die unfassbar miefige Kreuzberger Kneipe fasste vielleicht dreißig Leute und hatte keinen Backstage-Bereich, weshalb die äußerst blasse junge Frau, die eher noch ein Mädchen war, vielleicht ein, zwei Jahre älter als ich, mit ihrer Les Paul (aus der zweiten Ära) neben sich am Tresen saß und Leitungswasser aus einem schmutzigen Glas trank. Als sie Mike sah, nickte sie erfreut, die beiden umarmten einander, dann wurde ich vorgestellt. Ich spürte, wie meine Gesichtshaut errötete, als mein Gitarrenlehrer davon sprach, dass ich sein talentiertester Schüler sei. Tatsächlich war ich derzeit einer von zweien. Minka lächelte und nahm das, wie ich meinte, kaum zur Kenntnis, sah mir nur für einen Moment in die Augen, wobei ich feststellte, dass ihre so dunkel waren, dass man keine Färbung erkennen konnte. Es war kurz nach acht, der Auftritt sollte um neun beginnen, aber außer uns saßen nur vier Leute an den ramponierten Tischen und erweckten nicht den Eindruck, wegen der Musik gekommen zu sein.

Als der Gig auf der vielleicht anderthalb Quadratmeter großen Bühne begann, waren es elf, später, gegen Mitte des Auftritts, knapp zwanzig, wahrscheinlich überwiegend Stammgäste. Ich beobachtete das Publikum und die Musikerin wie immer äußerst aufmerksam, sog die Eindrücke auf. Zwei Dinge stellte ich relativ zügig fest: Minka war eine erbärmliche Gitarrenspielerin, der es kaum gelang, sich auf beides – Gesang *und* Gitarre – zu konzentrieren. Immer wieder vergriff sie sich, stockte einmal mitten im Song, fing sich aber schnell wieder. Zum Zweiten funktionierte ihr Versuch, die Art von seichtem, aber durchaus kunstvollem Folk-Pop, den sie darbot, in englischer Sprache zu singen, überhaupt nicht. Bis zur Pause trug sie acht Stücke vor, davon zwei auf Deutsch, und auch sie musste, wie ich meinte, von der Bühne aus wahrnehmen, dass ihre muttersprachlichen Songs wesentlich besser ankamen als die in gestelztem und viel zu falschem Englisch, das ein bisschen nach Nico klang, aber längst nicht den morbiden Charme hatte, der die Stücke kennzeichnete, die das Ex-Model in den Sechzigern mit The Velvet Underground aufgenommen hatte. Allerdings musste ich Minka auch zugestehen, dass sie über eine mehr als passable Stimme und eine ungeheure Bühnenpräsenz verfügte. Meine Erfahrungen diesbezüglich waren bescheiden und durch die Bank passiv, aber selbst ich erkannte, dass sie jemand war, der unbedingt auf eine Bühne gehörte – und dort früher oder später Erfolg haben würde. Als sie nach dem zweiten Teil und vor einer möglichen, aber nicht sehr wahrscheinlichen Zugabe neben uns Platz nahm und beiläufig »Wie findet ihr es?« fragte, teilte ich ihr in meiner grenzenlosen Naivität einfach mit, was ich glaubte, herausgefunden zu haben.

Sie starrte mich an, als wäre ich ein Beutetier und sie ein Raubvogel. Mike, der neben mir saß, legte wie zum Schutz eine Hand auf meine Schulter.

»Du spielst Gitarre, richtig?«, fragte die Musikerin, ohne auf das einzugehen, was ich ihr in zwei langen, teilweise hervorgestotterten Sätzen soeben mitgeteilt hatte.

Ich nickte vorsichtig.

»Kannst du Noten lesen?«

Ich nickte wieder, und mir wurde mulmig.

Ein paar Leute waren aufgestanden und zahlten direkt neben uns, einige saßen noch an ihren Tischen und sahen zu uns herüber. Minka bückte sich und kramte in einer beutelartigen Ledertasche, die an ihrem Barhocker hing. Dann reichte sie mir zwei zerknitterte, fotokopierte Notenblätter.

»Komm, wir spielen die Zugabe gemeinsam. Du begleitest.« Sie sah kurz zu den Tischen. »Hier kommt es sowieso nicht drauf an, und Kohle kriege ich für die Nummer wahrscheinlich auch nicht.«

Ich begann zu zittern und wurde fast ohnmächtig bei dem Gedanken, sah zu Mike, der mich seltsam anlächelte und dabei nickte, dann zu Minka und schließlich auf die Notenblätter.

»Auf deiner Gitarre?«

»Du hast ja keine bei«, sagte sie, wobei sie mich mit einem ironischen Lächeln um die Lippen ansah. »Oder traust du dich nicht, du großartiger Musikkritiker?«

Ich traute mich. Es war ein deutschsprachig vorgetragenes Stück mit nicht sehr komplizierter Melodie, deren Begleitakkorde ich während des Spiels zu meiner eigenen Überraschung variierte, nach meinem Gefühl verbesserte. Sonst nahm ich nichts wahr, nur Minka, mich selbst und die Gitarre, niemanden im Publikum, auch Mike nicht oder das olfaktorische Chaos in diesem speckigen Laden. Minka sagte nach dem Auftritt nichts zu mir, sah mich nur auf diese distanziert-interessierte Art an, der ich später häufig ausgesetzt war, und dann verschwand sie. Vier Monate später rief Mike bei mir an und erklärte, dass Minka einen Studiotermin für Demoaufnahmen in Berlin hätte und darauf bestand, dass ich daran teilnahm.

Es gab kein Telefon im Gebäude, das Büro war verschlossen. Außerdem hatte ich in der Aufregung völlig vergessen, dass im Saal noch einige hundert Leute saßen, die auf unsere Zugaben warteten, inzwischen seit fünf Minuten – *zwei* waren bei diesem Publikum eigentlich schon zu viel. Als ich in den Backstageraum zurückkam, brüllte die Sängerin mit sich überschlagender Stimme: »Bist du eigentlich vollkommen bescheuert?« Dann stürmte sie voran auf die Bühne, bremste sich erst im letzten Moment, zwang sich das Lächeln ins Gesicht und nickte in den schalen Applaus, der jetzt noch ertönte. Die meisten waren offenbar bereits dabei, den dunklen Saal zu verlassen. Noch während der ersten Zugabe gab es viel Unruhe, wir spielten insgesamt fünf Stücke und mischten dabei die Encore-Sets, Marko, der Bassist, rückte während des eigentlich viertletzten Liedes an mich heran und flüsterte mir ins Ohr, dass nach dem nächsten Schluss wäre. Nach dem Hit, der Single, die Minka vor drei Jahren bekannt gemacht hatte, ein Song, der sich redlich verkauft hatte – »Lügen sind nie für immer«. Ich mochte den Text des Liedes nicht besonders, obwohl er über eine schöne Botschaft verfügte, aber ich hatte an der Musik mitgeschrieben. Der Schlussapplaus war mager, und weil das Saallicht anging, bevor ich die Bühne verlassen hatte, sah ich erst jetzt, dass bestenfalls noch die Hälfte des Publikums anwesend war. Das hatte ich noch nie erlebt.

Ich verschwand, ohne mich zu verabschieden, obwohl das alle ungeschriebenen Gesetze brach. Selbst Marko und der Ersatzschlagzeuger, die die Musik, die wir machten, eigentlich nicht ausstehen konnten, hielten sich daran, dass »die Band« nach einem Auftritt zusammen aß und trank, wozu sich dann noch die lokalen Verantwortlichen, manchmal ein Promoter der Plattenfirma, hin und wieder ein Pressemensch und gelegentlich auch paar Fans gesellten – bei Minka in der Regel Herren abseits der vierzig, die vor Aufregung keinen Schluck herunterbekamen, ständig davon erzählten, welches ihr Lieblingslied wäre, und die auf keine Frage zu einer vernünftigen Antwort fähig waren, selbst wenn es um simple Dinge wie die Größe der Familie, die Farbe des Autos oder den Beruf ging.

Heute aber musste das ohne mich stattfinden. Ich zwängte mich mit meinem Gitarrenkoffer in ein Taxi, fuhr ins Hotel, wo ich zum x-ten Mal und auch im neunten Jahr noch darauf hereinfiel, dass im Westen anders angestanden wurde als im Osten. An der Rezeption wartete eine große Gruppe darauf einzuchecken, zu so später Stunde, sie bildete einen großen Halbkreis um den Tresen und die einzige Kraft, die dort zugange war. Eine weitere Frau wuselte hinter ihr herum, verschwand aber immer wieder in einem Büro, um nur kurz zurückzukehren.

Beinahe instinktiv suchte ich nach der Person, die möglicherweise das Ende der nichtexistenten Schlange bildete. In der DDR war das immer ganz automatisch vonstattengegangen, und selbst wenn es mehrere Schalter, Kassen usw. gab, bildete sich meistens nur *eine* Schlange, aus der dann der Nächste hervortrat, wenn ein Schalter frei wurde. Im Westen gruppierte man sich einfach irgendwie und drängte dann voran, wenn es sich ergab. Man drängelte sich auch gerne vor, den Protest der anderen ignorierend.

Schließlich wurde mir mein Fehler bewusst. Ich ging an der Gruppe vorbei, zur Seite der Rezeption, und rief einfach »Zimmer 314, bitte«, als die zweite Frau wieder aus ihrem Büro kam. Sie zog den Schlüssel mit dem mächtigen Holzklöppel daran aus einem Fach und warf ihn vor mir auf die Tresenplatte.

Beide Arten hatten was für sich.

Als ich schon am Fahrstuhl wartete, rief mich die Frau zu sich, und ich fürchtete schon unsinnigerweise, sie würde mich für meine Vordrängelei rügen, aber es ging nur um einen Stapel Zettel mit Nachrichten für mich. Die meisten waren von György, aber zwei stammten von meiner Mutter. Erstaunlich, denn ich teilte ihr schon lange nicht mehr mit, wo ich mich befand, wenn ich auf Tour oder für Produktionen unterwegs war.

Ich schmiss meine Jacke und den Gitarrenkoffer aufs Bett, schnippte mit der einen Hand den Fernseher an, über den ähnliche Bilder liefen wie diejenigen, die ich backstage schon gesehen hatte, und wählte mit der anderen Mamas Telefonnummer. Obwohl es schon auf ein Uhr morgens zuging, nahm sie fast sofort ab, aber während der ersten anderthalb Minuten war kein einziges Wort zu verstehen. Sie schluchzte, seufzte, schnaufte, kämpfte mit Tränen, ihrem pochenden Atem, irgendetwas anderem, das sie gleichzeitig tat, und nachdem ich vier Mal »Mama, beruhig dich doch«, gesagt hatte, brachte sie endlich, fast schreiend, einen zusammenhängenden Satz heraus: »Falki, Klaus-Peter ist hier, Papa ist hier.«

Familienzusammenführung (1989)

Am 10. November 1989 spielten wir in Kassel. Minka schlug tatsächlich vor, am Anfang des Programms die Nationalhymne zu singen, begleitet von mir am Klavier. Davon abgesehen, dass die Musik für Bläser oder Streicher, aber kaum für einen – begleitenden – Flügel geeignet war (jedenfalls nicht ohne ein entsprechendes Arrangement, das uns so kurzfristig nicht zur Verfügung stand), hielt nicht nur ich das für eine Schnapsidee. Das Deutschlandlied lief erstens ohnehin pausenlos im Fernsehen während dieser Tage, und zweitens war das einfach unpassend. Niemand erwartete von uns dieses Statement, zuletzt wir selbst. Wir waren nicht in Amerika, wo man vor jedem noch so belanglosen Sportevent, aber interessanterweise *nicht* vor kulturellen Veranstaltungen vom »Land of the free, home of the brave« sang – ganz egal, ob gerade ein Bundesstaat hinzugekommen war oder seine Unabhängigkeit erklärt hatte –, sondern in Hessen, Bundesrepublik Deutschland, an einem kalten Novemberabend Ende der Achtzigerjahre. Natürlich fand eine revolutionäre Veränderung statt, wie alle hofften oder glaubten, das zu spüren, aber wir würden uns keinen Anteil daran erkaufen können, indem wir vor achthundert Kasselanern kurz vor der Rente auf patriotisch machten. Minka ließ sich schließlich überzeugen, jedenfalls scheinbar, und dann tat sie es trotzdem, ohne Begleitung, a cappella. Im Anzählen des Drummers drehte sie sich kurz zu ihm um und hob herrisch die Hand. Er stoppte, ich hielt in der Bewegung inne, das Plektron schon über den Saiten haltend, und dann sang sie ohne Begleitung. Minka hatte zweifelsohne eine schöne Stimme, aber als sie bei »Blüh im Glanze« angelangt war, musste sie um eine Oktave absenken, weil es ihre Kapazitäten überfordert hätte. Das Publikum applaudierte anschließend höflich, aber erkennbar irritiert, es gab eine Art Rascheln, weil die wenigen, die zur Hymne aufgestanden waren, auf ihre Plätze zurückrutschten, und dann spielten wir so miserabel wie nie zuvor. Irgendwie stimmte nichts mehr nach diesem Alleingang. Marko spielte hin und wieder deutlich zu schnell oder zu langsam, vermutlich in voller Absicht, Minka vergaß zweimal den Text und wiederholte stattdessen eine Strophe, und auch ich musste mich stark konzentrieren, obwohl ich den Set im Schlaf hätte spielen können. Währenddessen fasste ich den Entschluss, es ihr noch an diesem Abend zu sagen. Jeder Zeitpunkt war so gut oder schlecht wie jeder andere, aber heute wäre Minka ohnehin in so fürchterlicher Stimmung, dass ich die Gelegenheit einfach nutzen musste.

Wir saßen in einem kleinen Restaurant mit diffuser Ausrichtung; auf der Karte standen Pasta, Gyros und Schweinebraten, aber zu Minkas weiterer Verärgerung nichts Vegetarisches, dafür stand ein Fernseher auf dem Tresen und zeigte die Bilder, die seit zwei Tagen in Endlosschleife auf allen Kanälen liefen. Ostler im KaDeWe, Ostler im Europacenter, Ostler auf dem Ku'damm, Ostler bei McDonald's, Ostler in langen Schlangen vor Banken und Sparkassen, Ostler, aus Banken oder Sparkassen kommend und mit Hundertmarkscheinen wedelnd, Ostler bei Aldi und in Douglas-Parfümerien, sich gegenseitig mit Eau-de-Cologne-Proben ansprühend. Ich sah nur kurz hin und war satt, ohne einen Happen gegessen zu haben. Natürlich verstand ich sie, denn endlich konnten sie sehen und anfassen, wovon sie geträumt hatten, noch ohne zu verstehen, dass sie den Mut der Demonstranten dadurch auf Levi's, Sony, Big Macs und Bananen reduzierten. Ich erinnerte mich allerdings auch an jenen Moment am Plattensee, als ich meinen ersten leibhaftigen *Walkman* gesehen hatte.

Drei – natürlich männliche – Fans begleiteten uns, Herren Ende vierzig, die vor dem Bühneneingang gewartet hatten und jetzt fassungslos im unverhofften Glück badeten, ihren Lieblingsstar leibhaftig bei etwas so Perfidem wie Essen beobachten zu dürfen (zwei Jahrzehnte später würden stundenlange Formate im Privatfernsehen von diesem Motiv leben). Minka stocherte in welkem Blattsalat mit faulig riechendem Schafskäse. Ich schnitt mein wüstentrockenes paniertes Schweineschnitzel in Stücke, ließ es ansonsten unberührt auf dem Teller liegen und knabberte lustlos an ebenso trockenen Pommes frites.

Der Schlagzeuger sah kurz die Fans an und sagte dann zu Minka: »Wenn du sowieso tust, wozu du Lust hast, musst du das nicht vorher mit uns abstimmen.«

Marko nickte vorsichtig und beobachtete unsere Sängerin. Minka zwinkerte, legte den Kopf in den Nacken und stöhnte.

»Ich werde aufhören. Dies ist meine letzte Tour mit dir«, erklärte ich in ihr Schweigen.

Einer der Fans, ein für sein Alter gut aussehender Typ, den ich für einen Banker hielt, schnaufte vor Überraschung laut – immerhin wurde er soeben Zeuge einer Sensation, wenn auch einer sehr kleinen, die vielleicht noch für den Kasseler Stadtanzeiger – falls es einen gab – reichte, aber sicher nicht für den *Express* oder die BILD. Minka blickte ihn kurz an und dann zu mir. Ihre dunklen Augen ohne erkennbare Irisfärbung funkelten mich an, und dann lächelte sie.

»Wie du willst. Wir machen das jetzt … äh.« Sie zog die Stirn kraus, aber sie schaffte es nicht ganz, das Gekünstelte an dieser mimischen Geste zu kaschieren.

»Vier Jahre«, sagte ich und wusste ganz genau, dass sie Spielchen spielte.

»Echt? Es kommt mir länger vor.«

»Mir auch.«

»Darf ich fragen, warum?«

Der Kellner, der vielleicht Jugoslawe war, möglicherweise Italiener, gar Grieche, trat an unseren Tisch und fragte, ob das Essen geschmeckt hätte.

Der arme Kerl.

Als ich eine Stunde später mit ihr allein in der Bar des Viersternehotels saß, das zwei von diesen Sternen nicht verdiente, hatten sich die Wogen ein wenig geglättet. Der vielleicht eins fünfundsechzig große Mann mit dem Schnauzer, dem undefinierbaren Akzent, dem am Hals speckigen Hemd und der auf unmögliche Art gebügelten schwarzen Hose hatte die volle Ladung ihres Zorns abbekommen, gesteigert durch die Art, wie Leute aus Minkas Liga nun mal mit solchen Menschen umspringen. Roadies, Produktionshelfer, Techniker, Friseure, Visagisten, Caterer, Busfahrer, Stewardessen, Zugschaffner, Hotelboys, Taxifahrer oder Kellner. Fortwährend begegneten wir Menschen, auf deren Hilfe wir zwar angewiesen waren, die es, nach Minkas Einschätzung, als ihre Hauptaufgabe zu verstehen schienen, uns Künstlern das ohnehin anstrengende Leben noch schwerer zu machen, und der graue kleine Mann war nun zum Ventil für diesen Frust geworden, gesteigert durch eine programmatische Fehlentscheidung, einen beschissenen Auftritt, drei definitiv unvögelbare männliche Groupies und meine Ankündigung, die in kreativer Hinsicht doch recht produktive Zusammenarbeit nunmehr zu beenden.

»Und warum?«, fragte sie und nippte an einem Tom Collins, der sogar für Nicht-Cocktailtrinker wie mich falsch aussah, ihr aber umso feierlicher vom Barkeeper kredenzt worden war – begleitet, natürlich, von jenen drei Worten: »Sie sind doch …?«

Ich kämpfte einen Gesichtsausdruck herbei, von dem ich hoffte, dass er bei ihr als Lächeln ankam.

»Wir haben viel erreicht.« Ich nahm einen Schluck von meinem Bier. »Du bist jetzt in einer Position, in der du Bedingungen diktieren kannst. Minka ist eine Marke, ein Label, und was immer auch passiert, du wirst einige Jahre davon zehren können. Du könntest es dir leisten, ein oder zwei schlechte Alben abzuliefern.« Sie verzog das Gesicht. »Du kannst eine Weihnachtsplatte einsingen, die sich verkaufen wird. Meinetwegen sogar Dixieland, Heavy Metal oder Volksmusik. Du brauchst mich nicht mehr.«

»Und wenn ich nicht auf dich verzichten will?« Sie prostete mir zu und sah mich dabei auf eine Art an, die ich inzwischen fast vergessen hatte.

»Mach dich nicht lächerlich«, sagte ich freundlich. »Wir können gerne noch mal miteinander ins Bett gehen, wenn du möchtest, ich habe nichts dagegen. Aber das wird mich nicht davon abbringen, ab jetzt meine eigenen Projekte in den Vordergrund zu stellen.«

Sie kippte ihren Drink in einem Zug herunter und legte eine Hand auf meinen Oberschenkel.

»Gut, gehen wir ins Bett«, sagte sie leichthin, ohne dass letztgültig klar war, wie sie das jetzt meinte. »Aber was ist mit *Minka vier*?« Das war der Arbeitstitel des kommenden Albums.

»Das ist auch mein Baby, ich habe an den acht Songs mitgeschrieben und *alle* arrangiert«, erklärte ich, ohne näher auf den ersten Teil ihrer Rede einzugehen. Ihre Hand ließ ich allerdings, wo sie war. »Wenn du einverstanden bist, beenden wir die Aufnahmen zusammen, aber danach bin ich weg.«

Sie nickte, bestellte noch zwei weitere Runden, und als wir ausgetrunken hatten, gingen wir ins Bett – miteinander, tatsächlich. Später lagen wir nackt auf der Matratze in ihrem Zimmer, tranken Leitungswasser aus Zahnputzbechern, und Minka fragte mich doch tatsächlich nach meinen Plänen, war interessiert daran zu erfahren, welche Art von Musik ich machen wollte, welche Titel für Alben mir vorschwebten, ob ich schon Kontakte hätte und solche Dinge. Sie war freundlich, fast zuvorkommend, und bot mir sogar ihre Unterstützung an.

Am nächsten Morgen telefonierte ich, wie schon am Tag zuvor, lange mit meinem Vater. Er folgte meiner Bitte, mir bis dahin nur wenig von seiner Geschichte zu erzählen. Ich wollte ihm ins Gesicht sehen können, wenn es so weit war – in etwa drei Wochen, wenn wir in Berlin ankamen und zwei Tage Pause vor dem Abschlusskonzert der Tour hatten. Deshalb erzählte ich viel von mir, wobei er mich immer wieder unterbrach, weil er weinen musste, ein jüngeres Foto seines Sohnes in den Händen, den er – wie Karen – nicht wiedererkannt hätte. Es war seltsam, bewegend und elektrisierend, mit ihm zu sprechen, aber auch irreal – ich besaß natürlich kein aktuelles Bild von ihm und auch kein älteres, denn im äußerst schmalen Gepäck, mit dem Mama und ich aus Ungarn geflüchtet waren, hatte sich keines befunden. Während wir sprachen, dachte ich skurrilerweise an seine merkwürdigen Brustwarzen, und wenn ich versuchte, mir sein Gesicht, seine Haltung, seinen Körperbau ins Gedächtnis zu rufen, sah ich das Bild von einem Mann, von dem ich nicht wusste, ob es sich um meinen Vater handelte.

Er und Luise, die sich während unseres Gesprächs ständig aus dem Hintergrund meldete, mit zaghaften Zwischenrufen oder leise vor Glück weinend, wollten noch am Nachmittag des elften November aufbrechen, um in Onkel Gerhards BMW erst in den Spreewald und dann in Richtung Ostsee zu fahren, weil sie Jürgen und, natürlich, Sonja suchen wollten. Ich hielt das für eine weniger gute Idee – die Situation war unübersichtlich, viele rechneten damit, dass es ein Aufbäumen des maroden DDR-Staatsapparates geben könnte, und Luise war immer noch eine Republikflüchtige, ein Staatsfeind, eine

Straftäterin. Aber sie ließen es sich nicht ausreden. Ich diktierte die Namen und Telefonnummern der Hotels, in denen ich während der folgenden Tage wohnen würde. Am liebsten hätte ich die Tour abgesagt, um meine Eltern zu begleiten, überhaupt meinen Vater zu *sehen*, aber im Gegensatz zum Schlagzeuger war ich jemand, den man nicht so einfach ersetzen konnte.

In Marburg lieferten wir einen ordentlichen Gig ab, dieses Mal auch ohne Nationalhymne, aber vor der Schlusszugabe – »Lügen sind nie für immer« – erzählte Minka nicht, wie sonst immer, eine völlig fiktive, aber sehr ergreifende Geschichte dieses Liedes, sondern widmete es »unseren Landsleuten im Osten«, von denen sie bisher keinen getroffen hatte, von mir abgesehen – und hier auch nur unbewusst. Natürlich hatte sie Fans in der DDR, die über wechselnde Deckadressen Autogramme erbaten oder in langen Briefen davon erzählten, wie viel ihnen Minkas Musik bedeutete, aber all das erledigten die Plattenfirma und Minkas Management – sie selbst hatte noch nie auch nur eine einzige Zeile davon gelesen. Es gab, bevor wir den Song anstimmten, einen lauten Seufzer von Marko, dem ich mit einem leichten Nicken zustimmte, und das Publikum applaudierte der nichtssagenden Geste höflich.

Irgendwo da unten saß Karen. Es war aufregend zu wissen, dass jemand im Publikum zuhörte und zusah, den man kannte oder mit dem man befreundet war, hauptsächlich *vor* dem Auftritt – es steigerte die Stage Panic noch ein wenig, völlig unabhängig davon, ob sich tausend oder nur zwanzig Menschen im Auditorium befanden oder wie oft man schon *Mucke* gemacht hatte. Bei Karen war es umso aufregender, denn ich sah sie viel zu selten – ein halbes Dutzend Mal nach meinem Überfall, aber wir telefonierten regelmäßig und schrieben uns nach wie vor lange Briefe. Ich tat das meistens im Bus, wenn wir Autobahnen und Landstraßen entlangfuhren; es war Karen zu verdanken, dass ich mir eine sehr exakte Handschrift und die Fähigkeit angewöhnt hatte, Bewegungen des Fahrzeugs zu antizipieren – und trotz aller Schaukelei sauber zu schreiben.

Ich hatte dafür gesorgt, dass man sie nach dem Auftritt hinter die Bühne lassen würde. Minka zog sich um, stand in Unterwäsche und Strümpfen neben mir, sich mit einer Hand an der Ledercouch festhaltend, um aus dem schwarzen Rock zu steigen, auf den schon der Roadie wartete, der sich um die Reinigung zu kümmern hatte. Es klopfte zaghaft, ich rief lauter als nötig »Herein!«, weil ich wusste, wer das war. Als Karen eintrat und sich scheu umsah, um bei meinem Anblick – der Raum war wie immer kurz nach den Auftritten proppenvoll – erfreut zu lächeln, beobachtete ich im Augenwinkel Minka, die ihre dunklen Augen von mir zu Karen und wieder zurück flattern ließ. Es war sehr selten, dass ich privaten Besuch bekam – ich hatte nur wenige Freunde und war nicht auf der Suche nach neuen, aber die Sängerin hatte mich, von ein paar lahmen Begegnungen mit Groupies abgesehen, noch nie mit einer anderen Frau beobachtet. Karen kam zu mir, ich sprang auf, umarmte sie herzlich, und dann küsste sie mich sanft, aber wohl überwiegend freundschaftlich auf den Mund.

»Das ist meine gute Freundin Karen. Karen, das ist die berühmte Minka.«

Minka lächelte auf diese ironisch-distanzierte Art, aber da war noch etwas anderes in ihrer Mimik, etwas Überraschtes, vielleicht sogar Eifersüchtiges, Karen strahlte und schüttelte die angebotene Hand beidhändig.

»Sie sind eine großartige Künstlerin«, erklärte sie brav. Ich wusste, dass sie die Musik nicht mochte. Karen hörte inzwischen nur noch Klassik und sonst nichts. Wenn ich sie gar auf

Billy Joel oder gar Ottawan ansprach, tat sie das ab. »Popmusik«, sie sprach das Wort aus, als wäre es der Name eines üblen Tyrannen, »ist etwas für Leute ohne eigenen Geschmack.«

Minka nickte, murmelte »Danke«, wandte sich ab und nahm Jeans und T-Shirt aus ihrer Tasche.

Karen zog mich an sich. »Ist es okay, wenn ich hier bin?«, fragte sie leise – und leicht irritiert. Minka war nicht die einzige Person im Raum, die sich in Unterwäsche präsentierte. Marko stand praktisch nackt vor dem mit Bandaufklebern übersäten Spiegel und hielt sich eine Art Netzhemd prüfend vor die Brust.

Ich lachte. »Mach dir keine Sorgen. Künstler sind Exhibitionisten.«

Minka hatte mich gehört. »Nur du nicht, oder, *Martin*?«

»Jedenfalls nicht auf diese Art.«

Wir gingen in eine der vielen Studentenkneipen Marburgs, nur Karen und ich. »Die Abnabelung geht aber schnell«, hatte Minka meine Ankündigung kommentiert, mich für diesen Abend zu verabschieden. »Das ist schon das zweite Mal in einer Woche.« Dann zwinkerte sie mir zu, hakte sich bei einem der Pressefritzen unter und zog ihn zur Tür.

»Es ist merkwürdig zu hören, wie dich jemand mit deinem Künstlernamen anspricht«, sagte Karen, die Rs zwar noch immer deutlich rollend, aber sie war dabei, sich Hochdeutsch anzutrainieren, wodurch sie sich wie jemand anhörte, der das mit *Fränkisch* tat. Wir saßen in einem großen, überfüllten und verrauchten lauten Laden, es war Freitagabend. Ich sah Karen an und hielt es noch immer für ein unglaubliches Wunder, sie wieder in meinem Leben zu haben.

»*Du* musst das natürlich nicht tun.«

»Seltsam«, sagte sie und zündete sich eine Zigarette an. Eine Studentin brachte unsere Drinks. »Irgendwie kommt es mir richtig vor, dass du jetzt auch anders heißt. Allerdings …«

»Ja, ich weiß. Martin Gold. Abgeschmackt, zu schlagermäßig, zu prätentiös.« Ich wiederholte die Argumente aus ihren Briefen, die sie mir vor vier Jahren geschrieben hatte. »Aber auch einprägsam, ohne Risiko der Falschschreibung. Es ist egal, was die Presse über dich sagt, Hauptsache, sie schreiben deinen Namen richtig«, zitierte ich, ohne zu wissen, von wem diese wahre Weisheit stammte.

Inzwischen, und auch das hatte ich Karen irgendwann geschrieben, fühlte ich mich mit diesem Namen wohler als mit dem alten – es half mir nicht nur dabei, mit der äußerlich neuen Person, zu der Falk Lutter geworden war, besser zurechtzukommen, es war weit mehr als das. Eine Metamorphose. Martin Gold war meine eigene Schöpfung, das Ergebnis einer Verpuppung, ein Kunstwerk und zugleich ich selbst, aber unter völlig veränderten Parametern. Ich empfand für mein Pseudonym – Mike und ich hatten es in einer langen, bierseligen Nachtsitzung erfunden – inzwischen fast ähnlich wie für mein neues Gesicht, das ich nach wie vor lange ansah, wenn ich in Hotels vor dem Badezimmerspiegel stand. Ich hoffte nur, dass ich mich nicht hinter einer Fassade versteckte, unbewusst.

Wir prosteten uns zu.

»Kann ich auch eine haben?« Ich griff nach Karens Zigarettenschachtel, die goldfarben lackiert und mit Prägeschrift versehen war – *Benson & Hedges*. Ich stellte mir vor, wie genau in diesem Augenblick Tausende Ostler – etwa zu dieser Zeit begann man damit, sie *Ossis* zu nennen – erstmals eine solche Packung in den Händen hielten, voll staunender Ehrfurcht darüber, welchen Aufwand man hier trieb, um ein paar getrocknete und feingeschnittene Blätter eines Nachtschattengewächses aus derselben Familie, aus der auch Tomaten und Kartoffeln stammten, etwas Papier und ein Stückchen Watte zu verpacken – Warenwert insgesamt pro Stück maximal drei Pfennige, *West*.

»Du rauchst?«

»Selten. Hin und wieder nach Auftritten, und in solchen Kneipen wie dieser hier. Es lenkt meine Nase ab.«

Das tat es wirklich, aber die ersten Züge waren immer die Hölle.

»Du riskierst deine Gesangskarriere, bevor sie begonnen hat.«

Ich lachte kurz und kämpfte den Hustenreiz nieder. »Wenn du wüsstest, wie viele Sänger heimlich Kette rauchen. Ganz zu schweigen von dem, was sie sonst noch zu sich nehmen.«

»Entschuldigung?«, fragte eine männliche Stimme.

Ein Mann im hellgrauen Anzug stand an unserem Tisch, vielleicht Mitte, Ende vierzig, nicht sehr groß, schlank, mit wässrig-blauen Augen, einem kleinen, sorgfältig zum Dreieck geschnittenen Kinnbart und aschgrauer Kurzhaarfrisur. Er lächelte freundlich.

»Bitte?«, fragte Karen.

Er sah mich an. »Sie sind Martin Gold, der Gitarrist von Minka.« Das war keine Frage, sondern eine Feststellung.

Seine Stimme war etwas schnarrend, und obwohl er fehlerfrei sprach, gab es einen deutlichen Akzent.

Ich nickte.

»Mein Name ist György Rákosi.«

»Rákosi?«, platzte Karen heraus. »Wie Mátyás Rákosi? *Stalins bester Schüler*?«

Ich starrte sie verdattert an. »Wer?«

»Ich habe Biologie *und* Geschichte studiert, lieber Falk.«

Der Mann, der immer noch neben uns stand, hatte das Gesicht verzogen. »Hier habe ich das von noch niemandem gehört – ich höre das nicht gerne«, sagte er, sich zu uns herunterbeugend. Es fiel ihm schwer, das Ch auszusprechen, er verschluckte es fast, ließ es zu einem leise gezischten Sch werden. »Aber leider immer wieder. Doch wir sind nicht miteinander verwandt. Mátyás Rákosi hieß ursprünglich Rosenfeld und hat sich den anderen Nachnamen erst später gegeben. Darf ich mich setzen?«

Wir nickten, er zog einen gerade frei gewordenen Stuhl vom Nachbartisch heran.

»Sie sind Ungar?«, fragte ich. »Das ist ja irre. Wir beide«, ich neigte meinen Kopf in Karens Richtung, »haben uns in Ungarn kennengelernt.«

»Vermutlich am Balaton«, sagte er, freundlich lächelnd.

»Stimmt.«

»Es war nicht leicht, Sie hier zu finden«, erklärte er. »Ihr Taxi hat meines fast abgehängt, und als Sie dann zur Altstadt aufgestiegen sind, habe ich Sie aus den Augen verloren. Immerhin, dies ist erst die fünfte Bar, in der ich gesucht habe.«

»Sie haben mich gesucht?«

Er nickte und förderte umständlich einen Zigarillo aus der Jackettinnentasche hervor.

»Ich verfolge Ihre Arbeit schon seit fast zwei Jahren. Sie sind der Kopf hinter Minkas Erfolg, aber die Musik, die Sie da machen, ist nicht das, was Sie tun wollen, richtig?«

»Wie kommen Sie auf diese Idee?«, gab ich etwas barsch zurück, vor allem, weil ich mich ertappt fühlte.

Er lächelte und blies Rauch aus der Nase. »Es gibt feine Unterschiede zwischen den Stücken, für die Sie Musik oder Texte geschrieben haben, und den anderen. Man spürt gut, dass Sie noch etwas anderes wollten, aber nicht können, weil Minka Minka ist und nicht die Band von Martin Gold.«

»Na und?«

»Ich habe Sie genau beobachtet. Ich war auf allen Konzerten, die Sie in diesem Herbst gegeben haben. Auf allen.«

»Das ist schön für Sie – aber …«

»Vielleicht sollte ich erklären, wer ich bin«, unterbrach er.

»Ich weiß nicht, ob ich das hören will.« Die Situation missfiel mir, ich empfand den Kerl als aufdringlich und wollte mit meiner Freundin quatschen, aber Karen legte eine Hand auf meine rechte.

Also hörte ich zu. Er hatte in Budapest Musik studiert, war dann bis 1985 für Hungaroton tätig gewesen, die staatliche und monopolistische Plattenfirma des Landes, vergleichbar mit dem VEB Deutsche Schallplatten in der DDR, mit dessen Label *Amiga* vor einem Jahr kurze und erfolglose Verhandlungen stattgefunden hatten, bei denen es darum gegangen war, Teile von Minkas zweitem Album, das schlicht »Ich« hieß, in der DDR zu veröffentlichen.

Für Hungaroton hatte er als Produzent gearbeitet; er nannte die Namen einiger Bands und Künstler, von denen ich noch nie gehört hatte, in den kommenden Jahren würden sie, wie auch viele Musiker aus der DDR, vollends dem Vergessen anheimfallen. Außerdem, erklärte der Mann mit dem Kinnbart frank und frei, war er in dieser Zeit verdeckt für das NBH tätig gewesen, das »Amt für nationale Sicherheit«, den ungarischen Inlandsgeheimdienst. Die Musiker, mit denen er zu tun hatte, waren gleichzeitig Gegenstand seiner Observierung. Ich rückte meinen Stuhl ein wenig vom Tisch weg, als er das erzählte, und er quittierte diese Geste mit einem müden Lächeln.

»Ich habe nichts Schlimmes getan. Meine Musiker waren meine Schützlinge. Ich habe keinen von ihnen verraten, und wenn mir etwas bekannt wurde, das einem von ihnen hätte schaden können, warnte ich denjenigen rechtzeitig.«

»Pöh«, machte Karen.

Er grinste. »Sie müssen mir nicht glauben. Aber nicht jeder, der etwas mit den Apparaten zu tun hat, ist ein schlechter Mensch. Manch einer nutzt diese Position, um Gutes zu tun.«

»Und so einer sind Sie.«

György Rákosi schüttelte bedächtig den Kopf. »Zwänge lassen sich von außen leicht verurteilen, aber nur schwer *be*urteilen.«

»Ich komme aus der DDR«, sagte ich und verfluchte mich im gleichen Moment dafür.

»Ich weiß. Falk Lutter, geboren im Oktober 1965 in Mittenwalde, Sohn von Klaus-Peter und Luise, Bruder von Sonja, zwangsweise umgezogen nach Dresden im Frühjahr 1967, Republikflucht mit der Mutter im Sommer 1980 über die österreichisch-ungarische Grenze.«

Er ratterte das mit einer emotionslosen Routine herunter, die mich erschauern ließ. Gleichzeitig fragte ich mich, was der kinnbärtige Typ wohl noch von mir wusste.

György nahm das nicht wahr oder ignorierte es. »Im Winter 1985 starb meine Frau an einer Krebsform, die man hier« – er lehnte sich kurz zurück und beschrieb mit der rechten Hand eine Geste, die das gesamte Land umfasste – »hätte behandeln können. Danach habe ich meine Ausreise erpresst, zum Glück war ich beim NBH nur ein vergleichsweise kleines Licht, aber ich wusste viel.«

»Wissen ist Macht«, sagte Karen sarkastisch. Sie nahm sich eine weitere Zigarette, bot mir auch eine an und winkte nach der Bedienung.

Er ging nicht darauf ein, bestellte ein Viertel Rotwein und zündete sich einen weiteren Zigarillo an.

»Es gibt in Ihrer Branche«, er sah mich eindringlich an, »vor allem eines, das man wissen muss. Kulturell gesehen sind Menschen Schwarmwesen. So etwas wie Geschmack oder individuelle kulturelle Intelligenz gibt es nicht, nur Trends, denen erst wenige und dann alle folgen. Das Übrige ist tradiert oder anerzogen. Verstehen Sie mich?«

Ich hob die Hände, stimmte ihm aber gedanklich zu.

»Es geht darum, jener Fisch zu sein, dem der Schwarm folgt, oder wenigstens diesen Fisch zu finden und zu manipulieren. Ich meine das nicht negativ. Die Rezeption von Kunst, zumindest von Gebrauchskunst, *Pop*, folgt einem letztlich sehr simplen Schema. Dabei geht es so gut wie nie um Qualität. Sonst hätte es etwas wie die Neue Deutsche Welle nicht gegeben. Oder dieses grausige Zeug, das in den Siebzigern so erfolgreich war. Hendrix, The Doors und diese Leute.«

Karen lachte und sah den Ungarn dabei aufmerksam an.

»Nicht alles ist schlecht, beileibe nicht – dieser Mechanismus funktioniert natürlich auch bei guter Musik.« Er nahm das Rotweinglas, das die Bedienung in diesem Moment vor ihm abstellen wollte, aus der Hand der jungen Frau und kippte es hastig herunter. »Nur bleibt Gutes oft erfolglos, und Schlechtes beherrscht den Markt, weil alle Fische träge in diese Richtung schwimmen.«

»Ich bin Biologin«, erklärte Karen, was ich erst nicht begriff. György allerdings nickte strahlend.

»Und was wollen Sie jetzt von mir?«, fragte ich, den Rauch ausblasend.

»Ihnen helfen«, sagte er knapp.

»Wobei?«

»Ich habe exzellente Beziehungen, ich kenne das Geschäft, ich liebe Musik. Ich bin ein leidenschaftlicher Angler. Ich will Sie managen. Vielleicht sogar produzieren.«

Ich hob zu einer Erwiderung an, aber György Rákosi stand auf und legte eine schlichte Visitenkarte auf den Tisch.

»Sie werden keinen Besseren finden. Überlegen Sie es sich, wenn es so weit ist. Ich bin geduldig.« Dann nannte er die Namen von zwei deutschen Liedermachern – sehr erfolgreichen. »Meine Klienten«, sagte er.

Ich schüttelte noch ungläubig den Kopf, als Rákosi längst die Studentenkneipe verlassen hatte.

Als wir schließlich vor dem Hotel standen, war es kurz vor drei Uhr morgens. Um acht wäre Fahnenappell, wie Marko das nannte, denn die meisten von uns, die in den Bus steigen würden, hätten zu dieser Zeit eine Fahne.

»Ich bin schon hundert Mal daran vorbeigelaufen«, sagte Karen und legte den Kopf in den Nacken.

»Mein Zimmer hat eine Minibar«, erwiderte ich und bekam eine Gänsehaut.

Die fünf folgenden Tage verbrachte ich hauptsächlich damit, auf Nachrichten meiner Eltern zu warten – und mit Gedanken an diese Nacht mit Karen, diese schlaflosen fünf Stunden bis zum Fahnenappell. Wir hatten eine kleine Flasche Sekt geköpft, hastig geleert und den Rest der Nacht damit verbracht, uns auf meinem Hotelbett aneinanderzukuscheln, in die Augen zu sehen und zu streicheln, in voller Montur, so ähnlich wie in jener ersten Nacht in meinem müffelnden Zelt am Plattensee, vor mehr als neun Jahren.

»Ich mag dich viel lieber, als ich möchte«, sagte sie ein wenig kryptisch, als wir uns am morgen in der Lobby verabschiedeten. Vor der Tür kletterte Minka in den Bus und stolperte dabei fast, weil sie den Kopf nach uns verdrehte. Der Busfahrer hupte, das galt mir, denn es war eine lange Tour bis Flensburg.

»Du bist mein bester Freund«, sagte ich und biss mir auf die Lippen. Das hatte ich nicht sagen wollen, aber ich wusste auch nicht, was ich hatte sagen wollen. Kurz huschte ein trauriger Ausdruck über Karens Gesicht.

»Ja«, sagte sie knapp, küsste mich auf die Wange und verschwand.

Minka stellte sich schlafend, als ich mich an ihr vorbeihangelte.

In Kiel, fünf Tage später, standen sie nach dem Auftritt vor der Halle. Luise, meine Mutter, und Klaus-Peter, mein Vater, den ich seit fast zehn Jahren nicht gesehen hatte.

Ich hätte ihn nicht wiedererkannt.

Sonja war nicht dabei.

Schwesterherz (1990)

Im Februar 1990 beendeten wir die Aufnahmen zu *Minka vier*, dessen endgültiger Titel noch zwischen Minka, ihrem Management und der Plattenfirma verhandelt wurde. Es würde so oder so ein außerordentlich schönes Album werden, vielleicht ihr bestes, aber auch dasjenige mit der schwierigsten Geschichte, denn während der letzten vier Wochen stritten Minka und ich praktisch pausenlos. Sie polterte gegen zwölf ins Studio und verkündete, dass wir an diesem Tag andere Songs aufnehmen würden als geplant, denn sie hätte einen gestrichen – natürlich ein Stück von mir. Dann intervenierten die Musiker oder der Produzent, ein wahnsinnig dicker Mann Ende dreißig, der aus reiner Bequemlichkeit im Rollstuhl saß und ein unglaubliches Gespür für stimmige Arrangements und das richtige Verhältnis der Instrumente hatte. Meistens hielt ich mich zurück, bis Minka zu brüllen begann, in meine Richtung.

»Sag du doch auch mal was. Du Verräter!«

»Was soll ich sagen? Du willst ein Stück kippen, das ich geschrieben habe. Tu es. Es ist dein Album. Ich verstehe das.«

»Arschloch.«

»Vorhanden.«

Da lächelte sie fast.

»Minka, ich weiß, dass du sauer auf mich bist. Ich wäre das an deiner Stelle vermutlich auch. Aber ich bin nicht dein Bediensteter und erst recht nicht dein Sklave. Ich habe das Recht, meine Ziele zu verfolgen, genau wie du. Und du solltest nie vergessen, dass du es warst, die Minka als Soloprojekt und nicht als Band verstanden wissen wollte.« Mit *ihrem* Bild auf dem Cover, *ihrem* Bild auf der Rückseite und ausschließlich *ihren* Danksagungen in den Begleitheften, in denen es vielleicht jeweils ein schlecht ausgeleuchtetes Foto von den Musikern gab und Dutzende von ihr. »Ich würde mich anders verhalten, wenn wir eine Band wären. Aber das sind wir nicht.«

»Du wirfst mir diese Scheiße von vor drei Jahren vor?« Sie stampfte auf, wie Chrissie damals im elsässischen Todeswald.

»Ich werfe dir das nicht vor. Ich respektiere deine Entscheidung, damals wie heute. Und ich bitte darum, dass du meine respektierst.«

Es wiederholte sich beinahe täglich, hinzu kamen kleine Nörgeleien über Textpassagen, die sie vor zwei Monaten noch großartig gefunden hatte, irre Vorschläge, die Tonart von Stücken zu wechseln, eine ewige Unzufriedenheit mit meinem Gitarrenspiel, Beschwerden über mein Aussehen und die Länge meiner Pausen. Aber auch die anderen traf es. Der Bläsersatz, den wir nur für zwei Studiotage zur Verfügung hatten und der eigentlich ohne unsere Anwesenheit hätte arbeiten können, wurde drangsaliert, bis es fast zum Eklat kam. Insgesamt vier Techniker standen auf der anderen Seite der Glasscheibe hinter den Pulten, weil drei entnervt die Segel strichen. Minka führte sich wie eine Furie auf, ganz die verletzte Diva, aber sie kam nie auf die Idee, mich einfach zu fragen, was sie tun könnte, um mich zu halten. Gut, sie hätte nichts tun können, denn ich schrieb längst an eigenen Stücken, und György führte Gespräche, die er als »extrem aussichtsreich« bezeichnete. Ich freute mich darauf, endgültig zu Martin Gold zu werden, und nichts auf der Welt hätte mich davon abbringen können.

An Abend des 23. Februar waren alle Spuren aufgenommen, die *Schnürsenkel*, wie Musiker Tonbänder nannten, waren per Kurier auf dem Weg in den Safe der Plattenfirma, die Postproduktion könnte beginnen, und wir würden uns, wenn Minka das wollte, nur noch wiedersehen, um nötige Korrekturen vorzunehmen oder uns in ein paar Wochen die *Master* anzuhören. Eigentlich sollte an diesem Abend eine kleine Party stattfinden, aber Minka meldete sich mit Migräne ab, weshalb wir anderen ebenfalls auf die Feier verzichteten. Marko umarmte mich zum Abschied und dankte mir herzlich für die guten Jahre. Und das war es dann. Bis auf die Belegexemplare, die Tantiemenzahlungen und die Presseausschnitte, die uns die *Company* zuschicken würde, bliebe nichts mehr übrig von mir als Bestandteil des Soloprojektes Minka. Irgendwann im Mai, bevor das Album auf den Markt käme, würde sie damit anfangen, sich einen neuen Gitarristen zu suchen, vielleicht zusätzlich einen Komponisten, aber ich nahm an, dass sie es jetzt eher alleine versuchen würde – vorrangig, um es mir zu zeigen.

Ich war melancholisch und erleichtert zugleich, besorgt eher nicht – Minka hatte mir zu einem gewissen Wohlstand verholfen, und ich würde noch nach Jahren Geld aus dieser Quelle erhalten. Es war jetzt schon genug, um meiner mittelbaren Zukunft entspannt entgegenzusehen.

Die nahe Zukunft bestand aus einer Reise ins »Staatlich anerkannte Erhohlungsbad« Kühlungsborn, zusammen mit meinen Eltern.

Mein Vater saß auf dem Beifahrersitz, als ich meinen vier Monate alten Mercedes – selbstverständlich mit äußerst sattem Türgeräusch – auf der A24 in Richtung Hamburg beschleunigte. Sein Gesicht war für einen Moment grau geworden, als wir den Grenzübergang passiert hatten, aber jetzt lächelte er wieder, obwohl unsere Versuche, Sonja zu finden, bisher fruchtlos geblieben waren. Mama saß in der Mitte hinter uns, die Hände jeweils auf der rechten Schulter von mir und der linken von Klaus-Peter. Ich konnte sie im Rückspiegel ansehen. Sie strahlte, aber sie konnte auch nicht verbergen, dass sie Angst davor hatte, eine Sonja zu treffen, die von uns nichts wissen wollte – oder sie überhaupt nicht zu finden. Immerhin wäre es umgekehrt ein Leichtes gewesen. Wenn meine große Schwester, wo auch immer sie sich befand, ernsthafte Bemühungen unternommen hätte, mit uns Kontakt aufzunehmen, wäre das längst von Erfolg gekrönt gewesen, denn die Lutters in Berlin (West), jedenfalls Mama, waren leicht zu finden. Stattdessen fuhren wir zum dritten Mal an die Ostseeküste, nach ebenso vielen Versuchen, die Klaus-Peter und Luise in den vergangenen drei Monaten auf eigene Faust unternommen hatten – nach Rügen, Usedom, auf den Darß und in all diese Gegenden. Leider gab es kein Verzeichnis der FDGB-Heime, das man einsehen konnte.

Ich redete nicht darüber, was ich davon hielt, dass Sonja ihrerseits nichts unternahm. Ich glaubte, meine Eltern dachten ähnlich, aber ich wollte keine schlafenden Hunde wecken, wenn sie immer wieder das Foto aus dem Jahr 1986 von ihrer in seine Hand tauschten und zurück, stundenlang.

Am 16. November 1989 war ich mit Marko aus der Kieler Halle marschiert, um ein Taxi zu organisieren, während Minka noch ein kurzes Interview gab. Vor dem Bühnenausgang standen wie immer knapp zwei Dutzend Menschen, wenige Frauen und viele Männer mittleren Alters, die auf Minka warteten, um sich Autogramme geben zu lassen. Wir wurden ignoriert, ohne dass uns das störte, aber dann rief eine Männerstimme »Falk!«, wobei ich mich zu Markos Überraschung zur Seite drehte.

»Falk?«, fragte er grinsend.

»Das ist eine lange Geschichte.«

Ich sah mich um und entdeckte meine Mutter. Sie stand neben einem Mann, der so dünn war, dass es im Halbdunkel des Hallenparkplatzes fast so aussah, als lehnte sie sich an einen kurzen Laternenpfahl. Ich bekam eine Gänsehaut und spürte gleichzeitig, wie sich Tränen ankündigten. Sofort sah ich ihn vor mir, mit dem rot-weiß-karierten, ölverschmierten Handtuch in der Hand aus der Garage kommend, um die beiden Stasi-Männer zu begrüßen. Schlagartig hatte ich kein Problem mehr mit Erinnerungen an ihn.

Wir trafen uns auf halbem Weg, ich blinzelte die Tränen fort, aber auch die Gesichter meiner Eltern waren nass. Mama umarmte mich, mein Vater blieb stehen und schien auf etwas zu warten, ein Signal von mir.

»Ich bin dir nicht böse, war ich nie«, sagte ich und schloss den mageren Mann in die Arme. Er schluchzte laut, von irgendwo rief jemand meinen anderen Namen, vermutlich Minka. Schade aber auch, der dritte Abend kurz nacheinander ohne ihren Gitarristen. Es scherte mich nicht die Bohne.

Wir nahmen das Taxi, das Marko organisiert hatte, ließen uns zu einem Restaurant in der Altstadt bringen, das um diese Zeit noch warme Küche anbot. Mein Vater blieb instinktiv in der Tür stehen, um darauf zu warten, dass man ihm einen Tisch zuweisen oder ihn ruppig darauf aufmerksam machen würde, dass alles reserviert sei.

»So läuft das hier nicht, Papa«, sagte ich und stockte beinahe bei der Anrede.

Er trug neue Konfektionskleidung, die ihm meine Mutter gekauft hatte, aber für seinen schmächtigen Körper gab es keine passende Größe – er verlor sich in Hemd und Sakko wie ein Kinderfuß in einem Gummistiefel für Erwachsene.

»Was davon gibt es noch?«, fragte er, als die Kellnerin an den Tisch trat.

Sie zog die Stirn kraus. »Das, was auf der Karte steht.«

»*Alles*?«

»Natürlich. Warum sollten wir es sonst auf die Karte setzen?«

Er nickte langsam und studierte weiter das Menü. »Haben Sie Letscho?«, fragte er dann. Mama und ich lachten.

»Klaus-Peter, bestell einfach irgendwas. Sei sicher, es wird dir schmecken«, sagte sie.

Wir bekamen große Biere vom Fass, mein Vater und ich, aber nach dem Zuprosten starrte er das Glas an, als wäre es ein Weltwunder. Dann den Rauchglasaschenbecher. Die Getränkeauswahl hinter der Bar. Die bedruckten Bierdeckel. Die rostroten Servietten im Halter auf dem Tisch. Die große Wurlitzer-Musikbox in der Ecke. Sein Blick huschte hastig von einem Gegenstand zum nächsten, als wäre es seine Aufgabe, anschließend ein exaktes Gedächtnisprotokoll abzuliefern. Es war tatsächlich sein erster Besuch einer »West-Gaststätte«, wie er das Restaurant nannte. Ich kämpfte ununterbrochen gegen den Wunsch an, ihn zu mir zu zerren und heftig zu umarmen. Vermutlich hätte ich meinen schmalen Vater einfach zerbrochen, wenn ich dem Impuls nachgegeben hätte.

Beim Essen, nachdem er eine Weile auf sein riesiges Steak gestarrt hatte, redeten wir über das Konzert. Wenn ich gewusst hätte, dass meine Eltern im Publikum saßen, hätte ich wahrscheinlich keine Saite getroffen und bei den Chören nur ins Mikro gekrächzt. Mama wirkte stolz, obwohl sie mich schon ein paar Mal auf der Bühne gesehen hatte, und Klaus-Peter konnte es schlicht und ergreifend überhaupt nicht fassen.

»Etwa dreißigtausend Menschen bisher«, antwortete ich auf seine Frage, wie viele Leute unsere Tour besucht hätten.

»Dreißigtausend«, wiederholte er leise.

»Alleine in Hamburg und Berlin werden es jeweils viertausend sein.« Das wären die letzten beiden Shows. »Aber im Sommer haben wir in Gelsenkirchen bei einem Open-Air-Festival gespielt, mit über zehntausend Leuten im Publikum.«

»Open Air«, flüsterte er.

»Freiluft«, sagte Mama.

»Nicht zu fassen. *Mein* Sohn.«

»Ja, dein Sohn«, antwortete ich und legte meine Hand auf seine, fast nur Haut und Knochen. Sein Blick folgte meinem.

»Halb so wild. Ich bin selbst dafür verantwortlich. Hungerstreik, seit Juli.«

Ich schwieg.

»Rummelsburg«, sagte er. »Ich war näher an euch dran, als ihr gedacht habt, oder?« Er blinzelte fröhlich. »Aber ich weiß nicht, was ich dir erzählen soll. Nach der Flucht habe ich vier Jahre gesessen, kam dann raus und wurde in Guben angesiedelt, direkt an der polnischen Grenze. Ich habe im Straßenbau gearbeitet.« Er hob die Hände, ich meinte, Schwielen zu erkennen, aber das war vielleicht nur eine Täuschung. »Ich habe nicht damit aufgehört, nach Sonja zu suchen, habe Ausreiseanträge gestellt, bin ständig unterwegs gewesen, obwohl mir das verboten war. Es gab Warnungen, dann habe ich einen Fluchtversuch unternehmen wollen, voriges Jahr im Sommer. Ich war gerade mal zwanzig Kilometer von Guben entfernt, da haben sie mich schon hopsgenommen. Sie waren fast höflich zu mir. Und in Rummelsburg habe ich von den Freikäufen gehört. Ich bin in Hungerstreik getreten, weil ich hoffte, das würde helfen. Aber es hat sie überhaupt nicht interessiert. *Dann eben nicht*, haben sie nur gesagt, als ich mein Essen nicht anrühren wollte.«

»Papa!«

»Aber ich habe schon wieder zugenommen. Vier Kilo.«

Ich verkniff mir eine zynische Bemerkung.

»Vor zwei Wochen haben sie mich einfach freigelassen. Plötzlich stand ich draußen, und niemand wollte mich irgendwo hinbringen. Also bin ich in Berlin geblieben. Das waren zwei wirklich harte Wochen, fast härter als im Knast, weil ich niemanden kannte, nichts hatte. Ich habe gebettelt, am Alex, vor dem Roten Rathaus. Ein Westdeutscher hat mir am zweiten Tag fünfzig Mark zugesteckt, fünfzig Mark *West*. Damit habe ich diese zwölf Tage überlebt. Und am neunten …« Seine Stimme brach.

Mama schniefte, aber sie sah trotzdem hinreißend aus mit ihren fünfundvierzig Jahren, der eleganten, leicht vom Kieler Wind gezausten Frisur, im vermutlich selbstgenähten blauen Abendkleid, auf dessen Schultern rührende weiße Schleifchen befestigt waren. Klaus-Peter stellte einen starken Kontrast dar, dieser schmale, ausgemergelte Mann im schlecht sitzenden Zweiteiler, aber sie waren trotzdem … kein schönes, dazu fehlten meinem Vater zu viele Pfunde und verschenkte Lebensjahre, die sich als hellgraue Längsfalten in sein Gesicht gegraben hatten … sondern ein irgendwie *richtiges* Paar. Es tat sehr gut, die beiden zu sehen, es tat ihnen gut. Ich schnupperte. Auf dem Parkplatz vor der Halle hatten Abgase, die Würze der Ostsee und viele andere Gerüche das meiste verdrängt, aber hier nahm ich es deutlich wahr.

Sie rochen wieder nach Sex. Gestern Nacht, schätzte ich. Ich lächelte und war für einen Augenblick glücklicher als je zuvor.

Beim Dessert, seinem ersten Mousse au Chocolat, legte er plötzlich den schweren Löffel beiseite. An seiner blassen Oberlippe hing ein Tupfer Nachtisch.

»Es war ein Fehler.« Er sagte es, als hätte er nur auf diesen Moment gewartet, und er sah mich dabei an, als erginge es mir ebenso.

»Wir hätten zurückkehren sollen, in die DDR, wir alle«, ergänzte mein Vater.

»Man weiß nicht, ob etwas ein Fehler war, wenn man nie die Gelegenheit hatte, die Alternative auszuprobieren«, erwiderte ich, Mama deutete ein Nicken an.

»Aber – schau, was daraus geworden ist. Wir haben uns eine Ewigkeit nicht gesehen, nichts voneinander gewusst, Sonja ist verschwunden, meine ehemaligen Freunde sind weg.«

»Es wäre kein sehr schönes Leben geworden. Vielleicht hätten sie uns getrennt. Ziemlich sicher sogar.«

»Wir hätten diese neun Jahre überstanden.«

»Wir hätten nicht *gewusst*, dass es nur noch neun Jahre gehen würde.«

Er schnaufte. Ich verstand, dass er darüber sprechen musste. Ich hatte es nicht anders erwartet, aber ich verstand nicht, worauf er hinauswollte. Um Absolution konnte es nicht gehen, die würde er von mir nicht erhalten, weil es nicht seine verdammte Schuld war.

»Der alte Leder, dieses Schwein.«

»Wäre es nicht Leder gewesen, wäre es ein anderer gewesen. Und auch Leder war nur ein Handlanger, ein kleines Rädchen, jemand, der sich etwas mehr Bequemlichkeit erhofft hat.«

Tatsächlich *war* es ein anderer. Vier Jahre später fand György – in meinem Auftrag – Spuren von Jürgen und seiner Frau, die gleich nach der »Wende« nach Südafrika ausgewandert waren, dort aber auch für den Ex-Geheimdienstler unauffindbar blieben. Die passende Stasi-Akte wurde unter dem fast schon lustigen Decknamen »IM Gewürzgurke« geführt. Papas alter Freund, der uns bei den Vorbereitungen geholfen hatte, gar die Kontakte vermittelt hatte, war der Verräter gewesen. Was ich auch im Nachhinein nicht ganz verstand, war die Tatsache, dass sie uns trotzdem hatten ausreisen lassen. Vielleicht hatte Jürgen im letzten Moment ein schlechtes Gewissen bekommen. Doch ich erzählte all das meinem Vater nie. Herr Leder war längst tot, also störte ihn die Verdächtigung auch nicht mehr, und die vermeintliche Freundschaft mit Jürgen blieb eine der wenigen schönen Erinnerungen an seine DDR-Zeit.

»Papa, es hat keinen Sinn, sich solche Gedanken und Vorwürfe zu machen.« Ich strich die Mousse-Reste von seiner

Oberlippe. »Freu dich einfach darauf, dass wir jetzt ein gutes Leben führen, führen werden.«

»Wir müssen Sonja finden.«

Ich sah zu ihm, wie er vom Beifahrersitz aus auf die Autobahn starrte, in seinem Gesicht immer noch ein Rest Überraschung darüber, dass er gerade vom Westen in den Osten reiste und problemlos würde zurückkehren können und dass sein Sohn und seine Frau mit ihm im Auto saßen. Er hatte deutlich zugenommen seit dem vergangenen Herbst, aber er war noch einige Pfunde von seinem früheren Kampfgewicht, wie er das nannte, entfernt.

Im CD-Player steckte »Ich« von Minka. Klaus-Peter gestattete es nicht, dass wir etwas anderes hörten, die drei Alben liefen im ständigen Wechsel, den er höchstselbst organisierte, stolz darauf, die komplizierte Technik in diesem dahinsausenden Gefährt zu bedienen.

»Das bist du«, sagte er manchmal, wenn die Gitarre gut zu hören war. Ich nickte nur und lächelte vor mich hin.

»Unglaublich.« Er öffnete das Handschuhfach zum x-ten Mal und klapperte mit den CD-Hüllen, zog die Booklets heraus und suchte nach Stellen mit meinem Namen.

»Music and lyrics Martin Gold«, las er in schlechtem Englisch vor, verkniff sich aber die Frage, warum das nicht in Deutsch dort stand – die hatte er nämlich schon fünf Mal gestellt.

»Das macht man so.«

»Martin Gold. Schöner Name.«

»Finde ich auch.«

»*Mein* Sohn.«

»Ja, dein Sohn«, sagte Mama von hinten. »Und meiner auch.«

Kühlungsborn im abendlichen Dunkel bot einen scheußlichen Anblick. Das Straßenlicht war trüb, die Beleuchtung in den grauen Häusern nicht weniger schummrig, und alles wirkte abgerissen und vernachlässigt. Ich kurbelte die Scheibe herunter und wurde von Gerüchen erschlagen, die ich fast vergessen hatte. Wenigstens die heranwehende Seeluft war frisch und würzig. Ich entdeckte eine Gaststätte, die aussah, als sei sie nicht völlig verlassen, und parkte den Daimler direkt davor. Als ich die Kneipe betrat, fühlte ich mich um zehn, zwölf Jahre zurückversetzt. Reinigungsmittel, Textilien, Möbel – alles roch noch genau so, wie ich es in Erinnerung hatte.

»Wir schließen gleich«, sagte die dicke Frau hinter dem Tresen. Sonst war niemand im Gastraum.

»Wir suchen das FDGB-Ferienheim«, erklärte ich.

»Das Fucik. Das ist jetzt ein Hotel.«

»Jetzt schon?« Ich war verblüfft.

Sie lächelte. »Aber kein gutes.«

Das Gebäude hatte sicher schöne Zeiten erlebt, aber die lagen lange zurück. Es war ein dreigeschossiger Bau im Stil der alten Seebäder, mit Erkern und Balkonen, aber es machte auf mich an diesem Abend den Eindruck, als sei es vor zwanzig, dreißig Jahren einfach vergessen worden. In der schummrigen, mit klapprigem DDR-Mobiliar ausgestatteten Halle saßen drei junge Männer – eindeutig Westler – am Tisch, vor sich eine Phalanx Bierdosen. »Life is a beach!«, riefen sie, als wir den Raum betraten, und dann lachten sie.

»Kann ich helfen?«, fragte jemand. In der Tür zu einem hell beleuchteten Raum, aus dem Geschirrgeklapper zu uns drang, stand eine Frau, die, den im Schatten kaum erkennbaren Bewegungen nach zu urteilen, gerade beide Hände an einem Tuch abwischte.

Aber meiner Mutter genügte das. »Sonja!«, schrie sie und

griff mit der Linken nach Klaus-Peters Hand. Die andere schlug sie vor den Mund.

Die Angesprochene bewegte sich ein wenig auf uns zu und verharrte dann wieder. Ihr Gesicht war jetzt zu erkennen. Es war tatsächlich Sonja, meine große Schwester. Sie legte den Kopf leicht schief und musterte uns kurz.

»Ich will euch nicht sehen«, sagte sie dann, recht leise, aber in eiskaltem Ton, drehte sich um und verschwand in der Küche, die Tür laut hinter sich zuschlagend. Gleich darauf war das Kratzen des Schlosses zu hören. »Verschwindet!«, rief sie von drinnen.

Mama brach in Tränen aus, mein Vater zog sie zu einem Tisch. Ich stand da, fror und wusste nicht, was ich tun sollte, obwohl ich mit dieser Reaktion gerechnet hatte. Abwechselnd sah ich zum Tisch, wo Mama laut schluchzend an der Schulter meines Vaters hing, zu den drei Jugendlichen, die mich verdattert ansahen, und zur verschlossenen Küchentür.

Ich klopfte dagegen.

»Haut ab!«

»Sonja, ich bin es. Falk.«

Ich lehnte meinen Kopf gegen die Tür und meinte, ein leises Wimmern zu hören. Ich roch Apfelshampoo, war aber sicher, dass mir meine Wahrnehmung da einen Streich spielte.

Ich klopfte abermals, zaghaft. »Schwesterchen. Hier ist Falk. Bitte lass mich rein!«

Minutenlang geschah nichts. Meine Mutter weinte, die jungen Männer blieben stumm und verschoben Bierdosen auf dem Tisch, Klaus-Peter atmete schwer und heftig.

»Sonja«, wiederholte ich. »Bitte.«

Dann knirschte es plötzlich, und die Tür öffnete sich einen Spaltbreit. Das verheulte Gesicht meiner Schwester kam zum Vorschein, hübsch wie damals, trotz der Tränen.

»Falk?«, fragte sie und wischte sich mit dem Handrücken über die Augen. »Du siehst nicht aus wie Falk. Du hast seine Stimme und seine Augen, aber du siehst nicht aus wie Falk.«

»Ich hatte einen Unfall. Vor fünf Jahren.«

»Einen Unfall?« Die Tür öffnete sich noch weiter, es roch nach Kartoffelschalen, den aufdringlichen DDR-Reinigungsmitteln, Fisch, altem Bratöl, abgestandenem Abwaschwasser, aber nicht nach Apfelshampoo. Der ganze Laden war die olfaktorische Hölle.

»Man hat mir das Gesicht zerschnitten. Außerdem habe ich abgespeckt.«

Sie starrte mich mit trüben Augen an. »Falki«, sagte sie dann und zog mich in die Küche. »Falki. Du konntest ja nichts dafür.«

Vierzig Minuten später, die ich bis an mein Lebensende nicht vergessen werde, kehrte ich zu meinen Eltern zurück.

»Es hat keinen Sinn«, erklärte ich. »Noch nicht. Und es wird nicht leicht.«

Meine Mutter nickte stumm, Klaus-Peter fixierte mit leerem Blick die Küchentür.

»Wir könnten es ihr erklären«, sagte er und sah mich hoffnungsvoll an. Ich schüttelte den Kopf.

»Nein, das könntet ihr nicht. Ihr werdet ihr niemals erklären können, warum sie mit sechzehn alleingelassen und dann zu einer …«, ich sah zu Boden, »zu einer Funktionärshure wurde.«

Luise japste laut, und ich hatte einen Augenblick lang Angst, sie würde hier und jetzt ersticken. Klaus-Peter stand auf, ging zum Tisch der Westler, nahm eine Dose Bier und schlich aus der Tür.

Zwei Tage später fuhren wir nach Berlin zurück, schweigend, und Klaus-Peter verzichtete darauf, Minka-Alben zu spielen. Er saß nur da, sah auf die eigenen Füße, lauschte vermutlich wie ich auf das Rattatat der Zementplatten, über die wir hinweghuschten. Mama lag auf der Rückbank und schlief, oder sie tat so, denn gelegentlich war ein leises Winseln zu hören, wie damals von Tante Cordis Hund. Sonja hatte sich nicht dazu überreden lassen, mit ihnen zu sprechen, aber ich hatte mich mit ihr unterhalten, stundenlang. Ihr Herz war gebrochen – ein schaler Euphemismus für das, was mit ihr geschehen war.

Martin Gold (1990)

Vom Namen, den Minka ihrem vierten Album schließlich gegeben hatte, erfuhr ich erst zwei Tage vor dem Veröffentlichungstermin. Ich war auf dem Weg zu Mike, den ich abholen wollte, um mit ihm in das kleine Kreuzberger Studio zu fahren, das wir für meine Demos gemietet hatten. Als ich in die Durlacher Straße einbog, sah ich es an einer Litfasssäule. Minkas markantes Gesicht im Profil, von hinten angeleuchtet, ein DIN-2A0-Plakat (praktisch DIN-A-minus-eins), über dem Bild ihr Name in der üblichen Minka-Typo, am unteren Rand des Plakats »Mai 1990: Das vierte, das beste« – und dann, in fetten gelben Lettern der Name des Albums.

Gold.

Sie hatte es »Gold« genannt.

Ich war reflexartig in die Klötze gegangen, hinter mir hupte jemand, also fuhr ich an den Straßenrand und schaltete den Warnblinker ein. Das Poster hing jetzt direkt rechts von mir, gut sichtbar durch das Fenster der Beifahrertür. Ich ließ die Scheibe hinabsurren, um sicher zu sein.

Gold.

Ich blinzelte, doch das veränderte nichts. Mein Name, der Name *meines* ersten Albums, jedenfalls der, den ich mir überlegt hatte – und von dem ich ihr erzählt hatte, in jener Nacht im November, als wir Sex hatten. Ich Idiot. Minka machte keine Gefangenen, Minka war rachsüchtig. Ich hätte es wissen müssen. Ich stieg aus, wieder hupte jemand, aber ich wedelte nur mit der linken Hand.

»Es ist nicht das erste Album, das so heißt«, sagte Mike, was wohl ein Tröstungsversuch war.

»Nenn mir eines.«

»Äh.« Er lupfte eine Augenbraue. Letztlich fiel ihm nur eine einzige Single ein, die von Spandau Ballet aus dem Jahr 1983.

»Diese Mistkröte.«

»Übertreib es nicht. Ist doch nur ein Albumname. Nenn dein erstes Bronze, Silber oder Platin, meinetwegen Messing. Sei cool, nimm Plastik.«

»Plaste«, widersprach ich und musste selbst lachen, wurde aber sofort wieder ernst. »Es geht nicht nur darum, dass sie mir diesen Titel geklaut hat. Sie hat auch meinen Namen gleich mitgeklaut. Ihr »Gold« ist ein Martin-Gold-Album, verstehst du? Acht von zwölf Songs habe ich geschrieben, bei fünfen davon auch die Texte. Sie fängt schon an, mir Äste in die Speichen zu stecken, bevor ich auf dem verdammten Fahrrad sitze.«

Er zuckte die Schultern. »Das ist Minka.«

»Du hast sie mir vorgestellt.«

»Und du hast davon profitiert. Ich habe dich nicht dazu gedrängt, ihr deine Pläne zu verraten. *Ich* hätte dich davon abgehalten. Außerdem, unter uns. Dieser Schachzug von ihr ist fast schon genial.«

Mir blieb nichts übrig, als ebenfalls die Schultern zu zucken. Aber ich war reichlich sauer und verstört, als wir das kleine Studio erreichten, in dem ich die vier oder fünf Stücke für das Demo aufnehmen wollte.

Mike, György und ich hatten nächtelang Gespräche darüber geführt, welche Art von Musik zu meinen Texten passte, in denen es um Wahrheit, Liebe, Ehrlichkeit, die Schönheit der einfachen Dinge, Heimat im zwischenmenschlichen Sinn, Loyalität und ähnliche Themen ging, und welche Art von Musik mit mir als Person am ehesten funktionierte. Bis zu diesem Zeitpunkt war ich davon ausgegangen, mich am Westcoast zu orientieren, die Tradition der amerikanischen Singer/Songwriter aufzugreifen, um auch solo zur Gitarre gute Gigs abliefern zu können, aber György winkte ab und erzählte wieder etwas von Fischen.

»Das ist schön und künstlerisch wertvoll, wenn auch nicht sehr originell«, sagte er außerdem. »Vielleicht wird dich Joan Baez irgendwann als Supporting Act für ihre vorvorletzte Deutschlandtour buchen, oder du spielst mit dem alternden Suhlke skurrile Clubkonzerte in der Provinz. Ist es das, was du willst? Wen willst du erreichen? Vierzigjährige Pfeifenraucher, die deine Platten hören, während sie Rilke lesen und mit dem anderen Auge ihren pubertierenden Kindern beim Älterwerden zuschauen? Oder *alle*?«

Ich zwinkerte.

»Es sollte schon poppig sein, eingängig, sich in klassischer Rock-Besetzung spielen lassen«, meinte Mike.

»Wie auf der letzten Tour von Minka«, sagte ich und verzog das Gesicht so weit wie möglich. Die beiden anderen nickten. »Aber nicht genauso. Minka ist eine Schlagersängerin, aber auch eine Chansonette – irgendwo dazwischen, ein bisschen ist sie auch eine Rockerin. Und aus gutem Grund ist sie keine Liedermacherin.«

»Mehr«, warf Mike ein. Und dann sang er kurz: »Lügen sind nie für i-hi-hi-mmmer.«

»Sie hat ihre Nische gefunden. Und nach allem, was ich höre, will sie die noch weiter ausbauen, mit dem kommenden Album.«

»Gold«, sagte ich säuerlich.

Mein Manager ignorierte das, wie so häufig. »Du willst gute Texte mit anspruchsvoller Musik verbinden, aber die Texte stehen für sich. Das Pop-Zeitalter klingt gerade aus. Diese ganzen überproduzierten Nummern, der Klangbrei, die Experimentiererei mit Geräuschen, die Drei-Akkord-Melodie im Vordergrund. Das hat sein Ende. Mach das, was Jackson Browne auf »Hold Out« getan hat, weniger discoartig, aber mit ähnlicher Dynamik, die Stimme im Vordergrund und dazu frische, zurückhaltende Melodien ohne viel Firlefanz, aber mit Substanz.«

»Also doch.«

»Nein, du verstehst mich falsch.« György schnaufte. »Stefan Waggershausen, Heinz Rudolf Kunze, meinetwegen sogar Rainhard Fendrich mit »Zwischen eins und vier«, nur etwas poppiger, rockiger und markanter. Der Musiker als Transportdienstleister für seine Botschaft. Sei Gold, aber überlass es dem Publikum, was sie daraus machen.«

Ich sah ihn an und wollte erst etwas wie »Leute, ihr versteht nicht, was ich tun will« sagen, biss mir aber auf die Zunge.

Ich verteilte die Arrangements – ein gefälliger Kompromiss aus meinen Ideen und Györgys Ansprüchen – an Mike, der die Rhythmusgitarre spielen sollte, und die drei Studiomusiker, die György gebucht hatte, und freute mich, dass Marko unter ihnen war. Ich schwatzte kurz mit ihm, aber wir mieden das Kernthema, bis er sagte: »Minka hat mich rausgeworfen. Sie baut für die nächste Tour eine völlig neue Band.«

Er sagte das emotionslos und undramatisch, denn er hatte ohnehin nur Honorare bekommen – und nebenher schon immer als Studiomusiker gearbeitet. Schließlich dauerte eine Tour, Proben mitgerechnet, nur drei, vier Monate alle anderthalb bis zwei Jahre, und die Aufnahmen zu einem Album nahmen auch selten mehr als ein paar Wochen in Anspruch.

Und so entstanden die Demos für fünf Songs, fünf von etwa zweihundert, die ich – die für Minka nicht mitgerechnet – während der vergangenen Jahre geschrieben hatte. Ich spielte Gitarre und sang, erstmals solo und zu eigener Musik. Am Anfang unserer Session unterbrach György ständig, monierte meine zurückhaltende Darbietung, nahm mich mit raus auf die Straße und sang mir dort, mitten auf dem Bürgersteig, eines meiner eigenen Stücke vor, mit beeindruckender Stimme.

»Kapierst du es? Du bist nicht mehr Background bei Minka. Du bist Foreground – du bist Martin Gold!«

Nachts in der Kneipe, derselben, in der ich damals Minka kennengelernt hatte, waren sogar die drei Studiomusiker dabei.

»Das wird gut«, sagte Marko.

Ich packte seine Schulter und schüttelte sie dankbar. Marko grinste anzüglich. »Du bist nicht mein Typ.«

»Und ich mag keine Kokser.«

Er lachte nur.

Mike nahm meine Gitarre und ging zum Tresen. Im Laden saßen zwanzig Leute, auf der mikroskopischen Bühne stand noch ein Schlagzeug in Minimalausstattung – Basstrommel, Snare, Hihat und Tomtom.

»Kommt, wir probieren es aus«, sagte Mike, als er vom Tresen zurückkehrte.

Und so kam es, dass Martin Gold seine gerade eingespielten fünf ersten Songs nachts um halb zwei auf derselben Bühne darbot, auf der er fünf Jahre vorher als Musiker debütiert hatte. Es war nicht so, dass anschließend alle Gäste schreiend auf die Straße rannten, um der Welt mitzuteilen, eben Zeugen von etwas Erhabenem geworden zu sein, aber sie applaudierten lange, obwohl wir uns ein paar Mal auch verspielten, und fünf oder sechs Menschen kamen anschließend zu mir, weil sie ein Album kaufen wollten, das es gar nicht gab.

Noch nicht.

Anschließend ging es recht fix, und ich bereute nicht, den ungarischen Ex-Geheimdienstler doch noch angerufen zu haben, denn er machte seine Sache wirklich exzellent, ohne mir je zu verraten, was genau er eigentlich tat. Zwei Companys meldeten Interesse an, erst zaghaft, verbunden mit äußerst zurückhaltenden Meinungen dazu, welche Verkaufschancen Martin Gold hätte, aber als sich herumsprach, dass es zwei Bieter gab, sogar ein dritter einstieg, fingen sie schnell damit an, sich gegenseitig zu überbieten.

Mein Telefon klingelte an einem Freitagmorgen im Juni. Minkas »Gold« hatte gerade Platz drei der deutschen Albumcharts erreicht. Es war ihre erste Platte, die auch von der anspruchsvollen Presse gefeiert wurde.

»Wir unterschreiben bei PBC«, sagte György, ohne meine Begrüßung abzuwarten. Das war eine sehr gute Nachricht – PBC gehörte zu den vier Major Labels, die deutsche Musiker produzierten. Dann nannte er die Garantiesumme. Ich fiel beinahe aus dem Sessel.

»Wie hast du das gemacht? Erpressung?«

Er lachte. »Nein, das hast du gemacht. Sie mögen dich. Martin, mein lieber Martin, jetzt müssen wir den Leitfisch nur noch in die richtige Richtung schubsen.«

Noch am selben Tag frühnachmittags erreichte mich ein zweiter bemerkenswerter Anruf.

»Sie werden sich kaum an mich erinnern«, sagte eine Frau, eine alte Frau, wie ich meinte, und auch sie fuhr fort, ohne meine Erwiderung abzuwarten. »Ich bin die Mutter von Arndt, Ihrem ehemaligen Mitschüler.«

»Oh, ja«, sagte ich und forschte in meinem Gedächtnis nach dem Nachnamen von Arndt, aber er fiel mir nicht ein. »Wie geht es Ihnen? Wie geht es Ihrem Sohn?«

»Schlecht«, sagte sie knapp und pausierte dann für eine halbe Minute. Ich lauschte auf ihren schweren, angestrengten

Atem. »Mir geht es schlecht. Und Arndt ist tot. Er ist vor einem Monat gestorben, an Leukämie.«

Ich hätte fast »Oh« gesagt oder etwas wie »Scheiße«, konnte mich aber gerade noch beherrschen. »Das tut mir sehr leid«, sagte ich schließlich und meinte es auch so. Die Nachricht ging mir, ehrlich gesagt, zwar nicht sehr nahe, aber ich nahm an, dass dies noch geschehen würde. Die menschliche Psyche ist ein äußerst merkwürdiger Mechanismus.

»Er hatte keine Freunde, das weiß ich. Aber er wollte, dass Sie etwas von ihm bekommen.«

Jetzt sagte ich doch: »Oh.« Es fiel mir schwer, von der Euphorie des Vormittags auf Anteilnahme umzuschalten. Es fehlte nicht viel, und ich hätte der Mutter meines toten Mitschülers erzählt, dass ich einen ordentlich dotierten Plattenvertrag in der Tasche hatte.

»Seine Filme und seine Ausrüstung. Sie haben mit ihm damals daran gearbeitet. Er wollte, dass Sie das nach seinem Tod bekommen.«

Ich besuchte sie am nächsten Morgen, einem lauen, sonnigen Junisamstag. Arndts Mutter wohnte inzwischen in der Knesebeckstraße, einer Seitenstraße des Kurfürstendamms, der nach wie vor, seit inzwischen acht Monaten, von Ostlern okkupiert wurde, die staunend vor Schaufensterscheiben standen und Begrüßungsgelder, Ersparnisse oder Geldgeschenke durchrechneten. Nur ein paar Jahre später würde der Ku'damm um seine Existenz kämpfen, weil Westler *und* Ostler ihre Nasen nur noch an Schaufensterscheiben in Mitte, Friedrichshain und Prenzlauer Berg plattdrückten.

Ihre Wohnung war hell, roch aber nach alter Frau, Katzenkot, Kochwurst und sterbenden Blattpflanzen – erstaunlicherweise aber fehlten Küchengerüche. Frau Bühler, wie mir inzwischen wieder eingefallen war, ging essen.

Sie begrüßte mich freundlich, aber ohne jede Begeisterung und führte mich in ihr Wohnzimmer. Auf der Fensterbank räkelte sich eine riesige, langfellige Katze in der Vormittagssonne. Der weiß gestrichene Raum war spärlich möbliert. Es gab ein Vertiko, einen flachen Glas-Couchtisch und drei Ledersessel. Neben dem Tischchen stand eine Umzugskiste. Die Längswand wurde von einem Miró-Druck beherrscht. Für eine Frau in den Sechzigern war es hier fast avantgardistisch.

Wir setzten uns.

»Es tut mir sehr leid«, sagte ich.

Sie nickte. »Mir auch.« Sie musterte mich. »Ich kann mich nicht an Sie erinnern, aber Arndt hatte wenig Besuch.«

»Ich sah damals anders aus. Ich hatte einen Unfall. Und ich habe abgenommen. Ich war oft in Ihrer Wohnung in der … äh.«

»Langenscheidtstraße.«

»Richtig.«

»Darf ich fragen, wie … es passiert ist?« Ich wollte das eigentlich überhaupt nicht wissen, aber ich spürte auch, dass diese alte, traurige Frau darüber sprechen musste. So, wie ich während der vergangenen Monate über Sonja hatte sprechen müssen, nicht nur mit ihr. Mit Karen. Mit Mike. Sogar mit György. Nur nicht mit meinen Eltern.

Sie nickte wieder und sah zum Fenster. »Schnell. Sehr schnell«, erzählte sie in Richtung Katze. »Im März ist Arndti im Büro umgekippt. Erst hielten es alle für eine Kreislaufsache, aber sein Kreislauf war vollkommen in Ordnung. Er wurde entlassen, dann kippte er wieder um, ganz plötzlich, vor acht Wochen. Er kam ins Auguste-Viktoria, und dort haben sie dann die Diagnose gestellt.«

»Leukämie.«

»Ja. Es fand sich auch recht schnell ein Knochenmarkspender, Arndti kam auf eine Isolierstation, weil sie sein Immunsystem lahmlegen mussten. Und das hat nicht funktioniert, er fiel ins Koma. Sie haben ihn aufgeweckt und es mit Chemotherapie versucht. Zwei Tage später war er tot.« Sie seufzte laut und auf erschütternde Weise mit offenem Mund.

»Vor einem Monat war das, er ist einfach nicht mehr aufgewacht. Mein Junge war von einem Tag auf den anderen tot. Können Sie sich das vorstellen?« Endlich wanderte ihr Blick vom Fenster wieder zu mir. Er war so traurig wie der meiner Mutter, als wir in jener Freitagnacht das ehemalige FDGB-Heim in Kühlungsborn verließen, um uns ein Quartier zu suchen.

Ich konnte es mir tatsächlich vorstellen, weil ich während der vergangenen zehn Jahre viele Dinge erlebt hatte, die in eine ähnliche Kategorie fielen, aber damit wollte ich die alte Dame im lila Hauskleid nicht behelligen. Also schüttelte ich den Kopf.

»Das wünscht man niemandem«, sagte sie.

»Niemandem«, wiederholte ich. Die Katze streckte ihre Pfoten und gähnte lautlos. Sie war schneeweiß. Plötzlich wusste ich den Titel für mein erstes Soloalbum.

Frau Bühler bückte sich umständlich und zog die Umzugskiste zu sich heran.

»Ich weiß nicht, was das für Zeug ist«, sagte sie. »Ich habe nie verstanden, warum er so viel Zeit für diese Dinge aufwendete. Arndt war ein ausgezeichneter Mathematiker, wissen Sie?«

Nein, das wusste ich nicht. Von der Filmerei, seinen unglaublichen Käsefüßen, dem schwammigen Riesenbaby-Gesicht, dem Erdbeeraroma aus seinem Mund und seinem stoischen Gleichmut abgesehen, gab es eigentlich nichts, was ihn für mich ausgezeichnet hatte.

»Ach so«, sagte ich deshalb eher leise vor mich hin. Dann verfielen wir beide in längeres Schweigen.

»Ich bin müde«, sagte sie irgendwann und sah an mir vorbei zum Vertiko. »Möchten Sie einen Schnaps? Ich könnte jetzt einen vertragen.«

Ich nickte höflich und trank drei Gläser Eierlikör mit ihr, schnappte mir nach einer langen Verabschiedung die Kiste und torkelte im gleißenden Licht der Junisonne zurück zu meinem Benz, Arndts filmischen Nachlass mit beiden Armen vor der Brust umschlungen.

Noch am gleichen Nachmittag verdunkelte ich die Fenster, baute den rasselnden Super-8-Projektor auf und richtete ihn auf die weiße Raufasertapete meines Wohnzimmers. Die Kiste war voller Filmspulen, nur wenige davon waren beschriftet, und ich begann mit den kleineren schwarzen Doppelscheiben. Die ersten drei enthielten die Animationsfilme, die ich mitproduziert hatte. Jetzt, fast ein Jahrzehnt später, sah ich erstmals die Ergebnisse unserer gemeinsamen Arbeit, Tage und Wochen der Figurenverschieberei reduziert auf jeweils dreieinhalb Minuten. Verblüffenderweise war damals keiner von uns beiden auf den Gedanken gekommen, dass wir uns diese Filme gemeinsam anschauen könnten. Arndt hatte es wahrscheinlich sehr häufig getan, worauf auch die vielen Kratzer hindeuteten, die sich jetzt als von links nach rechts über die Raufaserleinwand flackernde Störungen zeigten, aber nach meiner Erinnerung hatte ich keinen einzigen dieser Streifen jemals zu Gesicht bekommen.

Die vierte Spule zeigte Arndt selbst. Die Kamera in fixierter Position, Kunstlicht fehlte. Ich erinnerte mich daran, dass er begeistert davon erzählt hatte, wie lichtstark seine neue Ausstattung war, was aber leider nicht zur Folge gehabt hatte, bei unseren Trickproduktionen auf die stinkende Halogenlampe zu verzichten.

Arndt saß an seinem kindischen Schreibtisch. Anfangs war

eine kurze Bewegung zu erkennen, vermutlich legte er den Fernauslöser beiseite. Und danach sah er drei Minuten lang nur in die Kamera, fast unbewegt, mit einem entfernt ironischen Ausdruck, der mich kurz an Minka denken ließ. Sein unförmiges Gesicht schien zu verschwimmen, als wäre es nur eine Maske, als existierte ein zweites, perfekteres dahinter. Dann gab es, ganz kurz vor Schluss, eine leichte Veränderung, den Anflug eines Lächelns, und der Film endete.

Die Animationsfilme waren nicht weniger verstörend. Sie zeigten Gewalttätigkeit, die ich erst jetzt, in der fließenden Abfolge, erkannte. Gruppen, die Einzelne verfolgten, die versuchten, ihren Willen aufzuzwingen. Arndt hatte wirklich Talent gehabt, und er hatte etwas zu sagen versucht, ohne zu wissen, wem.

Danach nahm ich eine größere Spule zur Hand, die aber nur zur Hälfte mit Filmmaterial gefüllt war. Sie begann mit einer Gruppenszene: unsere ehemaligen Mitschüler, die sich vor unserem Schultor versammelten. Ein Schwenk auf die Straße, ein Bus fuhr ins Bild, jener Bus, den ich in Frankfurt bestiegen hatte. Anschließend folgten, relativ abgehackt und offensichtlich ungeschnitten, ein paar Schwenks aus dem Fenster des Fahrzeugs, kurze Innenaufnahmen, auf denen man wegen des Zigarettenqualms kaum etwas erkennen konnte. Ich kam ins Bild, mein altes Ich, Falk Lutter, den Gang entlangstolpernd. Dann Wiesen. Der Brunnen. Françoise und Bertrand, mit Plastikkörben beladen. Bäume. Ein Schwenk durch den Frühstücks- und Partyraum. Zwischendrin ein paar Gesichter, kurz eingefangen, Heiko, Tine, Harald, der dritte Martin, wieder ich, *die Sabines drei*, danach Gerry von halbschräg hinten, Frau Erdt, auch von hinten, auf dem Weg zum Klo, mit hängenden Schultern. Eine längere Sequenz, die erst mich, auf der Wiese stehend und mit einer Karte in der Hand, und dann, nach kurzem Schwenk, Herrn

Bonker zeigte, der mir just in diesem Augenblick zuwinkte. Mir wurde schwarz vor Augen. Ich griff nach dem Projektor und riss das Stromkabel heraus.

Um es nach einer dringend nötigen Verschnaufpause dann doch wieder einzustöpseln.

Es ging weiter mit Landschaftsaufnahmen – tröpfelnde Regenrinnen, Wasser, über Kopfsteinpflaster fließend, einige Close-ups regennasser Blumen und Gräser, teilweise unscharf. Eine Abfolge von Blitzen vor dunklem Himmel, beeindruckend plastisch. Die nassen Dächer der Herberge im Licht der Dämmerung.

Und dann die Schulklasse, hauptsächlich aus Rücken bestehend und in der Dunkelheit kaum zu erkennen, auf ihrem Weg zum »Trois arbres«, zum Pilzepflücken. Alles stumm, ohne Ton. Zwei kurze Schüsse, die Kamera vermutlich in Schulterhöhe oder unter der Achsel, auf Thomas, der wild am Kneipentisch gestikuliert.

Herr Bonker, alleine im schummrigen Flur stehend, neben der Tür zu seinem Zimmer. Die bis zu diesem Augenblick verstörendste Aufnahme, denn Herr Bonker lächelt nicht, wähnt sich offenbar unbeobachtet, sein Brustkorb hebt und senkt sich deutlich. Vor ihm, am Boden, stehen ein Koffer und die berühmte Aktentasche. Dann kommt Chrissie ins Bild, die Kamera wackelt, der Blickwinkel verändert sich, plötzlich ist weißgelbe Wand zu sehen, der Fußboden, Arndt versteckt sich ganz offensichtlich in unserem Zimmer. Ohne Schnitt verändert sich die Perspektive wieder. Herr Bonker blickt fast in Richtung der Kamera, aber auf Chrissie, die vor ihm steht und mit einem Finger seine Brust berührt. Der Lehrer schüttelt den Kopf, Chrissie auch. Zehn Sekunden Wackelei, verwischende Bilder, wieder die beiden. Herr Bonker sieht zu Boden, Christine dreht sich auf den Hacken um, die Kamera bewegt sich hastig, aber es gibt noch eine kurze Einstellung von ihr im Halbprofil, hämisch grinsend, aber in ihrem Blick ist auch etwas Unsicheres zu erkennen.

Die Spule endete mit einer ebenfalls sehr langen Szene. Sie eröffnete mit vielen wackligen und hauptsächlich unscharfen Aufnahmen des Fußbodens im Verliererzimmer. Dann folgten dunkle, an den Aufmarsch einer Armee erinnernde Einstellungen, die menschliche Beine zeigten, die sich schließlich zu einem seltsamen Stillleben anordneten, wie ein abendlicher Wald, durch den von hinten flaues Dämmerlicht dringt. Der Blickwinkel wanderte etwa auf Hüfthöhe, verharrte dort. Plötzlich änderten sich die Lichtverhältnisse, weil die Tür zu Herrn Bonkers Zimmer geöffnet wurde. Turbulenzen und viel Wackelei. Die Kamera bewegte sich horizontal, Arndt hatte offenbar versucht, sich seitlich so aufzustellen, dass sein Objektiv von schräg unten vorbeischaute. Das gelang für ein paar Sekunden, die ich mir ungefähr zwanzig Mal anschaute.

Ich hatte mich nicht mehr daran erinnert, wie statisch, wie skulpturartig dieser lange Moment gewesen war. Die vielköpfige Bestie direkt vor dem Zubeißen war erstarrt, fixierte ihr Opfer, dessen Gesicht nur zur Hälfte zu sehen war, allmählich zerfallend. Dann mussten die Schreie der Mädchen, das vielstimmige »Iiihh!« erklungen sein, es kam Bewegung in die Gruppe, Chrissies Körper – Kopf und Beine befanden sich außerhalb des Bildausschnitts – bewegte sich in Richtung Kamera, und der Film endete nach einem letzten Wackler zur Seite und dem abgebrochenen Versuch eines Zooms in die Totale.

Ich lauschte dem Knattern des um die Spule schlagenden Streifens noch eine Weile, starrte auf die am Rand ausgefaserte, weiße Fläche, die der Projektor auf meine Wohnzimmerwand warf, ein Härchen hing offenbar hinter dem Objektiv und zitterte im unteren Bereich der Fläche wie der Finger eines alten Mannes, der Kindern hinterherschimpft.

Trotz der unscharfen, schlecht ausgeleuchteten, grobkörnigen Bilder war es enorm plastisch und real – und zugleich wie ein völlig fiktiver Film. Dieser Streifen zeigte einen der zwei, drei wichtigsten Augenblicke meines bisherigen Lebens, wie mir jetzt bewusst wurde. Er zeigte auch Geschehnisse, für die man mich hatte bezahlen lassen – und Chrissie, wenn auch indirekt. Wie es ihr wohl ging? Ob sie es geschafft hatte, das Trauma zu überwinden?

Ich sah mir den Film noch zwei Mal an. Es war mein endgültiger Abschied von Falk Lutter.

Vernichtung (1980/1990)

Während der anderthalb Tage im auch tagsüber nicht viel schöneren Kühlungsborn, die wir vor allem in Sonjas Wohnung verbrachten, um nicht zufällig auf unsere Eltern zu treffen, lernte ich meinen Neffen kennen, den meine Schwester beinahe Falk genannt hätte. Er hieß Michael, war ein scheuer, hellblonder Junge mit braunen Augen und etwas linkischem Wesen, aber er war ja auch erst sechs Jahre alt. Meine Schwester und ich saßen am Wohnzimmertisch, Michael hockte in einer Ecke auf dem Boden und spielte mit einer Blechautobahn aus DDR-Produktion, wovon er ab und zu aufblickte, um mich skeptisch zu mustern. In diesen Momenten fragte ich mich, welche Bedeutung der Begriff »Onkel« wohl für ihn hatte.

Die Wohnung war winzig, jedoch liebevoll eingerichtet. Es roch nach Zitrone, einer Spur von Brennspiritus, dem nahen Meer und dieser neuen Note, die Sonja angenommen hatte. Sie war schwer einzuordnen. Süßlich, aber nicht von einem Parfüm, dafür war es zu dezent, und ein ganz klein wenig holzig. Ein Eichenblatt im September, kam mir in den Sinn, aber es passte nicht ganz.

Wir tranken literweise Westkaffee und ein paar Gläser viel zu süßen Rotwein, während meine Schwester stockend, aber mit festem, hartem Blick ihre Geschichte erzählte.

Bis zum späten Vormittag des 4. Juli 1980 hatte sie in der Grenzbaracke gesessen, ohne dass ihr jemand erklärte, was geschehen war oder geschehen würde. Ein Soldat brachte eine Tasse »im nu« und tätschelte dabei ihren Hals, eine leise Vorahnung dessen, was auf sie zukommen würde.

Sie wurde nach Lübben gefahren, in den Spreewald, zu Jürgen und dessen Frau, die sie zuvorkommend, aber auch irgendwie distanziert behandelten. Mit Tante Cordi zu telefonieren, wurde ihr nicht gestattet – ohne Begründung.

Dort verbrachte sie einige Wochen, ohne auch nur ein Wort darüber zu erfahren, was all das zu bedeuten hatte. Einmal versuchte sie auszureißen, um sich irgendwie nach Dresden durchzuschlagen, aber sie schaffte nicht einmal die paar Kilometer bis nach Alt Zauche. Danach wurde sie von Jürgen in die hitzeglühende Dachkammer gesperrt.

Im August wurde sie abgeholt und nach Berlin gefahren, wo man sie verhörte, und erst dort erfuhr sie von der Republikflucht ihrer gesamten Familie. Man verschwieg ihr, dass Klaus-Peter in die DDR zurückgekehrt war. Die Zeit danach nahm sie wie in Trance wahr. Anfang 1981, da lebte sie schon bei einem kinderlosen Ehepaar in Hohen Neuendorf, nördlich von Berlin, versuchte sie, sich umzubringen. Die gezackten, kurzen Narben an ihrem linken Handgelenk gaben Zeugnis davon – glücklicherweise hatte sie den Schnitt quer angesetzt, und ihr Pflegevater hatte sie bereits nach wenigen Minuten gefunden.

Dieser Mann war unter anderem hoher FDGB-Funktionär, ein mächtiger, stark behaarter Kerl mit flächigen Muttermalen am Hals und im Gesicht. Sie schätzte ihn auf damals Anfang fünfzig. Seine Frau war etwa fünf Jahre jünger und litt an einer neuronalen Störung, die sie die meiste Zeit schweigend im Sessel am Wohnzimmerfenster sitzen oder im Bett liegen ließ. Der Haushalt wurde bei Sonjas Ankunft von einer Polin erledigt, die der Mann als »Zugehfrau« bezeichnete; später wurde das Sonjas Aufgabe.

Schon in der ersten Nacht kam der Hausherr und bedrängte seinen neuen, bildhübschen Schützling. Beinahe höflich erklärte er ihr vorher, lässig auf der Bettkante sitzend, dass es nicht den geringsten Sinn hätte, sich zu wehren, zu schreien oder anschließend davonzulaufen. Sie würde gefunden werden, niemand würde ihr glauben und helfen erst recht nicht. Sie versuchte es dennoch, aber es war aussichtslos. Ihr Schänder quittierte das mit großer Brutalität, die erst wieder nachließ, als Sonja sich fügte und sich auch nicht mehr wehrte, wenn er zu ihr ins Bett stieg.

Im Frühjahr 1982 wurde der Mann, dessen Namen mir Sonja nicht verraten wollte, Leiter eines FDGB-Heims an der Ostseeküste, aber auch darüber beließ sie es bei Andeutungen. Unweit der eigentlichen Einrichtung befand sich eine weitere für leitende Funktionäre. Dort, nahm Sonja wenigstens an, wurde zwei Jahre später Michael gezeugt.

Sie unterbrach den Bericht. »Willst du das wirklich hören?«

»Ich weiß nicht. Willst du es denn erzählen?«

Sonja sah zu Michael, der neben seiner Blechautobahn auf dem Fußboden eingeschlafen war.

»Vielleicht hilft es mir.«

»Vielleicht hilft es auch, unseren Eltern …«

»Nein!«, unterbrach sie. Michael zuckte im Schlaf.

»Papa ist zurückgekehrt, deinetwegen.«

Sie nickte langsam. »Ich weiß. Jürgen hat mir das erzählt, als er 1986 nach …«, sie zwinkerte traurig, »als er mich besuchen kam. Er hat mich auch genötigt, diesen Brief zu schreiben.«

»Genötigt?«

»Ich wollte das nicht. Ich wollte nie wieder von ihnen hören, und ich wollte auch nicht, dass sie je wieder von mir hörten – nur um dich tat es mir leid, vielleicht habe ich mich deshalb doch überzeugen lassen. Und irgendwie war es Jürgen so wichtig, dass er nicht aufhörte, mich zu bedrängen. Er hat mir sogar den Text diktiert. Ich hätte etwas ganz anderes geschrieben. Und auch nur dir, nicht … *ihnen*.«

»Sie haben damals die vernünftigste Entscheidung getroffen, die man treffen konnte, sie haben ihre Ehe …«

»Nein! Verstehst du nicht, all das war purer Egoismus! Sie hätten uns *vorher* fragen müssen, sie hätten uns in ihre Pläne einweihen müssen, uns vor die Alternativen stellen. Sie haben über unsere Leben entschieden, leichthin, und das nur, weil Klaus-Peter die DDR gehasst hat. Sie haben all das in Kauf genommen, was passiert ist, jeden einzelnen Tag davon. Sehenden Auges. Es ging nicht darum, welche Farbe der neue Trabi haben würde. Sondern um unsere Zukunft, bis zum bitteren Ende. Das kann ich ihnen nicht verzeihen.«

Ich wollte etwas erwidern, aber jede mögliche Antwort kam mir schrecklich dumm vor.

»Ich weiß, dass er im Knast war. Ich nehme an, dass auch sie gelitten hat. Sei mir nicht böse, aber ich empfinde nicht für einen halben Pfennig Mitleid. Nur für dich. Sonst für niemanden. Sie haben mein Leben zerstört.«

»Verstehe«, sagte ich lahm. »Erzähl weiter.«

In den folgenden Jahren hatte meine Schwester auch das letzte Vertrauen in die Menschen verloren. Die Frau ihres Pflegevaters starb, und als sie bemerkte, dass ihr Schänder mehr und mehr mit aufkommender Impotenz zu kämpfen hatte, flackerte so etwas wie Hoffnung bei Sonja auf. Aber ihr eigentlicher Leidensweg lag noch vor ihr.

Bis zu diesem Zeitpunkt hatte sie im Ferienheim gearbeitet, als Küchenhilfe. Sie hatte ein paar zaghafte Versuche unternommen, sich anderen im Kollektiv anzuvertrauen, aber der Arm ihres Peinigers reichte weit. Inzwischen zwanzigjährig, wurde Sonja auf seinen Willen hin Bardame im nahe gelegenen, inoffiziellen Funktionärsclub, einer nobel ausgestatteten, gut abgeschotteten Villa mit geräumiger Bar im Untergeschoss, wo sie fortan Drinks servierte und auf den Schößen der Männer zu sitzen hatte, die volkseigene Betriebe leiteten.

Aber auch Künstler und Fernsehschaffende waren dort zu Gast. Mehr als einmal sah sie bekannte Gesichter, und sie sah auch weit mehr als nur diese.

Hier wurden nächtelang Orgien gefeiert, bei denen Sonja und wechselnde, zumeist osteuropäische »Kolleginnen« im Mittelpunkt standen. Sonja glaubte allerdings, die Einzige von ihnen zu sein, die das gegen den eigenen Willen tat. Unbeschreibliche Dinge musste sie über sich ergehen lassen, selbst noch im siebten, achten Monat ihrer Schwangerschaft. Ihr zweiter und letzter Selbstmordversuch fiel in diese Zeit, nach einer dieser Nächte, in der ein Mann seinen Schäferhund mit in die Villa gebracht hatte.

Ich seufzte laut, Michael erwachte.

»Ist der Mann traurig?«, fragte er schlaftrunken.

»Schon gut, mein Liebling«, sagte Sonja, seit Stunden die erste emotionale Regung außer Bitterkeit zeigend, nahm meinen Neffen vom Boden auf und brachte ihn in das kleine Schlafzimmer.

Nach seiner Geburt war sie dann zurück ins Ferienheim geschickt worden. Dort hatte sie nächtelang wach neben ihrem Sohn gelegen und Mordpläne geschmiedet, die sie aber immer wieder verwarf – allein aus Liebe zu ihrem Kind. Ein paar Wochen später dann wurde die Leitung des Heimes ausgetauscht, ihr Pflegevater verschwand praktisch über Nacht. Sie hatte seitdem nie wieder etwas von ihm gehört. Noch im selben Jahr zog sie mit Michael nach Kühlungsborn. Kurz nach den Ereignissen vom November 1989 erzählte dann eine ehemalige Kollegin, die inzwischen in Berlin arbeitete und gelegentlich zum Wochenende an die Ostsee kam, dass er sich umgebracht hätte.

Ich schlief in dieser Nacht neben meiner Schwester in ihrem kleinen Bett. Versuchte es wenigstens. Stundenlang sah ich sie an, im fahlgelben Licht der Straßenlaterne, und ich zitterte noch immer, als ich am Sonntagmorgen erwachte.

Lügen sind nie für immer (1993)

Die Redakteurin schlug ihre schwarzbestrumpften, durchaus bemerkenswerten Beine übereinander und lehnte sich im Sessel zurück. Sie war vielleicht Mitte zwanzig, recht klein, aber auch grazil – und sehr attraktiv. Natürlich wusste sie davon und kokettierte offensiv damit, und es war vermutlich einer der Gründe, weshalb man sie bei *DRUMS! Das deutsche Rock-Magazin* eingestellt hatte. Eitle Musiker sind so berechenbar.

»Was machen Sie? Was ist das eigentlich? Sind Sie Liedermacher, Chansonnier, ein sanfter Rocker, Singer-Songwriter, vielleicht sogar ein Schlagersänger?«

»Ich bin Musiker, sonst nichts.«

Sie lächelte schmal. »Sie werden sich doch einer Stilrichtung zugehörig fühlen, oder?«

»Tue ich das? Ich bin nicht Cohen oder Dylan und auch nicht Biermann, Grönemeyer, Westernhagen oder Mey, und obwohl ich diese Musiker verehre, fühle ich mich keinem Einzelnen davon besonders nah, eher allen zusammen – und nicht nur ihnen.«

»Sie rebellieren also gegen das Schubladendenken?«

Ich räusperte mich und nahm einen Schluck Kaffee.

»Genres und Kategorisierungen sind Hilfskonstrukte, um Musik leichter unter die Leute bringen zu können. Wer das gekauft hat, dem kann man auch das andere verkaufen – vielleicht wird das irgendwann automatisch funktionieren, wenn die Computer besser werden. Du magst Springsteen, also können wir dir auch John Mellencamp andrehen, und nachdenken musst du nicht mehr. Im Ergebnis rückt der Tellerrand in immer weitere Ferne. Ich verstehe nicht, warum Menschen diesem Zwang so gerne folgen.«

Sie kam nicht auf den naheliegenden Einwand, dass viele Künstler exakt auf diesen Effekt setzten, um im Fahrwasser anderer leichter voranzukommen.

»Also Crossover?«

Ich lachte. »Über Kreuz? Was mit wem?«

»Sie kennen den Begriff nicht?«

»Natürlich kenne ich ihn, aber er steht auch wieder für etwas Spezielles. Ich will niemand sein, den man auf Ewigkeiten an einer bestimmten Richtung festmacht. Wer etwas zu sagen hat, dem sollte nicht die Möglichkeit genommen werden, die Form des Ausdrucks zu variieren.«

»Das sagen Sie am Anfang Ihrer Solokarriere. Wer weiß, wie Sie in zehn Jahren darüber denken.«

Ich versuchte, die Stirn kraus zu ziehen, manchmal klappte es ansatzweise. »Da mögen Sie recht haben, aber vorläufig lasse ich mir meinen Optimismus nicht nehmen.«

Sie wechselte die Beinposition und beobachtete mich dabei genau. Ich tat ihr den Gefallen und folgte den nylonumschlossenen Schenkeln mit meinem Blick.

»Reden wir über ›Klasse‹. Das Album ist ein echter Longseller, aber niemals über Platz 60 der Charts hinausgekommen.«

»Platz 56. Und es war vor zwei Wochen wieder mal in den Top 100.«

Die junge Redakteurin hüstelte. Sie beherrschte all das wirklich schon perfekt, wofür sie meine Hochachtung hatte. »Das letzte Minka-Album, an dem Sie mitgewirkt haben, stand vier Wochen lang auf Platz eins und ist nach nur zweieinhalb Monaten … *vergoldet* worden.«

»Ein toller Erfolg.«

»Viele Songs waren von Ihnen. Stört es Sie nicht, dass Ihr Debüt im Vergleich nur ein Achtungserfolg war?«

»Es ist weit mehr als das. Ich weiß nicht genau, wie oft sich ›Gold‹ verkauft hat« – das stimmte nicht, ich wusste es *ganz genau*, aus den Tantiemenabrechnungen – »aber am Jahresende 1990 war es aus den Charts und ist auch nicht wieder eingestiegen. ›Klasse‹ verkauft sich seit drei Jahren kontinuierlich gut.«

»Wollen Sie …«

»Außerdem spielt das keine Rolle, ich vergleiche mich nicht mit Minka«, unterbrach ich sie, vor allem, weil ich mich darüber ärgerte, dass wir über Minka sprachen, deren neues Album gerade zum dritten Mal verschoben worden war. »Es geht mir nicht darum, wie viele Leute meine Musik hören, sondern darum, dass die Leute meine Musik *verstehen*.«

»Verstehe. Altruist und Asket.«

»Mmh. Das Leben ist meist nicht so lustig, und diese Arbeit gibt mir die Kraft, die man braucht, um damit zurechtzukommen. Wenn das Ergebnis dieser Arbeit anderen ein ähnliches Gefühl vermittelt, bin ich stolz.«

»Martin Ghandi.«

»Sie tun das absichtlich, nicht wahr?«, sagte ich und zwang mich zu einem kurzen Lachen. »Ich habe natürlich nichts gegen Verkaufserfolge. Wenn ich so denken würde, wäre ich ein Idiot und kein Profimusiker. Ich liebe ausverkaufte Hallen und genieße es, wenn ich meine Platten stapelweise bei World Of Music stehen sehe. Aber ich mache meine Musik nicht hauptsächlich, *um* diese Erfolge zu erzielen. Verstehen Sie? Es ist umgekehrt.«

»Um ehrlich zu sein …«

»Ich habe die großartige Möglichkeit, Alben zu produzieren und vor Tausenden von Menschen aufzutreten. Sie hören zu lassen, was ich sagen will. Ich habe das Glück, Gesangskünstler sein zu dürfen. Und je mehr Menschen zuhören, desto besser. Es ist aber nicht der Hauptaspekt.«

»Sondern?«

»Das zu tun, wovon ich schon immer geträumt habe. Nicht mehr und nicht weniger. Ich mache das nicht, um auf das Cover von *DRUMS!* zu kommen.«

»Gut, dann eben Seite vier.« Sie blinzelte mir zu und öffnete dabei den Mund ein kleines Stück.

»Sie hätten mich doch sowieso nicht auf den Titel genommen.«

»Schauen wir mal«, sagte sie und bückte sich nach ihrer Tasche, sorgfältig darauf achtend, dass ihr sich öffnender Ausschnitt weiter in meine Richtung wies. Das behielt sie bei, als sie jetzt die Cassette im Aufnahmegerät wechselte, das zwischen uns auf dem Tisch stand. Ich nutzte die Gelegenheit, um zur Bar zu winken.

»Ihr erstes Album enthielt keinen Hit. Zwei Singles sind ausgekoppelt worden, blieben als solche aber relativ unbeachtet.«

»Das stört mich nicht. Ich mag Hits nicht. Die wenigsten Musiker mögen sie, was nicht heißt, dass sie den Erfolg nicht mögen. Können Sie sich vorstellen, jahre-, jahrzehntelang am Ende der Konzerte die gleichen Zugaben singen zu müssen? Wie es ist, Cat Stevens zu sein, bei dem alle auf »Morning Has Broken« warten? Oder George McCrae, von dem alle Welt nur »Rock Your Baby« kennt, obwohl er weit mehr Songs gemacht hat?«

»Das sind gute Songs.«

»Ja, und es waren Hits. Wer seine Musik von A bis Z selber macht und das nicht nur als Job betrachtet, den er zufällig ganz gut kann, um nach Feierabend zu einer völlig anderen Person zu werden, wird gerne darauf verzichten, auf ein paar Hits reduziert zu werden.«

Sie grinste. »Apropos *andere Person*.«

Ich hob die Hände. »Bitte nicht.«

»Ich muss das fragen. Martin Gold ist definitiv ein Pseudonym. Wer sind Sie?«

»Sie bekommen dieselbe Antwort wie alle. Ich bin Martin Gold. Von Kopf bis Fuß. Wenn Sie etwas anderes schreiben, verklage ich Sie.«

»Es gibt Gerüchte, dass Sie aus Österreich kommen. Aus der ehemaligen DDR. Sogar aus Dänemark.«

»Gerüchte. *Bitte*.«

Die Frau sah kurz auf ihre Notizen.

»Gut. Wann kommt das nächste Album?«

»Im Sommer.«

»Und?«

Ich sah auf die Uhr. Es war kurz vor zwei, mittags. Ich müsste mich langsam sputen, um rechtzeitig bei der Trauung zu sein.

»Tut mir leid. Die Presseinfos gehen im Juni raus. Bis dahin darf ich nicht darüber sprechen.«

Das war eine glatte Lüge. Niemand konnte mir verbieten, irgendwas über meine Musik zu erzählen. Auf die verfrühte Nennung von Albentiteln verzichtete ich allerdings inzwischen freiwillig.

»Bleiben Sie noch in Hannover? Können wir das Gespräch fortsetzen?« Sie legte den Kopf schief. »Vielleicht heute Abend?«

»Das kann ich nicht sagen. Ich muss zu einer Hochzeitsfeier. Wenn ich im Hotel bin, erreichen Sie mich hier auch.«

Ich gab ihre meine Zimmernummer, die sie notierte, ohne mich dabei anzusehen.

Das Hotel, in dem Trauung und anschließende Hochzeitsfeier stattfänden, war nur ein paar Schritte von meinem entfernt. Ich zog mich rasch um, Smoking trug ich außerordentlich gerne, und klemmte mir das Geschenk unter den Arm. Ich hätte Karen lieber etwas Persönlicheres überreicht, aber sie hatte insistiert, dass ich mich, wie alle anderen, an die dämliche Wunschliste halten sollte, die eine ihrer ehemaligen Kommilitoninnen verwaltete. Also eine Espressomaschine. Immerhin war es die mit Abstand beste, die ich hatte finden können. Und, wie ich jetzt feststellte, wohl auch die schwerste. Aber das Acht-Kilo-Paket stellte nicht die einzige Behinderung dar, die mich mit jedem Schritt langsamer gehen ließ. Je näher ich dem Hotel kam, desto unwohler fühlte ich mich bei dem Gedanken, dass Karen in weniger als zwei Stunden mit einem anderen verheiratet wäre. Ich dachte an die Tage am Plattensee, die vielen Gespräche und Briefe, und fühlte mich schlagartig unendlich traurig. Seit jenem Urlaub vor nunmehr zwölf Jahren hatte ich nie wieder eine Frau getroffen, deren Eigengeruch mir nicht nach kurzer Zeit missfiel, ganz egal, wie gut oder schlecht dieser war. Aber es war nicht nur das. Ich seufzte und wechselte das Kaffeemonster unter den anderen Arm.

Seit einiger Zeit war unser Kontakt … nun, nicht eingeschlafen, aber Briefe schrieben wir uns keine mehr, und auch unsere Telefongespräche waren kürzer, seltener und distanzierter geworden. Das ging von Karen aus. Nach ihrem Umzug in die niedersächsische Landeshauptstadt, wo sie eine gut dotierte Dozentenstelle angenommen hatte und an ihrer Dissertation arbeiten wollte, reduzierte es sich schnell auf höchstens ein Telefonat pro Monat. Wenn ich häufiger anrief, oder auch spontan von unterwegs, reagierte sie mürrisch und einsilbig, fast schon abweisend, also ließ ich das. Ich schrieb ihr verändertes Verhalten der neuen Beziehung zu, der Beziehung mit einem Kollegen, der irgendwas mit Kommunikationswissenschaften machte. Der Mann, den sie heute heiraten wollte.

Ich spielte im Branchenvergleich inzwischen im oberen Mittelfeld der zweiten Liga. György sagte einmal, ich sei ein Fisch, dem der Schwarm manchmal träge folge, weil kein anderer Fisch auf die Idee gekommen war, die Richtung zu wechseln. Pressetermine wie der vom Vormittag stellten keine Ausnahme mehr dar, waren aber auch längst noch nicht zur Routine geworden. Einige Male war ich im Fernsehen aufgetreten, meisten nur als Drei-Minuten-Nummer in irgendwelchen Magazinformaten, die von Hausfrauen und Rentnern angeschaut wurden. Meine Popularität hatte ein Maß erreicht, das mir sehr angenehm vorkam, bei dem ich es allerdings auch gerne belassen hätte. Hin und wieder wurde ich auf der Straße erkannt. Ich ließ mir die Fanpost von der Plattenfirma zuschicken und beantwortete sie. Mit einigen Fans korrespondierte ich regelrecht, weil sie interessante Geschichten erzählten, aus denen ich vielleicht irgendwann Lieder machen würde. Und in der PR-Abteilung der Company lagen meine Autogrammkarten in fünfstelliger Auflagenhöhe.

Dennoch überraschte es mich, dass sich die gesamte Hochzeitsgesellschaft zu mir umdrehte und mich fast schamlos angaffte, als ich jetzt im Hotelfoyer auflief. Ich verneigte mich höflich. Manfred und Susanne schälten sich aus der Gruppe und kamen auf mich zu. Ich hatte sie vor ein paar Jahren in Marburg wiedergesehen, mein zweites Gesicht war also nicht neu für sie, und natürlich plapperte Karens stark gealterter Vater zunächst ein paar Minuten über die vergangenen Zeiten, so als hätten wir mehr als nur einige Tage gemeinsam am Balaton verbracht. Beide strahlten. Wir waren von vielen Menschen in den Dreißigern umgeben, Kinder lärmten, im Hintergrund lief *Musac* – einer der wenigen Anglizismen, die ich mochte, denn er fasste sehr viel besser als seine deutsche Entsprechung zusammen, um was es sich dabei handelte: Fahrstuhlmusik. Jemand hielt mir ein Tablett mit Champagnergläsern entgegen, ich stellte endlich die schwere Kaffeemaschine ab und nahm zwei Kelche.

Dann gab es Bewegung im Foyer, die Tür zum Festsaal war geöffnet worden. In der Zange der grinsenden Brauteltern schritt ich in den großen, geschmückten Raum. Auf der gegenüberliegenden Seite gab es eine Bühne, darauf ein Klavier und eine Art Podium, über und über bedeckt von Rosenblütenblättern. Ich vermutete, dass dort die Trauung stattfinden würde. Die Türen wurden hinter uns verschlossen, und ich entnahm dem ausgehängten Plan, dass ich an Tisch eins sitzen würde, demjenigen für die engsten Angehörigen. Ich war gerührt, aber das unangenehme Gefühl, das mich auf dem Weg ins Hotel erfasst hatte, verschwand nicht. Außer mir saßen dort Karens Eltern, ein hagerer Mann in den Siebzigern, der sich später als Vater des Bräutigams entpuppte, Witwer seit der Geburt des Sohnes, Karens sehr viel älterer Bruder Rudolf und die drei offenkundig gelangweilten Geschwister ihres Zukünftigen. Den freien Platz rechts von mir belegte eine Nachzüglerin, die sich als Sofia vorstellte, eine schlanke, großgewachsene Frau Ende zwanzig mit sehr breitem Gesicht, das fortwährend zu lächeln schien. Sie sei die beste Freundin des Bräutigams, erklärte sie mir flüsternd. Leider roch sie widerwärtig. Neben all den Gerüchen von Parfüm, Kosmetika, Haarspray, Waschmitteln und Duschgels hafteten ihr zwei weitere an: einmal der nach Sex – ich schätzte, vor weniger als drei Stunden – und noch ein anderer, für mich äußerst intensiver, den ich allerdings (noch) nicht zuzuordnen wusste.

Meine Grübeleien wurden unterbrochen, weil die Gäste plötzlich verstummten und der Hochzeitsmarsch ertönte – ein Pianist saß auf der Bühne, und hinter dem Podium, vor das man inzwischen eine niedrige Bank gestellt hatte, stand eine breite Frau im dunkelgrauen Kostüm. Die Standesbeamtin.

Ich erhob mich und drehte mich um, wie es alle taten, weil die Tür geöffnet wurde und Karen hereinkam, untergehakt bei ihrem Vater und in *goldenem* Kleid. Ich schluckte. Sogar von hier aus konnte ich ihre unfassbar großen Augen glitzern sehen. Sie schien ein Nicken anzudeuten, und ich nickte unwillkürlich zurück. Sofort verwandelte sich das Lächeln in ihrem Gesicht zu einem ironischen Grinsen – aber vielleicht war es auch nur eine Täuschung. Dann richtete sie ihren Blick zur Bühne, auf der ihr Zukünftiger sie bereits erwartete.

Ich staunte nicht schlecht, als ich ihn sah. Der breitschultrige, vielleicht eins fünfundsiebzig große Mann war sicher schon weit über vierzig. Seine gekräuselten Haare bildeten eine Insel auf der Schädeldecke, von meiner Warte aus wirkte er so vital wie jemand, der mit Ende dreißig beschlossen hatte, zwei Mal im Jahr einen Marathon zu laufen – das aber vor allem deswegen, weil er glaubte, dass die guten Jahre vorüber waren. Sein Lächeln hatte etwas Verschlagenes; er war mir unsympathisch auf den ersten Blick. In diesem Moment löste er den Blick kurz von der schönen Frau in Gold und sah mich an. Telepathie ist also möglich, dachte ich mir. Jetzt musste nur noch das mit dem Beamen klappen.

Die Trauung war kurz. Karen und ihr Mann standen nach der Zeremonie auf der Bühne und küssten sich, während vom Klavier irgendein klassisches Stück erklang. Ein Diaprojektor warf Jugendbilder der beiden an eine Leinwand. Gleich das dritte zeigte Karen und die linke Hälfte von Falk Lutter auf der Strandwiese am Balaton, ein Bild, das Tobi damals aufgenommen hatte. Dann kam das Paar herunter, man erhob sich abermals und applaudierte, und es bildete sich eine Schlange der Gratulanten, die jedem Ostler die Tränen in die Augen getrieben hätte. Ich hielt mich zurück, organisierte mir ein Bier – von Champagner bekam ich Sodbrennen.

Nach fast einer halben Stunde war auch ich an der Reihe. Ich küsste Karen auf die Stirn und murmelte etwas vom ewigen Frühling, den ich ihr und ihrem Gatten wünschte. Sie lächelte abwesend und sah schon zum nächsten Gratulanten, was mir einen heftigen Stich versetzte.

Dann stand ich vor ihrem Ehemann und bemerkte, noch bevor er mir die Hand reichte, wieder dieses besondere Aroma: nach zwei bis drei Stunden altem Sex, vermischt mit diesem eigentümlichen Geruch, den ich bereits an seiner »besten Freundin« wahrgenommen hatte. Sie hatten kopuliert und waren mit etwas in Kontakt gekommen. Ich blinzelte verwirrt und starrte dann den Mann an, der meine Hand genauso lahm schüttelte, wie ich mich in diesem Augenblick fühlte.

Ich quälte mich durch das Vier-Gänge-Menü, ertrug das Gefasel meiner Tischnachbarin, mit der Karen kurz vor ihrer Trauung betrogen worden war, blieb höflich, als ein paar Leute nach dem Ende des offiziellen Teils unbedingt noch mit Martin Gold sprechen wollten, nahm auch das Schulterklopfen des hutzeligen Discjockeys hin und schmiedete Fluchtpläne. Karen und ihr Gatte saßen hinter einem Champagnerkühler und einem gewaltigen Rosenbouquet an ihrem Sondertisch direkt vor der Bühne und dem Bereich, den man als Tanzfläche freigelassen hatte. Als sie sich jetzt erhoben, erklang ein Mandolinenintro. »Que sera, sera. Was sein wird, wird sein« – das Lied für alle, die sich ihrem vermeintlichen Schicksal ergeben. Mit dem ersten Refrain erhoben sich auch viele andere Gäste, und als ich eine Bewegung rechts neben mir wahrnahm, sprang ich auf, um Karens Mutter aufzufordern. Manfred sah mich fassungslos und vorwurfsvoll an, bis meine eigentliche Tischnachbarin nach seiner Hand griff und auch ihn auf die Tanzfläche zog. Da grinste er wieder. Er roch ja nicht, was ich roch. Er wusste nicht, was ich wusste.

Beim zweiten Walzer, originellerweise dem Donauwalzer, hielt ich plötzlich Karen im Arm. Mit der linken Hand kniff sie nachgerade in meine Schulter, bohrte die Nägel der anderen in meine Hüfte, meinem Blick aber wich sie aus. Am Ende des Tanzes sagte sie leise: »Bitte bleib bis zum Ende. Ich brauche dich«, wobei sie wieder an mir vorbeisah. Die Flucht war mir also verwehrt.

Gegen halb elf, der DJ spielte Schlager und Bierzeltmusik, wozu nur die Hartgesottensten tanzten, stand plötzlich eine Gitarre neben mir. Manfred, schweißnass im Gesicht, aber strahlend, legte mir die Hand auf die Schulter. »Ich hab zwei Mikrophone organisiert, die kommen gleich.« Ich rülpste vorsichtig in meine geballte Faust und nickte hilflos. Was blieb mir auch anderes übrig.

Etwa zehn Minuten später wurde ich dann tatsächlich von ihm angesagt und unter allgemeinem Händeklatschen auf die Bühne gerufen. Als ich hinter dem Mikro stand und die Gitarre umgehängt hatte, sah ich zu Karen, ihrem neuen Mann, kurz sogar zu der breitgesichtigen Sofia und schlug dann die ersten Töne an. Heftiger Applaus erklang. Ich setzte aus, wartete das Klatschen ab und begann erneut. Und beim Refrain sang dann fast der gesamte Saal mit:

Wenn du wüsstest, was ich weiß
Wenn du ahntest, was ich ahne
Wenn dir klar wär, was ich sehe
Wenn du fühltest, was ich spüre
Du hättest es nie getan
Und das alles nie riskiert

Lügen sind nie für immer
Nur Wahrheit hat Bestand
Die Welt ist kein kleines Zimmer
Sondern Freiheit ohne Wand

Zum ersten Mal mochte ich diesen Song wirklich. Er war pathetisch, gefühlsduselig, aber in diesem Augenblick erreichte er mich, und ich verstand, was die Leute daran mochten. Auch einfache Wahrheiten sind Wahrheiten, und nicht alles muss authentisch sein, solange es ehrlich ist.

Die Hochzeitsgäste spendeten mir stehend Beifall, und sie riefen nicht »Zugabe! Zugabe!«, sondern »Noch einmal, noch einmal«. Sie meinten Minkas Hit. Also tat ich ihnen den Gefallen. Es falsifizierte alles, was ich am Mittag von mir gegeben hatte, und das störte mich nicht einmal. Ich war in absoluter Scheißegalstimmung, vermischt mit dem dringenden Wunsch, das Beamen zu beherrschen.

Als ich irgendwann dann doch in meinem Hotelzimmer ankam, blinkte die Anrufbeantworterlampe hektisch. Es war vielleicht zwei Uhr morgens, aber die letzte Nachricht der Redakteurin war keine fünf Minuten alt. Ich rief sie zurück, zehn Minuten später lag sie bei mir.

Wiedervereinigung (1995)

Ich arbeitete mit Mike und György an meiner dritten Platte. »Blick in den Spiegel« war im Spätsommer 1993 erschienen und lief ordentlich, zog die Verkäufe von »Klasse« abermals hoch. Während das Cover meines ersten Soloalbums ein leeres Klassenzimmer gezeigt hatte, einziges Accessoire war eine aufgeklappte, ebenfalls leere Aktentasche auf dem Lehrerpult, befand sich jetzt mein Porträt auf der dunkelblauen, fast schwarzen Hülle dieser Scheibe. Im Halbdunkel meine leuchtend blauen Augen stark hervorgehoben, mit einer leichten Spiegelung, so als ob ich bei den Aufnahmen in einen Spiegel geblickt hätte. Was nicht stimmte, es handelte sich um eine geschickte Montage – wer meine Iris mit der Lupe betrachtete, sah darin abermals das Titelbild. Das Cover und die anschließende Konzertreise brachten mir den Beinamen »Der Musiker, der nie lächelt« ein.

Die Läden, die ich auf der Tour Anfang 1994 bespielt hatte, waren manchmal schon kleine Hallen, hin und wieder war ein Abend sogar ausverkauft. Mit zwei Alben in der Hinterhand konnte ich praktisch alle veröffentlichten Stücke an einem Abend spielen, die Konzerte gingen nicht selten zweieinhalb Stunden oder länger, und manchmal musste ich von den Musikern daran gehindert werden, doch noch einmal auf die Bühne zurückzukehren, nach der vierten Zugabe. Das war enorm anstrengend, aber noch viel beglückender, und Mike, der als zweite Gitarre mit uns unterwegs war, lobte regelmäßig meine stetig wachsende Sicherheit auf der Bühne. Manchmal schaffte ich es sogar, ganz ohne Stottern oder Pausen der Rührung zwischen den Songs die Geschichten zu den Liedern zu erzählen.

Das bist gerade wirklich du, sagte ich mir immer wieder. Sie sind deinetwegen hier. Ein Teil von mir konnte das nach wie vor nicht glauben, und der andere rief pausenlos: Genieß es, du Trottel! Du hast es verdient.

Vermutlich haben viele Menschen, die mit ihrer Kunst an die Öffentlichkeit gehen und so langsam erfolgreicher werden, dieses Gefühl, diese Angst, plötzlich könne jemand kommen, der den fatalen Irrtum aufklärt und die versteckten Kameras enttarnt. Es war seltsam, dass dieser Effekt bei mir erst jetzt eintrat. Mit jedem Artikel in der Presse, und es wurden deutlich mehr, mit jedem Interview, jedem Feature, jedem Auftritt in Radio oder Fernsehen verband ich die leise, zum Glück nur hintergründige Befürchtung, mein Gesprächspartner würde fragen, warum ich eigentlich der Meinung sei, das Recht zu haben, auf einer Bühne zu stehen oder Platten zu besingen. Ich hätte die Antwort schuldig bleiben müssen.

Minkas fünfte Scheibe war kurz nach »Blick in den Spiegel« auf den Markt gekommen, hieß schlicht »Fünf«, und diese dumme Steilvorlage nutzten viele Kritiker. Ich zählte nicht mit, stieß aber auf eine ganze Menge Verrisse, die den Albumtitel früher oder später als Schulnote verwendeten – »Setzen, sechs« lautete die Überschrift einer Drei-Zeilen-Kritik im *Musikjournal*. »Ich würde gerne mehr über das Album schreiben«, führte der Kritiker aus, »aber mir fällt nichts ein – außer: Versetzung gefährdet.«

Die Platte stieg nur sehr kurz in die Charts ein und fiel auch sofort wieder raus. Es war *Musac*. Belanglos, ohne Botschaft, ohne Höhepunkte, textlich eine Katastrophe, musikalisch reiner Dilettantismus, ein Abgesang im Wortsinn – aber immerhin recht gut produziert. Erstaunlich, dass die Plattenfirma keinen Rückzieher gemacht hatte. Selbst Schlagerfans sind nicht so hartgesotten.

Mein nächstes Soloprojekt würde ein Doppelalbum werden. PBC würde die anstehende Tour mitschneiden und eine Liveplatte herausbringen. Die Veranstalter buchten Hallen. Keine riesigen, aber dennoch Hallen. Man hatte mich gefragt, ob ich mir eine Vorgruppe wünschte, einen *Supporting Act* – und wen. Mit Minkas ersten zwei Alben hatten *wir* als Vorgruppe gespielt, einmal sogar bei Christian Prinz, einem abgehalfterten, gelifteten Schlagerstar aus den Siebzigern, der inzwischen ein Toupet trug, hinter der Bühne soff und kokste, als würde er Mengenrabatt bekommen, und seine zwanzig Jahre alten Texte, die eigentlich jedes Kind mitsingen konnte, von einem Teleprompter ablesen musste, in riesigen Lettern, denn der knapp sechzig Jahre alte Mann, der alles versuchte, um wie Anfang vierzig auszusehen, konnte sonst nichts mehr erkennen. Mit Prinz gab es richtig Ärger, weil das steinalte Publikum *uns* feierte und anschließend ihn ausbuhte, wenn er ein Stück eine Oktave tiefer ansetzte oder ganze Strophen leise neben das Mikrophon krächzte, um den Hintergrundsängern und dem Bläsersatz die Hauptarbeit zu überlassen. Unser Auftritt wurde schließlich von knapp vierzig auf zwanzig Minuten gekürzt, und im Backstage-Bereich herrschte damals Eiseskälte. *Vorgruppe* ist in etwa so schrecklich wie mit einem bis auf die Brust heraushängenden Popel in der U-Bahn zu sitzen, ohne vom Popel zu wissen, während man versucht, mit dem hübschen Mädchen gegenüber zu flirten. Letztlich bot ich Mike an, ein paar Stücke von sich zu spielen, aber er forderte Bedenkzeit, weil er eigentlich kein Interesse mehr an einer Solokarriere hatte.

Im September schlug meine Mutter vor, meinen dreißigsten und ihren fünfzigsten Geburtstag gemeinsam zu feiern, im engen Kreis, nur Freunde und Familie, vielleicht irgendwo im Brandenburgischen, wo es inzwischen tatsächlich ein paar hübsche Hotels gab. Ich fand die Idee nett, war aber in Sorge, weil meine Mutter vielleicht hoffte, auf diesem Weg an Sonja heranzukommen, was meiner Einschätzung nach zum Scheitern verurteilt war. Sie verweigerte nach wie vor jeglichen Kontakt. Ich traf meine Schwester und ihren schweigsamen, rührend anhänglichen Sohn sooft ich nur konnte, aber sie wollte weder über meine Eltern sprechen noch mit ihnen. Trotzdem buchte ich auch für sie eines der Dutzend Zimmer, die ich in der »Alten Wäscherei« ausgerechnet im Spreewald reservierte, einem noblen Hotel mit Sterne-Restaurants und riesiger Saunalandschaft, das zu den ersten gehört hatte, die sich mit dem idiotischen Kofferwort »Wellness« schmückten. Ich lud Mike, György und auch Karen nebst Mann ein.

»Ich komme vielleicht alleine«, sagte sie dann aber am Telefon. Es war erst das zweite Mal in diesem Jahr, dass wir miteinander sprachen, und seit ihrer Trauung vielleicht unser fünftes oder sechstes Gespräch. Ich hatte ihr sogar Briefe geschrieben, drei ziemlich lange Briefe, auf die sie nicht reagiert hatte. »Ich habe viel zu tun, Martin«, sagte sie müde. Sie klang nicht glücklich. Wie auch? Ihr Bert war ein Arschloch, so viel stand fest, und ich fragte mich nach wie vor, ob es nicht falsch gewesen war, nach der Trauung die Schnauze zu halten. Muss man wirklich jeden Fehler selbst machen? Verdient man das Prädikat Freund, wenn man sich nicht einmischt, obwohl Einmischung geboten wäre? Keine Ahnung, wie Karen damit umgegangen wäre, wenn ich ihr an jenem Tag mitgeteilt hätte, dass ihr Bert gerade seine »beste Freundin« gevögelt hatte. Aber hätte ich ihr nicht die Möglichkeit geben müssen, das selbst zu entscheiden? Andererseits. Was, wenn ich mich irrte?

Kurz nach der Hochzeit hatte ich einen Arzt aufgesucht, noch immer völlig frustriert wegen der Tatsache, dass meine Nase Geheimnisse verriet, die ich nicht kennen wollte. Er hatte erst einige Tests mit mir durchgeführt und war anschließend aufgeregt durch seine Praxis gehüpft. Ich erschnüffelte Proben, die kein normaler Mensch als solche ausgemacht hätte, und um ihm einen Gefallen zu tun, ließ ich ihn durch die Sechszimmerpraxis marschieren, um drei Minuten später seinen komplizierten Weg genau nachzugehen. Trotz der überwiegend sehr starken chemischen Gerüche war das kein Problem.

»Vermutlich ein genetischer Defekt«, sagte er. »Vielleicht haben Sie mehr Rezeptoren als der Durchschnittsmensch. Man müsste das untersuchen. Ganz erstaunlich.«

»Was kann man dagegen tun?«

Es war ihm anzusehen, dass er diesen Gedanken nicht mochte. Lieber hätte er mich wahrscheinlich zum Forschungsprojekt gemacht.

»Ich könnte Ihre Nasenschleimhäute veröden. Wenigstens teilweise. Aber es ist möglich, dass dann nur die Intensität der Wahrnehmung abnimmt, während die Palette bleibt. Es könnte Ihren Geruchssinn auch zerstören. Wollen Sie das?«

Nein, wollte ich nicht. Es war sowieso eine Schnapsidee gewesen.

Ich erwog auch, mein aktuelles Verhältnis in den Spreewald mitzunehmen. Kijara sah ich ein, zwei Mal pro Woche, was mir reichte; bereits nach zwei Monaten hatte die Soziologiestudentin damit angefangen, meine Wohnung umzugestalten und mir Vorschriften beim Essen zu machen. Es war nicht die erste Beziehung dieser Art und würde nicht die letzte sein. Das Angebot war, vorsichtig ausgedrückt, umfangreich. Ich bekam Liebesbriefe, denen nicht selten Fotos beigelegt waren, manchmal auch schlüpfrige (diese Post ließ ich von der Plattenfirma beantworten), wurde nach Auftritten von überwiegend weiblichen Fans erwartet, die sich oft relativ unsubtil anboten, und inzwischen auch häufiger in der Öffentlichkeit angesprochen. Etwas in mir fand es nicht richtig, die

Kunstperson Martin Gold auf diese Art zu benutzen, aber ich war ein Mann – und ich tat nichts Böses. Gelegentlich wurde aus einer Nacht mehr, bis ich die Gerüche nicht mehr ertrug. Kijara (die Menschen im Osten hatten seltsame Dinge mit der Schreibung der Namen ihrer Kinder angestellt, aber der Westen zog nach) war ein solches Mehr, aber mein Interesse beschränkte sich auf etwas Zärtlichkeit und Ablenkung, was ich anfangs auch immer klarzumachen versuchte. Ernsthaftere Gespräche führte ich lieber mit den wenigen Menschen, denen ich tatsächlich vertraute – sechs an der Zahl.

Also nahm ich sie lieber nicht mit.

»Hier in der Nähe hatte Jürgen seinen Hof«, sagte Klaus-Peter, als wir aus dem Auto ausstiegen. Er hatte inzwischen wieder sein Normalgewicht erreicht. Ich nickte nur. Mein Vater wusste nichts von Jürgens wahrer Rolle in unserer Familiengeschichte. Und ich hatte beiden nur eine sehr sanfte Version davon erzählt, was mit Sonja geschehen war. Eine äußerst sanfte. Wenn die Wahrheit schwarz war und eine Lüge weiß, wäre meine Fassung vielleicht hellgrau gewesen, ein Hellgrau wie dasjenige der Dunstglocke über Athen.

»Nett«, sagte Luise.

Das war es.

Im Stil skandinavischer Holzhäuser gab es ein großes Hauptgebäude und zwei weitere, flachere. Von außen wirkte es recht unprätentiös. Nur der Hubschrauberlandeplatz wies darauf hin, dass hier fünf Sterne plus zwei im Michelin für die Restaurants galten. Im Inneren war viel Geld in eine Form von Gemütlichkeit investiert worden, die nicht teuer wirkte, dafür aber äußerst behaglich. Ich mochte es vom ersten Augenblick an.

»Das kannst du dir leisten?«, fragte meine Mutter, als ich ihren Koffer in die riesige Suite schleppte, die für sie und meinen Vater reserviert war. Es gab dort nicht weniger als drei Faxgeräte und einen Fernseher sogar im Bad.

»Kann ich, ja. Ist das nicht wunderbar?«

»Wer hätte das gedacht«, sagte Klaus-Peter und meinte damit nicht nur das hier, sondern alles. Die Tatsache, dass ihr Sohn genug Geld verdiente, um so etwas zu bezahlen. Die Tatsache, dass wir genau jetzt zu dritt in diesem Zimmer standen. Dass es dieses Zimmer *gab*. Auf dem Gebiet der ehemaligen DDR, die es nicht mehr gab.

Wir gingen zusammen in die Sauna. Wir ließen uns Cocktails mixen, saßen vor dem Kaminfeuer. György kam hinzu, den ich erstmals nackt sah. Gleich darauf trafen Tante Gisela und Onkel Gerhard ein, behielten aber ihre Bademäntel an, wenn einer von den anderen in der Nähe war. Mike meldete sich kurz. Eine Hotelangestellte kam in den Wellness-Bereich und überbrachte die Nachricht, dass Karen eingetroffen wäre. Die beiden Paare, mit denen meine Eltern inzwischen befreundet waren, kamen erst am Abend. Kein Wort jedoch von Sonja. Wir hatten nicht über die Einladung gesprochen.

Später saßen wir beim zweiten Gang eines exzellenten Dinners und redeten über alte und neue Zeiten. Zu meinem leichten Befremden flirtete Mike mit Karen, die einen allgemein erschöpften Eindruck machte. Ihr hinreißendes Kind, ein anderthalb Jahre altes Mädchen mit den Augen der Mutter, schlief in ihrem Zimmer, über das eine Hotelangestellte wachte. Ich erzählte Mamas Freunden Anekdoten aus der Musikbranche und von Minka, wurde aber immer wieder dadurch abgelenkt, dass Mike oder Karen lachte. Oder dass ich zu meinen Eltern sah und nicht fassen konnte, schon dreißig zu sein, eine fünfzig Jahre alte Mutter zu haben, die Oma war. Einen Neffen. Eine gute Freundin, die mit einem anderen verheiratet war und ein Kind von ihm hatte. Mike und György. Eine Karriere als Musiker.

Irgendwann in den kommenden Jahren würde man unsereins *Promi* nennen. Ich fühlte mich nicht als einer. Ich ahnte ja noch nicht, was in den kommenden Jahren daraus werden würde.

Mein Vater wollte gerade aufstehen, um eine Rede zu halten, als sich die Tür des Restaurant-Nebenraums öffnete. Ich war bereits in der Bewegung aufzuspringen, um die Kellner davon abzuhalten, den Hauptgang aufzutragen, als der hellblonde Schopf meines Neffen Michael zum Vorschein kam. Der Junge sah sich schüchtern um und entdeckte mich. Er lächelte. Meiner Mutter entfuhr ein Schrei. Sie erkannte ihn von den Bildern, die sie von mir hatte.

Sekundenlang geschah nichts, Michael verharrte, beide Hände seit dem Schrei seiner Oma über den Ohren, und alle anderen starrten ihn an. Ich sprang jetzt doch auf, strich meinem Neffen im Vorbeigehen sanft über die Haare und spähte in den Gang, aus dem er gekommen war. Dort hockte sie, in die Knie gegangen, hielt sich mit einer Hand an der Wand fest und zitterte. Sonja war blass. Als ich mich neben meine Schwester hockte und ihr eine Hand auf die Schulter legte, schüttelte sie den Kopf.

»Ich kann das nicht. Ich habe gedacht, ich könne das, aber ich kann es nicht. Es tut mir leid.«

Ich nahm ihre freie, kalte Hand. »Ist schon okay, Schwesterchen. Niemand zwingt dich zu irgendwas. Schön, dass du hier bist.«

»Nein. Schrecklich. Ich komme um vor Angst. Und ich bin wieder wütend. So wütend.«

Ich drehte mich kurz um. Wir waren unter uns geblieben, was ich meinen Eltern hoch anrechnete. Wenn es etwas gab, das meine Mutter unbedingt wollte, mehr noch als alles, was sie sich vorzustellen in der Lage war, dann, Sonja zu sehen. Aber sie blieb im Nebenraum des Restaurants und wartete.

»Willst du auf dein Zimmer gehen? An die Bar?«

Sie schniefte. »Ich weiß nicht.«

Ich zog ein Taschentuch aus dem Jackett, ein Stofftuch. Toll, dass so etwas noch hergestellt wurde. Sonja putzte sich die Nase und steckte das Tuch ein.

»Spazieren gehen?«, schlug ich vor. »Frische Luft?«

Sie machte die Andeutung eines Lächelns. »Ich war den ganzen Tag an der frischen Luft. Ich bin seit dem Mittag hier und mit Michael durch den Ort gewandert, immer um das Hotel herum. Wer ist eigentlich auf die Idee gekommen, das im Scheiß-Spreewald zu machen?«

»Äh. Ich.«

»Das sieht dir ähnlich. Der große Musiker-Empath, der im Kleinen von nichts eine Ahnung hat.«

»Ich habe schon daran gedacht, aber es wäre schwer gewesen, das zu erklären. Sie wissen nicht, dass du bei Jürgen … in Verwahrung warst.« Auch Sonja wusste nicht, was ich vor einem Jahr von György erfahren hatte, aber möglicherweise ahnte sie es längst.

»Spielt auch keine so große Rolle«, sagte sie und drückte meine Hand. »Tut mir leid, das mit dem Ahnunghaben. Ist natürlich Unsinn.«

»Und jetzt?«

»Jetzt, später, nie – was spielt das für eine Rolle? Nimmst du mich an der Hand? Alleine schaffe ich es nicht.«

»Natürlich.«

Wir gingen zusammen in den äußerst stillen Raum zurück. Das Gesicht unserer Mutter lag auf der Schulter ihres Mannes. Als sie jetzt spürte, dass ein Ruck durch ihn ging, richtete sie sich auf.

Sonja setzte sich neben mich, starrte geradeaus. Ein Kellner kam, um zu fragen, ob wir bereit für den Hauptgang wären. Meine Schwester bestellte einen großen Cognac.

»Ihr seht euch überhaupt nicht ähnlich«, sagte Karen plötzlich.

»Findest du?«, fragte ich und tat erstaunt.

»Er hat mehr von Mama, und ich habe mehr von Papa«, sagte Sonja leise. »Bei ihm sieht man das seit dem … Unfall sogar noch besser, finde ich.«

Von unserer Mutter erklang ein langes, abgrundtiefes Seufzen. Erst jetzt drehte sich Sonja zu ihr um.

»Hallo, Mama.«

»Sonni.« Alles in einem Wort. Liebeserklärung, Bitte um Vergebung, Jahrzehnte der Trauer, Selbstvorwürfe, panische Angst, unbändige Freude.

»Alles Gute zum Geburtstag nachträglich. Und dir natürlich auch, Brüderchen.«

Meine Eltern standen auf, Sonja stand auf. Es ähnelte jenem Moment, wenn wir aus einem Bühneneingang traten. Die Fans standen da, glaubten irgendwie immer noch nicht, dass wir tatsächlich einfach so, wie ganz normale Menschen, aus einer Tür kamen, und sie wollten uns näher sein, uns berühren, aber sie wagten es nicht, wichen sogar noch ein wenig zurück, wenn wir uns auf sie zubewegten. Dabei ist es außerordentlich schwer, jemanden durch eine Berührung zu verletzen, jedenfalls äußerlich.

»Du darfst mich umarmen, Mutter.«

Sommerhit (1998)

Dieses Stück führte zum ersten ernsthaften Streit zwischen György und mir. Seit Beginn unserer Beziehung verlangte er, dass ich ihm alles zur Kenntnis gab, was ich schrieb und komponierte oder sogar in meinem kleinen Studio aufnahm. Es hatte damals vier ganze Tage in Anspruch genommen, ihm mit schmerzenden Fingern all die Stücke vorzuspielen, die ich mir vor »Klasse« ausgedacht hatte. Und György hatte von Anfang an ein verlässliches Gespür dafür besessen, unter all diesem Murks mehr als ein Dutzend Songs zu entdecken, die sich entwickeln ließen.

Das Lied aber, das zum Streit führte, war spätnachts nach dem Besuch der Bar eines Kölner Vier-Sterne-Hotels entstanden, nachdem ich zwei Stunden lang mit einem Promoter, einem PR-Menschen meiner Plattenfirma und drei jungen Herren von einer möglicherweise demnächst sehr erfolgreichen Elektro-Kapelle namens *Technopinq* zusammengesessen hatte. Die drei Jungs mit ihren gegelten, merkwürdig streng gescheitelten Frisuren, dem aufeinander abgestimmten Teint, den lässigen, schwarzen Shirts mit extrem kleingedruckten, kryptischen Parolen (»Fuck the who cares«) und den viel zu großen, noch lässigeren weißen Leinenhosen, schwallten mich ununterbrochen voll, ohne ihre Ablehnung meiner Musik auch nur ansatzweise zu verhehlen – oder mich gar zu Wort kommen zu lassen, woran ich allerdings auch nicht sehr interessiert war, obwohl ich bisher mindestens einhundert Prozent mehr Platten verkauft hatte als sie. In ihre Äußerungen flochten sie ununterbrochen Anglizismen ein, »cool« war mit großem Abstand das beherrschende Wort, aber sie deutschten auch englische Verben ein, sprachen von »producen«, »composen«, »performen« und »arrangen« – und fanden sich dabei offenbar fantastisch. Idiotenenglisch ist die Fachsprache der Nichtskönner.

Nachdem ich mich dann irgendwann auf mein Zimmer zurückgezogen hatte, schrieb ich den Text für ein sehr simples Stück, »Cool sein«, ein Lied mit einer sehr einfachen Botschaft, die davon handelte, dass es doch ziemlich dumm war, sein ganzes Leben darauf auszurichten, anderen zu gefallen, indem man sich damit abmüht, immer noch ein bisschen lässiger, trendiger, abgebrühter zu sein, statt einfach nur dem nachzugeben, was sich in einem befindet, und selbst glücklich zu sein. Um einen leicht wechselnden, drei Mal wiederholten Refrain strickte ich drei sechszeilige Strophen. Am nächsten Tag legte ich, immer noch beeindruckt vom Abend, eine Melodie darunter, die auch bei schmaler Instrumentierung gut funktionieren würde, und nahm das Stück zu Hause in meinem kleinen Studio auf. Schlagzeug per Sequencer, etwas Gitarre, ein synthetisches Akkordeon jeweils unter der zweiten und vierten Zeile des Refrains. Es gab kaum ein weniger *cooles* Instrument als ein Akkordeon, höchstens noch die Blockflöte. Das i-Tüpfelchen bestand aus dem Quietschen eines Cellos, das ich unter das »Cool« im Refrain legte – dieses Wort sang ich um eine halbe Oktave nach oben versetzt.

Das Ganze war eingängig, leicht zu merken, ein wenig karnevalesk wegen des stampfenden Rhythmus und des Chors (aus mir selbst bestehend), den ich hinter den Refrain gemischt hatte, insgesamt äußerst untypisch für mich – und sowieso nur ein Spaß. Manchmal war es einfach schön, die Möglichkeiten zu nutzen, die ich inzwischen hatte, und sei es auch nur, um ein Ereignis wie die Begegnung mit *Technopinq* zu verarbeiten. Und, klar, ein Stück Jugend.

Aber György fand es toll. Aufgeregt hüpfte er durch mein Wohnzimmer.

»Ich sehe viele Fische, die einem einzelnen hinterherschwimmen. Sehr, sehr viele Fische.«

»Und ich höre Gegröle in einem Bierzelt. Bitte, György, ich schätze dich wirklich, aber diese Nummer ist Mist. Außerdem ist sie völlig untypisch für Martin Gold. Vor allem aber ist sie Mist.«

Er sah mich skeptisch an. »Du könntest alles verdoppeln, was du bisher gemacht hast. Vervier-, verfünffachen. Mit diesem Mist. Es ist keiner.«

»Ich habe doch schon so viel erreicht.«

»Weißt du, dass es ein ganzes Dorf gibt, das heute noch von den Einnahmen aus »Live is life« lebt, dieser saublöden Schunkelnummer von Opus? Und die ist vierzehn Jahre alt.«

»Großartig. Ich muss aber kein Dorf ernähren. Und ich will dieses Stück nicht veröffentlichen. Es ist nur ein Scherz.«

»Nein, es ist mehr als das. Hör dir selber zu! Du reißt einem Paradigma die Beine weg, das mehr als eine Generation geprägt hat.« Er ging zur Anlage, tippte herum, das Intro zu »Cool sein« erklang erneut. Ich war kein großer Tänzer, Tanz gehörte nicht zu den Ausdrucksformen, die mir je näher als auf Armlänge gekommen waren, aber in meinen Beinen zuckte es. Diese Nummer war tatsächlich eingängig.

György drehte sich im Takt der Musik zu mir um und zog die Augenbrauen hoch.

»Also warum nicht mehr daraus machen?«

»Das ist für mich das Grauen, György, wirklich. Ich wollte nie ein Stück, das völlig anders als alle anderen ist. Bitte. Wir können meinetwegen diese dusslige Reggae-Platte machen, noch ein Livealbum, sogar irgendwas für Weihnachten – aber nicht das hier.«

Er zwinkerte. Zum ersten Mal, seit wir uns kannten und ich die Hürde überwunden hatte, die Zusammenarbeit mit einem ehemaligen Geheimdienstler zu erwägen, der, zugegeben, mehr von Musik verstand als die gesamte Chefetage von PBC, sah er mich ernsthaft böse an. Missmutig. Beleidigt.

»Auf diese Nummer warte ich seit fast zehn Jahren«, sagte er.

»Du hast in dieser Zeit ziemlich viel Geld mit mir verdient«, gab ich barsch zurück, bereute es aber umgehend.

»Und umgekehrt«, erklärte er, jetzt wieder lächelnd. Er hob die Hände. »Aber das ist okay. Solche Gespräche führen alle Künstler irgendwann mit ihren Produzenten, Agenten und Mäzenen. Man denkt, man hätte all das auch alleine erreicht ...«

»Das ist es nicht«, unterbrach ich. »Erzähl nicht so einen gequirlten Murks. Ich weiß ganz genau, was wir einander bedeuten. Aber so ein Stück zu veröffentlichen ...«

»Kann deine Rente und die deiner Kinder und Kindeskinder sein.«

»Ich habe keine Kinder.«

Er lachte. »Wer weiß?«

»Bitte, György.«

»Bitte, *Martin*. Gib es mir. Lass mich das Stück PBC vorspielen. Ich verspreche dir, du darfst immer noch nein sagen, wenn etwas geschieht.«

Mein Fehler war, ihm schließlich nicht die Version zu geben, die ich auf die CD gebrannt hatte, sondern die Acht-Spur-Aufnahme, also das Material, das Gesangsstimme, Chor und Begleitung getrennt enthielt.

Großer Erfolg kommt wie eine Grippe. Nicht plötzlich, von einem Tag auf den anderen, sondern gemächlich. Erst fühlt man sich ein wenig oll, wird träge, nimmt die Umgebung wie durch Watte wahr, hat das Gefühl, die Welt wäre seltsam verlangsamt, und dann, nach ein paar Tagen, ist die Krankheit voll da. Grippe kommt sieben Tage, bleibt sieben Tage, geht sieben

Tage. Zumindest der erste Teil gilt auch für plötzlichen, großen Erfolg als Musiker.

Eigentlich waren wir dabei, »Goldene Zeiten« zu produzieren, mein fünftes Studioalbum, das so gut wie im Kasten war. Für zwei Stücke würde ich den Gesang erneut aufnehmen müssen, einige Studiotermine für die Musiker standen noch an, ansonsten war die Platte fertig und auch schon ausgestattet, gesetzt für in drei Monaten. Umso größer war die Verwirrung, als sechs Wochen nach dem Streitgespräch mit György eine Single von mir auf den Markt kam, was aufgrund der Vollmachten, über die mein ungarischer Manager verfügte, tatsächlich möglich war, ohne dass ich noch irgendwas zu unterschreiben hatte. Ich erfuhr davon eine Woche vor dem Release und war so sauer, dass ich mit den Agenturverträgen vor mir auf dem Tisch stundenlang im Wohnzimmer saß, Rotwein pichelte und darüber nachdachte, wie ich den spitzbärtigen Ungarn in die Wüste schicken könnte.

Schon am Tag nach der Veröffentlichung und den ersten – noch spärlichen – *Airplays* ging es damit los, dass ein Touristikveranstalter, der Clubs weltweit betrieb, anfragte, ob er das Stück in diesem Sommer für seine interne Werbung und als Opener für die Gästeshows benutzen dürfte. Es gäbe sogar Mitarbeiter, die bereits an einem Tanz zu »Cool sein« arbeiten. Bis dahin hielt ich das Ganze noch für ein Strohfeuer. Als ich Monate später Bilder davon sah, wie ganze Scharen von Cluburlaubern bei »Wenn das cool ist« die Arme vor die Brust rissen, verschränkten und die Oberkörper schüttelten, um ein überzogenes Zittern zu versinnbildlichen, war mir danach, es ihnen gleichzutun.

Zwei Tage später wurde mir das Angebot zugetragen, dass »DJ Eastbeam«, einer der bekanntesten Techno-DJs, selbst auch Produzent und Interpret, unbedingt eine Dancefloor-Version der Nummer abmischen wollte. Das war die Fassung, die sich auch am hartnäckigsten hielt und sogar ein Jahrzehnt später noch auf Über-dreißig-Partys gespielt und wiederholt auf »Fetenhits«-Sammlungen veröffentlicht wurde. Ich verdiente alleine an diesem Mix mehr Geld als an allen Alben zuvor.

Von einem Tag auf den anderen wurde ich mit Terminanfragen überhäuft. Aufgrund der Erhebungsverzögerung stieg das Lied erst zwei Wochen später in die Charts ein, war aber Anfang Juni schon auf Platz dreißig und zwei Wochen später in den Top Ten. In der ersten Julierhebung belegte es Platz zwei, für die Woche danach war es die Nummer eins – und dort hielt es sich bis Ende September. Die ganze Republik schien »Cool sein« zu singen, zu Hause, an den Stränden von Mallorca, Kreta, Gran Canaria und der Adria. György, der auch für mein Booking zuständig war, rief mich praktisch im Stundentakt an.

»Warst du schon beim Österreichischen Fernsehen?«, fragte er ein bisschen scheinheilig. Es war das dritte oder vierte Gespräch seit unserem Streit, aber die Welt war inzwischen eine andere.

»Lieber György, ich habe eigentlich große Lust, eine Pressekonferenz einzuberufen und dort zu erklären, dass das Stück nicht von mir ist.«

»Zehntausend Mark für drei Minuten. Plus Spesen.«

»Oh.« Ich musste husten. »Ich werde diesen Song nicht live singen. Niemals.«

»Das musst du auch nicht. Nur reden.«

»Nur reden?«, wiederholte ich.

»Du musst lernen, in anderen Kategorien zu denken.«

Ohne mein Dazutun wurde ein Video produziert – ein gutes, wie ich zähneknirschend zugeben musste. Im Prinzip setzten sie den Text eins zu eins um, zeigten während der ersten Strophe Jugendliche, die über und über mit Markenklamotten behängt waren und einen anderen herumstießen, der einfach nur irgendwelches Zeug anhatte. Die Szene wechselte und wurde nun – in der gleichen Dekoration – von mittelalten Männern gespielt, die dieselbe Kleidung trugen, die aber inzwischen völlig verschlissen war; die Markenkennungen, die Labels, hingen herunter wie abblätternde Farbe. Nun wirkte plötzlich die Gruppe lächerlich, und der Einzelne ertrug das müde und inzwischen erlahmende, wirkungslose Geschubse, unter dem die Schubsenden mehr litten als er selbst, mit einem stoischen, wissenden, mitleidsvollen, fast glücklichen Lächeln. Immer noch in No-Name-Kleidung, aber in eleganter, mit einer hübschen Frau an seiner Seite, auf dem Schoß ein süßes Baby, das ab und zu verwundert zu den alten Schubsern zu schauen schien. Und so weiter.

Es lief auf MTV und bei Viva in der Heavy Rotation, wurde also beinahe im Zwei-Stunden-Takt gesendet. Ausgerechnet bei denen, dachte ich, als Mike anrief und mir davon erzählte.

In meinem direkten Umfeld änderte sich zunächst wenig, obwohl im Video mein sechs Jahre altes Porträt – das Coverbild von »Blick in den Spiegel« – im Hintergrund hing, an einer Plakatwand. Mein Nachbar, ein Mann in meinem Alter, der die Wohnung unter meinem weiträumigen Dachgeschoss in der Akazienstraße bewohnte, sah mich plötzlich merkwürdig lächelnd an, als wir uns im Treppenhaus trafen. Ich hatte mit ihm bisher nur ein paar Begrüßungsfloskeln gewechselt; Nachbarn waren mir seit Herrn Leder suspekt, das hatte ich nie aus meinem Kopf bekommen. Dann drehte sich der junge Mann um und rannte zurück in seine Wohnung. Zwanzig Minuten später klingelte es Sturm, Fernsehleute. Das war Anfang Juli, also Wochen nach dem Release. Keine Ahnung, warum das dem Mann nicht früher eingefallen war, aber vielleicht hatte er an diesem Tag erstmals in seinem Leben MTV eingeschaltet. Ich habe ihn nie gefragt.

Anschließend ging es Schlag auf Schlag. Die BILD brachte Anfang August auf Seite 3, an genau der Stelle, an der fünfzehn Jahre zuvor mein Klassenfoto erschienen war, ein Bild von mir und daneben das irgendeiner Fernsehtante mit metallisch-blonden Haaren, die ich im Leben noch nicht getroffen hatte. »Gold und Platin?«, lautete die Überschrift – das erste Verhältnis mit einer Prominenten, das man mir andichtete, und längst nicht das letzte. Keiner von uns beiden dementierte.

Ich begleitete die Postproduktion von »Goldene Zeiten« und versuchte, mich aus all dem möglichst auszuklinken, aber das ging nicht. Die Plattenfirma pochte darauf, dass ich Promo-Termine wahrzunehmen hätte, György quatschte stundenlang auf mich ein, und sogar Mike meinte, dass ich da jetzt durchmüsste. Mein neues Album versank beinahe im Trubel, den »Cool sein« auslöste, vor allem, weil es das Stück nicht enthielt, und ich taumelte von Pressetermin zu Radiotermin zu Fernsehtermin, wo ich immer dasselbe sagte. »Es ist nur ein kleines Lied. Das, was es sagen soll, sagt es. Mehr fällt mir dazu ehrlich nicht ein. Aber wir können gern über meine neue Platte sprechen.« Der Musiker, der niemals lächelt, wurde um den Nimbus des zurückhaltenden Stars ergänzt, was sich dadurch relativierte, dass gleich im Anschluss oder vorher das polternde, eingängige Lied gespielt wurde.

Am Jahresanfang 1999 verdeutlichten Zahlen, was inzwischen geschehen war. Es war nicht so, dass die Plattenfirma ständig Schecks schickte oder andauernd Sekretärinnen anrufen ließ, um mir meine Tantiemeneinnahmen vorzulesen. All das geschah mit Verzögerung, Platten wurden auch remittiert, weil die Händler auf Kommission bestellen durften. Die Companys saßen überhaupt gerne eine Weile auf dem Geld, jedenfalls dem erstaunlich geringen Anteil davon, den die Künstler bekamen, in den entsprechenden Fällen außerdem die Texter und Komponisten. Deshalb war dieser Kontoauszug eine ziemliche Überraschung. Ich hatte vorher schon gut verdient, aber mit einem Mal wurde es unverhältnismäßig, wie ich fand. Immerhin, es lenkte davon ab, dass Leute meinen Müll durchsuchten, mir auf der Straße schreiend hinterherrannten, mich in Zügen und Flugzeugen nicht in Ruhe ließen – oder, noch während ich meine Jacke anzog, meinen Restauranttisch aufsuchten, um zu sehen, was der Popstar gespeist hatte. Es war keine Ausnahme, dass jemand versuchte, die Quittung zu ergattern. Ich musste mich daran gewöhnen, immer irgendwo das Blitzen eines Fotoapparats wahrzunehmen, und sehr, sehr viele Menschen wollten plötzlich mit mir befreundet sein. Ich erhielt persönliche, private, *vertrauliche* Einladungen in Chalets, Nobelrestaurants, Landhäuser, Hotels, Fincas und Penthäuser, von Personen, die ich bisher nur im Fernsehen angestarrt hatte, meistens peinlich berührt. Man buhlte darum, Falk Lutter a.k.a. Martin Gold in der Clique zu haben, den dicken Ostler, den Loser, den Außenseiter – meine Kindheitswelt wurde auf den Kopf gestellt. Ich nahm keine einzige Einladung an.

Ich hoffte vielmehr darauf, dass es bald wieder vorbei wäre, dass mich endlich irgendwer mit dem Etikett »One-Hit-Wonder« versähe und ich in vergleichsweiser Ruhe meiner eigentlichen Beschäftigung würde nachgehen können: vernünftige Musik zu machen. Wahrscheinlich wäre das auch geschehen, wenn es nach den Hörern und Käufern gegangen wäre. »Cool sein« verließ die Charts vorläufig im Frühling 1999 – stieg allerdings während der kommenden Jahre immer mal wieder ein, alleine fünf Mal als Coverversion. Jedenfalls summten und sangen die Leute eine Saison lang zu diesem Stück mit – oder sie tanzten den unseligen Clubtanz –, um sich dann auf etwas anderes zu konzentrieren, und wahrscheinlich interessierte ich sie als Person überhaupt nicht, aber die Presse war da hartnäckiger. Wenn ich all das getan und gesagt hätte, was man über mich – nicht nur in der *Yellow Press* – schrieb, unermüdlich und unaufhörlich, hätte ich zu diesem Punkt schon über neunzig Jahre alt sein müssen, sonst hätte die Lebenszeit nicht ausgereicht für all diesen Unsinn.

Im April 1999 sollte die Tour zu »Goldene Zeiten« beginnen. Gebucht waren mittelgroße Hallen – ein-, zweitausend Zuschauer – in vierzig kleineren und etwas größeren Städten, dazu Köln, Hamburg, München, Stuttgart und, natürlich zum Abschluss, Berlin. Aber schon im Februar teilte mir György die ersten Umbuchungen mit; die Auftritte wurden in größere Hallen verlegt. Einige Shows waren bereits ausverkauft. Für Köln und Stuttgart waren Zusatztermine im Gespräch. Ich ahnte Böses und erklärte allen Beteiligten mehrmals, dass ich »Cool sein« auf dieser Tour *nicht* spielen würde. Ich bat sogar darum, es auf die Plakate zu drucken, was natürlich nicht geschah, wie man mir auch nicht abkaufte, dass ich den Riesenhit nicht spielen würde. Während im Hintergrund die Fetzen flogen, absolvierte ich weiter hochnotpeinliche Auftritte für das Fernsehen. Es gab kein Livearrangement zum Hit, weshalb ich bei solchen Gelegenheiten alleine mit der Gitarre dasaß – manchmal setzten sie einen Akkordeonspieler oder sogar eine Cellistin dazu – und eine Halbplayback-Darbietung von mir gab. Viele Produzenten und Regisseure wollten mich in letzter Minute davon überzeugen, ganz auf Liveanteile zu verzichten, im eigenen und in ihrem Interesse: Live war riskanter. Der Ton stimmte nie, vor allem stimmte er nie mit dem Original überein, man musste häufiger proben, und bei Sendungen, die nicht vorproduziert wurden, trieb schon der Gedanke daran allen Beteiligten den Schweiß auf die Stirn.

Ich gab zurück, dass ich eher eine Tasse Magma trinken würde, als mich hinter ein Mikrophon zu setzen, die Lippen zu bewegen und so zu tun, als würde die erstaunlicherweise exakt wie die Studioaufnahme klingende Musik in diesem Augenblick entstehen. Halbplayback war schon widerwärtig genug. Vollplayback war nichts als eine Komplettverarsche. Trotzdem taten es nicht wenige Kollegen, sogar auf Tour. Als Besucher hätte ich mein Eintrittsgeld zurückverlangt, notfalls sogar eingeklagt. Inzwischen lohnte es sich, auf die Tickets zu schauen und darüber nachzudenken, warum Wendungen wie »live in concert« oder nur das Wort »Konzert« fehlten.

»Du willst es wirklich nicht spielen?«, fragte Mike zum tausendsten Mal – aber erstmals an diesem Abend – und sah mich besorgt an. Wir teilten eine Garderobe, immerhin gab es die hier.

Ich nickte.

»Die Hälfte der Leute sind nur wegen dieses Songs hier.« Der Saal war gefüllt, und irgendwie meinte ich, sogar hier hinten zu spüren, dass etwas anders war als sonst. Da draußen saß – bzw. stand, wir bespielten unbestuhlte Hallen – nicht mein Publikum. Jedenfalls nicht nur.

»Ich weiß«, gab ich zurück. »Und ich finde das schade. Für sie vor allem, aber auch für uns.«

Während der Tour zu »Blick in den Spiegel« hatte es in Bamberg oder Bayreuth einen Moment gegeben, kurz nach »Ehrlich«, in dem ich das Gefühl hatte, der gesamte Saal einschließlich der Musiker auf der Bühne würde dasselbe denken und spüren. Das war eine fantastische Situation, die sich anschließend häufiger wiederholte – ich lernte, darauf zu achten, antizipierte sie, spielte damit. Es war anders als der rührende Gesang ausschließlich der Frauenstimmen zu »Bei dir«, einem Stück, das von einer Fernbeziehung handelte. Die zweite Wiederholung des Refrains ließ ich von den Damen im Saal singen, im Chor, ohne Begleitung von der Bühne – eine echte Geduldsprobe, die sich aber immer lohnte. So oder ähnlich muss die »Loreley« funktioniert haben: Gänsehaut pur, auch beim zwanzigsten Mal.

All das würde hier und heute nicht passieren.

Es begann schon damit, dass sie mitklatschten, was mich fast aus dem Takt brachte, denn *sie* hielten ihn natürlich nicht ein. Der Zwischenapplaus war deutlich aggressiver, es wurde gejohlt, gepfiffen, gejauchzt – die ersten Rufe erklangen, die das Wort »Cool« enthielten. Zwischen dem ersten und dem zweiten Stück, bei abgesenkter Bühnenbeleuchtung, blinzelte ich, um die erste Reihe erkennen zu können. Da standen Jugendliche. Kids. Auszubildende. Sehr junge Frauen mit Uschifrisuren. Junge Männer in Muscleshirts. Ich hielt vergeblich nach Menschen meines Alters Ausschau – die standen vermutlich zehn Meter entfernt und wunderten sich ebenso wie ich.

Irgendwann in der Mitte des Sets war ich kurz davor, diejenigen im Saal, die kein einziges Album von mir besaßen, zu bitten, die Räumlichkeiten doch zu verlassen. Mit jedem Stück wurde es vorne unruhiger, und ich spürte deutlich, dass die Fraktion dahinter, die echten Martin-Gold-Fans, versuchten, dagegen anzuklatschen.

Also verzichtete ich darauf, etwas zu »Ehrlich« zu erklären, und sagte stattdessen: »Liebe Leute, ich freue mich außerordentlich, dass ihr hier seid. Ich möchte euch aber bitten, nicht mehr nach »Cool sein« zu rufen. Wie schon im Vorfeld angekündigt, werde ich dieses Stück *nicht* …«

Der Rest versank im Lärm. Es gab ein mordsmäßiges Geschrei, bösartiges Gestampfe, Plastikbecher und andere Gegenstände flogen auf die Bühne. Der Schlagzeuger bekam etwas gegen die Brust, das ich im Vorbeifliegen für einen Schuh hielt. Mike neben mir duckte sich andauernd. Ich bekam ein paar Becher ab. Fassungslos starrte ich ins Gegenlicht und war kurz davor, den Gig abzubrechen.

Mike war an mich herangerückt.

»Hendrik kann etwas auf den Keyboards improvisieren, der Rest ist simpel. Der Lichtmensch wird schon darauf reagieren. Lass es uns einfach spielen, verdammt. Davon stirbst du nicht.«

Ich wollte »Doch!« sagen, nickte aber nur, kämpfte gegen Wut und ein lähmendes Gefühl an, das noch viel schlimmer war.

Mein Freund und Bassist hatte die anderen drei Musiker informiert. Der Schlagzeuger zählte an, Hendrik hatte tatsächlich so schnell Akkordeon-Samples gefunden.

Der Saal tobte.

Wir spielten es noch einmal, als erste Zugabe. Danach herrschte für einige Minuten große Unruhe im Saal – mein neues Publikum verschwand, das alte rückte nach. Anschließend gaben wir eine sechzigminütige Zugabe. Es war wie ein Abschiedsgeschenk.

Nach der Tour kündigte ich sofort die Verträge mit György. Die Vereinbarungen mit PBC hatten sowieso mit »Goldene Zeiten« geendet, und ich ignorierte die neuen, sehr lukrativen Angebote – fünf Alben, siebenstellige Garantiezahlungen. Einer PR-Agentur erteilte ich den Auftrag, die Nachricht zu verbreiten, Martin Gold hätte sich, gerade vierunddreißig Jahre alt, aus dem Musikgeschäft zurückgezogen.

Rückkehr (2005)

Marcus hatte sich zu uns umgedreht und fuchtelte aufgeregt mit dem rechten Arm. »Eine Schlange! Seht doch, eine Wasserschlange!«

Ich schob mich neben ihn, ließ wie er die Füße vom Vordeck hängen. Nicht weit vom Bug der *Sonja* entfernt zog eine kleine Ringelnatter ihre sinuskurvige Spur durchs ruhige Wasser. Die gelbe Hinterkopfzeichnung des sich von uns entfernenden Reptils war deutlich zu erkennen. Kurz darauf verschwand sie im Uferschilf.

Ich streichelte ihm über die Haare. »Das ist keine Wasserschlange, sondern eine Ringelnatter. Die können zwar schwimmen, aber eigentlich sind es Landtiere.«

»Sind die giftig?«

Ich lächelte. »Nein, ganz harmlos. Es gibt hier vielleicht auf den Wiesen oder in der Nähe der Schleusen ein paar Ammen-Dornfinger, das ist eine seltene Spinnenart, deren Biss für Menschen gefährlich werden kann. Aber nicht sehr.«

»Ui.« Er sah mich aufmerksam an. Ich liebte diesen Jungen und seine Begeisterungsfähigkeit.

Sein großer Bruder Michael setzte sich zu uns. Er war inzwischen einundzwanzig, immer noch ein wenig linkisch, aber das kompensierte er leichthin mit seinem selbstbewussten Auftreten. Von den braunen Augen abgesehen sah er fast genauso aus wie ich vor zwanzig Jahren. Er war nur viel schlanker.

»Du bist ganz schön klug, Onkel Falk.«

Michael lachte freundlich.

»Ich lese nur viele Bücher.«

Tatsächlich tat ich seit zwei, drei Jahren fast nichts anderes – in der Zeit zwischen April und Oktober überwiegend hier, auf meinem Hausboot, einem fünfzehn Meter langen, dreieinhalb Meter breiten, kahnförmigen, schwimmenden Wohnmobil, das ich einem Charterer abgekauft hatte. Die *Sonja* verfügte über vier Kabinen, einen geräumigen Salon, drei Bäder und einen gewaltigen Kühlschrank. Inzwischen schaffte ich es sogar, den Pott ganz allein durch Schleusen zu bringen oder an einen Steg zu manövrieren, auch wenn das noch immer ein harter Kampf war. Das große Boot benötigte eigentlich drei Mann Besatzung, meist aber war ich alleine unterwegs.

»Schleuse!«, rief Sonja vom Führerstand. Michael sprang auf und verschwand Richtung Heck, Marcus sah mich erwartungsvoll an.

»Du kannst die Bugleine übernehmen. Aber sei vorsichtig. Nie mit einem Bein …«

»Nie mit einem Bein auf dem Boot und einem an Land, ich weiß«, unterbrach er grinsend. »Ich bin ja nicht doof.«

»Hat auch niemand behauptet.«

»Mama sagt das manchmal.«

»Das meint sie nicht so.«

Er zwinkerte mir zu, ging zum Bug, löste die Kette an der Reling und hakte sie sorgfältig ein, nahm die Leine und richtete seinen Blick auf die Schleuseneinfahrt. Es war ein sehr warmer Junisamstag, das Thermometer zeigte achtundzwanzig Grad, vor zwei Tagen waren es über dreißig gewesen, die Wassertemperatur reichte schon zum Baden. Aber es war noch zu früh für die Urlauberhorden; uns folgte lediglich ein kleines Kajütboot.

»Da ist Papa!«, rief Marcus.

Mike stand am unbesetzten Schleusenhäuschen, die Schleuse Zaren funktionierte automatisch. Zwischen Mike und Sonja hatte es noch an jenem Abend in der »Alten Wäscherei« gefunkt, und zwar so hell, dass es die anderen fast geblendet hätte. Neben ihm hob jetzt György die Hand, um uns zuzuwinken. Ich winkte ihm ebenfalls zu, Sonja betätigte die Schiffssirene.

»Deinetwegen verliere ich noch meinen Bootsführerschein«, murrte ich kurz, aber verbunden mit dem Versuch eines Lächelns in ihre Richtung.

»Dann kaufst du dir eben einen neuen. Geld spielt doch keine Rolle, oder?«

Im Licht des Sonnenuntergangs erreichten wir den Lankensee, ein kleines Gewässer, das nur von Wald umgeben war. Marcus legte den Buganker, von Michael angeleitet, und György mühte sich kurz darauf am anderen Ende des Schiffes damit ab, den Heckanker weit genug auszuwerfen. Er musste inzwischen über sechzig sein – Györgys genaues Alter kannte ich nicht, er feierte seine Geburtstage nie.

Michael brutzelte in der Kombüse Steaks und garte Ofenkartoffeln – er war gelernter Koch und würde bald sein eigenes Restaurant auf Usedom eröffnen, mit meiner Unterstützung –, Sonja und Mike saßen engumschlungen auf dem Vorschiff und starrten in die schwindende Sonne, Marcus rannte mit meiner Spiegelreflexkamera kreuz und quer übers Deck und schoss lauter Fotos, die ich wahrscheinlich längst in einer Kiste in meiner Wohnung hatte. György und ich saßen auf der kleinen Heckterrasse und prosteten uns mit einem billigen Rotwein zu, der herrlich intensiv nach Trauben, Holz, Erdbeeren und Zucker duftete. Von den Geräuschen, die aus der Kombüse kamen, und mal von Marcus' Herumgerenne abgesehen, war es fast völlig still. In der Ferne bellte ein Hund zwei Mal, ein roter Milan flog in einer weiten Kurve über das nördliche Seeufer, ein Haubentaucherjunges piepste. Die

Schönheit dieser Landschaft brachte mich immer wieder ins Schwärmen, obwohl dies sicher mein fünfzigster Aufenthalt auf diesem See war. Manchmal ankerte ich vier, fünf Tage am Stück hier oder auf einem der vielen anderen kleinen Gewässer zwischen Müritz und Berlin, auf denen das möglich war.

»Es ist schön, dass wir noch Freunde sind«, sagte György und prostete mir zu. »Das wollte ich mal gesagt haben. Du warst für mich nie nur ein Klient.«

»Du für mich auch nie nur ein Agent. Aber ich hatte keine andere Wahl.«

Er deutete ein Nicken an, doch seine Augen verrieten, dass er anders darüber dachte.

Ich vermisste es. Schmerzlich. Es war wie eine Amputation. Dass ich mir selbst die Möglichkeit genommen hatte, vor Publikum zu singen, Stücke einzuspielen, ließ mich nach wie vor nicht los. Aufnahmen machte ich immer noch, in meinem Studio, aber das war mehr eine *Beschäftigung*. Ich dachte nach dem Aufstehen daran und vor dem Zubettgehen. Die eigentlich wohltuende Einsamkeit auf dem Boot verstärkte es manchmal. Ich träumte von den Auftritten, hörte mich im Schlaf selbst singen, erwachte und wähnte mich in einem der vielen Hotelzimmer, in denen ich Nächte verbracht hatte. Als im Jahr 2000 die sogenannte »Best Of«-Kompilation »Gold für alle« erschienen war, natürlich mit »Cool sein« als erstem Stück, hatte ich die heroische, emotionale Entscheidung noch für gut befunden. Inzwischen war ich mir da nicht mehr so sicher. Wer seinen Lebenstraum aufgibt, obwohl er ihn leben *könnte*, ist ein ziemlicher Idiot. Das war mir inzwischen klar.

»Du könntest jederzeit«, setzte mein ehemaliger Agent an, aber er wurde unterbrochen.

»Essen ist fertig!«, rief mein erstgeborener Neffe.

György erzählte von seinen derzeitigen Klienten, während wir die zarten Steaks zerschnitten und um die Sauciere kämpften. Michaels Soßenkreation war einfach fantastisch. Mein ehemaliger Agent betreute nur noch eine mäßig originelle Rockband aus Hannover, die bereits ihre Abschiedstournee angekündigt hatte, und, wie ich erst an diesem Abend erfuhr, seit kurzem Minka. Nach der Zwangspause – »Fünf« hatte zu einem Bruch mit der Plattenfirma geführt – war sie getingelt, hatte das Booking selbst übernommen, war wieder in Clubs aufgetreten, die kaum mehr als fünfzig Leute fassten. Inzwischen meinte sie wohl, dass es Zeit für ein Comeback wäre, und György stimmte ihr da zu – eine Rückkehr unter neuen Bedingungen. Aber dafür, so rückte der Ungar schließlich bei der Nachspeise, einer so zarten wie aromatischen Heidelbeercreme, dass ich am liebsten darin gebadet hätte, heraus, brauchte sie mich.

»Ich soll wieder für Minka schreiben?«, fragte ich, einigermaßen verdutzt.

»Sie *bittet* dich. Wirklich, Martin, sie hat sich geändert.«

»Darum geht es nicht. Es hat mich nie gestört, wie sie war.«

»Minka klingt lustig«, sagte Marcus. »Wie eine Katze.«

»Der Vergleich passt gut«, antwortete György lächelnd. »Katzen sind elegant, halsstarrig und nicht unbedingt treu.«

»Nicht unbedingt treu«, wiederholte ich und sah zum Fenster. Draußen war es stockdunkel. Das Schiff bewegte sich nicht, und das leise Plätschern des Sees war kaum zu hören.

Wieder für Minka schreiben. Was für eine irre Idee. Aber ich wollte keine Schlagermusik mehr machen.

»Sie will was Neues versuchen«, erklärte er, als hätte er meine Gedanken erraten. »Eigentlich Rock. Mit deutschen Texten. E-Gitarre als Lead. Großes Schlagzeug. Minka in Leder.«

»Klingt passend«, gab ich zu.

»Und sie will es mit dir machen.«

»Das habe ich schon verstanden.«

»Nein, hast du nicht. Sie will nicht nur mit dir zusammenarbeiten, sondern zusammen mit dir auftreten.«

Ich öffnete den Mund, aber bevor ich antworten konnte, sagte Mike: »*Dis* ist eine sehr gute Idee.«

Am nächsten Morgen lasen wir Karen und ihre Tochter in Templin auf. Sie standen bereits auf dem Steg, die Segeltuchtaschen in den Händen, als wir mit der *Sonja* auf den Hafen zusteuerten. Karen, die wie ich auf die vierzig zuging, und Nicole, ihre inzwischen zwölfjährige Tochter, trugen hellblaue Shorts und weiße Shirts, wodurch es im Licht der Vormittagssonne aussah, als warteten zwei Engel nach getaner Arbeit auf ihren Rückflug in den Himmel.

Nach der Scheidung vor drei Jahren, immerhin hatte sie die Ehe mit Bert fast neun Jahre lang ertragen, hatte sich unser Kontakt wieder intensiviert, sehr zu meiner Freude – und auch ihrer, wie ich wusste. Es war nie wieder wie früher, in unseren Jugendjahren, hatte dafür heute aber eine andere Qualität. Wir kannten uns schon so lange, dass eine Vertrautheit zwischen uns herrschte, die oft auch ohne Worte auskam. Und wie ich jetzt wieder feststellte, fand ich sie zudem auch noch ziemlich attraktiv. György und Mike pfiffen sogar, als sie mit ihren nicht eben langen, aber wohlgeformten, vorgebräunten Beinen an Bord kletterte. Nicole, nicht weniger als eine kleine Prinzessin, stieg hinterher und musterte den Rest der Besatzung skeptisch. Sie hatte sich zu einem typischen Scheidungskind entwickelt, sie nahm fast nichts einfach so hin, sicherte sich drei, vier Mal ab, wenn man ihr etwas versprach, belohnte eingehaltene Versprechen aber mit so rührender Dankbarkeit, dass man alles tat, um dieses Erlebnis zu wiederholen. Im Sommer 2003 hatte ich zwei Wochen in einem Ferienhaus ganz in der Nähe von Karen und Nicole verbracht, und in dieser Zeit hatte ich das auf ganz besondere Weise zu spüren bekommen.

Marcus nahm sie sofort bei der Hand und begann damit, ihr das Boot zu erklären. Die meiste Zeit verbrachten sie unter Deck, weil mein zweiter Neffe so stolz darauf war, die Funktionsweise der Pumptoiletten haarklein erläutern zu können.

Wir nahmen Kurs zurück gen Norden, durch die Templiner Gewässer, die Schorfheide. Am Abend erreichten wir den kleinen Menowsee, teilten uns die Ankerstelle mit einem kastenförmigen Hausboot und einer zweistöckigen Yacht, auf der eine wilde Horde Jugendlicher feierte. Uns störte das nicht, wir taten es ihnen gleich, und spät am Abend holte ich endlich meine Gitarre hervor.

»Das wurde aber auch Zeit«, kommentierten meine Gäste unisono im Chor.

Während ich die alten Stücke spielte, begleitet vom Summen oder Mitsingen meiner Leute, dachte ich über die verrückte Idee nach, mit Minka Duette darzubieten. In dieser Konstellation, stellte ich fest, würde ich sogar, wirklich rockige Arrangements vorausgesetzt, Stücke wie »Lügen sind nie für immer« oder »Cool sein« vortragen. Zwischen zwei Songs blinzelte ich György zu und nickte. Er verstand mich sofort – und strahlte.

Mike und Sonja teilten eine Kabine, Marcus und Michael eine weitere, György schlief natürlich alleine, und für Nicole stand das Notbett zur Verfügung, das man aus der Sitzbank im Salon bauen konnte. Als ich davorstand und murmelte, dass es wohl zu klein sei für zwei Personen, fragte Karen grinsend, ob es mir peinlich wäre, mit ihr zusammen in der großen Bugkabine zu schlafen.

Wir zogen uns aus, einander die Rücken zugewandt, aber ich lauschte ganz genau und schnüffelte, um herausfinden, was sie da alles abstreifte. Vor dem Essen war sie auf Jogginghose und Sweatshirt umgestiegen, weil es abends schon noch empfindlich kühl wurde und die Gasheizung des Bootes – wenigstens für mich – zu ekelerregend stank, als dass ich sie hätte anwerfen wollen. Es waren zwei von drei vermuteten Kleidungsstücken. Natürlich roch sie längst nicht mehr nach Apfelshampoo, aber auch an diesem Abend erinnerte sich meine Nase an diesen Duft. Ansonsten war Karen nach wie vor die einzige Person, die ich kannte, die kein eigenes Aroma verströmte – es war in dieser Hinsicht, als wäre ich allein in der Kabine, aber wirklich nur in dieser: Ihre Wärme und ihre Präsenz nahm ich wahr, auch ohne sie zu riechen. Vielleicht sogar viel deutlicher.

Dann lagen wir im Doppelbett, die Gesichter einander zugewandt, im Flackerlicht einer Kerze, die ich, jede Bewegung von ihr genau beobachtend, auf dem Bord neben ihrer Bettseite entzündet hatte. Es ging auf drei Uhr morgens zu, György hatte Rotwein in den Menowsee gekotzt, Mike, Sonja und Michael hatten nach Mitternacht noch gebadet, zusammen mit den kreischenden Jugendlichen von der Yacht.

»Glaubst du eigentlich an die erste große Liebe?«, fragte Karen auf einmal. Ihre riesigen braunen Augen leuchteten intensiv. Im Kerzenschein sah ich die feinen Fältchen um ihren Mund und ihre Augen, aber zugleich auch die Karen, die ich, verdammt, vor fünfundzwanzig Jahren, ebenfalls an einem See, in Ungarn kennengelernt hatte.

»Ist das etwas, woran man glaubt?«, fragte ich zurück. »Das passiert, oder es passiert nicht.«

»Das meine ich nicht«, sagte sie und stützte sich auf einen Ellenbogen. Ihre linke Brust rutschte dadurch unter der Decke hervor, aber Karen machte keine Anstalten, sie vor mir zu verbergen. Sie hatte eine überaus schöne linke Brust. Ich zwinkerte, um mich von den naheliegendsten Gedanken abzubringen.

»Ich meine, ob du auch glaubst, dass man in die erste Liebe, vorausgesetzt, es stimmt alles, sehr viel mehr Emotionen investiert, weshalb die Erinnerung daran …«

»Emotionen investieren«, unterbrach ich. »Tut man das?«

Sie schubste mich sanft mit der linken Hand, wodurch auch die andere Brust sichtbar wurde.

In dieser Sekunde fühlte ich mich wie der größte Idiot im gesamten Universum. Diese Nacht fiel mir ein, die Nacht im Hotel in … *Moment*. Marburg. Ja, es muss Marburg gewesen sein. Nach der sie mir gesagt hatte, dass sie … erstaunlich, wie genau ich mich daran erinnerte: »Ich mag dich viel lieber, als ich möchte«, hatte sie erklärt.

Ein Motor dröhnte, das war ganz eindeutig die Yacht mit den Jugendlichen. Es ging auf halb vier morgens zu – was auch immer sie vorhatten, die Schleusen waren geschlossen. Kurz darauf erreichte uns eine Bugwelle. Das Boot wackelte, Karen rutschte gegen mich – und blieb dort. Sie umschlang mich mit ihrem linken Arm und zog mich fest an sich.

»Ich war nicht deine erste Liebe, nicht deine erste große«, sagte ich. »Du hattest schon …«

»Ich hatte schon Sex vor dem … irgendwie lustigen, aber auch angenehmen Geficke mit dem etwas dicken Jungen in der Ost-Badehose, ja.«

»Danke«, sagte ich, schaffte es aber nicht, das mürrisch klingen zu lassen. Dafür mochte ich das Gefühl zu sehr, das ihre Brüste auf meinem Oberkörper verursachten.

»War ich deine erste große Liebe?«, fragte sie, wobei sie etwas Abstand nahm.

»Nein«, sagte ich ehrlich. »Du warst und bist meine *einzige* große Liebe.«

»Wow.«

»Ja, wow. Es ist heute anders, du bist ein anderer Mensch, ich bin ein anderer Mensch, aber als ich dich und Nicole heute

Vormittag auf dem Steg stehen sah, konnte ich nur eines denken.«

»Und was?«

»Danke. Ich habe immer wieder nur dieses Wort gedacht. Danke.«

Sie zog mich an sich, und ich bemerkte, dass ich mich vorhin um ein Kleidungsstück verzählt hatte.

Am Morgen schlug Mike vor, dass wir darüber abstimmten, ob ich Minkas Angebot annehmen sollte. Jeder hätte eine Stimme, Alter egal, Vorkenntnisse auch. György sollte ein Plädoyer für diese Option abgeben, mir bliebe es überlassen, gegen diese Möglichkeit zu reden – wenn ich noch wollte.

»Schauen wir mal«, sagte der Ungar, stand auf und verschränkte die Hände feierlich vor dem Bauch. »Da haben wir jemanden, der seine Freiheit genießt, es aber vermisst, das zu tun, woran er jahrelang gearbeitet hat. Ein fast schon klassisches Dilemma: extrem große Freiheit gegen leicht verringerte Freiheit mit vielen, vielen Chancen auf neue Freiheiten. Fragen wir uns, liebe Geschworene, was wir selbst in dieser Situation täten.«

Die kleine Prinzessin Nicole kicherte. György lieferte einen Auftritt, der sämtliche Strafverteidiger aus dramatischen Gerichtsfilmen als Statisten diskreditierte.

»Wir haben die unschöne Situation, dass sich die Bedenken unseres Protagonisten bewahrheitet haben. Aus einem Hit wurde ein Dogma, fast schon ein Stigma. Deshalb …«

Ich hob die linke, die freie Hand – die andere hielt eine von Karens Händen und ließ sie nicht mehr los.

»Wir können uns das ersparen. Es ist in Ordnung. Ich werde es tun. Ich singe mit Minka. Ich kehre zurück auf die Bühne.«

Es applaudierten nur sieben Menschen, aber es war der schönste Beifall meines Lebens.

Après-Ski (2006)

»Ist das schick?«

Ich sah von meinem Germknödel auf, dessen irritierender Duft glücklicherweise im Aroma der überfüllten »Hütte« – eines Self-Service-Bergrestaurants mit einem Fassungsvermögen von fast tausend Personen – unterging. Immerhin schmeckte es recht lecker.

Minka hatte sich teuer eingekleidet, Jacke, Hose, Mütze, Skibrille, Skischuhe und Skier. Auf allem prangten riesengroße Logos, die Skier bestanden praktisch nur aus Firmenwerbung. Erstaunlich, dass man trotzdem mehrere hundert Euro dafür abdrücken musste, um als ambulanter Werbeträger der Ausrüster die Alpenhänge hinunterzurutschen.

»Minka, man lässt die Bretter eigentlich draußen.«

»Oh. Echt?«

»Ja. Die Stöcke auch.«

»Aber das Zeug war so teuer.«

Ihre Antwort ging im Gegröle einer Gruppe unter, die einen der Ihrigen begrüßte, der mit einem Tablett voller Schnäpse an den Tisch zurückgekehrt war. Minka zuckte mit den Schultern und trug ihr Equipment vor die Tür. Drei Minuten später kehrte sie zurück.

»Das alles ist *äußerst* merkwürdig«, stellte sie fest.

Ich nickte. Skifahren war eine ausgesprochen angenehme Freizeitbeschäftigung, ich mochte die Geschwindigkeit, das Naturerlebnis, den Kick, wenn man eine steile schwarze Piste vor sich sah, und das Wahnsinnsgefühl, das eine rasante Abfahrt hinterließ, aber das Drumherum, vor allem hier, in Ischgl, relativierte das drastisch. Wir waren von lauter Irren umgeben, die feierten, soffen, sich fortwährend paarten, auf den Klos der

Hütten, in den Après-Ski-Läden, in den billigen Pensionen, und den Sport selbst nur als notwendiges Übel zu betrachten schienen. Morgen, nach unserem Auftritt im … *»Saustall«* oder so ähnlich, würde hier oben auf dem Berg ein Popkonzert stattfinden, das man eigentlich in Stadien und im Tal erwarten würde. Das Line-Up, die Besetzungsliste, umfasste drei von zehn Top-Ten-Acts aus den derzeitigen Charts. Das Konzept funktionierte: Dieses ehemalige Dorf mitten in den Alpen galt als einer der angesagtesten Partyorte Europas.

Minka schob ihre Skischuhe unter dem grob gezimmerten Tisch vor.

»Ist das eigentlich schwer?«

Ich zwinkerte. »Man richtet die Skispitzen aufs Tal aus und fährt dann runter. Es kommt in der Hauptsache darauf an, wieder anhalten zu können.«

Das Bummern von draußen, wo ein DJ die Eisbar vor der Hütte beschallte, wechselte in einen bekannten Rhythmus. Wir waren erst drei Stunden hier, aber ich hörte »Cool sein« bereits zum zweiten Mal. Ich sah aus dem Fenster, einige Menschen am Tresen der Eisbar verschränkten zum Refrain die Hände vor der Brust. Immer noch. Acht Jahre danach.

»Ich will mir nicht den Hals brechen«, sagte sie und nippte an ihrer Weißweinschorle.

»Der Skilehrer wird schon vorsichtig mit dir sein.«

»Wann ist Soundcheck?«

Ich sah auf die Uhr. Es ging auf Mittag zu, der Auftritt war für sechzehn Uhr angesetzt, würde aber wahrscheinlich frühstens um fünf beginnen.

»Um drei.«

Sie nickte. »Das ist wann?«

»In drei Stunden.«

Minka zog die Stirn kraus. »Dann ist es … zwölf. Richtig? Verdammt, mein Kurs fängt an.«

Sie sprang auf und stapfte aus der Hütte, so wie Leute das tun, die zum ersten Mal Skischuhe tragen. Laut, polternd, unendlich langsam, immer kurz vor dem Stolpern. Ich lächelte gedanklich, nahm den letzten Bissen von meinem Germknödel und spülte ihn mit schlecht gezapftem österreichischen Bier hinunter.

Es war herrlich kalt draußen, das Eis knirschte, die Sonne schien, der Himmel strahlte postkartenblau. Ohne die vielen tausend Ballermänner, die sich an den Dutzenden Bars die Hirne wegsoffen, um nachher, gegen vier, unseren Auftritt im »Saustall« zu feiern, weiterzusaufen, zu tanzen, alles anzubaggern, was halbwegs begattungsfortsatzkompatibel war, wäre es … na ja: vielleicht nicht beschaulich, aber auf skurrile Art schön. Ich stieg in meine Skier, fädelte meine Handgelenke in die Schlaufen der Stöcke und atmete tief durch. Es roch nach Grillkohle, überhitztem und überwürztem Glühwein, viel Rauch, jeder Menge Schweiß, Sex, hochdosierten Parfüms, Skiwachs, Schnäpsen, Imprägniersprays, dem harzigen Öl der Skilifte, altem Schnee, saurem Bier, Erde und vielem mehr – der Duft der Berge und Wälder war kaum noch als Aroma zu ahnen. Und trotzdem roch es irgendwie gut. Die Menschen, die mich umgaben, rotgesichtige Trinker, überschminkte Mädchen, die vielleicht keine Mädchen mehr waren, Familien mit verwirrt dreinschauenden Kleinkindern, ältere Leute in auf jugendlich getrimmten Klamotten, die extrem coolen Skilehrer mit ihren Sonnenbrillen und den Einheitsanzügen, die echten Sportler mit ihren Outfits von vor drei, fünf, zehn Jahren – es war ein wenig wie in den Achtzigern, zu Beginn meiner Schulzeit im Westen, als ich hatte feststellen müssen, dass es noch eine andere Form von Uniformität gab als die mir bis zu diesem Zeitpunkt geläufige. Es existierten viele Ähnlichkeiten, aber in gesteigerter Weise, ohne Ausweg: Auch meine

Kleidung – sogar die Sonnenbrille – war von Markenlogos übersät, und meine Skier quollen von sinnfreien Sprüchen über, etwa »XTD Wood Core« – »XTD« stand offenbar für »extended« –, möglicherweise gab es also einen weniger »erweiterten« Holzkern, in einer Billigfassung der Tausend-Euro-Bretter.

Der »Saustall« fasste achthundert Gäste. Nachdem ich von einem betont lässigen Türsteher hineingewinkt worden war, der betont nachlässig geprüft hatte, ob ich tatsächlich der war, der ich angab zu sein, betrat ich die menschenleere Après-Ski-Bar, in der in etwas mehr als einer Stunde der Wahnsinn wüten würde. Neben der Tür hing ein Schild: »Für Spaßgarantie bitte Gehirne an der Garderobe abgeben.« Ich nickte zur Bestätigung vor mich hin. Es stank unfassbar in diesem Laden, ähnlich wie in den Backstage-Räumen der kleineren Hallen, aber intensiver und gleichzeitig … geschäftsmäßiger. Hier, sagte die olfaktorische Aura mehr als deutlich, wurde gesoffen, gevögelt, gefeiert, geraucht – und sonst nichts.

»Gold, alte Hütte«, donnerte die kehlkopfkrebsige Stimme eines Mannes, der vielleicht Ende dreißig war, sich aber viel Mühe gab, jünger zu wirken. DJ Stoffel, wie der joviale Typ sich vorstellte, war sonnenbankgegerbt, sein ledriges, aufgedunsenes Gesicht hatte zigarettenkippentiefe Falten, sein hellblondes Haar war schütter, und er hatte die Statur eines Möbelpackers. Er konnte mir nicht die Hand schütteln, weil er in der einen ein Bier und in der anderen einen Willy hielt, Williamsbirne mit Frucht. Seine Vorstellung hatte er nur nuscheln können, weil inzwischen wie von Zauberhand eine halb abgebrannte Fluppe in seinem Mundwinkel hing.

Ich nickte nur. Alte Hütte, so, so.

»Das ist unsere Bühne«, erklärte er an der Zigarette vorbei und blinzelte den Rauch weg.

Die Bühne mitten im Laden war vielleicht drei Quadratmeter groß und fünfzig Zentimeter über dem Niveau der Tanzfläche direkt davor, dahinter und drum herum. Der Barhocker für mich stand bereit, außerdem die Gesangsmikros für Minka und mich.

»Da fehlt das Gitarrenmikro.«

Er blinzelte wieder, skeptisch. »Gitarre? Ihr macht doch Halbplayback, oder?« Er stellte das Bierglas auf den Tresen, nahm die aufgespießte Birnenscheibe vom Schnapsglas, kaute sie und spülte sie mit dem Brand hinunter, alles in einer Bewegung, es dauerte vielleicht drei Sekunden. »Auch einen?«

Ich schüttelte den Kopf zu beidem. »Später vielleicht. Und die Gitarre spiele ich immer live. Steht auch so im Vertrag.«

Er nickte langsam. »Scheiße«, sagte er dann grinsend, drehte sich um und verschwand.

Minka klopfte mir auf die Schulter, ich hatte sie schon kommen hören, schließlich trug sie immer noch die Skischuhe. Ihr Gesicht war stark gerötet und schweißfeucht, vermutlich war ihre Skiunterwäsche klatschnass.

»Verdammt. Du hättest mir sagen können, wie anstrengend das ist. Ich spüre meine Oberschenkel nicht mehr, und meine Füße sind vermutlich abgefallen. Außerdem kann ich höchstens noch Zigaretten anheben.«

»Ab dem dritten Tag macht's Spaß.«

»Wir sind aber nur zwei Tage hier. Wo ist das Gitarrenmikro?«

»Das besorgt DJ Stoffel gerade. Wenn er sich nicht unterwegs die Lampe mit Willys zulötet.«

»Ich muss mich umziehen. Und eigentlich duschen.«

»Mach das nach dem Soundcheck. Das sollte schnell gehen.«

Ging es auch. DJ Stoffel war vielleicht Quartalssäufer und leicht verpeilt im Hinblick auf sein gefühltes Alter, aber er beherrschte die Technik im »Saustall« perfekt. Das Einpegeln dauerte keine zwanzig Minuten, die Anlage in diesem Laden war hochkarätig, Stoffel hatte keine Fragen zur Setlist, der Aufstellung der Songs, die wir darbieten würden, und er reagierte prompt und punktgenau auf unsere Ansagen. Drei Quellen plus Playback waren allerdings auch keine Aufgabe für Physik-Nobelpreisträger.

»Wir fangen um fünf an. Ist zwar für vier angesagt, aber das machen wir immer so«, erklärte er, als wir uns am Tresen trafen. Seine Kabine und die Mischtechnik befanden sich im ersten Stock schräg über der Bühne.

»Dachte ich mir schon.«

»Seid um halb da, das reicht. Hinterer Eingang, dann rechts, da ist die Garderobe.«

Als wir eintrafen, war der Laden schon proppenvoll. Ein gedrungener, schwarzhaariger Mensch Ende zwanzig, der eine Bomberjacke mit der Aufschrift »Security« und ein Headset trug, geleitete uns in den Keller, wo sich die Garderoben befanden. Kaffee und Mineralwasser ohne Kohlensäure standen bereit. Von oben pochte der Rhythmus einer auf Techno getrimmten Fassung eines Fünfzigerjahre-Schlagers, den eine Sängerin, die man nur in solchen Schuppen kannte, vor ein paar Monaten aufgenommen hatte. Es gab erstaunlich viele Musiker, die ausschließlich von dieser Klientel lebten, Produktionsfirmen, Musiklabels und Booking-Agenturen, die maßgeschneiderte Musik und sogenannte Künstler ablieferten, die im Karneval, in den Feierschuppen an der Mittelmeerküste und in Après-Ski-Läden wie diesem hier eingesetzt wurden. Der örtliche Veranstalter, der uns gebucht hatte, war eine Tochterfirma der »Saustall«-Inhaber, und zu dieser Gruppe gehörten außerdem zwanzig weitere Einrichtungen dieser Art sowie drei Dutzend Entsprechungen im sonnigen Süden, vor allem auf den Balearen. Immerhin, die Organisation war perfekt. Vom Flughafen Innsbruck hatte man uns per Hubschrauber hierher transportiert, wir logierten in lässigen Juniorsuiten eines Fünf-Sterne-Hotels –, und das Salär stimmte. Für zwei Auftritte von jeweils vierzig Minuten, einer heute und einer morgen, bekamen wir vierstellige Summen, plus Spesen. Aber deshalb taten wir das nicht.

Ich hatte eine Wette verloren.

Ein Dreivierteljahr zuvor war es, moderiert von György, zum ersten Treffen gekommen. Wir tranken zusammen Rotwein in einer Bar im Prenzlauer Berg, musterten einander skeptisch, bis Minka nach einer Weile verschämt grinsend sagte: »Es tut mir leid. Ich habe einen Fehler gemacht. Mehrere. Martin, ich schätze dich sehr, das habe ich immer getan. Ich brauche dich. Und ich habe eine gute Idee.«

»Die da wäre?« Ich gab mich zurückhaltend, und vermutlich half meine eingeschränkte Mimik dabei, meine Begeisterung zu verbergen. Ich wollte endlich wieder Musik machen, freute mich darauf, mit Minka zu arbeiten, und es war mir fast egal, wie sich das Projekt im Detail darstellte. Hauptsache, auf Bühnen stehen. Singen. Leute zum Lächeln bringen, jenen Gesichtsausdruck bei ihnen erzeugen, zu dem ich nicht mehr fähig war.

»Wir spielen die alten Sachen in neuen Arrangements, singen sie als Duett, rockiger, härter. Das geht bei Stücken wie ›Lügen sind nie für immer‹ sowieso, vielleicht müsste man an einigen deiner Songs etwas ändern. Und wir brauchen neues Material. Ich gebe mich freiwillig zurückhaltend. Du hast die erste Gesangsstimme, ich steige bei den Refrains ein. Knackige Songs über Liebe, Sehnsucht, Ehrlichkeit, Treue, solche Sachen – das kannst du einfach. Minka und Martin. Minka und Gold. Oder umgekehrt.« Sie lächelte, erstmals wieder auf diese ironische Art, die ich von ihr kannte. »Was ich sagen will: Wir nehmen das Gute von dir und ergänzen es um meine Präsenz. Ein Zwiegespräch. Das Paar, das keines ist. Verstehst du?«

Ich nickte bedächtig. Unter dem Arbeitstitel »MMG« – Minka-Martin-Gold – war ich längst tätig geworden. Seit mir György den Vorschlag unterbreitet hatte, war es mir kaum mehr gelungen, mich auf etwas anderes zu konzentrieren.

»Einverstanden. Wir können morgen mit den Proben beginnen. Ich will dasselbe.«

Sie lächelte, aber verblüfft. »Ach.«

»Aber ein paar Songs sind auf dich gemünzt. Wir wechseln. Ich habe da eine Nummer … die wird dir echt gefallen.«

Sie gefiel ihr. »Mauer im Herz«, ein Stück, das sehr emotional daherkam, enorm eingängig, mit schönen musikalischen Effekten, beinahe anspruchsvoll, aber nicht verwirrend. Tanzbar. Es gefiel ihr schon, als ich es ihr zur Gitarre vortrug.

»Damit landen wir in den Top Ten.«

Ich seufzte. »Es kann ein Achtungserfolg werden.«

»Jede Wette.«

»Jede?«

»Wenn es nicht drei Wochen nach der Veröffentlichung oben in den Charts ist, nehme ich das Playboy-Angebot an. Sie versuchen es seit drei Jahren.«

»Ach. Und wenn es klappt, muss ich mich ausziehen?«

Sie grinste, ein wenig bösartig. »Nein, dann musst du die Höllentour mit mir machen. Tirol, Mallorca, Ibiza.«

»Großer Gott.«

Minka hielt mir die ausgestreckte Hand entgegen. Ich schlug ein.

Das Aroma der Bar hatte sich verändert, war so intensiv geworden, dass es mir schwer fiel, Gerüche auseinanderzuhalten. Dichte Rauchschwaden hingen über dem Publikum, das sich in Skianzügen drängte, einander mit den schweren Spezialschuhen auf die Füße stieg. Es war unfassbar laut, aber der Sound stimmte. Ein kompaktes Menschenknäuel bevölkerte die Tanzfläche, schaffte es aber dennoch, zum Refrain des Stückes – irgendwas mit »Flieger« – obskure Bewegungen zu vollführen, ähnlich dem Clubtanz zu »Cool sein«. Wir standen längst auf der Bühne, als wir von den ersten Gästen bemerkt wurden. Applaus brandete auf, wurde stärker, Einzelne johlten. DJ Stoffel ließ das Stück verklingen, spielte eine Art Fanfare, vermutlich die Kennung des »Saustalls«, sagte uns an, mit seiner zerstörten, aber prägnanten Stimme, sehr professionell, aber auch irgendwie abgefuckt. Minka nickte, ich nickte. Sie trug ein schlichtes, kurzes, schwarzes Kleid und Fellstiefel, hatte ihre inzwischen längeren Haare zu einem Zopf gebunden. Sie hatte etwas kokett Mädchenhaftes, und sie strahlte. Ich war in Jeans, ein weißes T-Shirt und ein graues Jackett gewandet, wie man in Österreich sagte. Es gab keine Monitore, also keine Boxen auf der Bühne, über die wir uns zur Kontrolle hören konnten. Stoffel startete das erste Playback. »Lügen sind nie für immer«, hartes Schlagzeug, elektrische Rhythmusgitarre, ein großartiges Arrangement, das das Lied völlig veränderte. Nach meinem ersten Gitarreneinsatz hob ich kurz mehrfach den Daumen, ohne zur Technik zu schauen, der DJ reagierte, regelte hoch, ab diesem Moment stimmte alles. Die Gäste tanzten und feierten und sangen, und ich fand es großartig. »Gehirn abgeben«. Man kann den Menschen nicht vorschreiben, wie sie Musik wahrnehmen sollen. Es ist nur Musik. Manchmal. Hier war es wirklich nur Musik. Aber *wir* taten das, auf Augenhöhe, so dicht am Publikum wie niemals in einer Halle. Gleich nach dem Eröffnungsstück wurden die ersten Tabletts mit Schnäpsen auf die Bühne gestellt, grinsende Skifahrer, die vielleicht überhaupt noch nicht auf der Piste gewesen waren und das auch morgen nicht sein würden, verneigten sich, schnappten sich dann die potentiellen Begattungspartner und tanzten weiter. Wir gossen uns ein paar Willys, Feigen und Obstler ins Gesicht, drei oder vier Mal, was zwar die Kehlköpfe austrocknete, aber das umsichtige Personal reichte fast im Minutenrhythmus sprudelfreies Frischwasser von hinten auf die Bühne. Ich hatte noch nie während eines Auftritts Alkohol getrunken, doch die Konzentration litt erstaunlicherweise kaum. Am Ende des Sets und der zwei Zugaben war ich leicht angeschickert, dafür machte es Spaß. Klar, in diesem Laden befand sich kein einziger Mensch, der vor fünf, sechs Jahren eines meiner Konzerte besucht hätte, aber die Hemmungslosigkeit wirkte ansteckend, die Nähe zum Publikum tat das Ihrige, und als wir aus der Garderobe kamen und Minka den Hinterausgang anpeilte, nahm ich ihre Hand und zog sie zurück auf die Tanzfläche. Es gab ein großes Hallo, wir bekamen abermals Drinks spendiert, wedelten mit den Extremitäten zu absurden Stücken wie einer Disco-Version von Udo Jürgens' größten Hits oder einer klamaukigen Volkstümelei mit Chorgesang und stampfenden, schneller werdenden Bassläufen. Wir beugten uns sogar dem kategorischen Karnevalsimperativ »Und dann die Hände zum Himmel, kommt, lasst uns fröhlich sein«. Die Besucher des »Saustalls« schienen die Choreographie des späten Nachmittags exakt zu kennen, jubelten schon bei den Intros der Stücke, die sie offenbar punktgenau erwarteten, und vermutlich spulte DJ Stoffel Tag für Tag dasselbe Programm ab, die ganze Saison lang. Zwischen den Songs begrüßte er – hörbar immer angetrunkener, seinem Aroma nach zu urteilen auch immer zugekokster – Besucherherden, die mit lächerlichen Sprüchen bedruckte T-Shirts und Skijacken trugen oder Pudelmützen in den Vereinsfarben von Fußballclubs. Nach einer Dreiviertelstunde – es ging auf neunzehn Uhr zu, also Feierabend, weil die Halbpensionisten zum Essenfassen in die Hotels mussten, auch ein Teil der Choreographie – wechselte das Licht, eine

Schmusenummer begann, die ich nicht kannte, und plötzlich hielt ich Minka in den Armen, engtanzend wie zuerst vor gefühlten Jahrtausenden – mit Dana, der Polin von der Jugenddelegation, die mir, an die Zementwand des Klubs gelehnt, ihre nassforschende Zunge in den Mund gesteckt hatte.

Beim Abendessen tranken wir weiter, Minka plapperte völlig Minka-untypisch wie ein Staubsaugervertreter, und beim Digestif schlug sie vor, noch in die Sauna zu gehen. Ich zuckte mit den Schultern, befand mich aber in einem Zustand, der kaum mehr vernünftige Entscheidungen zuließ, und taperte ihr hinterher in den einsamen Spa-Bereich des Hotels. Dort sah ich sie zum ersten Mal seit acht Jahren nackt – Minka hatte sich außerordentlich gut gehalten. Ihr Körper war leicht gebräunt, bis auf den sauber konturierten Bereich, der den Umrissen eines Tangas entsprach, und sie war rasiert.

Ich sah verblüfft an mir herunter.

»Oh«, sagte sie, lächelte und zog mich in die Sauna.

DREI

Comment ça va?

Ich wusste es (heute)

»Es ist eine Ehre für uns, Sie in unserem Haus begrüßen zu dürfen«, trällerte die junge, mollige Frau hinter dem Tresen geschäftsmäßig. Ich lächelte ein Martin-Gold-Lächeln und unterschrieb das Anmeldeformular.

Sie kontrollierte den Zettel kurz, nickte. »Dürfte ich Sie um eine Autogrammkarte bitten? Für die Galerie?«

»Gerne.« Derlei trug ich griffbereit in einer Seitentasche meines Koffers mit mir herum. Sie bedankte sich höflich, ich griff nach dem Schlüssel. Einem richtigen Schlüssel mit klobigem Anhänger, keine Transponder-Chipkarte, die dem Hotelcomputer mitteilte, wann ich das Zimmer betrat oder verließ. Ich mochte das und hätte gern richtig gelächelt.

»Moment noch, bitte. Frau Stebener hat darum gebeten, Sie zu sprechen, wenn Sie eintreffen.« Sie drehte sich um, zu einer Tür, die hinter ihr in einen Büroraum führte. »Frau Stebener, Herr Gold ist da!«

Ich seufzte leise. Der Auftritt am gestrigen Abend hatte Kraft gekostet, der Flug zurück nach Berlin sowieso; ich hasste das Fliegen, eine Dauerfolter, die mit dem Einchecken begann und bei der Gepäckausgabe endete. Die enge Zeitplanung hatte verhindert, dass ich einen Abstecher nach Hause hatte machen können, ich war verschwitzt und fühlte mich schmutzig, sehnte mich nach einer Dusche und einem Nickerchen in einem kuschligen Bett, wenigstens einem Hotelbett.

Eine schlanke Mittvierzigerin mit grünen Augen kam durch die Tür. Ihr Haar war anders, etwas länger und offenbar onduliert, ihr Gesicht spiegelte das Alter wider, ohne sie wirklich älter erscheinen zu lassen. Chrissie. Ich öffnete den Mund, aber das Gehirn war noch nicht so weit, ihn etwas Adäquates sagen zu lassen. Nach der telefonischen Ankündigung der rothaarigen Sabine und der Mitteilung, alle, wirklich alle würden wunderbarerweise kommen, hatte ich erwartet, sie zu sehen, weil *alle* natürlich auch Chrissie einschloss, ein nicht weniger seltsamer Gedanke als derjenige, dieses Treffen überhaupt zu veranstalten, aber ich war trotzdem überrascht und gleichzeitig erfreut. Sie zwinkerte und legte den Kopf schief.

»Ich wusste es. Du bist es. Falk, oder?«

Sie kam vor den Tresen und sah mich scheu, fast verschämt an, zugleich interessiert und wissend. Dann nahm sie mich an der Hand und zog mich zu einer Sitzgruppe, Ledersessel um einen schweren, dunklen Holztisch herum, neben der Sitzgruppe flackerte ein Kaminfeuer.

»Hallo, Chrissie«, brachte ich heraus, als wir uns gesetzt hatten.

»Falk. Martin.«

»Ja.«

»Es klingt komisch, das endlich zu sagen. Ich habe all deine Platten. Ich war gut und gern zwanzig Mal auf deinen Konzerten. Schon bei ›Klasse‹ ahnte ich, dass du das bist. Es kam mir ein bisschen vor, als würdest du … als wäre das.« Ihre Stimme brach, sie sah zum Feuer.

»Ja?«

»Als wäre das für mich. Als würdest du das für mich tun.«

Ich nickte in Gedanken. Vielleicht stimmte das, wie ich erst jetzt feststellte. Nicht persönlich, nicht direkt für sie, mehr für das Mädchen, das damals …

»Unfassbar, was aus dir geworden ist. Es ist schön, dich wiederzusehen.«

»Geht mir auch so. Schön, dich zu sehen.«

Sie atmete tief ein. »Du hast dich wirklich sehr verändert, nur die Augen nicht. Ich war jahrelang unsicher, ob das wirklich du bist, und eigentlich bin ich es bis heute. Etwas in mir sagte immer, ja, ja, das ist Falk, aber ein anderer Teil konnte es nicht glauben. Das ist jetzt so ein Moment …« Sie stoppte, in ihren Augen glitzerte es.

Mir kamen viele Fragen in den Sinn, aber ich stellte zuerst die naheliegendste. »Weiß es sonst jemand?«

Sie fixierte mich mit ihren grünen Augen, mit einem Blick, der Jahrzehnte zusammenfasste. Dann schüttelte sie den Kopf.

»Ich glaube nicht. Du wirst dir vorstellen können, dass ich nur wenig Kontakt zu unseren ehemaligen … Mitschülern hatte. Aber nach dem zu urteilen, was ich gehört habe, ahnt keiner von denen, dass aus Falk … Lutter – richtig?«

Ich nickte.

»Dass du zu Martin Gold geworden bist. Sie würden ausflippen, wenn sie es wüssten.«

»Was ist mit dir passiert, damals? Nachdem du … weggegangen bist.«

Sie sah wieder ins Feuer, dann zum Empfangstresen.

»Keine gute Zeit. Vier Jahre Therapie, sinnlose Psychoanalyse, dabei wusste ich längst, was mir weh tat. Es ging nur darum, Distanz aufzubauen. Das habe ich nach der Therapie selbst geschafft. Es gab keinen Weg, das ungeschehen zu machen, was geschehen ist. Ich musste damit leben, muss es immer noch, es beschäftigt mich nach wie vor. Ich träume hin und wieder von diesem Abend. Von diesem Anblick im Wald.«

»Du warst sehr jung«, warf ich ein, fand es aber sofort idiotisch, kaum dass ich es ausgesprochen hatte.

»Das entschuldigt nichts«, sagte sie laut.

Ich nickte. »Natürlich nicht. Aber es relativiert.«

»Was wir getan haben …«

»Ja.« Mehr fiel mir dazu nicht ein. Was wir getan hatten, was *sie* getan hatten, boshaft, kalt lächelnd, selbstgerecht – jeder Versuch, das in adäquate Worte zu fassen, war zum Scheitern verurteilt. Und Chrissie wusste noch nicht, dass auch meine Veränderung mit all dem zusammenhing.

»Falk … Martin … wie eigentlich?«

»Martin ist mir lieber.«

Sie schluckte und sah wieder kurz zum Feuer. »Ich könnte sagen, dass es mir leid tut, wie ich dich damals behandelt habe. Herablassend. Ich habe mitgelacht, wenn sie Witze über dich gemacht haben. Sogar nach dieser Fete noch, als wir uns geküsst haben.«

»Das weißt du noch?« Ich war überrascht.

Chrissie nickte, und kurz erschien ein Lächeln auf ihrem Gesicht. »Es tut mir leid, wirklich, aber …«

Sie wurde unterbrochen, weil die Empfangsdame nach ihr rief.

»Ich muss arbeiten. Wir sehen uns. Wir sprechen uns.«

Chrissie stand auf, ich erhob mich. Ich war anderthalb Köpfe größer als sie, aber dieser Moment erinnerte mich an den Anblick meiner Eltern nebeneinander, mit umgekehrten Vorzeichen.

Sie war schon auf dem Weg, ich legte ihr eine Hand auf die Schulter.

»Bitte verrate es den anderen nicht.«

Chrissie lächelte. »Ganz bestimmt nicht. Das musst du schon selbst tun.«

»Warum eigentlich hier?«, fragte ich noch.

Sie lächelte schmal. »War meine Idee. Als mich diese Frau anrief, diese …«

»Sabine.«

Christine nickte, auch in Richtung Tresen, von wo die mollige Frau energisch winkte. »Erst war ich schockiert und habe sofort wieder aufgelegt. Minutenlang war ich völlig paralysiert. Dann dachte ich, dass es mir vielleicht helfen könnte. Ich meine, es geht mir gut. Wirklich. Ich habe ein schönes Leben, vielleicht ein zu schönes. Dieses Hotel führe ich eigenverantwortlich. Ich wohne nicht weit von hier und besitze ein hübsches kleines Haus am See. Ich lese, höre Musik, gehe spazieren, verfüge über ein nettes Team von engagierten Leuten. Aber diese Sache hat mich nie losgelassen. Eine halbe Stunde später habe ich zurückgerufen und dieser Sabine angeboten, das Treffen hier zu veranstalten. Auf sicherem Terrain, du verstehst?«

Ich nickte, die Empfangsdame machte nervöse Geräusche. Vor dem Tresen warteten drei Herren in den Vierzigern, von denen einer möglicherweise Gerry war. Sie glotzten zu uns herüber und tuschelten.

»Wir sehen uns«, sagte sie, drehte sich um und ging.

Obwohl ich nach wie vor müde war und mich schmutzig fühlte, setzte ich mich wieder in den Sessel und beobachtete das Treiben am Empfang. Der Typ, den ich für Gerry hielt, erwiderte meinen Blick, die anderen beiden wandten sich Chrissie zu, bemühten sich für einen kurzen, peinlichen Augenblick um übertrieben freundschaftliche Begrüßungsgesten, die die Hotelmanagerin jedoch nonchalant abblockte. Also auch ehemalige Klassenkameraden.

Seine zusammengewachsenen Augenbrauen wirkten buschig und unsauber, nahmen einen Gutteil der oberen Gesichtshälfte über den inzwischen wässrig-hellbraunen Augen ein, die noch schmaler, kleiner wirkten als früher. Die zweite Komponente, die sein Gesicht beherrschte, war seine knollige Nase, rötlich glänzend und mit so großen Poren, dass ich es aus der Entfernung gut erkennen konnte. Hätte ein Comiczeichner vor fünfundzwanzig Jahren eine Karikatur des gealterten Gerry aufs Papier geworfen, wäre möglicherweise etwas dabei herausgekommen, das diesem Menschen heute ähnelte. Er trug einen dunkelblauen Konfektionsanzug, dessen Schulterpolster er nicht ganz ausfüllte, wodurch seine Krakenarme noch länger wirkten. Von Gerrys braunschwarzen Locken waren nur noch ein paar graubraune Reste übrig, die ich jetzt erst sehen konnte, als er sich nach seinem Trolley bückte, um ihn dann doch stehen zu lassen. Mein ehemaliger Mitschüler drückte die Schultern durch, eine fast wirkungslose Geste, setzte ein leicht vertreterhaftes, zugleich unsicheres Lächeln auf und kam auf mich zu.

Für einen Augenblick war ich besorgt, fürchtete, Chrissie wäre nicht die Einzige, die mich erkannt hatte.

Schon einen Meter von mir entfernt streckte er die rechte Hand aus. Sein Anzug roch stark nach Mottenkugeln. Außerdem verströmte Gerry, vom billigen Aftershave abgesehen, den süßsäuerlichen, markanten Schweißduft der Alkoholiker. Und als er jetzt den Mund öffnete, nahm ich das Aroma von Wodka wahr, von dem so viele Säufer glauben, man könne ihn nicht riechen.

»Äh, darf ich Sie kurz stören?«, fragte er, beinahe unterwürfig. Dabei hielt er mir immer noch die Hand entgegen. »Mein Name ist Gerald Herbing, ich bin hier auf einem Klassentreffen.«

Ich tat ihm den Gefallen und nahm seine Hand. Sie fühlte sich feucht an – und auf verblüffende Weise befriedigte mich dieser Handdruck, ohne mich zu befrieden. Die Erinnerung an jenen Nachmittag im Volkspark Schöneberg hatte wenig von ihrer Präsenz verloren, wie ich augenblicklich feststellte. *Das hier wirst du für lange Zeit nicht vergessen.* Nein, ich hatte es nicht vergessen. Mein eigenes Spiegelbild erinnerte mich täglich daran. An der Tatsache aber, dass ich das unverhoffte Ergebnis mochte, hatte Gerry keinen Anteil.

»Tag«, sagte ich nur. Am liebsten hätte ich laut losgelacht, und ein anderer Teil von mir wollte ihm einfach so lange in die Fresse hauen, bis *er* zu lachen begänne.

»Äh, Sie sind doch …«

»Ja?«

Dieses Spiel hatte ich schon oft gespielt, aber meistens auf versöhnlichere Weise. Menschen erkannten mich, konnten mich aber nicht einordnen, was sie nicht daran hinderte, mich anzusprechen – so wie der Taxifahrer vorhin. Ich half dann mit »Martin Gold, Musiker« aus. Gerry tat ich diesen Gefallen nicht.

»Äh«, sagte er zum dritten Mal, sah kurz hilfesuchend zum Tresen, bereute vermutlich die Entscheidung, zu mir gekommen zu sein. »Sie sind Sänger, richtig?«, riet er.

Ich nickte.

Er lächelte verkrampft. »Ein bekannter Sänger. Aber ich komme nicht auf Ihren Namen.«

»Immerhin«, sagte ich, mühte mich aber nicht damit ab, ein Martin-Gold-Lächeln aufzusetzen, »kann ich mich noch an ihn erinnern, und das ist ja wohl die Hauptsache.«

Er kicherte. Ich konnte den rasch wachsenden Schweißflecken unter seinen Achseln trotz des blickdichten Anzugs olfaktorisch bei der Ausbreitung zuschauen. Währenddessen dachte ich an Gerrys Vita – György hatte ein wenig geforscht und mir ein paar Dossiers angefertigt. *Wir sind stärker als du, und das werden wir immer bleiben*, so oder so ähnlich hatte er es damals formuliert. Vielleicht funktionierte die Lebenslüge, in der er es sich bequem gemacht hatte, immer noch, und er glaubte, wie damals im Frühjahr 1984, der Stärkere zu sein, der Gewinner, derjenige, der zuletzt lachte. Aber ich wusste es besser. Und wieder musste ich dem Impuls widerstehen, laut aufzulachen. Ach, Gerry, du arme Sau. Du blödes Schwein.

»Ich komme gleich drauf. Darf ich mich setzen?«

»Bitte.« Ich blickte zum Tresen, Chrissie beobachtete uns und lächelte, etwas fragend. Ich zwinkerte ihr zu.

Gerald Herbing setzte sich und legte die Hände auf den Tisch zwischen uns, die abgespreizten Daumen an der Tischkante, wo er sie in einer nervösen Bewegung mehrfach beugte und wieder aufstellte. Er blinzelte, seine riesigen, ausgefransten Brauen verstärkten die Veränderung seiner Mimik. Einer von den anderen beiden am Empfang kam ihm zu Hilfe. »Cool sein!«, rief er, verschränkte die Arme vor der Brust und sang tatsächlich, aber ziemlich falsch: »Wenn *das* cool ist …«

Gerry grinste. »Martin Gold. Sie sind Martin Gold.«

»Stimmt.«

»Wow. Darf ich fragen, was Sie hier machen? Ein Konzert?«

»Nein, ich bin zur Entspannung hier. Und, wie soll ich sagen? Um ein bisschen mit mir ins Reine zu kommen.«

Er kicherte wieder. »Sie sind sicher ein vielbeschäftigter Mann. Viel unterwegs und so.«

»Verhältnismäßig.«

»Wir haben hier ein Klassentreffen. Das erste seit fast dreißig Jahren. Siebenundzwanzig, um genau zu sein.«

»Toll«, sagte ich. Gerry nickte heftig.

»Das ist sehr aufregend«, erklärte er, ohne zu ahnen, wie aufregend es noch werden würde. »All die alten Gesichter.« Er kicherte abermals, fast wie das Keckern eines Papageis. »Die Hackfressen«, sagte er, etwas leiser.

»Hackfressen«, wiederholte ich, auch leise, fast verschwörerisch. Dabei dachte ich: Jetzt ein Beil und keine Zeugen.

Er lehnte sich zu mir. »Na, Sie wissen schon. Hübscher ist keiner geworden.« Dann, als wäre ihm etwas eingefallen, sah er zu Chrissie. »Obwohl. Die Schnitte am Empfang war damals auch dabei. Sieht schon noch ordentlich aus für über vierzig, finden Sie nicht?«

»Im Gegensatz zu den anderen?«, soufflierte ich.

»Aber hallo«, platzte er hervor. Dann, wieder leise: »Die beiden Kollegen da. Der dicke Sack und dieser bleiche Schlaks.

Wenn Sie Fotos von früher sehen würden …« Er lachte und beendete die Oszillation seiner Daumen an der Tischkante. Ich rätselte, wer die *Kollegen* wohl wären, aber György hatte es nicht mehr geschafft, mir aktuelle Fotos zu besorgen. Henning und Thomas waren es aber ganz sicher nicht.

»Darf ich Sie was fragen? Sie können nein sagen, wenn Sie wollen.«

»Kann ich?«

Er lachte aufgesetzt. »Sie sind mir einer.«

Aber hallo, um es mit seinen Worten zu sagen.

»Bin ich?«

»Diese Nummer haben Sie jedenfalls echt gut drauf.«

Ich notierte mir im Geist, dass sich Gerry-Sprech bis etwa Mitte der Neunziger zaghaft mitentwickelt hatte, um dann drastisch zu stagnieren.

»Danke für das Kompliment.« Ich seufzte und sah ostentativ auf die Uhr.

»Ja, jedenfalls. Wenn Sie sowieso hier sind und heute Abend nichts vorhaben. Ich meine, wenn es passt und so. Das wäre echt irre, und eine totale Überraschung.«

»Ein Auftritt?«, beendete ich die Anfrage, die sonst wahrscheinlich noch weitere zehn Minuten in Anspruch genommen hätte.

Er grinste und ließ die Handflächen auf den Tisch klatschen. »Ja, genau. Vor uns allen, also dem Klassentreffen. Das mit der Technik geht hier sicher klar. Das wäre eine unvergessliche Sache. Der Hammer.« Gerry nickte zur Seite, wo mein Gepäck stand, darunter, gut erkennbar, auch für Laien, ein Gitarrenkoffer. Er wusste ja nicht, dass ich außerdem meinen Laptop mit den Playbacks dabeihatte und längst wusste, dass im Hotel das ansonsten nötige Equipment zur Verfügung stand.

Ich legte meinen Kopf in den Nacken und schnaufte, fast ein bisschen theatralisch.

»Klar, Sie wollen eigentlich Ihre Ruhe haben. Ich verstehe das. Niemand versteht das besser als ich, ehrlich. Ich ackere rund um die Uhr, aber wenn ich mich mit Freunden treffe, fragen die mich andauernd nach Versicherungssachen. Ich meine, okay, man fühlt sich ja auch geehrt, schließlich ist man Fachmann. Aber man will auch mal seine Ruhe haben. Also, wenn Sie nein sagen, ich verstehe das.«

»Ja«, sagte ich.

Er zwinkerte wieder, der graue Garten über seinen Augenhöhlen bewegte sich wie Dünengras im Frühlingssturm.

»Ja was?«

»Ja *ja*. Ich mache das. Ein Auftritt. Sorgen Sie für die Technik, und ich bin dabei. Das mache ich gerne, wenn schon nach so langer Zeit die alten Kameraden zusammenkommen. Wann geht es los?«

Er sprang auf, drehte den Oberkörper hektisch hin und her, überlegte offenkundig, ob er das gleich lautstark verkünden sollte, dann setzte er sich wieder und hielt mir abermals die Hand entgegen.

»Toll! Ab sieben. Sie können gern auch schon früher kommen. Essen und Getränke gehen auf uns. Ist ja geil. Hammer.«

»Hammer«, wiederholte ich und martingoldlächelte dabei, während ich seine unfeucht-feuchte Hand diesmal ignorierte.

»Ab-so-lut!«, keuchte er.

»Wird sicher interessant«, erklärte ich. »Aber jetzt müssen Sie mich entschuldigen.«

»Aber klaro! Klarer Fall. Wir sehen uns später.«

»Sehen wir.«

Er nickte, stand auf und nickte weiter. Gerry machte ein paar Schritte zur Seite, stellte sich so auf, dass er mir gegenüberstand, die Beine leicht gespreizt. Ich kniff die Augen zusammen und atmete tief ein, sonst hätte ich die Gelegenheit genutzt und ihm mit aller Macht in die tiefhängenden Eier getreten. Nein, sagte ich mir. Das mache ich später und subtiler. *Aber hallo.*

Normalerweise reservierten Györgys Leute meine Hotelzimmer telefonisch und unter wechselnden Decknamen, weil es doch immer wieder Groupies oder Presseleute gab, die sich vor den Hoteleingängen oder an den Bars postierten. Im aktuellen Fall aber hatte ich es selbst geregelt und meinen Künstlernamen benutzt, und vermutlich hatte Chrissie dafür gesorgt, dass aus der Doppelzimmerreservierung eine Suite geworden war. Schon im Gang des ersten Stocks sah ich, dass sich links und rechts von der Tür, die in mein Refugium führte, mehr türfreie Wand befand als zwischen den anderen Zimmereingängen. Die Suite war äußerst geräumig, verfügte über ein riesiges Bad, einen kuschligen Wohnbereich und ein großes Schlafzimmer mit einem fast schon obszön überdimensionalen Himmelbett, das mir subtile Einladungen zuzuflüstern schien, als ich es in Augenschein nahm. Das Zimmer roch nach dem kalten, mit frischem Holz bestückten Kamin, den Ausdünstungen der vorigen Gäste, Dispersionsfarbe, die vor etwa zwei, drei Monaten aufgebracht worden war, Putzmitteln und frischer Wäsche. Erfreulicherweise lag über all dem der Geruch des nahen Sees und des seinem Ende entgegenstrebenden Frühlings. Zudem zog Kaffeearoma in Schwaden herein und rundete den Eindruck auf gefällige Weise ab. Ich gab dem Impuls nach, rief die Rezeption an und bestellte ein Kännchen.

Auf dem Bett liegend repetierte ich kaffeeschlürfend die Begegnung mit Gerry. Ich lächelte gedanklich, meine Sorgen bezüglich der Veranstaltung verringerten sich. Es war längst nicht ausgestanden, und ich wusste von György, dass sich nicht alle … *Schulkameraden* zu solch kläglichen Existenzen entwickelt hatten, aber immerhin war es Gerrys Initiative zu verdanken, dass ich würde dabei sein können, ohne meine Anwesenheit erklären zu müssen. *Strike!*, hätte er wahrscheinlich an meiner Stelle gerufen. Ich schaltete den Fernseher ein, landete beim zweiten Durchgang durch die hundertsiebzig Kanäle auf einem obskuren Programm namens »Deluxe Music« und sah Minka und mir dabei zu, wie wir zum Playback »Mauer im Herz« die Lippen bewegten. Platz drei, mein zweitgrößter Verkaufserfolg. Ich dachte kurz an meine Partnerin und beglückwünschte mich dafür, an jenem Abend in Ischgl das letzte bisschen Selbstbeherrschung zusammengekratzt und ihrer Anmache widerstanden zu haben. Minka hatte protestiert und nichts unversucht gelassen, begleitet von den Worten: »Niemand wird das hier je erfahren. *Niemand*.« Aber ich hatte nur den Kopf geschüttelt, meinen aufrechten Begattungsstecker mit den Händen bedeckt und ihr zugezwinkert. »Niemand, das wären mindestens wir beide, und das sind zwei zu viel.« Sie hatte gelächelt und sich dann auf die oberste Liege der Sauna gelegt. Später, nach einer eiskalten Dusche, sagte sie dann verblüffend offen: »Ich hätte mir nie verziehen, es nicht wenigstens versucht zu haben. Freunde?«

»Freunde«, bestätigte ich, und das waren wir bis heute, obwohl wir künstlerisch längst wieder getrennte Wege gingen, von den drei, vier Songs abgesehen, die ich im Halbjahresrhythmus für sie schrieb.

Ich erwachte vom Telefonklingeln. Es war Chrissie. »Halb sieben, Martin. Es geht los.«

Mein Haus, mein Auto, mein Boot

Das Mätressenschloss verfügte über eine Art Ballsaal, einen großen, weiß getünchten, sehr hohen Raum mit holzbewehrter Galerie, in dem ein paar Tische aufgestellt waren für die Klassenkameraden »nebst Anhang«, wie es in der Einladung hieß, schließlich gehörten wir alle einer Altersgruppe an, die sogar schon zwei Nachwuchsgenerationen absolut zuließ. Als ich durch die doppelflügelige Pforte trat, fiel mein Blick zuerst auf die Bühne am Kopfende des Raums, hinter der ein Transparent mit der Aufschrift »Martin-Gropius-Gymnasium, Klasse von 1984« hing, darunter eine Leinwand für die unvermeidlichen PowerPoint-Präsentationen und ein Computerprojektor, ein Beamer. Außerdem standen dort zwei Mikrophone in Ständern, eines davon in Bauchhöhe – mein Gitarrenmikro. Am Rand der Bühne war ein Mischpult mit Laptop aufgebaut. Es lief irgendein Achtzigerjahre-Sampler, aber leise. »Self Control« von Laura Branigan begann soeben.

Direkt hinter der Eingangstür hatte man einen längsstehenden Tisch aufgestellt, auf dem laminierte Namensschilder bereitlagen, aber nicht mehr sehr viele, darunter meines, wie ich augenblicklich feststellte, das für Falk Lutter. Hinter diesem Tisch hockte Tie-Äjtsch-Sabine, die Sabine von den *Sabines drei*, die mich angerufen hatte. Ich erkannte sie nur, weil ich sie an dieser Position erwartet hätte – und weil ihre Haare immer noch rot waren, allerdings etwas unglücklich coloriert. Sabine stellte das weibliche Pendant zu Gerry dar: Ihr Gesicht hatte jegliche Kontur verloren, wogegen auch das dick aufgetragene Make-up nicht half. Es gibt also Gesichts-Cellulite, dachte ich. Dazu ein Mund, dem man ansah, dass er nur ausnahmsweise lächelte, und ein Doppelkinn, das nahtlos in einen Hals überging, der zu einem Dekolleté führte, das man besser nicht in dieser Offenherzigkeit präsentiert hätte. Sie trug ein paillettenbesetztes »Sex And The City«-Shirt mit weitem V-Ausschnitt. Sabines Leidenschaft, hatten mir Györgys Recherchen verraten, bestand aus einer Online-Singlebörse, deren männliche Mitglieder sie seit fast acht Jahren unaufhörlich malträtierte. Das Foto, das ihr dortiges Profil zierte, stammte aus dem vorigen Jahrtausend, sie versprach, eine »agile Mittdreißigerin« zu sein, und verschwieg außerdem die drei Kinder, die sie seit der zehn Jahre zurückliegenden Trennung von ihrem Ehemann (den Ring trug sie heute allerdings) alleine erzog.

Sie glotzte erst und strahlte dann, sprang auf und stieß dabei fast den Tisch um, so dass die Namensschilder klapperten. Wie Gerry streckte sie mir sofort die rechte Hand entgegen.

»Martin Gold! Es stimmt also wirklich! Ist ja der *to-tale* Wahnsinn!«

Ich schüttelte die Hand höflich und sah zur Seite, wo sich meine ehemaligen Mitschüler nebst Anhängen in kleinen Gruppen eher leise unterhielten. Ein Dutzend Jugendliche saßen an einem Tisch etwas abseits und starrten einander misstrauisch an, wenn sie nicht auf ihren Nintendos oder Telefonen herumtackerten. Die Hälfte von ihnen trug Kopfhörer. Die Kleidungsauswahl an diesem Tisch wurde von Kapuzenjacken, Trainingshosen oder übergroßen, dunklen Jeans zu *Sneakers* beherrscht.

Der große Raum schien zu summen wie eine voll aufgedrehte Konzertbeschallungsanlage, an die keine Quellen angeschlossen waren – leise, aber bedrohlich. Die Anspannung spürte ich schon am Empfangstisch.

»Wenn Sie möchten, stelle ich Ihnen die Leute vor«, schlug Sabine vor. Ich zwinkerte ihr zu und machte mich an den

Grüppchen vorbei auf den Weg zur Bühne, um meine Gitarre abzustellen. Es gelang mir, dort anzukommen, ohne großes Aufsehen zu erregen. Als ich mich unterwegs kurz umsah, stand die rothaarige Sabine zwei Schritte von ihrem Empfangstisch entfernt und erwiderte meinen Blick, unsicher grinsend. Wahrscheinlich dachte sie darüber nach, ob und wie sie meine Ankunft verkünden sollte. Ich deutete ein Kopfschütteln an und schlenderte am Getränkebord vorbei, wo ich mir ein Bier schnappte, zum Tisch der Jugendlichen.

»Darf ich?«, fragte ich und zog einen freien Stuhl vor.

Zwei Kids, die keine Kopfhörer trugen, schauten auf, betrachteten mich für die Dauer eines Wimpernschlags und sahen dann wieder weg. Die anderen reagierten überhaupt nicht. Ich lächelte innerlich und nahm einen Schluck Bier. Diese Vierzehn- bis Siebzehnjährigen hatte man in eine Geisterbahn verschleppt, in eine lahme, verrottende, ungruselige Geisterbahn aus längst vergessenen Zeiten, und nun mussten sie hier hocken, am Katzentisch zwischen anderen Anhangs-Adoleszenten, die nicht minder desinteressiert waren, weil es hier einfach nichts gab, das sie in irgendeiner Weise hätte interessieren *können*.

Überraschenderweise wurde ich dann aber doch noch wahrgenommen. Von einem Mädchen, dem die etwas punkige Frisur offensichtlich kurz vor der Veranstaltung klassentreffenkonform geglättet worden war. Sie trug in beiden Ohren jeweils sechs Ringe und außerdem ein Zungenpiercing, war unterm Strich aber recht hübsch.

»Sie sind dieser Musiker«, sagte sie, mehr eine Feststellung als eine Frage. Ich rätselte, wessen Kind sie wohl sein könnte, kam aber zu keinem Ergebnis.

»Bin ich.«

»Dieses ›Cool sein‹, stimmt's?«

Ich nickte. Zwei andere Jugendliche sahen auf.

»Kacksong«, sagte ein hagerer Jüngling auf teilnahmslose Weise, ohne sein Telefon aus dem Blick zu lassen, auf dem er in atemberaubender Geschwindigkeit mit dem rechten Daumen Kurznachrichten tippte.

Ich nickte wieder.

»Uncool«, ergänzte er.

»Na ja.« Ich hätte wirklich gerne gelächelt. »Der Kacksong hat über zwölf Jahre auf dem Buckel, aber *du* kennst ihn. Mit Verlaub, aber ein ganz klein wenig cool ist das schon.«

»Unfett«, erwiderte der Junge, sah mich jetzt aber an, der Hauch eines Interesses war aufgekeimt.

»Ich will dich nicht *dissen*, *Whigger*, aber es ist dieselbe Scheiße, die auf deinem verkackten Player läuft.« Ich nickte in Richtung seines Telefons, aus dem ein Ohrhörerkabel heraushing. »Musiker produzieren Konsumartikel, und sie *fronten* dich. Popkultur war immer ein Business und wird es immer sein, aber es ist okay, wenn du glaubst, etwas Besseres zu sein oder zu hören. Unterm Strich ist es nur Mucke, und deine MCs sind Geschäftsleute.«

Er blinzelte und lächelte dann.

»O-kay«, sagte er langsam.

»Was hörst du?«

Er sah zum Telefon. »Kennen Sie nicht. Klashnekoff.«

»Nicht persönlich. Aber ›The Sagas of‹ hab ich zu Hause.«

»Fuck.«

Ich nahm das als Kompliment. »Es ist immer nur Musik. Toll, wenn man sich damit identifiziert, aber es bleibt Musik. Im weitesten Sinn.« Ich verschwieg, dass ich Pickel bekam, wenn ich Stücke wie »It's Murda« zu hören genötigt wurde, und ich besaß diese Platte und viele ähnliche auch nur, weil ich selbst Musiker war.

»Haben Sie viel Geld verdient?«, fragte nun das Mädchen.

»Mehr als Darren Kandler, nehme ich an.« Ich zwinkerte dem Jungen zu. Inzwischen beobachteten vier weitere Jugendliche das Geschehen.

»Und wie ist es, berühmt zu sein?«, hakte sie nach.

»Weit weniger spektakulär, als man sich das vorstellt. Auch Prominente sind ganz normale Leute oder waren das wenigstens mal. Meistens führt man ein Alltagsleben wie jeder andere auch. Man wird auch nicht andauernd auf der Straße erkannt oder angesprochen. Es ist sehr lässig, man kann sich als bekannte Person mehr erlauben – zum Beispiel auf Popkonzerte gehen, auf die sich eure Eltern nicht mehr trauen, obwohl sie gerne hingehen würden.« Der Hagere kicherte. »Aber es ist ein Job wie jeder andere auch, mit ein bisschen mehr Presse und viel mehr Begegnungen.«

»Ich will auch Musiker werden, am liebsten Rapper«, sagte ein Fünfzehnjähriger, dem die Ähnlichkeit zu seinem rattengesichtigen Vater förmlich aus den Poren tropfte. »Aber mein Alter ist dagegen.« Er errötete.

Ich zuckte die Schultern. »Es gibt aussichtsreichere Karrieren. Aber wenn dir das wichtig ist, versuch es.« Erfolgreiche Rapper aus Deutschland konnte man zwar an den Fingern abzählen, *gute* Rapper aus Deutschland an einer Hand. Wer Geld verdienen wollte, richtig viel Geld, machte Volksmusik. Dieses Publikum kaufte auch noch Platten und gurkte nicht auf Tauschbörsen herum. Aber das behielt ich besser für mich.

Wir unterhielten uns ein paar Minuten über Musik und die Branche, auch die anderen Kids erwachten aus ihrem Nintendo-Dämmer und beteiligten sich. Keiner interessierte sich für das, was ich machte, ein verzeihlicher Umstand, aber alle wollten wissen, wie viel Kohle man einsackte und wie es war, ein berühmter Mensch zu sein. Ob man weniger arbeiten müsse, wozu ich energisch den Kopf schüttelte.

»Hier sind Sie!«, verkündete Gerry plötzlich und legte mir kumpelhaft eine Hand auf die Schulter. »Im Akneghetto.« Er lachte meckernd, die Jugendlichen wandten sich sofort wieder ihren Spielzeugen zu. »Kommen Sie, ich muss Sie den anderen vorstellen.«

Ich widerstand der Versuchung, seine Hand von meiner Schulter zu wischen. Es war widerlich, von diesem Gesellen berührt zu werden. Skurrilerweise trug er selbst die Verantwortung dafür, dass ich nicht dazu in der Lage war, ihn voller Abscheu anzusehen. Er war Ursache für die potentielle Mimik und zugleich ihr Verhinderer.

»Bis später«, sagte ich. Das Mädchen nickte kurz, die anderen ersparten sich eine Reaktion, drückten Tasten und kehrten zurück in ihre autistischen Universen.

Gerald führte mich zu einer Gruppe, die aus Thomas, Henning und zwei Frauen bestand. Obwohl ich geglaubt hatte, auf diese unvermeidliche Situation vorbereitet zu sein, bekam ich eine Gänsehaut und verspürte einen Anflug von Panik. Hier standen sie, Thomas und Gerry breit grinsend, Henning schaute eher unglücklich drein – meine Jäger, das Triumvirat, die Zöglinge von Herrn Bährmann, die Anführer, Schänder, Mörder. Mein Leben lang hatte ich mich vor diesem Moment gefürchtet, wie mir jetzt klar wurde, ihn aber auch herbeigesehnt.

Thomas hatte sich nur wenig verändert, von den erwartungsgemäßen Alterserscheinungen abgesehen. Seine dunklen Augen standen vielleicht noch etwas dichter zusammen, waren von deutlichen Ringen umgeben. Seine Physiognomie glich ansonsten weitgehend derjenigen von früher: Sein Oberkörper wirkte ein wenig schmaler als damals, seine Gesichtshaut spannte, schimmerte leicht und war erkennbar solariumgeschädigt. Verblüfft stellte ich fest, dass ihm neben dem typischen Geruch von Taxifahrern das Kakaoaroma noch immer anhaftete. Entweder lebte er nach wie vor in dieser Gegend – oder war in eine umgezogen, in der es ebenfalls eine Schokoladenfabrik gab. Zu Thomas hatte György nichts gefunden, weil die Zeit nicht ausgereicht hatte, um allen infrage kommenden Personen mit dem originellen Namen Thomas Müller hinterherzuforschen.

Henning dagegen wies deutliche Unterschiede zu seiner früheren Erscheinung auf. Ich mutmaßte, dass er Jahre in einer Muckibude verbracht hatte, denn sein damals schon mächtiger, muskulöser Körper war noch ausgeprägter, allerdings mittlerweile auf eine lächerliche Art – wie bei allen Pumpern, die aufhörten oder einfach nur älter wurden. Am Hals und den freien Unterarmen traten die Sehnen deutlich hervor, umgeben von Fleisch, das nicht mehr Muskel sein wollte.

Henning hatte mal richtig gut ausgesehen, jetzt ähnelte er Popeye. Seine wenigen Haare waren kurz geschoren, seine leicht abstehenden Ohren und die Nase waren stark gewachsen, er trug zwei Narben auf der Stirn und die streichholzschachtelgroßen, dunkelroten Überbleibsel einer Verbrennung zweiten Grades auf der linken Wange – Markierungen, die ein Verkehrsunfall hinterlassen hatte, den er verschuldet hatte. Zwei Schwerverletzte, einer davon ein zehn Jahre altes Kind.

Ich schüttelte widerstrebend die Hände und ließ es über mich ergehen, Susi und Berit vorgestellt zu werden, den aufgedonnerten Frauen der beiden. Während Thomas meine Hand hielt, musterte er mich aufmerksam, sah mir lange und intensiv in die Augen. Das tat er auch noch, als ich bereits Hennings Pranke, die Hand desjenigen, der mein Gesicht zerschnitten hatte, anzufassen genötigt wurde; Henning wirkte als Einziger der drei unsicher, wie ein Zuschauer, der unfreiwillig auf eine Bühne gezogen worden war, um vor großem Publikum lächerlich gemacht zu werden. Etwas in seinem Blick verriet, dass er auf der richtigen Spur war, und dass er nicht zur

Lösung kam, war dem Umstand zu verdanken, dass er und seinesgleichen mich und meinesgleichen nie intensiver wahrgenommen hatten als einen vertrockneten Kaugummi unter dem Pult im Klassenzimmer. Während Berit, Thomas' Gattin, leise etwas wie »Es ist eine Ehre, Sie kennenzulernen« nuschelte, entspannte sich sein Gesichtsausdruck; der Gedanke war ad acta gelegt. Ich atmete tief durch und entdeckte mit einem Seitenblick, dass der DJ inzwischen hinter seinem Tischchen stand und herumfuhrwerkte.

»Wir sehen uns später noch«, sagte ich erleichtert. »Die Arbeit ruft.«

Begleitet von Beifallsbekundungen und versuchtem Schulterklopfen, unter dem ich mich wegduckte, schlenderte ich zur Bühne. Inzwischen hatte sich herumgesprochen, dass der bekannte Musiker unter den Gästen weilte. Ich erkannte nicht jeden, der sich mir in den Weg stellte, aber die mikrosome Frau, die allein neben der Bühne stand und mich herzlich anlächelte, war sehr leicht einzuordnen.

Beinahe hätte ich erfreut »Tine!« gerufen. Stattdessen nahm ich die schmale Hand, die sich mir von unten entgegenstreckte, und sagte so freundlich wie möglich »Hallo«.

Tine Hartlieb war natürlich nicht größer geworden, dafür schöner. Sie war schmal, grazil, trug die dunkelblonden, langen Haare offen und war vorzüglich gekleidet, eigentlich overdressed in ihrem eleganten Maßkostüm. Sie besaß eine Model-Agentur und vermittelte ausschließlich kleine Menschen. Ihre Karriere hatte auf diese Weise begonnen, wie ich dank György wusste; mit einundzwanzig hatte man sie entdeckt, womit sieben Jahre auf Laufstegen und in Fotoateliers begannen – es existierte eine Klientel für Models in Sondergrößen. Einige Fotos, die in dieser Zeit entstanden waren, hatte ich gesehen. Ausdrucksstarke Bilder von einer Person mit sehr eigener Ausstrahlung. Zu Schulzeiten hatte das niemand bemerkt,

Falk Lutter eingeschlossen. Als sich das Verfallsdatum ihrer Model-Laufbahn näherte, hatte sie die Zeichen der Zeit richtig interpretiert und war auf die andere Seite gewechselt. Ihre Agentur betrieb Büros in Paris, Rom, Rio und, originellerweise, in Reykjavík; Tine war vielleicht nicht steinreich, verfügte aber über ein Auskommen, das ihr ein sorgenfreies Leben ermöglichte, und genau so sah sie aus: sorgenfrei. Wenn es etwas in ihrem Gesicht gab, das auf Unzufriedenheit schließen ließ, war das vermutlich der Tatsache zu verdanken, dass sie hier und heute zwischen diesen Leuten stand, die sie vermutlich genauso wenig gerne wiedersah wie ich, aber ich ahnte auch, dass etwas in ihr diesen Moment genoss.

Ich schüttelte die schmale Hand sehr lange und kämpfte gegen den starken Wunsch an, mich mit meinem früheren Namen vorzustellen.

»Sie retten meinen Abend«, erklärte sie und strahlte dabei.

»Dito«, sagte ich.

Tine lehnte sich zur Seite und sah an mir vorbei. Ich drehte mich um, wir waren allein, wurden aber beobachtet.

»Unter uns«, flüsterte sie. »Das hier ist eine Schlangengrube.«

»Das Gefühl habe ich auch«, antwortete ich und schenkte ihr den Versuch eines Lächelns.

Der Diskjockey war in unserem Alter, also Mitte vierzig, hatte noch zu DDR-Zeiten mit Tonbandkassetten aufgelegt, trug ein ausgewaschenes »Puhdys«-Shirt, roch nach Zigaretten und Pizza. Er begrüßte mich freundlich, aber nicht sehr interessiert. Die Anlage war eigentlich nicht für Livedarbietungen geeignet, sein Pult hatte nur einen Mikrophoneingang. Die Kabel für das Gitarrenmikro lagen unbenutzt am Boden.

»Ich mache das ohne PA«, erklärte ich nach kurzem Nachdenken. »Müssen die Leute eben leise sein.«

Er nickte.

»Allerdings«, sagte ich und zog eine DVD aus der Jackentasche. »Ich singe am Anfang des zweiten Sets ein Stück als Halbplayback. Dazu brauche ich das Mikro und das Video auf dieser DVD als Einspieler, über den Projektor.«

Er nickte wieder. »Kriege ich hin«, sagte er dann, zog eine Schachtel »f6« hervor und schlenderte zum Ausgang. Natürlich war das Rauchen hier verboten.

Die rothaarige Sabine bestieg zwanzig Minuten später die Bühne, kämpfte eine Weile mit dem ausgeschalteten Mikrophon, bis sich der DJ betont gemächlich erbarmte, und begrüßte dann kurz auf etwas peinliche Weise die Gäste. Mit ihrem SATC-Shirt, den dunkelblauen Leggins, die ihren Unterkörper zu einem fast gleichschenkligen Dreieck formten, der übertriebenen Gesichtstünche und den mies gefärbten Haaren erinnerte sie mich an die Figuren, die auf privaten Sendern durch Nachmittagsshows gereicht wurden. Stotternd und wie eine Irre grinsend verkündete sie, was es für eine *totale* Freude wäre, uns alle zu sehen, ergänzt um die Mitteilung, die Organisation wäre einfacher gewesen, wenn sich mehr Ehemalige bei »StayFriends« eingeschrieben hätten. Es fiel mir schwer, mich bei diesen Worten zu beherrschen und nicht in lautes Gelächter auszubrechen. Freunde *bleiben*? Wir waren niemals welche. Ganz im Gegenteil. Vielleicht hätte sie bei Stay-Enemies oder Stay-Assholes nachschauen sollen.

Die Wartezeit bis zur Eröffnungsrede und meinem anschließend geplanten Auftritt hatte ich am Getränketisch verbracht, die Anwesenden beobachtend. Wenn jemand ankam, um ein paar Worte mit mir zu wechseln, bat ich darum, mich später heimzusuchen, und entschuldigte das mit der Konzentrationsphase vor dem Gig. Die beiden anderen Sabines von *den Sabines drei* versuchten es, aufgetakelte Tanten in wallenden, bodenlangen Kleidern, die fortwährend kicherten und mental im Gymnasialalter stehen geblieben waren.

Nach der ersten Begrüßung wurde es unruhig, niemand schien zu wissen, wie es weitergehen sollte; Sabine stand untätig auf der Bühne, die Hände vor dem Bauch gefaltet. Ich nutzte die Gelegenheit, um zu ihrem Tischchen zu schleichen und mir das Namensschild von Falk Lutter zu schnappen. In diesem Augenblick betrat Lutz Bährmann den Saal. Da alle anderen zur Bühne schauten, war ich der Einzige, der das bemerkte.

Er musste in den Sechzigern sein, hatte sich aber gut gehalten. Der deutlichste Unterschied zu früher bestand in einer starken Hornbrille. Seine Haare waren grau, aber immer noch voll und lang, ansonsten sah er aus wie der Lehrer, den ich in Erinnerung hatte: faltig inzwischen, aber rüstig. Er hatte Ähnlichkeit mit dem Bastelzombie Jean Pütz. Bährmann blieb im Bereich der Tür stehen, sah kurz zu mir, dann zu den ehemaligen Schülern und schließlich wieder zu mir.

»Martin Gold«, sagte er nickend.

»Lutz Bährmann«, entwischte es meinem Mund. Ich konnte einfach nicht anders.

Er stutzte. »Waren Sie auch mein Schüler? Ich kann mich nicht erinnern.«

Inzwischen war Sabine von Gerry abgelöst worden, der in seinem Neunziger-Sprech, vermischt mit Versicherungsvertreterrhetorik, ein paar Witze machte und den weiteren Ablauf des Abends erklärte. Als er davon sprach, dass es ihm gelungen wäre, den bekannten Sänger Martin Gold zu einem Überraschungsauftritt zu bewegen, wurde applaudiert. Die Gäste drehten sich zu mir um, ich deutete eine Verneigung an. Einige Schüler entdeckten Bährmann; Henning und Thomas lösten sich aus der Versammlung und hielten auf uns zu; Thomas selbstbewusst grinsend voran, der große Henning wie ein Kleinkind hinterherschlurfend.

»Eher nicht«, antwortete ich endlich in Bährmanns Richtung.

»Und woher wissen Sie dann, wer ich bin?«

Ich zuckte mit den Schultern und ging zur Bühne. Gerry blieb, bis ich sie erreicht hatte, schüttelte mir abermals lange die Hand und grinste dabei, als wären wir alte Freunde. Die Leute klatschten ein bisschen, ich nahm meine Gitarre aus den Händen des DJs und setzte mich auf den bereitstehenden Barhocker. Dann spielte ich fünf Songs, endete mit »Cool sein«, ein paar Gäste sangen mit, und zwei oder drei, darunter die rothaarige Sabine, präsentierten sogar den Clubtanz. Für die Darbietung waren sie alle – inzwischen um die fünfzig Leute – nahe an die Bühne gerückt, wodurch ich die Gelegenheit bekam, nach bekannten Gesichtern zu forschen. Ich entdeckte Heiko, zwei Martins, Harald und Martina, die damals mit Chrissie im See gebadet hatte. Lutz Bährmann stand seitlich von der Bühne und musterte mich hochkonzentriert. Ab und zu flüsterte er mit Gerry und Thomas, die ihn zu bedrängen schienen. Er sah nicht glücklich aus.

Nach meinem Auftritt bestieg Gerald abermals die Bühne und startete die Vorher-Nachher-PowerPoint-Präsentation, für die Sabine per Mail um Fotos gebeten hatte. Dazu spielte der DJ wieder Achtziger-Mucke. Auf der Leinwand erschienen Kindheits- und Jetztzeit-Bilder, Fotos vom Nachwuchs, von Häusern, Autos, Booten, Gärten, Stränden, Bergen, und immer irgendwo dazwischen, daneben oder davor einer meiner ehemaligen Mitschüler, mal gut erkennbar und mal – häufiger – kaum noch Ähnlichkeit mit seinem Jugend-Alter-Ego aufweisend. Aus der Gymnasialzeit wurden kaum Fotos gezeigt, was mich nicht sonderlich erstaunte, und kein einziges von jener Klassenreise, aber ich spürte deutlich, dass alle angstvoll auf die Projektionsfläche glotzten und ein Foto erwarteten, das Herrn Bonker zeigte, Frau Erdt oder den Bauernhof im Elsass. Nichts. Nach dem ersten Durchlauf der knapp dreihundert Folien wich die Anspannung, die Gespräche wurden lauter, Flaschen und Gläser klirrten. Das Moratorium war besiegelt.

»Das muss schrecklich langweilig für Sie sein«, sagte Tine.

»Ganz im Gegenteil.« Wir prosteten einander zu. Sie musterte mich.

»Ich habe das Gefühl, Sie zu kennen.«

»Das ist ein schönes Kompliment.«

»Nein.« Sie lachte. »So meine ich das nicht. Ich habe das Gefühl, dass wir uns wirklich kennen. Persönlich.«

Ich war wieder versucht, mich ihr zu offenbaren, aber auf die halbe Stunde kam es jetzt auch nicht mehr an.

»Wie ist es für Sie, hier in der … Schlangengrube?«

Tine lächelte ironisch, fast wie Minka. »Ich habe gedacht, es würde gruselig werden. Wissen Sie, ich zählte früher, also damals«, sie wies auf das Transparent über der Bühne, »zu den Außenseitern. Zu den Leuten, die schikaniert wurden. Von dem da und den anderen beiden« – sie nickte in Richtung des Triumvirats – »eigentlich aber von fast allen.«

»Oh.«

»Heute, rückblickend, bin ich fast froh darüber, dass sie mir Gelegenheit gegeben haben, mich mit mir selbst zu beschäftigen, meine Stärken zu entdecken. Ich musste nicht mit einer blöden Clique rumhängen, idiotische Musik hören und Starschnitte aus der BRAVO schnippeln. Wie diese Damen dort.«

Sie zeigte auf *die Sabines drei*.

»Die haben heute noch nicht begriffen, worum es im Leben geht, was das Leben ausmacht«, fuhr sie fort. »Vielen anderen hier geht es ebenso. Und das … ich schäme mich fast, es zu sagen. Es amüsiert mich.«

Ein Martin, der aus der Verlierergruppe, und Heiko hatten sich zu uns gesellt. Das mit Schweinescheiße besudelte Zimmer war fast vollständig, und Arndt würde nicht kommen.

Martin nickte zu dem, was Tine gesagt hatte.

Heiko lächelte schmal.

»Das ist das Gute, was man über diese Zeit sagen kann«, meinte er, dieser Riese mit den Spezialschuhen, derzeit tätig als musikalischer Direktor an einer Oper in Italien. »Aber es verklärt ein wenig, was seinerzeit geschehen ist.«

Martin, inzwischen evangelischer Pfarrer, verzog das Gesicht. »Und niemand will darüber reden. Niemand *wird* darüber reden.«

Wir sprachen über alte und neue Zeiten, darüber, was aus wem geworden ist, was mir viel Zurückhaltung auferlegte, denn ich wusste mehr als die drei. Erstaunlicherweise wussten sie *einiges*.

Aus den Lautsprechern erklang ein dumpfes Pochen, Gerry schlug mit der Handfläche gegen den Ploppschutz des Mikrophons.

»Leute, bevor wir zum gemütlichen Teil des Abends übergehen, wird Martin Gold hoffentlich noch ein paar Songs für uns spielen.« Er sah zu mir. »Bitte.« Dabei verneigte er sich, was lächerlich aussah.

Plötzlich war ich aufgeregt, spürte mein Herz schneller schlagen. Bis zu diesem Augenblick hatte mir die Rolle des vermeintlich neutralen Beobachters gut gefallen, ich hatte zeitweise fast vergessen, einer von ihnen zu sein, der ich ja auch nie war. Ich nickte meiner Gruppe zu, nahm noch Tines Hand und flüsterte ihr ins Ohr: »Bitte nicht böse sein. Du wirst verstehen, warum ich es tun muss.«

Sie zog die Stirn kraus, lächelte aber.

»Du?«

Ich zuckte mit den Schultern und schlenderte betont langsam zur Bühne. In meinen Eingeweiden rumorte es. Es war eine andere Form von Lampenfieber als vor richtigen Auftritten, leider eine deutlich schlimmere. Ich erwog, einen Rückzieher zu machen, einfach drei Stücke zu spielen und dann auf mein Zimmer zu gehen. Aber Chrissie stand neben der Bühne und fing mich ab.

»Setz diesem unwürdigen Schauspiel ein Ende, *bitte*«, bat sie mich leise.

Kommssie, kommssie, kommssah!

Ich setzte mich auf den Barhocker, richtete den Mikrophonständer aus, gab dem DJ mit einer Geste zu verstehen, dass ich das Playback und das Video noch nicht gleich benötigte. Dann wandte ich mich dem Publikum zu. Sie waren wieder näher an die Bühne gerückt, hatten kurz applaudiert. Herr Bährmann stand jetzt direkt vor mir, hinter ihm das Triumvirat, dann *die Sabines drei*. Einige der Jugendlichen waren ebenfalls aufgestanden, hingen seitlich vorm Podest herum und gaben sich lässig, aber ich freute mich trotzdem. Kurz. Dann fiel mir wieder ein, was ich zu tun beabsichtigte.

»So ein Klassentreffen ist eine feine Sache«, sagte ich. »Es ist Ihr erstes, wie ich erfahren habe. Meines übrigens auch.« Ich räusperte mich. Natürlich verstand niemand, wie ich den letzten Satz gemeint hatte.

»Ich würde Ihnen – euch – gern eine Geschichte erzählen, bevor ich zum Abschluss noch etwas singe, speziell für diesen ganz besonderen Abend. Die Geschichte handelt von einem Jungen. Nein.« Ich unterbrach mich und beugte mich zu Chrissie hinunter, die ich um ein Bier bat. Hier und da wurde gekichert. »Sie handelt von zwei Jungen. Von einer Schulklasse. Es ist eine merkwürdige Geschichte, sie spielt in den Achtzigern. Der eine Junge sah seltsam aus, hatte starke Käsefüße und fleischige Lippen, seine Klassenkameraden nannten ihn »Riesenbaby«, wenn sie ihn nicht gerade, wie man heute so schön verniedlichend sagt, *mobbten* – oder einfach ignorierten, was ihn fast noch mehr schmerzte. Diese Junge steigerte sich in eine Soziophobie, aber er kompensierte seine Ängste, die so groß waren, dass er vor Klassenreisen händeringend nach guten Ausreden dafür suchte, nicht mitfahren zu müssen. Zu seinem Unglück hatte er nicht sonderlich verständnisvolle Eltern.«

Chrissie brachte mein Bier, ich nahm einen langen Schluck. »Prost!«, rief Gerry. Ich nickte ihm zu, hätte gerne fies dabei gegrinst.

»Danke, Gerry, du armseliges Arschloch.«

Das Publikum ganz vorne, das diesen etwas leiser gesprochenen Satz verstanden hatte, atmete synchron und hörbar ein. Gerald rief etwas, aber ich ignorierte ihn.

»Dieser Junge kompensierte seine Ängste, wie gesagt. Er war ein recht talentierter Jungfilmer, und was immer ihn beschäftigte, bannte er auf Super-8. Damals waren Videokameras noch unerschwinglich. Der Junge, nennen wir ihn doch einfach«, ich legte eine kurze Kunstpause ein, »*Arndt*. Er ist vor ziemlich genau zwanzig Jahren gestorben, an Leukämie.«

Jetzt wurde es deutlich unruhig. Thomas verzog das Gesicht auf böse Art und wies mit dem rechten Zeigefinger auf mich. Das sollte eine bedrohliche Geste sein, wie ich vermutete, doch sie verpuffte. Immerhin schien er dem wahren Kern der Sache inzwischen näher gekommen zu sein. Überall im Saal setzte Getuschel ein.

»Ich war nicht bei seiner Beerdingung, weil ich zu spät davon gehört habe. Aber ich weiß, dass Arndt nie erfahren hat, was Freunde sind. In seiner Jugendzeit hatte er nur mit Leuten zu tun, für die Freundschaft daraus bestand, Cliquen zu bilden, die andere auf jede nur denkbare Weise drangsalierten.«

Ich nahm einen weiteren Schluck und sah zu Tine, die mich anstrahlte.

»Der andere Junge, von dem ich erzählen möchte, war ein dicker Ostler, ein DDR-Flüchtling, der in den Achtzigern in dieselbe Klasse kam, in der auch Arndt war. Nennen wir diesen dicken Ostler doch einfach … Moment mal.«

Ich zog das laminierte Schildchen aus der Jacketttasche und heftete es mir ans Revers.

»Nennen wir ihn Falk Lutter.«

Die rothaarige Sabine schlug sich die Hand vor den Mund. Herr Bährmann nickte bedächtig und ließ dabei die Schultern sinken. Gleichzeitig wurde es völlig still im Saal, beinahe meinte ich, die Gänsehautfluten zu spüren. In diesem Moment roch ich den Angstschweiß, der in viele Achselhöhlen kroch.

»Dieser Falk Lutter war, wie ihr alle, Zeuge und Mittäter bei einem abscheulichen Vorgang, der von diesen drei Herren hier«, ich wies auf das Triumvirat, »inszeniert worden war und bei dem ihr alle mitgemacht habt. Falk war jedoch, soweit ich weiß, der Einzige, der später versucht hat, etwas gegen die Haupttäter zu unternehmen. Als Revanche dafür wurde er überfallen und schwer misshandelt. Auch von diesen drei Herren hier.« Ich wies abermals auf Gerry, Thomas und Henning. »Leider haben sie ein anderes Ergebnis erzielt, als sie sich gewünscht hatten. Dieses Ergebnis sitzt hier vor euch und möchte euch zur Erinnerung ein kleines Liedchen spielen, bei dem ihr damals viel Spaß hattet. Falk Lutter und ein paar andere allerdings nicht so sehr.«

Jetzt hatte auch der Letzte im Saal begriffen, was soeben auf der Bühne geschah. Ich nickte dem DJ zu, er schaltete die Bühnenbeleuchtung ab und startete die DVD.

Niemand sang mit, als ich jetzt zur Musik, die ich im Studio aufgenommen hatte, »Comment ça va?« spielte, während hinter mir der auf DVD kopierte Super-8-Film von Arndt lief. Sie starrten fassungslos auf die Leinwand, und dieses Mal war ich es, der den Refrain bösartig intonierte. Ich versuchte, jedem, der in meiner Nähe stand, ins Gesicht zu sehen, während ich »Kommssie, kommssie, komm*ssah!*« rief, fast schon brüllte. Plötzlich mochte ich den doofen Song. Bei den Proben, alleine im Studio, hatte er mir noch Gänsehaut verschafft.

Das Stück dauerte knapp drei Minuten. Der Super-8-Film war in der geschnittenen, von einer Spezialbude übertragenen und aufgepeppten Fassung doppelt so lang. Durch die Aufhellung und Kontrasterhöhung konnte man jetzt in einigen Szenen deutlich mehr erkennen, und auch ohne unrealistische Detailvergrößerungs-Zaubertricks wie in Spionage-Verschwörungs-Blockbustern fiel die Gesichtszuordnung leicht. Der ganze Saal verfolgte den Marsch der besockten Füße, beobachtete, wie sich schließlich die Tür von Herrn Bonkers Zimmer öffnete. Wie damals schrien jetzt *die Sabines drei*, aber es war kein »Iihhh!«, das ertönte, sondern ein Ausruf echten Erschreckens, der Fassungslosigkeit, mit einem angstvollen Unterton. Ich zwinkerte kurz der rothaarigen Sabine zu, die mich anglotzte, als wäre ich Satan persönlich. Dann drehte ich mich wieder zur Leinwand, denn der Höhepunkt stand erst noch bevor.

Keine Ahnung, wie György es geschafft hatte, an dieses Foto zu kommen. Nach der Schlussausblende des eigentlichen Films erschien jedenfalls ein Bild, von den französischen Beamten gemacht, die das Geschehen damals festgehalten hatten. Es zeigte Herrn Bonker am Baum hängend, dreißig quälende Sekunden lang, schwarzweiß, etwas unscharf und dadurch noch ernüchternder. Einige Leute stöhnten laut. Jemand direkt vor der Bühne japste. Gerry rief etwas Unverständliches, mit sich überschlagender Stimme. Er war der Erste, der im Abspann auftauchte, einer netten Zusammenstellung der Viten der Hauptfiguren des Films, effektvoll inszeniert, angelehnt an den Vorspann der ersten Star-Wars-Episode, das Foto von Herrn Bonker weiterhin im Hintergrund. Gerald Herbing, geboren am 18. Juni 1966, und dann eine Liste seiner Verfehlungen seit dem Abitur: Seitensprünge, Versicherungsbetrügereien, Verurteilungen, gescheiterte Ehe, Kontostand fett im Minus. Dann Henning. Die Sabines. Martina. Und so weiter. Nur Thomas fehlte, leider. Fast alle hatten sie schwarze Löcher in ihrer Vergangenheit, mal größere und mal weniger große, und bei den meisten zeigte sich deutlich, dass aus der vielfältig blühenden, sonnenbeschienenen Wiese, als die sie sich ihre Zukunft damals wahrscheinlich vorgestellt hatten, heute eine löchrige, unansehnliche Rasenfläche geworden war – wie der Strand bei Zamárdi, Ungarn, jedenfalls in der Verfassung, die ich in Erinnerung hatte.

Es dauerte drei Minuten, endete mit Arndts tragischem Lebenslauf. Chrissies Krankengeschichte wurde nur verkürzt wiedergegeben und reichte lediglich bis zu ihrer Einlieferung; ich hatte meinen Manager gebeten, an dieser Stelle nicht weiter zu forschen. Meine Vita blieb ebenfalls ausgespart, und sie hätte gelautet: Falk Lutter a.k.a. Martin Gold, Popstar, recht reich, glücklich – und jemand, der sich selbst mag, der ein Leben lebt, das er liebt. Aber das war unnötig, denn erstens war es nicht zu übersehen und zweitens spielte das keine Rolle.

Während ich dasaß und mir das anschaute, was ich inzwischen fast auswendig kannte, forschte ich in mir nach den Gefühlen, die diese herbeigesehnte und zugleich angstvoll erwartete Situation hervorrief, fand aber erstaunlich wenig. Eigentlich, stellte ich fest, hatte ich – mit Györgys Hilfe – nur den Doppelstrich über der Summe eingefügt; der Rechnungsbetrag stand hinter mir, im Saal des Mätressenschlosses. Vielleicht aber erkannten einige von ihnen erstmals, wie erschreckend negativ der Saldo ausfiel.

Das Licht ging wieder an. Alle sahen entgeistert zu mir, sogar der DJ, der vermutlich nur ahnte, was hier soeben geschehen war.

Dann sprang Gerry auf die Bühne, die Fäuste geballt, das Gesicht puterrot.

»Du Sau!«, krähte er, stürmte auf mich zu. Kurz bevor er mich erreichte, erlangte wahrscheinlich der Versicherungsmensch in ihm die Oberhand, der dem wütenden und deutlich angetrunkenen Gerald ins Ohr flüsterte, was von seiner schmalen Restkarriere (er jobbte freiberuflich für die Agentur, die er mal selbst gegründet und dann furios mit Fehlspekulationen in den Sand gesetzt hatte) übrigbliebe, wenn er den berühmten Sänger vor nicht unbedingt wohlgesinnten Zeugen in eine tätliche Auseinandersetzung verwickelte. Er ließ die Fäuste sinken. Ich nickte ihm zu und stieg von der Bühne, praktisch direkt in die Verlierergruppe, ergänzt um Chrissie und Tine. Die beiden Frauen umarmten mich nacheinander, Tine bauartbedingt in Bauchhöhe.

»Das war toll«, sagte sie. »Ich wusste gleich, dass du meinen Abend retten würdest. Nur die Art und Weise hat mich doch überrascht. Wow. Ich war mit einem Star in derselben Klasse. Jetzt kann ich endlich auch mal was Gutes über meine Schulzeit erzählen.« Sie tippte von schräg unten mit dem schmalen Zeigefinger gegen mein Namensschild. »Falk Lutter. Nicht zu glauben.«

Chrissies Augen glänzten. »Es war abscheulich, das abermals zu sehen. Aber nötig. Danke. Vorläufig. Ich muss noch darüber nachdenken. Vielleicht kommst du mal auf einen Tee in mein Haus, und wir reden darüber.«

»Äußerst gerne.«

Im Augenwinkel sah ich Thomas auf mich zukommen. Er hatte eine leicht geduckte Körperhaltung angenommen, musterte die Leute um mich herum abschätzig, vermied es aber, ihnen in die Augen zu sehen.

»Du bist dünner geworden«, sagt er leise und versuchte, es wie eine Beleidigung klingen zu lassen.

»Abnehmen ist leicht«, antwortete ich. »Aber so wie du bleibt man wohl für immer.«

»Und?«, zischte er, seine wachsende Wut mühevoll im Zaum haltend. »Willst du uns jetzt verklagen?«

Ich lachte, obwohl mir von diesem speziellen Auftritt noch ein wenig flatterig war. »Wozu? Schau dich an.«

Er zwinkerte.

»Außerdem ist all das längst verjährt«, ergänzte ich, wobei ich meine Narbe berührte. »Und du, Kollege, bist es definitiv auch.«

Lutz Bährmann kam ebenfalls, die Hände in den Hosentaschen, fast schlendernd. Er blieb neben Thomas stehen und tippte ihm mit dem Zeigefinger gegen die Brust, eine Geste, die deutlich brutaler wirkte als alles, was der wütende, besoffene Gerry im Sinn gehabt hatte. Thomas starrte ihn an und öffnete den Mund, sagte aber nichts. Sein ehemaliger Lehrer nickte nur, wies ihn mit einer kleinen Kopfbewegung zurecht, endlich. Das hätte er schon vor Jahrzehnten tun sollen. Das Rattengesicht zog die Schultern hoch, drehte sich auf dem Absatz um und stapfte davon.

»Sie hätten einiges verhindern können«, sagte ich.

Bährmann legte den Kopf schief. »Hätte ich, ja. Ich wollte es nicht wahrhaben. Und Ihre … ehemaligen Mitschüler wussten sehr gut, wie man Druck aufbaut.«

Tine trat dicht an ihn heran. »Scheiße«, sagte sie energisch. »Sie haben das erst möglich gemacht.«

»Ich habe sie unterschätzt. Falsch eingeschätzt.« Er lächelte müde. »Es tut mir leid. Wirklich.«

»Mir auch«, knarrte die kleine Frau. »Und es täte mir leid, jetzt laut werden zu müssen. Also. Wären Sie *bitte* so freundlich, sich umgehend zu verpissen?«

Er öffnete den Mund, wie Thomas kurz vorher, und schloss ihn wieder. »Es tut mir leid«, wiederholte Lutz Bährmann – und ging.

»Das war cool«, sagte jemand von links, der hagere Jüngling, der vorhin Klashnekoff gehört hatte. Dabei sah er mich an; er meinte den Auftritt.

Ich schüttelte den Kopf. »Nein«, sagte ich. »Das war alles Mögliche, aber ganz sicher nicht *cool*.«

Die Versammlung löste sich schnell auf, ehemalige Klassenkameraden und ihre Anhänge verduftteten, zogen sich auf die Zimmer zurück, traten möglicherweise überhastet die Abreise an – auf dem Weg zur Tür warfen mir einige von ihnen Blicke zu, die von Ehrfurcht über Entsetzen bis hin zu fundamentaler Erschütterung reichten. Nach fünf Minuten war der Saal fast leer, bis auf die kleine Gruppe aus Chrissie, Tine, Martin, Heiko und mir. Wir setzten uns an einen Tisch und schwiegen. Ich hoffte, dass es damit ein Ende hatte, dass die Dämonen besiegt waren, und ich fühlte mich leer, befriedigend leer und befreit. Chrissie tastete hin und wieder nach meiner Hand, ich drückte ihre dann. Die kleine Tine bat mich schließlich, dieses Lied noch einmal zu singen, den Sommerhit von 1983, The Shorts, Nummer sechs der deutschen Hitparade im Juli. Ich nahm meine Gitarre und spielte es am Tisch, den Refrain sangen wir gemeinsam, ohne fiese Betonung.

Comment ça va
Comme ci, comme ci, comme ci, comme ça
Tu ne comprends rien à l'amour
Restez la nuit, restez toujours

Wir lachten befreit. Der DJ, der unverhofft früh Feierabend machen konnte, setzte sich zu uns, sah fragend in die Runde, griff nach einer leeren Bierflasche und zündete sich eine »f6« an.

Plötzlich ertönte von draußen ein Schrei – jemand brüllte in einer Mischung aus Schmerz und Wut. Es krachte. Wir stürmten zur Tür. In der Lobby des Hotels lieferten sich Gerry und Thomas eine handfeste Schlägerei. Thomas lag am Boden, neben der Sitzgruppe, an der ich mittags gesessen hatte; der Tisch lag auf der Seite, die Glasplatte war gesplittert. Gerry stand schräg über ihm und trat nach dessen Gesicht, aber er war zu besoffen, um wirkungsvolle Treffer zu landen, strauchelte, ging in die Knie. Sein Widersacher richtete sich auf, schubste Gerald um, nahm ihn dann von hinten in den Schwitzkasten und biss ihm tatsächlich in den Hals. Gerry schrie wie am Spieß. Henning stand daneben, die Arme hinter dem Rücken verschränkt, wie jemand, der backstage auf seinen Auftritt wartet. Als er uns sah, machte er zwei Schritte auf die beiden Schläger zu, griff sie an den Oberarmen und riss sie mit einer kräftigen Bewegung auseinander. »Ihr Arschlöcher«, sagte er dabei recht leise, aber noch gut für uns hörbar. »Ihr wisst nie, wann es genug ist, oder?« Thomas blutete an der Stirn, Gerald war blau angelaufen.

»Wie war das überhaupt möglich?«, fragte ich und wies auf das Transparent über der Bühne, als wir wieder im Saal saßen. »Ich meine, wessen Idee war das?«

»Vermutlich Sabines, das ist die Rothaarige«, sagte Chrissie. »Sie ist überdosiert naiv. Vielleicht hat sie sich seit Jahren erfolgreich eingeredet, dass all das nicht wirklich passiert ist. Hat bei ›StayFriends‹ herumgeklickt und ist nostalgisch geworden.«

»Es erklärt aber nicht, warum wirklich alle hier waren. Ausnahmslos.«

»Das ist Gerry und Thomas zu verdanken«, sagte Tine. »Sie haben jeden Einzelnen angerufen und energisch vollgequatscht, haben sogar ein wenig gedroht, recht subtil. Bei dir nicht?«

Ich schüttelte den Kopf. »Ich habe abgesagt, als die Einladung von Sabine kam. Und mir jeden weiteren Kontakt verbeten. Sie schrieb dann zwar noch, dass sie sich trotzdem freuen würde, aber einen Anruf von Gerald oder Thomas gab es nicht.« Ich nahm einen Schluck Bier. »Vermutlich fühlten sie sich immer noch sicher nach dieser Attacke gegen mich. Dachten, ich hätte weiterhin Angst vor ihnen.«

Tine legte den Kopf in den Nacken.

»Eigentlich sollten wir ihnen dankbar sein. Oder ist es immer so, dass Leute wie wir zum Schluss als diejenigen dastehen, die die Nase vorn haben?«

»Wer sich zu früh als sicherer Gewinner fühlt, verliert das Rennen«, sagte Heiko. »Die dachten schon damals, sie seien der Nabel der Welt. Und als sich die Welt dann den Nabel aussuchte, haben sie in ihrer Arroganz vergessen, sich zu bewerben.«

Martin verzog das Gesicht. »Ist das eine Opernweisheit?«

Wir lachten wieder, genossen gemeinsam den Moment. Heiko erzählte davon, wie es war, als Deutscher in Italien an einer Oper zu arbeiten, Martin berichtete aus seiner Gemeinde, Tine steuerte Anekdoten aus der Welt der Schönen und nur gefühlt Schönen bei. Chrissie schwieg meist, starrte auf die blass-silberne Leinwand, und es war unschwer zu erraten, woran sie dachte.

»Es ist gut«, sagte ich und legte ihr meine Hand auf die Schulter.

Sie nickte. »Das ist es«, antwortete sie.

Und dann kam Henning herein. Erst blieb er im Bereich der Tür stehen und musterte uns. Henning, der die Rasierklinge geführt hatte, ansonsten graue Eminenz im Triumvirat, aber sicher auch Impulsgeber. Er schob den Brustkorb vor, atmete bis zu uns hörbar durch und setzte sich schließlich an den Tisch, nahm eine Zigarette aus der Schachtel des DJs, zündete sie an, legte den Kopf in den Nacken und blies den Rauch zur Decke.

»Jemand verletzt?«, fragte Martin.

»Nicht ernsthaft«, antwortete Henning. »Leider.«

Er sah mich an, direkt, fast herausfordernd, aber da war auch etwas Verletzliches in seinem Blick.

»Es gibt keine Entschuldigung«, sagte er. »Wir haben all das bewusst und in voller Absicht getan.«

»Die dunkle Seite der Macht«, murmelte Heiko.

»Eine dunkle Seite der Macht existiert nicht«, gab Henning leise zurück. »Macht ist *immer* dunkel.«

Wir sahen ihn nur an, mir kam es vor, als würde eine Stunde vergehen, aber vermutlich war es nur eine knappe Minute.

»Ich kann dich nicht um Verzeihung bitten«, sagte er schließlich zu mir. »Das wäre zu simpel. Unangemessen. Also. Was kann ich tun?«

»Einfach mal nichts«, antwortete ich leise. »Tu einfach mal nichts. Das reicht schon.« Ich lauschte in mich und dachte darüber nach, ob es irgendetwas gab, das Popeye hätte tun können, aber es gab tatsächlich nichts. Seine Geste war schmal, aber immerhin eine Geste. Ich würde jenen Tag niemals vergessen, und nichts, was Henning zu tun in der Lage war, würde daran etwas ändern.

In diesem Augenblick wurde die Tür zum Saal aufgestoßen – Karen kam, meine Frau und beste Freundin stürmte auf mich zu; wir hatten uns seit fast einer Woche nicht gesehen. Ich umarmte sie und fühlte mich geschätzt viertausend Mal so wohl wie bei meinem ersten Auftritt vor Publikum, zog sie in Richtung Tür, in Richtung Suite, aber im Weggehen sagte ich noch zu Henning:

»Danke.«

Autolyse

Sonja hielt den Gurt vor ihrer Brust umklammert und starrte nach draußen in die Julisonne. Der Staub, den mein Auto aufgewirbelt hatte, sank zu Boden, es roch nach gierig blühenden Sommerblumen, fauligem Wasser, Abgasen, kürzlichem Regen und diesem Zeug, mit dem man in der DDR die Dächer gedeckt hatte.

»Ich halte das für keine gute Idee, dass du mitkommen willst«, sagte ich sanft und berührte ihre verkrampfte linke Hand, die den Gurt drückte.

Sie seufzte laut und sagte nichts.

Ich stieg aus. Die Hütten in dieser Kleingartenkolonie, die *Datschen*, bildeten eine geschlossene Reihe, gedrungene, durch Nach- und Anbauten verwachsen wirkende Häuschen inmitten von blühenden, gepflegten, aber etwas überladenen und deswegen unsauber erscheinenden Gärtchen, vor denen Mittelklasseautos parkten, hier und da ein teurerer Geländewagen, zwischendrin ein paar leere Bootsanhänger. Der starke Geruch des Wassers stammte vom nahen Kanälchen, einem Seitenarm, der zum zwei Kilometer entfernten See führte und die Kleingärten begrenzte. Eine Parade von Pappeln säumte die Kolonie auf der anderen Seite. Es herrschte Stille, etwa dreißig Meter links von mir aufsteigender Qualm markierte einen Grill, der soeben mit Brennspiritus, wie ich erschnüffelte, angefacht wurde. Irgendwo lief ein Fernseher, ansonsten war es ruhig, nachgerade beschaulich. Ich drehte mich kurz zu Sonja, die immer noch den Gurt festhielt, nickte ihr zu, ohne dass sie das wahrzunehmen schien, und machte mich dann auf die Suche nach der Laube.

Ich fand sie rasch.

Fast hatte ich erwartet, im Vorgarten einen Mast mit Hammer, Zirkel und Ährenkranz-Fahne vorzufinden, aber ganz so ostalgisch gab sich Horst Markowski dann doch nicht. Er hielt sich da sogar eher bedeckt, wie ich feststellte, als ich vor dem niedrigen Zaun stand, der die hundert Quadratmeter Kleingarten umfasste. Die Fassadenfarbe des weißen Holzhäuschens blätterte, aber der Rasen war akkurat geschnitten, am linken Grundstücksrand blühten Sonnenblumen, Wildrosen und Wicken, auf der anderen Seite wuchsen Erdbeeren, Salat und Radieschen in kürzlich gejäteten Beeten. Auf der schmalen Veranda standen ein Klapptisch aus DDR-Produktion und ein Schaukelstuhl, daneben ein billiger Metallgrill, der bis zum Tor nach kalter Holzkohle und verbranntem Schweinefleisch roch. Immerhin lag auf dem Tisch ein *Neues Deutschland*, auf der Zeitung stand ein Aschenbecher, über dem sich eine feine, weißgraue Rauchsäule im lauen Lüftchen kräuselte. Horst Markowski saß, lag fast im Schaukelstuhl, den Kopf seitlich über der Lehne; er schnarchte leise. Über seine Beine hatte er eine speckige NVA-Decke gelegt, obwohl die Temperatur mehr als fünfundzwanzig Grad im Schatten betrug. Der noch glimmenden Zigarette nach musste er gerade erst eingeschlafen sein.

Ich griff über das Türchen und entriegelte es leise, schlich dann zur Veranda, stellte mich so, dass ich keinen Schatten auf den schlafenden Mann warf. Die flächigen Muttermale an Hals und Gesicht, umgeben von Altersflecken auf blasser Haut, schimmerten braunrötlich in der Nachmittagssonne, aus dem Kragen seines dunkelroten Hemdes drängten die weißen Brusthaare, selbst in dieser Position wirkte der ehemalige FDGB-Funktionär stattlich, auch für sein Alter – er musste auf die achtzig zugehen.

Als er jetzt kurz schnaufte und den Kopf leicht bewegte, bekam ich eine Gänsehaut. Aber er schlief weiter.

Horst Markowski. Er hatte die Wiedervereinigung unbeschadet überstanden, sein Lebenslauf wies nicht den geringsten Makel auf, von der Parteilaufbahn abgesehen, aber die hatte ja nur bei wenigen zu nennenswerten Schwierigkeiten geführt, wenn sie nicht gerade als Inoffizielle Mitarbeiter spioniert, Geld veruntreut oder Schießbefehle erteilt hatten. Kurz nach der »Wende« war er pensioniert worden und ab diesem Zeitpunkt nicht mehr in Erscheinung getreten. Die Ursachen und Folgen seiner damaligen Versetzung weg von der Ostsee hatte György nicht ermitteln können; vermutlich waren die Akten vernichtet oder bereinigt worden. Diese Datsche hatte ihm schon zu DDR-Zeiten gehört – das Haus in Hohen Neuendorf, in dem auch Sonja gelebt hatte, war Anfang der Neunziger an die Erben der ehemaligen Besitzer zurückgefallen. Das Einzige jedoch, was hier noch an die Vergangenheit erinnerte, war das leichte Aroma des Ostens, das vermutlich nur ich wahrnahm. Außerdem war da ein weiterer Geruch, äußerst widerwärtig, aber sehr punktuell, von diesem Mann ausgehend. Ich dachte an verrottende Fleischabfälle und Hundekot in der Mittagssonne.

Er sah fast friedlich aus; für einen Moment zweifelte ich beinahe daran, vor dem Mann zu stehen, der meine Schwester misshandelt und zu unfassbaren Dingen gezwungen hatte – aber er war es, ohne Frage.

Markowski schlug die Augen auf. Er sah mich an, fest und direkt, ohne eine Spur von Irritation. Dann blickte er kurz zum Gartentor, wohl um zu prüfen, ob ich allein gekommen war.

»Sie sind?«, fragte er müde – viel müder, als nach einem Drei-Minuten-Nickerchen zu erwarten wäre. Er griff nach der Zigarette, gönnte sich einen intensiven Zug, der mit kurzem, brachialem Husten quittiert wurde, und nahm mein Erscheinen ansonsten hin, als wäre es selbstverständlich.

»Falk Lutter«, sagte ich gepresst. Das kostete mich einige Mühe, nicht nur, weil ich diesen Namen kaum noch benutzte, sondern weil ich plötzlich enorme Wut in mir spürte – und Angst. Mein Nacken kribbelte trotz der Hitze. Sonja hatte das hier nicht gewollt, und ich hatte ihr auch erst vor ein paar Tagen mitgeteilt, dass György ihren ehemaligen Pflegevater ausfindig gemacht hatte. Jetzt saß sie im Auto und fürchtete sich vermutlich genauso sehr wie ich in diesem Augenblick. Der Mann wirkte machtvoll, äußerst gelassen, als gäbe es nichts auf diesem Planeten, das ihm Angst machen könnte.

Er nickte. »Lutter«, wiederholte er dabei, die Stimme noch immer belegt vom kurzen Hustenanfall.

»Der Bruder von Sonja Lutter«, sagte ich leise.

»Das dachte ich mir. Wie geht es Ihrer Schwester?«

Dabei lächelte er. Es war einfach nur ein Lächeln, ohne erkennbare Boshaftigkeit, eigentlich ohne jede begleitende Mimik – so gut wie emotionslos. Markowski beugte sich vor und drückte die Zigarette umständlich im vollen Aschenbecher aus. Dabei rutschte die Decke von seinen Beinen.

Er hatte nur noch eins, das andere Hosenbein war kurz unter der Hüfte vernäht.

»Raucherbein«, erklärte er, meinem Blick folgend und wieder lächelnd. »Okklusion der Hauptschlagader, Gangrän, dann Autolyse, also Selbstverdauung – kein schöner Anblick. Es ist vor sieben Jahren amputiert worden. Das andere dürfte demnächst fällig werden. Drei oder vier Monate, wenn ich Glück habe. Wissen Sie, was *Madentherapie* ist?«

Der Mann wartete meine Antwort nicht ab – ich hätte auch keine gewusst –, drückte sich recht behände hoch, seine Oberarme hatten den Umfang meiner Oberschenkel, und griff nach einer Krücke, die seitlich neben seinem Schaukelstuhl lehnte. Als er stand, drehte er sich wieder zu mir. Der Gestank wurde heftig, erschütternd. Er zog die Stirn kraus.

»Also. Was wollen Sie?«

Das war eine gute Frage, die mich vom Schock und der Angst ablenkte. Ich hatte ihn konfrontieren wollen, zur Rede stellen, aber in welcher Form und zu welchem Zweck, mit welchem Ergebnis, darüber hatte ich mir keine Gedanken gemacht. Als die Mitteilung von György eintraf, Markowski aufgespürt zu haben, hatte ich die Entscheidung, ihn aufzusuchen, noch für sinnvoll und schlüssig gehalten, aber jetzt … jetzt stand dieses Wrack vor mir, das bald keine Beine mehr haben würde, das trotzdem noch rauchte, in einem Kleingarten lebte und seine letzten, einsamen Tage zählte, die er vermutlich in einem trüben Pflegeheim verbringen würde. Markowskis Lächeln hatte nicht getrogen – es gab nichts mehr, das ihm Angst machen konnte, denn grausiger konnte es kaum mehr werden.

Aber er hatte das Leben meiner Schwester zur Hölle gemacht, zu einer Hölle, in die sie nach wie vor gelegentlich eintauchte, zum Glück aber nur noch äußerst selten, was in der Hauptsache Mikes Verdienst und dasjenige ihrer prächtigen Söhne war. Markowski hatte sie fast vernichtet. Um seinen Spaß zu haben, wohl auch, um sich Vorteile zu verschaffen und in der Hierarchie aufzusteigen – und weil er es *gekonnt*, weil er die Macht gehabt hatte. Am Ende, und das Ende stand hier und jetzt direkt vor mir, hatte ihm das wenig genutzt. Das machte es fast noch schlimmer. Trotzdem war meine Wut plötzlich verraucht, und aus meiner Angst war eine seltsame kühle Gelassenheit geworden.

Er humpelte zur Tür und verschwand in der Datsche, den Gestank nur teilweise mitnehmend, bei jedem Schritt kniff er schmerzhaft die Augen zusammen. Ich lauschte, wie er drinnen rumorte, eine Tür wurde geöffnet und geschlossen, dann hörte ich ihn urinieren. Etwas klapperte, Markowski fluchte erst leise und dann lauter: »Kapitalistische Scheißkrücke!« Beinahe hätte ich gelacht.

Ich bemerkte eine Bewegung und sah Sonja am Gartenzaun stehen, blass wie weißer Frühlingsflieder, mit zusammengepressten Lippen. Wahrscheinlich zitterte sie stark, weshalb es ihr auch nicht sofort gelang, den Riegel zu öffnen.

Markowski schimpfte erneut.

Ich hob die Hände. »Bleib weg!«, rief ich und ging rasch zu ihr.

»Ich will ihn sehen«, sagte sie, mit brechender Stimme, als ich vor ihr stand.

»Nein. Das willst du nicht.« Ich öffnete das Türchen und schob mich so nach draußen, dass sie nicht an mir vorbeikonnte. »Es hat keinen Sinn.« Dabei nahm ich sie an der Hand und versuchte, sie vom Grundstück wegzuziehen.

Aber Markowski hatte seine Krücke doch noch in den Griff bekommen. Sonja erstarrte. Er stand in der Tür der Laube, leicht schaukelnd, und sah zu uns herüber. Das längere Hosenbein schimmerte dunkelfeucht, er nestelte mit einer Hand am Reißverschluss herum, hielt sich mit der anderen am Türrahmen fest und fixierte gleichzeitig meine Schwester. Plötzlich hustete Markowski, schwer und keuchend, fiel dabei fast um. Ich war tatsächlich kurz versucht, zu ihm zu eilen, ihn zu stützen und ihm zu helfen.

Und dann lächelte Sonja. Es war kein befreites Lächeln, kein Strahlen, das von einem Augenblick zum anderen ihr Gesicht veränderte, aber sie lächelte. Anschließend nickte sie, auch in Markowskis Richtung, und zog mich fort.

»Du hast recht«, sagte sie. »Es hat keinen Sinn.«

Hatte es doch, irgendwie, fand ich jetzt. Und lächelte schließlich auch.

Goldküste

»Ich bin zweiundsechzig«, sagte György Rákosi, mein Manager, Freund und schon lange auch ein gefühltes Familienmitglied. Wir saßen an der Mole von Heringsdorf und sahen einem Kreuzfahrtschiff dabei zu, wie es vor der niedrig stehenden Sonne den Horizont querte. Was er sagte, war mehr als eine Mitteilung, eher eine Feststellung, der sich eine Folgerung anschließen würde. Er hatte das mit einem bedauernden, jedoch auch fröhlich-nostalgischen Unterton ausgesprochen. Aber Abschied schwang mit, natürlich.

»Ich will nach Hause, nach Ungarn«, ergänzte er, etwas leiser. »Es wird Zeit. Und davon habe ich nicht mehr so schrecklich viel.«

Ich nahm ein Stück Holz, das nach nicht weniger als der ganzen Welt roch, und warf es ins Wasser.

»Ist schon okay, mein Freund«, sagte ich.

Er schniefte, ein bisschen übertrieben. »Ich werde dich vermissen.«

»Und ich werde dich besuchen. Häufiger, als dir lieb ist.«

»Das ist technisch unmöglich, selbst wenn du täglich kommen solltest.«

»Du kannst mich jederzeit anrufen, rund um die Uhr, wann immer du willst«, behauptete ich.

György zwinkerte. »Das könnte ich, wenn du dir endlich ein Handy kaufen würdest.«

»Für dich tue ich das vielleicht sogar.«

Er lachte befreit. Ich hatte längst geahnt, dass er genug hatte – im Sinn des Wortes. Es gab nichts, das er noch erreichen konnte, und meine Karriere fußte zu einem Gutteil auf der

Tatsache, dass ich an jenem Abend in Marburg die Geduld aufgebracht hatte, ihm zuzuhören. Ich war ihm ewig dankbar, und dasselbe galt sicher auch umgekehrt. Wenn er nach Ungarn zurückkehrte, würde er dort zu den wohlhabenderen Menschen gehören.

»Wir hatten eine fantastische Zeit«, sagte er melancholisch.

Ich nickte nur und beobachtete das treibende Holz.

»Vielleicht werde ich die Entscheidung schon bereuen, wenn ich mein Haus möbliere. Aber irgendwann muss es sein.«

Ich legte ihm eine Hand auf die Schulter.

»Lass gut sein, György. Du musst dich nicht entschuldigen. Es ist absolut in Ordnung. Ich werde vermutlich nur noch Knebelverträge unterschreiben und innerhalb weniger Wochen völlig verarmen, aber …«

Er unterbrach mich mit einem freundschaftlichen Boxhieb gegen die Brust. »Mach mir nicht auch noch ein schlechtes Gewissen. Das habe ich sowieso schon.«

»Musst du nicht. Veränderungen sind gut. Ich habe sowieso überlegt, die Volksmusikschiene zu bedienen. Da ist gutes Geld zu machen.«

Er sprang auf. »Wenn ich dich nicht besser kennen würde, müsste ich dich dann eigenhändig von der Bühne prügeln, das weißt du, oder?« Dann umarmte er mich. »Bleib Martin Gold, *bitte*. Nur das musst du mir versprechen.«

»Versprochen.«

Karen setzte sich zu uns, sie trug Flipflops, Shorts und ein Shirt von meiner letzten Tour. Sie nahm meine Hand und sah aufs Meer. György stand auf, stellte sich vor uns und starrte mich nachdenklich an. Ich erhob mich und umarmte den alten Ungarn abermals. Er schnaufte laut. »Ich vermisse dich jetzt schon«, wiederholte er.

»Ich dich auch, alter Geheimdienstler.«

Nachdem er gegangen war, zum Restaurant, keine zweihundert Meter hinter uns, legte mir Karen den Arm um den Nacken und zog mich zu sich.

»Ich liebe dich«, sagte sie leise.

»Ja. Es gibt kaum Momente, in denen ich das nicht denke und es fassen kann. Wow.«

Zum fünften Jubiläum des Hotel-Restaurants »Goldküste« war die gesamte Familie angereist – meine Eltern, Mike, mein anderer Neffe Marcus, meine Stieftochter Nicole und natürlich Sonja. Michael hatte darauf bestanden, den Existenzgründungszuschuss als Darlehen zu betrachten, gegen meinen energischen Widerstand, und inzwischen gehörte ihm die feine Herberge auf Usedom – innerhalb von drei Jahren hatte er meine Investition auf Euro und Cent zurückgezahlt. Aber nicht nur das war Anlass zu Stolz. Die »Goldküste« erwartete ihren ersten Stern, wurde von der Fachpresse gefeiert, und Reservierungen waren während der Saison inzwischen ähnlich schwierig zu bekommen wie zu Ostzeiten in den wenigen Restaurants hier auf Usedom – mit dem Unterschied, dass bei Michael tatsächlich immer alle Tische vergeben waren.

Die weiße Villa ähnelte vom Baustil her jenem Ferienheim, in dem wir Sonja ausfindig gemacht hatten, verfügte aber über nur zwei Stockwerke und befand sich in eindeutig besserem Zustand. Im Obergeschoss wohnte mein Neffe, außerdem gab es dort vier gemütliche Gästezimmer, für die die Wartezeit inzwischen in Jahren veranschlagt wurde. Die gesamte untere Etage nahm das Restaurant ein, in dem schlichte Eleganz herrschte. Michael hatte auf das ortsübliche Herumgetue mit Buddelschiffen, alten Fischernetzen, Muscheln und sonstigem Schnickschnack verzichtet. Im Eingangsbereich hing in einem Glasrahmen die Goldene Schallplatte, die ich vier Jahre nach Erscheinen dann doch noch für »Klasse« erhalten hatte, darunter ein Foto von mir mit dem neunjährigen Michael auf den Schultern. Wie immer, wenn ich an diesem Ensemble vorbeikam, fühlte ich Glück und eine Form von Zufriedenheit, für die Buddhisten jahrzehntelang im Schneidersitz herumhocken müssen.

An diesem Abend war die »Goldküste« für die Öffentlichkeit geschlossen, an der Tafel saß nur Familie – und György natürlich. Als ich ihn jetzt sah, im noblen Dreireiher, am Hals gekrönt von einem Seidenschal, verspürte ich einen Anflug von Traurigkeit. Sein Blick sagte dasselbe.

Der Platz vor Kopf war für mich reserviert, beiderseits davon saßen schon meine Eltern, die verdammt noch eins auch schon über sechzig waren, aber keine Sekunde älter als fünfundfünzig wirkten. Meine Mutter strahlte, das Gesicht meines Vaters zeigte immer noch diesen Ausdruck überraschter Fassungslosigkeit, den er seit über zwanzig Jahren mit sich herumtrug. Beide waren sonnengebräunt, was wenig wunderte, denn sie lebten auf der Kanareninsel La Palma, betrieben dort einen kleinen Hof, der die umliegenden Restaurants mit Biogemüse belieferte, ohne dass sie tatsächlich auf diese Einnahmen angewiesen waren – schließlich hatten sie einen Sohn, der kaum etwas lieber tat, als seinen Erfolg mit jenen zu teilen, die er liebte. Und ich liebte sie über alles, meinen hageren, großen Vater, meine zurückhaltende, elegante Mutter, die immer noch ihre Kleider selbst nähte, meine vor Stolz platzende Schwester, Mike, Marcus, Michael, György und, auf noch ganz andere Art natürlich, Karen – und meine Stieftochter Nicole, die hübsche, inzwischen neunzehnjährige Prinzessin, die den Restaurantinhaber und … gab es dafür eine Bezeichnung? … *Stiefcousin* keine Sekunde aus den Augen ließ.

Ein Kellner brachte die *amuse-bouche*, außerdem Champagner und Bier für mich und meinen Vater, der das exzellent gezapfte Nullfünfer Wernesgrüner bestaunte wie ein päpstlich legitimiertes Wunder. Nachdem wir die Happen verschlungen hatten, erhob er sich. Meine Mutter legte ihm eine Hand auf den Unterarm, lächelnd.

»Klausi, *bitte*.«

Er sah sie kurz irritiert an. »Irgendwer muss doch etwas sagen. Eine Rede halten.«

Sie schüttelte bedächtig den Kopf. »Wir alle wissen, was du sagen willst. Aber es ist wirklich nicht nötig.«

Er nickte, lächelte schüchtern, umarmte und küsste meine Mutter – und setzte sich wieder.

Wir aßen, tranken und feierten bis zum Morgengrauen. Irgendwann setzte sich Mike neben mich, wir besprachen die Tour zu »Goldenes Leben«, meinem achten Studioalbum, dessen vierzehn Songs nur von zwei Akustikgitarren begleitet wurden, gespielt von uns beiden. Auf diese Platte war ich schon stolz, bevor sie an den Handel ausgeliefert wurde. Das Gefühl völliger Freiheit, das mich seit diesem denkwürdigen Klassentreffen nicht mehr losließ, quoll aus jedem Akkord, jeder Textzeile. »Goldenes Leben« war meine persönlichste Platte, und ich wusste, dass es ein Album war, das diejenigen, die dafür empfänglich waren, direkter erreichen würde als jedes zuvor. Ich freute mich auf die ersten Auftritte, und die Tatsache, dass ich mit Mike allein auf der Bühne stehen würde, war dabei das i-Tüpfelchen.

Gegen drei gab es niemanden mehr in der »Goldküste«, der Wörter mit mehr als zehn Buchstaben hätte fehlerfrei buchstabieren können. Amüsiert beobachtete Karen Michael und Nicole, die vor dem Tresen standen und sich immer wieder annäherten und voneinander entfernten wie zwei gleichpolige Magnetenden. György murmelte etwas Unverständliches in seiner Muttersprache vor sich hin, Marcus schlief mit auf die

Brust gestütztem Kinn, meine Mutter tanzte allein und mit geschlossenen Augen zu »The Load-Out« von Jackson Browne, während Mike selbstvergessen Luftklavier spielte. Und dann erhob sich mein Vater abermals, schlug mit einem Messer gegen das Sektglas meiner Mutter. Es zersprang. Klaus-Peter hüstelte und starrte auf die Glassplitter. Sofort ging Michael hinter den Tresen und schaltete die Anlage aus.

»Ich muss das einfach sagen«, erklärte mein Vater. Er sah in die Runde, was ihn zu dieser fortgeschrittenen Feierstunde auch schon einige Mühe kostete. Augenblicklich herrschte Ruhe. Luise hielt in der Drehung inne, verschränkte die Arme vor dem Bauch und sah ihren Ehemann liebevoll an.

»Wir alle haben viel erlebt, auch viel Schlimmes.« Er warf Sonja einen Blick zu, die sich mit beiden Händen an Mikes Oberarm festhielt und den Eindruck erweckte, in dieser Position auf ewig verharren zu wollen.

»Aber jetzt sind wir hier« – er vollführte eine etwas linkische Handbewegung, doch die Geste war nicht schwer zu interpretieren. »Zusammen. Ich wollte nur sagen.« Er sah zu meiner Mutter, die lächelnd nickte. »Und ich finde. Na ja. Ich finde.« Er nahm einen Schluck Bier, wischte sich dann mit dem Handrücken über die linke Wange. »Wir haben das verdient. Es ist *gut* so. Das wollte ich nur sagen.«

Er setzte sich, dafür standen diejenigen auf, die das noch konnten, und applaudierten. Michael schaltete die Anlage wieder ein.

»Oh, won't you stay just a little bit longer«, sang Jackson Browne.

Epilog: Dossier *Thomas Müller*

(György Rákosi, 2011, nachgereicht)

Geboren am 24. November 1965 als Sohn von Rita Müller, Kindergärtnerin, Vater unbekannt. Abitur am Walter-Gropius-Gymnasium 1984, Gesamtnote 3,1. Danach Studium der Informatik (abgebrochen, 2. Semester), Psychologie (abgebrochen, 4. Semester), Lehramt/Grundschule (Exmatrikulation wegen versuchten Prüfungsbetrugs, 3. Semester). 1990 Firmengründung (Computervertrieb), erfolgreiche Geschäftstätigkeiten vor allem in den neuen Bundesländern. 1994 Erwerb eines Vier-Hektar-Grundstücks südlich von Berlin, Hausbau, Kauf einer hochseetüchtigen Yacht und von insgesamt acht PKW, darunter zwei Bentleys. 1996 Insolvenz, Strafantrag wegen Kreditbetrug, Veruntreuung, Konkursverschleppung und Bilanzfälschung. Zweieinhalb Jahre Haft (auf Bewährung aufgrund der positiven Sozialprognose). Im selben Jahr Eheschließung mit der Steuerfachgehilfin Meike Hinrich, Geburt des Sohnes Moritz, kurz darauf Scheidung. Bewährung 1997, ausgesetzt wegen Leasingbetrug und Urkundenfälschung (sechs Monate, Gesamtstrafe zwei Jahre, neun Monate), Haftantritt (JVA Moabit) im Herbst 1998, Entlassung im März 2000. Einlieferung der Mutter in eine vollstationäre Einrichtung auf Betreiben des Sohnes, der danach die Eigentumswohnung in Neukölln bezieht. Zu dieser Zeit tätig als Versicherungsvertreter für Gerald Herbing, abermalige Ermittlungen wegen Veruntreuung und Beihilfe zur Steuerhinterziehung, Freispruch (Verfahrensfehler).

2002 Gründung eines belletristischen Verlags, Konkurs 2003. Es folgten eine Filmproduktionsfirma, ein Institut für vegane Ernährung, ein Massagestudio in Potsdam, zu dieser Zeit mehrere Ermittlungsverfahren wegen gefährlicher Körperverletzung und räuberischer Erpressung, alle Verfahren wurden eingestellt. 2007 vorgetäuschte Heirat mit Natalia Rukowa, einer Polin. 2008 Verurteilung wegen Personenstandsfälschung und Steuerhinterziehung. Haftantritt ausgesetzt aufgrund ärztlicher Gutachten, die von der Staatsanwaltschaft erfolglos angefochten wurden, da sie mutmaßlich falsch waren. 2009 Heirat mit Cousine Berit Sommer.

Selbsttötung im Sommer 2011, drei Wochen nach dem Klassentreffen.

Zur Beerdigung kam niemand.

Cool sein

(Text von Michael Höfler und Tom Liehr)

1.

Maskenblick – sitzt dir der Cliquenzwang im Genick?
Trendy sein – bist du ein Großer dank Calvin Klein?
Blick auf die Brüche der Goldbraun-Visage
Sieh die Krater der Altjung-Collage
Fühl die Pickel auf dem Speck
Gillette rasiert sie glatthals weg

Du tanzt auf Scooter, hast 'ne Nase
Für weiße Linien, brauchst Ekstase
Und dein Lächeln, das hat Schmiss
Wenn DAS cool ist, krieg ich Schiss

2.

Türsteherfreund – bist du es, den dessen Nicken meint?
Goldcard-Bohei – macht dich dein Status denn wirklich frei?
Stopf den Hintern in Levi's-Hosen
Verstecke deine Gürtelrosen
Doch deine Braut ist makellos
Schließlich hast du reichlich Moos

Du knallst im Auto die Pennäler
Servierst sie ab, bist Verkehrszähler
Du sagst das eiskalt ins Gesicht
Wenn DAS cool ist, bin ich's nicht

3.

Randgruppenwitz – erhöht er dich auf deinem Schweinsledersitz?
Muskelspiel – haut es dich vor an dein nächstes Ziel?
Gib Greisen nächtens auf die Lampe
Nenn deine Mutter finstre Schlampe
Du grinst, wenn dir die Muffe geht
Gefühl ist nichts, worauf man steht

Du bist so lässig, dass es stinkt
Käpt'n Grundeis, dein Schiff sinkt
Kühl wird's um dein fahles Licht
Wenn DAS cool ist, schauert's mich

Du hast kein Selbst, bist nur ein Bild
Und Fremdgedanken sind dein Schild
Die Attitüde schützt den Wicht
Wenn DAS cool ist, weiß ich nicht

Sommerhit – die Playlist

(Empfehlungen des Autors für einen Sommerabend mit guter Musik)

Vampire Weekend: Horchata
The Divine Comedy: Gin Soaked Boy
Die Ärzte: Jag Älskar Sverige!
The Whitest Boy Alive: Burning
Editors: Papillon
Caesars: It's Not The Fall That Hurts (It's When You Hit The Ground)
Bloc Party: Two More Years
Gotan Project: Diferente
Jackson Browne: Time The Conqueror
Kings Of Convenience: Toxic Girl
Fischer-Z: Destination Paradise
Lily Alen: F**k You
Michael Franti: Time To Go Home
Muse: Undisclosed Desires
The National: Slow Show
Phoenix: Lisztomania
Porcupine Tree: Time Flies
The Presidents Of The United States Of America: Sharpen Up Those Fangs
Shout Out Louds: Impossible
The Ting Tings: That's Not My Name
Turin Brakes: Sea Change

Die Playlist zum Anspielen: www.tomliehr.de/sommerhits

Nachwort

Einige Musiker, Institutionen und Schauplätze, die in diesem Roman erwähnt werden, existieren nicht, etwa das Musikmagazin *DRUMS!*, das Plattenlabel PBC, die Sänger Christian Prinz, Minka, natürlich Martin Gold selbst – und die Gruppe *Technopinq*. Die anderen genannten Musiker gibt es wirklich, auch Darren Kandler alias Klashnekoff. Ansonsten sind Personal und Geschehnisse frei erfunden; etwaige Ähnlichkeiten mit lebenden oder verstorbenen Personen sind dem Zufall geschuldet. Es mag dennoch so sein, dass sich der eine oder andere in der Geschichte erkennt – *das* wiederum ist beabsichtigt.
»Comment ça va«, Text und Musik von Eddy De Beer, 1983.

Ich habe meinen Freunden Bernd Diehl und Thomas Nicolai herzlich für die Begutachtung des Manuskripts zu danken. Sie tragen natürlich keine Verantwortung für irgendeine Fehlleistung des Autors. Ein besonderer Dank gilt dem Kreativkraftwerk Michael Höfler, nicht zuletzt – aber längst nicht nur – für die Mitentwicklung des Textes von »Cool sein«.